»Von Inseln weiß ich …«
Geschichten von den Färöern

# »Von Inseln weiß ich ...«

## Geschichten von den Färöern

Herausgegeben und mit einem
Nachwort von Verena Stössinger und
Anna Katharina Dömling

Aus dem Dänischen und
dem Färöischen von Renke Borchert,
Kirsten Brix, Ernst Krenn, Inga Meincke,
Gisela Perlet, Birgit Remmel und
Detlef Wildraut

Unionsverlag

Die Publikation dieses Bandes wurde ermöglicht
durch die freundliche Unterstützung des
Fonds zur Förderung von Lehre und Forschung, Basel,
und der Leonardo-Stiftung, Basel.

Der Verlag dankt den Autorinnen und Autoren bzw. den
Rechteinhabern für die Überlassung der Abdruckgenehmigung.
Ausführliche bibliografische Angaben finden
sich in den Autorenbiografien am Schluss des Bandes.



*Im Internet*
Aktuelle Informationen, Dokumente, Materialien
*www.unionsverlag.com*


Neptunstrasse 20, CH-8032 Zürich
Telefon +41 44 283 20 00
mail@unionsverlag.ch

Die erste Ausgabe dieses Werks
im Unionsverlag erschien am 1. Juli 2006
Umschlaggestaltung: Heike Ossenkop
Umschlagfoto: Klaus D. Francke / Bilderberg
Druck und Bindung: CPI – Clausen & Bosse, Leck
ISBN 978-3-293-00517-4

Der Unionsverlag wird vom Bundesamt für Kultur mit einem
Verlagsförderungs-Strukturbeitrag für die Jahre 2016–20120 unterstützt.

Auch als E-Book erhältlich

*Inhalt*

# Anstelle eines Prologs

*William Heinesen*

## Nasse Heimat

Wie ich schon oft, vielleicht aber noch nicht oft und überzeugend genug behauptet habe, weil es immer noch Menschen zu geben scheint, die sich skeptisch dazu verhalten, liegt der absolute Mittelpunkt der Welt auf den Färöern und heißt Tórshavn.

In dieser uralten Stadt am Meer waren von meinem Elternhaus aus nicht nur Sonne und Mond, das Siebengestirn und die Milchstraße zu sehen, sondern auch die wüsten und leeren Wasser, wo der Geist Gottes in der Finsternis über der Tiefe schwebte. Weiterhin konnte man den grünen Hang Høgareyn erkennen, wo Adam in einer Wildnis aus Engelwurz und Kerbel saß und den Tieren Namen gab, und dahinter waren die Konturen der hoch gelegenen Steinwüste Kirkjubøreyn auszumachen, wo Kain und Abel ihre Opferstätten hatten, später die Arche Noah strandete und Moses die Gesetzestafeln holte. In neuerer Zeit hatte man Gelegenheit, Bruchstücke dieser zerschlagenen Tafeln aus der Nähe zu betrachten; übrigens liegen sie immer noch dort, falls sich jemand dafür interessieren sollte, neben versteinerten Überresten von Tieren der Arche und roter Asche von den Dankopferfeuern, und zwischen riesigen, moosbedeckten Steinhaufen wachsen noch immer einige Farne und Wacholderbüsche, die aus dem seinerzeit dichtgemachten Garten Eden stammen.

Das also war die biblische Geschichte, und von der Art gab es noch vieles andere. Der Südwind, der vom offenen Meer her kam, brachte Düfte aus fernen Gegenden mit, von den Hebriden, Azoren und dem Sargassomeer, aus den Tropen und von

Feuerland, und in klaren Morgenstunden konnte man fern am Horizont die vagen Umrisse von Magellans und Marco Polos verruchten Segeln ahnen.

Zwischen den alten Häusern, auf dem kleinen, jetzt verschwundenen Sandstrand an der Mündung des Flusses, ließen sich nicht nur Muschelschalen, Keulenschwämme und Korken finden, sondern auch große glänzende Samenkapseln, die der Golfstrom angespült hatte, sowie ein mit grünen Algen verzierter Weidenkorb vom untergegangenen Schiff Sindbads des Seefahrers. Hier stand auch lange Zeit eine riesige verrostete Eisenboje, in die man hineinkriechen konnte wie in eine Negerhütte. Sie war jedoch nicht aus dem schwarzen Afrika herbeigetrieben, sondern eher aus dem gelben China, denn wenn man auf das Eisen schlug, sagte es *Hongkong*. Dieser Klang fremder Zungen aus weiter Ferne kam uns damals jedoch gar nicht so fremd vor, denn er erinnerte an *Gong*, den Namen der alten Hauptstraße von Tórshavn, der solcherart auf onomatopoetischem Wege in das weltumspannende Mysterium einbezogen wurde.

Diese Straße existiert nicht mehr – oder nur wie ein Generalbasston, wenn das Kammerorchester der Erinnerung in der Tiefe spielt. So rauchgeschwärzt und gewürzt mit seltsamen Düften ist nie eine andere Straße gewesen. Jedes Haus hatte eine Rauchstube mit irdenem Boden und offener Feuerstelle, über der rußige, dampfende Kochtöpfe hingen. Zwischen den baufälligen Häusern gab es hier und da enge, kleine Läden: ein Kolonialwarengeschäft, in dem 1905 die ersten Kokosnüsse und Bananen der Welt ausgestellt wurden, einen Brotladen (mindestens zweihundert Jahre alt und sehr unterirdisch), ein Modegeschäft (das kleinste und düsterste der Welt, mit einem alten Rundbogenfenster aus einer Kirche geschmückt), eine Buchbinderwerkstatt (15.–16. Jahrhundert, siehe Gotfred von Ghemen) und eine Bier- und Branntweinhandlung, aus der man bisweilen betrunkene, grölende Gestalten, angetan mit dunklen Kapuzen und Schuhen aus Lederlappen, auf Leitern hinüber zur Festung Skansi

(15. Jahrhundert) schaffte, wo der Anblick der schrecklichen Kanonen sie wieder zu Sinn und Verstand bringen sollte.

Generell herrschte in dieser *Gong* genannten Straße ein Leben und Treiben wie auf alten Bildern von Brueghel. Hier waren zwischen Hühnern und Enten, Ziegen und Schafen und schreienden Kindern unglaublich viele alte Weiber mit ihren Besen zugange, auf dem Weg zum oder vom Blocksberg, halb vermummt unter zottigen Kopftüchern; hier kamen kleine Holzkarren gefahren, von langhaarigen Zwergpferden gezogen, und hier tanzten apostelbärtige Männer mit Grindwalmessern am Gürtel, wobei sie uralte Lieder von Kaiser Karl dem Großen und seinen zwölf Genossen oder vom Hunnenkönig Attila und seinem finsteren, wölfischen Hof sangen, und hier wurden junge Mädchen mit wild flatternden Zöpfen von grimmigen Faunen verfolgt und versteckten sich in finsteren, stinkenden Gässchen.

Doch Tórshavn war nicht nur Urzeit, Vorzeit und Mittelalter, es war schon damals eine Stadt, die sich stürmisch entwickelte, mit Schiffen und Hafenbetrieb, Speichern, Tonnen und Kisten, ächzenden Kränen, Klippfischexport in die Mittelmeerländer, Fußballspielen, Blaskapelle, Flottenbesuchen und Autonomiebewegung. Hier war, kurz gesagt, alles, hier war der Nabel der Welt und der Geschichte, der Schnittpunkt von Traum und Wirklichkeit, Vergangenheit und Zukunft, Leben und Tod. An einem solchen Ort geboren und aufgewachsen zu sein, das bedeutet, wie unschwer zu begreifen ist, ein großes Privileg, und seufzend und achselzuckend muss man an all die armen Teufel denken, welche die Welt nur von den deprimierenden Schlagzeilen der großen Länder her kennen.

Am allermeisten sind die herausgeputzten Wesen der mondänen Gesellschaft zu bedauern, die hin und wieder als englische, französische oder deutsche Touristen auf den Straßen Tórshavns erscheinen, um mit ihren unbrauchbaren, baumelnden Ferngläsern vor dem Bauch in Regen und Nebel herumzuirren, wie gewisse Gestalten in Dantes Hölle. Ihre tiefen Seufzer und trostlosen Mienen sind nur zu verständlich, denn weil ihnen der Schlüssel zum Ganzen fehlt, sind sie dem Inferno des gottverlassenen Kaffs wehrlos ausgeliefert. Sie wissen nicht, dass dieser klamme Nebel, der sie wie ein Netz gefangen hält, tatsächlich der Urnebel ist, aus dem seinerzeit herrlich die Welt entstand, und sie haben weder Zeit noch Sinn dafür, die paar Tage, Wochen oder Monate, die es noch dauern kann, abzuwarten, bis das Wunder aufs Neue stattfindet und sich, wie geschrieben steht, »das Wasser unter dem Himmel an besondere Orte sammelt, dass man das Trockene sehe«.

Denn es ist nun mal nicht zu bestreiten, dass in jener Welt, in der ich meine Wurzeln habe, das nasse Element eine ganz erhebliche Rolle spielt. Meer, Brandung, sprühende Gischt, Dauerregen, trübe Wasserläufe und betrunkene Männer gehören hier zu den ersten Eindrücken, die man von den Verhältnissen des Lebens bekommt – wozu noch schaukelnde, stampfende Schiffe und eine grünlich durchschimmerte Dünung über unterseeischen Gründen mit schwer atmenden Tangwäldern gehören.

Früh bekam man dieses Wasser auch in die Nase und spürte seinen Druck gegen die Brust wie dampfendes Hirschhornsalz, während die Welt für einen Augenblick in Regenbogenlicht und niesenden Todesahnungen unterging. So war das, wenn man, von seinem zweifelhaften Erzeuger in die Fluten geworfen, kurze Zeit unter Wasser geriet, preisgegeben und hilflos, bis man von gütiger Hand Neptuns Dreizack entrissen und an Land gerettet wurde, unter Gebrüll und wieherndem Gelächter. Diese rüden Taufszenen wiederholten sich, bis man gelernt hatte, über der Wasseroberfläche zu bleiben und um sein Leben zu schwimmen, verfolgt von eingebildeten Seeteufeln und Haifischen. Seit jener Zeit weiß man, dass der Tod, der in den Wassern lauert, nicht immer ein hinterhältiger Popanz ist, sondern auch ein entsetzlicher Bruder Lustig sein kann.

Böse und gnadenlos ist das Meer, und ohne Barmherzigkeit

jene Wesen, die ihm entstammen und die, unbeschönigt gesagt, davon leben, dass sie einander zerreißen und fressen. Eine solche Wahrheit sollte man frühzeitig erkennen, vor Grauen erstarrend, sofern man nicht darüber in Wut gerät. Das geschah zumindest bei einer einzigen Gelegenheit, die ich erinnere und von der ich berichten will, weil ich der Meinung bin, dass dieser Fall gewisse Perspektiven auf das Allgemeine und Aktuelle eröffnet.

Am Ufer eines kleinen Bergsees mit Namen Langatjørn hatte ein Indianerstamm sein Lager. Er war bereits stark dezimiert und zählte nur zwei Mitglieder, nämlich mich selbst und meinen Freund Chingagok, einen großen, ernsten Jungen, den besten Bogenschützen seiner Zeit. Wir ernährten uns kümmerlich, aber redlich von Forellen, die wir in wilden Gebirgsbächen fingen und am Spieß über knisterndem Heidekrautfeuer brieten. Ansonsten machten wir eifrig, jedoch völlig erfolglos Jagd auf Krähen, Raben und Möwen, während andere Vögel sowie Schafe und Hasen mit ihrem Nachwuchs unseren Schutz genossen – darunter vor allem eine Wildente, die am jenseitigen Ufer des Sees auf ihrem Nest brütete.

An einem frühen Sommermorgen zog auf der jungfräulichen Seeoberfläche eine Flotte von vierzehn flaumigen Entlein ihre munteren Kreise. Kleine Wildenten sind flinke Schwimmer, die ein unglaubliches Tempo entwickeln, sie sind neugierig, haben Appetit auf die Welt und möchten überall gleichzeitig sein. Die kleinen Temperamentbündel in ihrer gestreiften Tracht aus gelben und schwarzen Daunen gehören zu den anmutigsten und delikatesten Geschöpfen dieser Erde. Dieser Meinung waren auch die Möwen, die es von Anfang an auf die Entlein abgesehen hatten und sie ihrem Kropf einverleiben wollten.

Die Möwe ist in jeder Beziehung eine grimmige, grausame Repräsentantin des Meeres; ihre Flugkünste sind bekanntlich imponierend, ihr Aussehen ist blitzblank und gepflegt, proper wie ein frisch gebügeltes Geschirrtuch in einer Musterküche.

Alles in allem ist sie ein bürgerlicher Vogel: gut gekleidet, weit verbreitet, kosmopolitisch, nicht sonderlich auffallend, und nur die wenigsten Menschen machen sich eine Vorstellung davon, welch ungeheure Gefräßigkeit und Frechheit in der Brust einer Möwe wohnt und welch teuflische Härte sie in ihrem Herzen birgt. Das hässliche Tanggezücht – Krabben, Hummer und Seeskorpione –, ja selbst die grässlichen Riesentintenfische der Tiefe, die einem Pottwal die Seele aus dem Leib quetschen können, sind im Vergleich mit der geschniegelten, ordentlichen Möwe nahezu als reine Moralisten anzusehen. Das Einzige, was die diabolischen Abgründe im Inneren dieses unschuldig-dekorativen Federviehs verrät, ist sein Gelächter, das sich anhört wie eine Kaskade von Flüchen, Verwünschungen und dithyrambischen Lobpreisungen auf das Prinzip des Bösen in der Natur. Wird man an einem schönen Sommermorgen von diesem dämonischen Lachen geweckt, fühlt man sich, noch halb schlafend, in eine Hölle versetzt, an die zu glauben man sich ansonsten weigert. Das liegt vermutlich daran, dass man in einem frühen und für Eindrücke besonders empfänglichen Indianeralter miterleben musste, wie die Möwen eine vollkommen schamlose und von eiskaltem Gelächter begleitete Festmahlzeit auf Kosten der unschuldigen Entlein hielten.

Nun dürfen Mitglieder des Tierschutzvereins aber nicht glauben, dass Chingagok und ich nur dabeistanden und diesem bethlehemitischen Kindermord kaltblütig zusahen, ohne irgendetwas zu unternehmen. Mit unseren Bogen und Pfeilen entfalteten wir eine hektische Aktivität, um unsere Schützlinge zu verteidigen und, soweit möglich, das niedere Geschlecht der Möwen auszurotten. Doch der ganze Prozess zog sich hin, es dauerte viele Tage, bis das letzte kreischende Entlein aus dem Wasser gezerrt und verschlungen war; wir konnten ja nicht ständig am See sein, mussten auch schlafen, essen und unsre Schularbeiten machen, und in Wirklichkeit sahen wir von den Details der blutigen Tragödie nur wenig – die schlimmsten Exzesse fanden in unsrer Abwesenheit statt. Es gelang uns nicht, auch nur eine einzige Möwe zu erwischen, nicht einmal der Meisterschütze Chingagok vermochte gegen diese durchtriebenen Aeronautiker und Luft-Äquilibristen etwas auszurichten – sie schüttelten sich bloß vor Lachen über unsere Pfeile, die wir an der Spitze übereifrig mit langen Nägeln versehen hatten.

Ich entsinne mich, dass der ehrgeizige Chingagok aus Scham und Verdruss über seine Ohnmacht weinte und in seinem von Enttäuschung umnachteten Zustand auf ein unschuldig weidendes Schaf anlegte, das vor Schreck einen wollenen Purzelbaum schlug.

Im Großen und Ganzen verübten die Möwen ihren Gewaltakt also auf eine seltsam anonyme, unsichtbare Weise, die an Taschenspielerkunststücke erinnerte. Ein uneingeweihter Zuschauer hätte davon so gut wie nichts bemerkt. Doch jeden Tag gab es ein bis zwei Entlein weniger, nach einer Woche waren noch zwei übrig, schließlich nur noch ein letztes, das zu verteidigen und zu behalten der Mutter gelungen war.

Die einzige wirklich deutliche Spur, die wir von der Bluttat entdeckten, war ein dunkelroter Fleck auf der Brust einer großen, süffisanten Möwe. Leider hatten nicht unsere Pfeile ihn verursacht, vielleicht aber der Schnabel der Entenmutter, das hofften wir jedenfalls. Denn dass eine Möwe beim Verspeisen eines Entleins jemals ihre feine Uniform beflecken könnte, hielten wir für ausgeschlossen – Möwen sind stubenrein und haben Tischmanieren. Wir wünschten von Herzen, dass sich die rasende Niobe so richtig festgebissen und der Möwe große Schmerzen zugefügt hatte, obwohl in deren arroganter Gutsherrinnenvisage nichts davon zu lesen stand.

In unserem Hass auf die abscheulichen Möwen klügelten wir wie die Bewohner kolonialer Länder verschiedene Rache- und Sabotageakte aus. Wir besorgten uns Schiffszwieback, der mit Rattengift präpariert war, und gaben ihn den weißen Räubern zu fressen. Sie schluckten das Gift, ohne mit der Wimper zu zucken und ohne sich im Geringsten bei ihren täglichen Gewohnheiten stören zu lassen, im Gegenteil, nach dem misslungenen Giftanschlag klang ihr Hohngelächter noch erbarmungsloser, und wir hörten, dass sie uns arrogante Bemerkungen wie Jammerlappen, Gesindel und Schlappschwänze zuwarfen.

Hier endet die Geschichte von den bösen Möwen. Und was ist nun eigentlich ihre Moral?

Ja, darüber sind Chingagok und ich heute sehr geteilter Meinung. Mein braver Freund, der sich im Laufe der Zeit zu einer Art von religiösem Defätisten entwickelt hat, besteht darauf, dass die Natur, auch die menschliche, von Grund auf und unveränderlich böse sei, ja er behauptet hartnäckig und angeblich mit Rückhalt in Bibel, Koran und der buddhistischen Schrift *Visuddhimagga* die Notwendigkeit und Nützlichkeit des Leidens und hat eigentlich jeden Anspruch auf Freude und materielles Glück aufgegeben, für sich selbst wie für die Menschheit – ohne deshalb allerdings so weltfremd geworden zu sein, dass er nicht auf die Hasenjagd gehen oder eine gute Mahlzeit und eine leichte Zigarre genießen kann. Aber der alte, vormals so eifrige Entleinfreund belächelt mich nachsichtig und besserwisserisch, weil ich auf einer primitiven Indianerstufe stehen geblieben bin und nach wie vor einem kämpferischen Humanismus auf rationalistischer Grundlage anhänge.

Doch zurück zum Meer, aus dem wir gekommen sind, dem mysteriösen und widersprüchlichen, dem heimatlichen, dem Ursprungsort allen Lebens, dem grausamen, das gegen uns an will und mit dem wir uns niemals versöhnen – diesem riesigen halbdunklen Haus mit den zahllosen Sälen, bewohnt von stummen Geschöpfen, die ihre Augen nicht schließen können und vom Töten leben.

Norwegen hat seine lustigen Seetrolle, Dänemark seinen verführerischen Meermann und Hans Christian Andersens unvergessliche *Kleine Meerfrau,* in die das gesamte männliche Geschlecht einmal im Leben unglücklich verliebt war. Die

Meermänner und Seetrolle der Färöer sind viel dämonischer, sie haben nichts Lustiges, sondern stehen in dunkler Morgenstunde auf Landzungen und Klippen und rufen den Fischern in einer unverständlichen Sprache etwas zu, umgeben von Rauch und Funken. Menschen, die freiwillig den Tod in den kalten Wassern suchen, werden in Robben verwandelt und müssen eine unglückliche Ewigkeit in den Wellen fristen, verzehrt von Reue und unstillbarer Sehnsucht – das ist der Grund, weshalb dich die Robbe mit tiefen, verzweifelten Menschenaugen anblickt. Nicht weit von Tórshavn liegt im Osten eine kleine dunkle Bucht, in der sich Menschen umgebracht haben, und wenn man als Kind dort gewesen ist und gesehen hat, wie der Sog der Wellen am Tangnetz aus zusammengeflochtenen Schlangenrücken zerrte, dann hat man das Totenreich erlebt, jenen *Nástrónd,* von dem die Alten erzählten.

Dunkle, nasse Sagen und eine Flut trübsinniger Lieder vom Meer erfüllten einem das Herz in jener ersten Zeit, die man als Gast auf diesem wasserumspülten Erdball verbrachte. Auf dem Meeresgrund endete der junge Herr Peder mit seinem eleganten Kahn, und dort landete auch des Königs Sohn aus Engeland, dessen noch prächtigeres Schiff vom Steven bis zum Steuerruder mit vergoldeten Bibelsprüchen geschmückt war. Über salziges Meer segelte Herr Sinklar, dem die Meerfrau so viel Unglück prophezeite, und das gleiche bittre und Unheil verkündende Meer rollte gewaltig und gewalttätig durch die endlosen färöischen Gesänge und *Kæmpeviser,* die einem im Bett nach der Schlafenszeit aus der nah gelegenen Tanzdiele ins Ohr drangen.

Doch in Agnetes dänischem Wiegenlied, mit dem meine Mutter ihre Kinder manchmal in den Schlaf sang, herrschte ein ganz anderes Meer: das poetisch-hoffnungsvolle mit frühlingshaft sonnendurchfluteten Kammern, in denen der Tang sprießt – unsterblich für immer in Gades wässrig klarer, munterer Melodie, mit dem langsamen Tanzrhythmus einer voll geöffneten Qualle.

Doch jetzt wollen wir die Wasser unter den Himmeln lieber bitten, sich an einem besonderen Ort zu sammeln, dass man das Trockne für einen Augenblick sehe.

Dieser Prozess kann sich nirgendwo in der Welt so faszinierend vollziehen wie in meiner nassen Heimat, wenn es wochenlang geregnet und gestürmt hat und dann das Wetter eines Tages plötzlich aufklart und sich beruhigt. Aus ihrem Wolkenversteck schickt die Sonne wandernde Stäbe aus Licht über Land und Meer und lässt dampfende, helle Flecken entstehen. Erde und bemooste Klippen duften, die Mücken tanzen, und zögernd verlassen die Wolken den Himmel und sinken zur Erde, um sich als sonnentrunkene Regenbogennebel darauf zu lagern, bis sie sich nach und nach auflösen.

Gravitätische Felsengipfel erheben sich auf leichten Schwingen über dem Nebeldeck, glitzernd von Nässe und wiedergeborenem Licht. Unendlich zarte, graziöse Federwolken werden in der Himmelstiefe als verheißungsvolle Runen sichtbar – Gottes unerforschliche, doch gnadenreiche Gedanken in grafischer Darstellung, und wenn es Frühling ist, dann wird die Luft von ekstatischem Vogelgesang erfüllt, und weiße und schwarze Lämmer tummeln sich im Grün.

Und nun beginnt das Meer zu zaubern, und es gibt wohl kaum etwas Lieblicheres auf dieser merkwürdigen und widerspruchsreichen Erde als die Verwandlung der dunklen, gewaltigen Wasserwüste in einen sanft funkelnden Acker und das gutmütige Schnurren des Gezeitenstroms in der Sonne.

*(1970)*

*Jakob Jakobsen*

# Die Sage von Beinta und Peder Arrheboe

Beinta, die Bezirksrichterstochter aus Tórshavn, war nacheinander mit drei Männern verheiratet. Sie war berühmt wegen ihrer Schönheit und betörte manch einen Mann. Aber wenn sie auch äußerlich einem Engel glich, so war sie in ihrem Innern doch keiner, denn sie war die leibhaftig gewordene Bosheit, und alle drei Männer, die mit ihr verheiratet waren, traf Unglück. Als sie noch ledig war, aber auch später als Witwe ging sie jedes Mal zum Strand von Tórshavn hinunter, wenn ein Schiff aus Dänemark einlief, mit dem man einen neuen Pfarrer erwartete, und herausgeputzt stand sie dann auf der Uferböschung vor dem Pfarrer, wenn er an Land ging. Auf diese Weise verlobte sie sich mit einem Pfarrer nach dem anderen.

Der erste Mann, den sie heiratete, war Herr Jónas auf Ónagerði in Viðareiði, der Pfarrer für die Nordinseln. Kaum war sie als Hausherrin im Pfarrhof eingezogen, begann sie, die Hofknechte niederträchtig zu behandeln. Als Erstes ließ sie die Knechte einen ganzen Sack voll frisch geschorener Wolle auskämmen. Diese weigerten sich, aber dann suchte sie Hilfe bei ihrem Mann. Der ging zu den Knechten und bat sie, zu tun, was seine Frau gewünscht habe, wenn schon nicht ihretwegen, dann wenigstens seinetwegen. Wenn die Knechte vom Fischen auf See, oder wo sie sonst gewesen waren, zurückkamen, hatte sie immer einen Sack Wolle zum Auskämmen für sie bereit oder trieb sie an den Spinnrocken. Deshalb kündigten die Knechte, einer nach dem anderen. Sie bekamen auch kein Abendessen, wenn sie nicht Ackerboden umgegraben und so viel Dung darauf verteilt hatten, wie zwei Rösser tragen konnten. Deshalb schütteten sie die Sattelkörbe bloß aus, ohne den Dung auf dem Ackerland zu verteilen, und schaufelten stattdessen ein wenig Erde über die Dunghaufen, sodass das Ackerland schwarz wie Kohle dalag und dort viele Jahre lang kein Gras wuchs. Sie hatten auch Steine in der Essensschüssel, wenn sie von der See zurückkamen, ohne einen Fisch gefangen zu haben. Von etwas ganz Magerem sagt man deshalb noch heute: »Das ist wie zu Beintas Zeiten in Ónagerði.« Beinta erlaubte ihren Knechten nicht, die Gräte im Fisch zu zerbrechen, den sie ihnen zu essen gab. Eine Frau sagte ihnen einmal, sie sähen so elend aus, und fragte, ob sie die Gräte im Fisch denn nicht zerbrächen, aber sie sagten: »Nein.« Da gab sie ihnen den Rat, den Fisch in drei Teile zu brechen, dann könne Beinta den Fisch nicht wieder an die Gräte zaubern. Daraufhin nahmen die Knechte zu.

Jónas war Witwer, als er Beinta heiratete. Als sie anfing, seiner überdrüssig zu werden, nahm sie Erde aus dem Grab seiner ersten Frau und legte sie ihm unter das Kopfende des Bettes. Da begann die frühere Frau dem Pfarrer zu erscheinen, und er wurde wirr im Kopf. Als er im Sterben lag und um etwas Heißes bat, bekam er Kaltes, und bat er um Kaltes, bekam er Heißes.

Nach dem Tod von Jónas verlobte Beinta sich mit Anders Lemvigh, dem Hilfspfarrer in Nes auf Eysturoy, und bald war es so weit, dass sie heiraten sollten. Beinta war während der Heuernte in Nes, und sie bemerkte, dass dort im Haus viel vor sich ging, denn der Pfarrer war ein gütiger Mann und behandelte das Hausgesinde freundlich. Sie tadelte den Pfarrer sogleich, dass er nicht das rechte Maß zu finden wisse, und kündigte an, das werde sich ändern, wenn sie erst Hausherrin sei – sie glaubte sich seiner schon sicher. Aber da sagte der Pfarrer, wenn sie die Hosen so zeitig anhaben wolle, sei es das Beste, wenn er sie wieder nach Tórshavn bringen lasse. Und so geschah es; die Männer, die das

Heu einbrachten, fuhren mit ihr nach Tórshavn zurück, und zwischen ihr und Anders Lemvigh gab es keine Hochzeit.

Der zweite Ehemann Beintas war dann Niels Aagaard, Pfarrer auf Vágar. Er war ein ruhiger und nachgiebiger Mann und ließ sie meistens gewähren, um Frieden zu haben, aber das machte sie nur noch bösartiger. Eines Tages, als sie ihn bedrängte und er sich zu wehren versuchte, nahm sie einen Leuchter und schlug nach ihm, aber sie traf den Querbalken der Rauchstube, sodass ein Stück aus dem Fuß des Leuchters herausbrach. Dieser Leuchter war später Altarleuchter in der Kirche von Miðvágur. Ein anderes Mal, als sie sich mit ihrem Mann in einer Kammer eingeschlossen hatte, um ihn zu verprügeln, kam Kristoffer, der Knecht, hinzu, brach die Tür auf, packte sie und steckte sie in ein Urinfass. Seitdem hatte Beinta immer Angst vor Nachttöpfen.

Wenn Herr Niels in Sandavágur Gottesdienst hielt, wagte er nicht, dort zu übernachten, sondern ritt immer noch am selben Abend nach Jansagerði zurück, dem Pfarrhof in Miðvágur, weil Beinta auf die Töchter des Amtsrichters in Steig eifersüchtig war (der Steighof in Sandavágur war der Sitz des Amtsrichters) und fürchtete, dass Herr Niels sich in eine von ihnen verlieben könnte, denn sie waren außergewöhnlich hübsch. Da geschah es einmal, als Herr Niels wieder in Sandavágur war, dass die Leute von Sandavágur meinten, es sei für ihn nicht ratsam, noch am Abend nach Hause zurückzukehren, weil Winter war, Neumond und strenger Frost. Trotzdem brach er auf, denn er fürchtete sich vor Beinta. Damals war es üblich, dass der Pfarrer und auch die Bauern zur Kirche und zurück ritten. Es war Flut, und deshalb ritt der Pfarrer am Fuß der Steilküste entlang. Als er nach Miðvágssandur kam, strauchelte das Pferd auf dem felsigen Strand, der Steinmørkhella heißt, unterhalb von Eirikstoftir, und der Pfarrer brach sich ein Bein. Als nach einiger Zeit der Knochen zusammengewachsen war, konnte der Pfarrer wieder sitzen und hatte dabei das Bein auf einem Stuhl liegen. Eines Tages, als er so dasaß, kam ein Knecht hereingestürzt und meldete, dass unten am Landeplatz ein Boot anlege: »Es ist einer von den Herren aus Tórshavn«, sagte er. Beinta sprang auf, wollte loshasten und stieß an den Stuhl, sodass das Bein des Pfarrers auf den Boden fiel und ein zweites Mal brach. Man schaffte ihn zum Bader in Tórshavn, aber der Knochen wuchs nicht wieder zusammen, es kam Wundbrand hinzu, und Herr Niels starb daran. Aber auch der Sanftmütigste wird wild, wenn man ihn reizt – bevor er starb, hat er Beinta verflucht.

Nach dem Tod von Herrn Niels hatte Beinta den Hof Kálvalíð in Miðvágur als Pfarrerswitwensitz, aber meist war sie in Tórshavn bei ihrer Mutter. Als Peder Arrheboe, genannt Herr Peder (Per), der nach Herrn Niels zum Pfarrer auf Vágar berufen worden war, aus Dänemark auf die Färöer kam, stand sie herausgeputzt am Hafen, und sogleich verliebte er sich in sie. Es wird berichtet, dass Beinta vom Sund bei Fútaklettur an bei ihm gewesen sei, als er westwärts nach Vágar reiste (er wurde auf dem Sund zwischen Nordstreymoy und Vágar übergesetzt). Er wollte nämlich in Steig einkehren, um den Amtsrichter zu besuchen, aber weil sie fürchtete, er könnte sich in eine der hübschen Töchter des Amtsrichters verlieben – zudem stand sie damals auf Vágar als Witwe von Herrn Niels in schlechtem Ruf –, wagte sie nicht, ihn alleine gehen zu lassen. Und als sie beim Steighof angekommen waren, fragte er, ob dies Steig sei. »Nein«, sagte sie. Dann kamen sie nach Jansagerði. Er fragte, ob dies nun Steig sei. Nein, dies sei schon der Pfarrhof. Darauf gestand sie ihm, dass sie nicht wollte, dass er in Steig einkehre, denn dort wohnten einige »Lockvögel« (damit meinte sie die Töchter des Amtsrichters).

Beinta ging so geschickt mit Herrn Peder um, dass er sie im zweiten Winter nach seiner Ankunft auf den Färöern heiratete. Aus dieser Zeit ist ein kleines dänisches Gedicht erhalten, das er über sie verfasst hat:

Meine Feine,
Meine Kleine,
Meine Lust, mein Juwel!
Mein irdischer Engel und süßeste Seel'!
Mein Herz ist von deiner Erscheinung beglückt,
Und deine Gebärden betracht' ich entzückt.
Die Hände sind weiß und wie Wolle so weich,
Dein Haar ist wie Gold und dein Hals perlengleich.

Aber als sie verheiratet waren, wurde alles anders, als er es sich vorgestellt hatte. Sie war nicht so gut zu ihm, wie er zu ihr war, und hatte meist nur Spott und Hohn für seine liebevollen Worte übrig. Sie hatten es schwer miteinander und vertrugen sich im Laufe der Zeit immer schlechter. Niemals gönnte sie ihm Frieden. Eines Tages, als sie sich gestritten hatten, ging er hinaus und setzte sich auf einen Hügel, aber sogleich kam sie hinterher und schüttete ihm einen Eimer Wasser über den Kopf. Er habe schon gedacht, nach dem starken Donner heute werde wohl noch Regen kommen, sagte er da zu ihr. Und einmal, als er sie zurechtwies, weil sie die Mägde schlug, entgegnete sie ihm scharf, er habe sich da nicht einzumischen, er könne sich um seine beschissenen Bücher kümmern. Da schaute er sie zornig an, packte sie fest am Arm und führte sie hinaus. Seitdem wich sie ihm aus.

Die Mägde versuchten, es ihr mit Bösem und ihm mit Gutem zu vergelten, wann immer sie konnten. Wenn etwa Blutwurst gekocht worden war, gönnte Beinta ihrem Mann keinen Talg in den Würsten, die für ihn bestimmt waren, sondern stopfte den ganzen Talg in ihre. Dann machte sie ein Zeichen an die Wurstspeile, damit sie unterscheiden konnte, welche ihre und welche seine Würste waren. Aber die Mägde vertauschten die Speilstöckchen, die Beinta markiert hatte, an den Würsten, sodass diese nun genau umgekehrt bezeichnet waren, als Beinta beabsichtigt hatte. Da bekam er die ganze fette Blutwurst und sie die magere. Wie dies wohl möglich sei, so fette Blutwurst für ihn zu Abend, fragte der Pfarrer, denn Derartiges war er nicht gewohnt. Aber Beinta war missmutig: Bei ihr sei kein bisschen Fett darin, sagte sie.

Der Pfarrer ging oft zur Kirche hinunter, um vor seiner Frau Ruhe zu haben. Eines Abends schickte sie einen Knecht dorthin und gab ihm ein Laken zum Überziehen: Er sollte als Gespenst Herrn Peder in der Kirche erschrecken. Der Knecht schleicht sich in die Kirche und stellt sich dann im Laken vor dem Pfarrer auf. Der aber fängt an, Bannformeln über ihn zu sprechen und ihn durch den Fußboden der Kirche hindurch in das Erdreich zu treiben. Als der Knecht schon halb eingesunken ist, ruft er ihn an und sagt, wer er ist, aber der Pfarrer kann ihn da schon nicht mehr heraufholen, sondern muss den schreienden und heulenden Mann ganz und gar in die Erde bannen.

Herr Peder war ein sehr gelehrter und beredter Mann und zudem konnte er zaubern, wie man rühmend erwähnte. Deshalb wandten die Leute sich oft an ihn, um seine Künste in Anspruch zu nehmen, und er war hilfsbereit, wenn es darauf ankam. – In Miðvágur war ein Bauer, dem viel aus seinem Vorratshaus abhandenkam. Lange Zeit hielt das an, dass er bestohlen wurde; man suchte nach dem Dieb, aber ohne Erfolg. Man konnte ihm nicht auf die Spur kommen. Da bat man Herrn Peder um Hilfe. An einem Sonntag, als die Leute in der Kirche sind, steht der Pfarrer auf der Kanzel – er soll ein ausgezeichneter Prediger gewesen sein – und hat eben die Predigt mit dem Evangelium beendet, wie es damals Brauch war. Dann starrt er ziemlich lange in den Kirchenraum hinein und sagt schließlich: »Dieb, ich sehe dich und ich kenne dich, und Gott kennt dich auch.« Dann nimmt er die Agende, die auf der Kanzel liegt, schwingt sie über seinem Kopf und sagt: »Jetzt nehme ich meine Agende und schlage sie dir ins Gesicht.« Aber im selben Augenblick, als er so tat, als werfe er sie durch die Kirche, fiel einer der anwesenden Männer ohnmächtig zu Boden. Da konnte jeder sehen, wer der Dieb war.

Herr Peder war ein schrecklich jähzorniger Mann. Ihn befiel auch eine Krankheit, die ihm eine Zeit lang den Geist verwirrte, und obwohl er wieder gesund wurde, suchte ihn die Krankheit doch mitunter wieder heim, sodass er ganz wirr war, solange sie anhielt.

Herr Peder und der Bauer auf Ryggur in Miðvágur, Jógvan Rasmusson, genannt Prest-Jógvan, waren verfeindet. Sie hatten sich wegen einer Kuh des Ryggurbauern zerstritten, die sich vom Strick losgerissen und das Ackerland des Pfarrers zertrampelt hatte; deswegen drang der Pfarrer auf den Bauern ein und beschimpfte ihn. Dann war lange Zeit Ruhe, aber später gingen sie wieder aufeinander los, und zuletzt wurde es ganz schlimm. Das kam so: Beinta war verschwenderisch und oft um Geld verlegen. Zu der Zeit besaß Herr Peder ein Paar silberne Schuhschnallen. Die nahm sie und verkaufte sie heimlich an einen Mann in Kirkjar, einem Ortsteil von Miðvágur. Dieser Mann wiederum verkaufte sie an Jógvan, den Bauern auf Ryggur. Der Pfarrer, der die Silberschnallen vermisste, fragte Beinta nach ihnen, aber sie verheimlichte ihm, was sie getan hatte, und sagte, sie müssten gestohlen worden sein. Dann sah Herr Peder eines Tages, wie Jógvan mit diesen Schuhschnallen umherlief, und regte sich so sehr darüber auf, dass er sogleich auf ihn zusprang, ihn beschimpfte und einen Dieb nannte. Der Bauer drohte dem Pfarrer, er werde ihn bei Gericht verklagen, wenn er sich für diese Unterstellung nicht entschuldige. Danach stand der Pfarrer dreimal im Begriff, nach Ryggur hinaufzugehen, um zu versuchen, sich mit dem Bauern zu einigen, aber jedes Mal verspottete Beinta ihn deswegen, sodass er es bleiben ließ. Beim dritten Mal – er hatte seinen Talar an – war der Pfarrer schon bis Liðasteinur gekommen, als Beinta ihm nachrief, dass sie es für einen Pfarrer als entehrend ansehe, hinzugehen und einen Bauernlümmel um Versöhnung anzubetteln; lieber solle er eine Flasche Branntwein austrinken, eine Axt in die Hand nehmen und Jógvan die Tür einschlagen. Wut überkam den Pfarrer; er kehrte um, betrank sich, ging dann mit der Axt nach Ryggur, brach Jógvans Tür auf und nannte ihn wiederum einen Dieb. Da verklagte ihn der Bauer, aber bevor der Prozess beendet war, wurde er krank. Als er im Sterben lag, gingen drei Männer zum Pfarrer und wollten erfahren, wohin der Bauer kommen werde, in den Himmel oder in die Hölle, weil er doch so plötzlich gestorben sei. Der Pfarrer sagte, Jógvan sei gar nicht tot, sie wollten ihn nur zum Narren halten. Deshalb gingen sie wieder nach Hause und eine Weile darauf wiederum zum Pfarrer. Als sie nun dastanden und sich mit ihm unterhielten, schlug er die Hände zusammen und sagte: »Jetzt ist er gerade in die Hölle gefahren.« Bevor die Männer zum Pfarrer gingen, hatten sie den Bauern nämlich in einen Sarg gelegt. Als sie nach Hause kamen, lag er erstickt darin – er war nur scheintot gewesen. Herr Peder hielt dem Ryggurbauern dann die Leichenrede, und hatte er schon früher seine Zunge nicht immer im Zaum gehabt, so ging er nun erst recht zu weit. Seine ersten Worte, als er an das Grab trat, waren: »Nun trete ich an ein Diebesgrab.« Darauf warf er Erde hinein und sagte: »Als Dieb hast du gelebt, als Dieb bist du gestorben, und als Dieb wirst du wieder auferstehen.« Jógvans Witwe fiel auf der Stelle in Ohnmacht, und man brachte sie daraufhin nach Hause.

Peder Arrheboe wurde wegen seines ungebührlichen Betragens von einem Propsteigericht zum Verlust seines Amtes verurteilt. Er blieb nach diesem Urteil aber noch anderthalb Jahre auf dem Pfarrhof Jansagerði wohnen, während Suurland, sein Nachfolger, genötigt war, sich in einem Haus auf Ryggur einzuquartieren. Dann jedoch wurde Herr Peder in einem neuen Urteil des Propsteigerichts dazu verurteilt, aus dem Pfarrhof auszuziehen und die Ortschaft zu verlassen. Beinta und er zogen nach Sandavágur und verlebten dort ihre letzten Jahre in einem Häuschen, das man Haraldsstova nannte. Aber er genoss keineswegs geringeres Ansehen, nachdem ihm Talar und Halskrause aberkannt worden waren. Er half nun noch öfter denen, die bei ihm Rat gegen die unterirdischen Hulden und gegen Zauberei suchten, und die Leute zweifelten nicht daran, dass er auch ausführte, was er sich in solchen Fällen vornahm.

Von Kristoffer í Húsi – demselben, der eine Zeit lang Knecht bei Herrn Niels gewesen war und Beinta in das Urinfass gesteckt hatte – wird überliefert, wie Herr Peder ihm half, Ruhe vor einer Huldenfrau zu finden. Kristoffer war erst Knecht beim Bauern Magnus in Bøur (auf Vágar). Eine Huldenfrau begann, ihn dort heimzusuchen, und sie trieb ihr Spiel mit ihm schließlich so schlimm, dass er aus Bøur fortgehen musste. Er zog nach Miðvágur, heiratete und ließ sich in Hús nieder, und seitdem nannte man ihn Kristoffer í Húsi. Er hatte die Aufgabe, den Pfarrer Peder Arrheboe auf seinen Reisen nach Bøur zu fahren. Einmal, als sie nach Bøur gekommen waren, bat der Pfarrer ihn, über Nacht bei ihm zu bleiben, weil es spät war und dazu schlechtes Wetter, aber Kristoffer sagte, er wolle nicht. Der Pfarrer fragte ihn, warum er nicht bleiben könne, und Kristoffer erklärte ihm, dass er in Bøur vor einer Huldenfrau keine Ruhe finde. Der Pfarrer sagte, wenn es nichts weiter sei als das, werde er ihm schon zu helfen wissen. Daraufhin befahl er, dass alle früh zu Bett gehen sollten. Kristoffer schlief in der Rauchstube, und es brannte Licht; der Pfarrer kam zu ihm und blieb eine Weile, legte dann seine Handschuhe oben auf den Querbalken der Stube und ging hinaus. Geraume Zeit später hörte Kristoffer die Huldin kommen; sie öffnete die Tür, kam aber nur den halben Weg hinein, bis unter den Querbalken, wo die Handschuhe lagen, drehte sich nach allen Seiten und ging dann wieder fort. Früh am anderen Morgen kam der Pfarrer, um nach Kristoffer zu sehen, und fragte ihn, wie es in der Nacht gewesen sei. »Gut«, sagte dieser, »sie kam nur bis unter den Querbalken; dort versuchte sie angestrengt, weiterzukommen, und dann verschwand sie.« – »Das dachte ich mir«, sagte der Pfarrer, »und wenn du es anders gesagt hättest, hättest du gelogen.«

Danach hatte Kristoffer jedes Mal, wenn er in Bøur war, Ruhe vor der Huldin. Aber nun begann sie, ihn in Miðvágur, an seinem Wohnort, heimzusuchen, noch schlimmer als in Bøur, sodass nun rein gar nichts mehr half. Kristoffer bat sie, von ihm abzulassen, aber die Huldenfrau sagte nur, es wäre für ihn viel besser, wenn er *sie* zur Frau hätte, sie sei eine tüchtigere Frau als seine Steinsitzerin (früher hatte man nämlich Steine als Schemel, um an der Feuerstelle darauf zu sitzen; deshalb nannte die Huldin Kristoffers Frau so). »Nein«, sagte Kristoffer, »die Steinsitzerin ist ein Gotteskind, du aber bist ein Teufelskind.« Also begab sich Kristoffer wieder zum Pfarrer, um ihm seine Not zu klagen. Der Pfarrer fragte ihn, warum er nicht nach Bøur zum Bauern Magnus gehe, um dort zu bleiben. »Nein, Ehrenwerter«, sagte Kristoffer (das war so eine Redensart von ihm), »bei Magnus in Bøur kann ich nicht bleiben, weil er zwei Köpfe hat.« Damit wollte Kristoffer sagen, dass Magnus ein wankelmütiger Mann sei. Der Pfarrer fragte ihn daraufhin, warum er dann nicht eher zu ihm gekommen sei. Zwischen ihm und Beinta sei etwas vorgefallen, antwortete Kristoffer, er habe sie einmal in ein Urinfass gesteckt, als sie ihren früheren Mann, Herrn Niels, verprügelt hatte. Der Pfarrer gab ihm den Rat, den Wohnsitz zu wechseln, und so zog Kristoffer nach Velbastaður auf Südstreymoy. Dort blieb er eine Zeit lang, aber bald war es wieder genauso schlimm wie vorher, denn die Huldin war auch dort hinter ihm her.

Kristoffer sah schließlich keinen anderen Ausweg mehr, als mit dem Boot nach Vágar zu fahren und ein drittes Mal Hilfe beim Pfarrer zu suchen. Er tat es nur widerstrebend, hatte er sich doch damals bei Beinta unbeliebt gemacht. Er legte in Sandavágur an, wo Herr Peder nach seiner Amtsenthebung wohnte. Die Männer saßen am Abend alleine in der Rauchstube. Dann bat der Pfarrer Kristoffer, sich schlafen zu legen. Später, als der Morgen zu dämmern begann, kam die Huldin, aber der Pfarrer nahm sie in Empfang, schwang seinen Stock und trieb sie hinaus, zuerst durch die Tür der Rauchstube, dann über den Hof zum Strand hinunter, dann wieder in umgekehrter Richtung den ganzen Weg nach Hvítagrót in Giljar hinaus (auf dem Weg nach Miðvágur) – er wollte keinen Männern begegnen, die zum Fischen auf See hinausfuhren –, und dann begann er, sie nach und nach ins Erdreich zu bannen, wobei er Bibelverse und Gebete sprach. Als ihr Kopf fast ganz im Sand verschwunden war, setzte er seine Ferse darauf und schrieb mit dem Stock über ihr.

Die Fischer, die hinausfuhren, sahen unterhalb von Hókur ein Huldenboot liegen mit den acht Männern, welche die Huldin hergerudert hatten. Der Pfarrer verbot jedermann, sich nordwärts zum Strand zu begeben, bevor die Flut wieder darübergelaufen sei, und niemals ist ein Befehl besser befolgt worden als dieser. Dann kehrte der Pfarrer zu Kristoffer ins Haus zurück und trieb ihm den bösen Geist aus. Besonders neugierige Leute in Sandavágur sahen, wie etwas durch den Rauchfang hinausfuhr. Daraufhin fand Kristoffer endlich Frieden. –

In der Haraldsstova in Sandavágur verlebte Peder Arrheboe oder der »Alte Pfarrer«, wie er auch genannt wurde, seine letzten Jahre nach der Amtsenthebung. Dort in Sandavágur beschäftigte er sich damit, zum Fischen hinauszurudern; und eine besonders fischreiche Stelle, die er entdeckte, wird nach ihm »Fischstelle des Pfarrers« genannt. Sie liegt zwischen Klovningur und Presttangi, eine Seemeile vom Land entfernt. Der Amtsrichter, der beobachtet hatte, wie Herr Peder auf das Weideland zu den Torfstapeln hinausging und Torfbrocken sammelte, bekam Mitleid mit ihm und stellte ihn als Lehrer für seine Kinder an. Mehrere Schüler gingen dann zu Herrn Peder in Sandavágur, und der eifrigste von ihnen war Bartals-Jákup. Aber Beinta verachtete sie und schüttete Wasserkübel über sie aus, wenn sie kamen.

Herr Peder musste in Sandavágur keine Not leiden. Solange er lebte, erhielt er von seinem Nachfolger auf dem Jansagerðihof zwanzig Schafe und Winterfutter für drei Kühe. Auch erhielt er von verschiedenen Männern Schafe geschenkt, und er bekam den Zehnten der Fische, die von zwei Booten in Sandavágur gefangen wurden, von denen eines das Boot des Amtsrichters war.

Oft kamen Leute von weit her, um den »abgesetzten Pfarrer« zu sehen. Eines Tages, als Herr Peder am Strand entlangging, kam ein unbekannter Mann, der soeben in der Ortschaft eingetroffen war, zu ihm und bat ihn, ihm den abgesetzten Pfarrer zu zeigen. Herr Peder versprach das; jedoch habe er erst noch eine kleine Besorgung zu erledigen, sagte er, werde aber danach sofort zurückkommen. Der Fremde ging unten am Strand auf und ab und wartete geraume Zeit, aber niemand kam. Da ahnte er schließlich, dass es wohl Peder Arrheboe selbst gewesen war, mit dem er gesprochen hatte.

Von Beinta bleibt noch zu sagen, dass sie, als sie in Sandavágur wohnte, oft mit einem Sack von Ort zu Ort ging und darum bat, dass man ihn für sie fülle. Einmal kam sie nach Lamba auf Eysturoy und bat die Hausherrin, ihr einen Korb mit Korn zu füllen. Die Hausherrin in Lamba meinte zwar, es stehe ihr nicht gut an, um Korn zu betteln, aber sie sorgte gleichwohl dafür, dass sie es bekam. Die letzten Worte Beintas, als sie auf dem Sterbebett lag, waren »Schwarzkorn und Weißkorn«.

Herr Peder überlebte Beinta um einige Jahre. Da war er auf seine alten Tage nun ganz allein, und als man ihn fragte, wie er zurechtkomme, antwortete er: »Die Trolle tragen mir das Wasser; aber ich muss selbst Teig kneten und die Asche tragen.« In der Holzwand seines Hauses war ein schmales Loch, durch das er die Trolle hinausfahren ließ, wenn er sie aus dem Haus haben wollte. »Hu«, entfuhr es ihnen, wenn sie durch das Loch entwichen – so eng war es. Hinein zu ihm kamen sie immer durch die Tür. Er selbst ging mit dem Melkeimer hinaus und bat die Kuhmägde, seine Kuh zu melken. »Wer will diesen gefährlichen Melkeimer haben?«, fragte er.

Und als Herr Peder auf dem Sterbebett lag, wollten manche bei ihm wachen, aber er wollte es ihnen nicht gestatten. »Die Männer in den weißen Gewändern wachen über mir«, sagte er. Am Morgen darauf war er tot.

*(Publ. 1898)*

*Regin í Líð*

# Eyðun

Vorspiel

Am hohen Himmel blinken
Die Glücks-Sternschnuppen hell.
Von tausend Wogen sinken
Zitternd Funken schnell.

Nicht leicht lässt sich entwinden
Der Weg auf Meer und Land.
Des Lebens Glück zu finden
Vermag des Sel'gen Hand!

Die Unglückshand es nie entdeckt,
Des Lebensglückes Gold,
Auf alle Zeit bleibt es versteckt,
Wenn dir das Los nicht hold.

Blank lag der Vágurfjord da, denn es regte sich kein Lüftchen. Auf der Wasserfläche spiegelten sich die Felsen. – Ein windstiller Tag im September. Alles Leben, das die Wärme des Sommers hervorgebracht und vermehrt hatte, ging zu Ende, näherte sich seiner Todesstunde oder ruhte bereits im Todesschlummer.

Den Weg zur Kirche herunter kamen sechs Männer, die einen Sarg trugen; drei Männer gingen vorneweg und sangen das Begräbnislied. Wenige folgten dem Sarg, kein Auge war feucht, der Tote hatte gewiss nicht viele Angehörige im Dorf gehabt.

Der Gesang klang recht kümmerlich zwischen den langsam fallenden Glockenschlägen. In einiger Entfernung war Grölen zu hören. Auf einem Bauernhof wurde das Heu eingebracht, und jetzt um die Mittagszeit hatten die Männer bereits einiges getrunken.

Als der Gesang verstummte, war alles so still, so still; das Grölen der Männer, die mit dem Heu beschäftigt waren, ließ diesen Frieden noch stiller erscheinen, wie etwas Besonderes, das nicht zum Leben gehört.

Als der Tote begraben war, gingen alle vom Friedhof nach Hause, denn da war keiner, der sie auf ein Glas zu einer Totenfeier einlud. Jene, die den Sarg getragen hatten, wischten sich die Erde von den Schuhen; denn Friedhofserde soll man nicht mit sich nach Hause tragen.

Eine Weile hörte man noch die Schaufelschläge des Totengräbers, der das Grab glatt klopfte, dann war alles vorbei.

*Eyðun* war beerdigt worden; an einem der folgenden Sonntage würde der Pfarrer drei Schaufeln Erde auf sein Grab werfen.

Ja, wer war denn nun Eyðun? – Solange er lebte, gab es auf diese Frage keine Antwort, man wusste nur, dass er aus dem Norden kam; aber da für die Leute auf Suðuroy jeder nördlich des Fjords aus dem Norden stammt, war dies eine ebenso kurze wie ungenaue Antwort.

Einen wunderlicheren Mann als Eyðun hatte das Dorf Vágur nie gesehen, darin waren sich am Tag nach seiner Ankunft alle einig; nun, nachdem er dreiundzwanzig Jahre hier gelebt hatte, erregte sein Benehmen kein Aufsehen mehr; und wenn sie ihn auch nicht betrauerten, vermissen würden sie ihn gleichwohl, denn alle hatten Eyðun gekannt, am besten vielleicht die Kinder.

Wie war Eyðun aber nach Vágur gekommen? – Ja, eines Morgens in der Dämmerung verließ ein Schiff die Bucht, und Eyðun stand am Landungsplatz. Ein Sack und eine Kiste, das war sein ganzes Gepäck! Niemand wusste, woher das Schiff gekommen war, und niemand erfuhr, wohin es wollte.

Man hörte an seiner Sprache, dass er von den nördlichen Inseln stammte, aber aus dem Norden kam er jetzt nicht. Wenn man ihn fragte, woher er sei, antwortete er nur, er komme aus dem Ausland.

Eyðun bat nicht um Obdach, und niemand lud ihn zu sich ein, so verbrachte er die erste Nacht im Freien, aber es war Sommer, und er musste nicht frieren.

Es gab einen Ort, der Am Huldugil genannt wird. Dort standen seit langem die Überreste eines Hauses. Der Huldugil ist ein großer Wildbach, der steil in die Tiefe stürzt; daher ist dort meist ein mächtiges Getöse zu hören. Der frühere Besitzer war von dort weggezogen, weil seine Frau das ständige Getöse nicht ertrug – so hatte er selbst gesagt, es gab aber nicht wenige, die meinten, der Grund sei wohl eher das graue Völkchen gewesen, das dort sein Unwesen treibe.

In diesen Mauerresten saß Eyðun am Morgen nach seiner Ankunft im Dorf. Er hatte sein Gepäck hierher getragen, und nachdem die Dorfbewohner aufgestanden waren, erkundigte er sich als Erstes danach, wem die Ruine gehörte, und dann besuchte er den Mann.

Bald kannten alle das Ergebnis ihres Gespräches: Eyðun hatte die Ruine am Huldugil gekauft und zwanzig Pfund in englischen Goldmünzen für sie gezahlt.

Am selben Tag bestellte er Handwerker und Material. Die Ruine sollte so hergerichtet werden, dass sie bewohnbar wäre. Es war nichts Großartiges, das Eyðun machen ließ: ein Dach über den Kopf und eine Feuerstelle; doch gab es zwei Zimmer im Haus.

Die Leute wunderten sich über Eyðun und hätten gerne gewusst, was er für einer sei; aber wenn jemand anbot, ihm bei irgendetwas behilflich zu sein, lehnte er dankend ab, immer höflich, doch auf eine solche Weise, dass keiner es ein zweites Mal versuchen mochte.

Dass die Kiste, die er mitgebracht hatte, Bücher enthielt, war das Einzige, was sie erfuhren.

So verbrachte Eyðun sein Leben im Dorf, jedoch in Zurückgezogenheit von den Dorfbewohnern. Die Kinder waren die Einzigen, die ihn besuchten. Wenn sie draußen zwischen den Häusern spielten, stand er manchmal dabei und sah ihnen zu; er war ein hoch gewachsener Mann, und obschon er noch nicht sehr alt war, waren Haar und Bart schlohweiß. Wenn er jemanden ansah, war es, als ob sein verschleierter Blick durch ihn hindurchging und träumend in weiter, weiter Ferne hing; bisweilen aber bekamen seine Augen einen weichen, gutmütigen Ausdruck, und zwar immer dann, wenn er eine Weile dagesessen und den kleinen Kindern beim Spielen zugesehen hatte. Wenn sie sich am Ende dann zu ihm hintrauten, bekamen sie stets etwas Lustiges zu sehen, meist waren es Bilder aus den Büchern, die er besaß; mitunter erzählte er ihnen auch eine Geschichte.

Eyðun tat nichts; er lebe ausschließlich von seinem Geld, sagten die Leute und meinten, er müsse reich sein. Doch war es keineswegs so, dass Eyðun, was Kleidung und Nahrung anbelangte, irgendeine Form von Reichtum zeigte; denn einen sparsameren Menschen als Eyðun gab es nicht.

Bei Nebel ging er immer hinaus, und wenn der Nebel die Felsgipfel freiließ, konnte man sicher sein, dass ihn sein Weg nach Westen zur Steilküste führte. An solchen Tagen war er oft dabei gesehen worden, wie er ganz dicht am Abgrund entlangging.

Mitunter stand oder lag er da und starrte in den Nebel hinunter, wo die Trottellummen schrien.

Dreiundzwanzig Jahre lang wohnte Eyðun am Huldugil; eines Tages aber, spät in der Vogelfangsaison, verschwand er, von niemandem bemerkt.

Da er so zurückgezogen lebte, dauerte es zwei volle Tage, bis sein Verschwinden entdeckt wurde. – Es waren die Kinder, die ihn als Erste vermissten.

Von Mund zu Mund machte das Gerücht die Runde durchs

Dorf: Eyðun vom Huldugil ist verschwunden, in den Bergen zu Tode gekommen, ist abgestürzt, hat sich davongemacht – im Grunde wusste niemand etwas.

Und da keiner von sich aus auf den Gedanken kam, nach ihm zu suchen, dauerte es einen weiteren Tag, bis jemand die Sache in die Hand nahm und einige Leute losschickte.

Man suchte in der Umgebung des Dorfes und fragte in den Nachbardörfern, fand und erfuhr aber nichts. Und weil er immer die Steilküste entlangkletterte, meinten die Leute, es sei am wahrscheinlichsten, dass er abgestürzt sei.

Eines Tages gingen zwei Männer unterhalb der schroffen Felswand im Westen der Insel an Land, und dort fanden sie Eyðun. Er lag auf der Klippe, mit dem Kopf nach unten. Als Schultern und Nacken auf die Klippe aufschlugen, hatte die Wucht des Aufpralls seine Knie gegen die Brust gedrückt. Sein großer weißer Bart hing über seinem Gesicht.

Sie waren nicht überrascht, Eyðun hier zu finden, aber es war ihnen doch seltsam zumute. Schweigend gingen sie zum Boot, um das Segel zu holen, in das sie den Toten einwickelten. Als sie ihn aufhoben, bemerkten sie, dass sein Genick völlig zermalmt war.

Dann luden sie Eyðun ins Boot und brachten ihn ins Dorf zurück. Er wurde im Haus am Huldugil aufgebahrt, und nachdem er beerdigt war, dachten die Leute, seine Lebensgeschichte würde für immer verborgen bleiben. Und das wäre sie sicher auch, wenn er nicht selbst dazu beigetragen hätte, sie ans Licht zu bringen.

Wer aber sollte Eyðun beerben? – Das war die Frage, die nun aufgeworfen wurde. Solange er lebte, hatten sich die Leute nicht um seine Familienverhältnisse gekümmert; jetzt aber wollten alle gerne wissen, was es mit diesen auf sich habe. Denn dass er Geld gehabt hatte, daran zweifelten sie nicht, und es ging das Gerücht, er habe einen großen Kasten mit Banknoten irgendwo vergraben.

Keiner traute sich, etwas im Haus anzufassen; denn alle waren fest davon überzeugt, dass es dort oben nicht mit rechten Dingen zuging.

Die Bücher, die er besessen hatte, waren ohne Zweifel Zauberbücher, und man erzählte sich, dass sie so mächtig seien, dass derjenige, der sie berühre, augenblicklich an ihnen hängen bleibe, und wenn einer ihm helfen wolle, würde es nur noch schlimmer, denn dann würden beide festhängen. Die Leute mieden deshalb das Haus am Huldugil und blickten in der Dämmerung nur furchtsam und verstohlen zu ihm hinauf. Als eine wahre Begebenheit erzählte man sich auch, dass eine Frau, die eines Abends spät auf dem Weg zwischen den Dörfern unterwegs war, etwas unbeschreiblich Furchtbares gesehen hatte: einen großen grauen Vogel, der in sausender Fahrt von den Felsen herabstürzte und direkt durchs Dach ins Haus am Huldugil flog.

Dann wieder war ein kleines Mädchen außer sich gewesen vor Angst, weil eine große graue »Haut« den Hang hinabgeschossen kam und geradewegs unten beim Landungsplatz ins Meer stürzte.

Auf dem Höhepunkt all dieser Gerüchte kam ein Boot aus dem Norden mit dem Chef der örtlichen Polizei, und der ließ alle bewegliche Habe aus dem Huldugil-Haus mitnehmen.

Nun erfuhr man auch, woher Eyðun stammte. Es hieß, seine Frau sei kurz nach der Hochzeit verrückt geworden, und aus Kummer darüber habe er das Land verlassen.

Nun sind, seit Eyðun lebte, viele Menschenalter vergangen. Vom Haus am Huldugil ist kein Stein mehr übrig. Heute heißt der Ort auch anders, glaube ich.

Vor vielen Jahren war ich überall im Land unterwegs, um nach alten Dingen zu suchen, und grub häufig auf alten Grundstücken und Hügeln, über die man Sagen erzählte. Meine Reise führte mich auch nach Vágur; hier hörte ich die Geschichte von Eyðun, und man zeigte mir den Hügel, wo er seine Besitztümer vergraben haben soll.

Niemand hatte je gewagt, dort zu graben, und viele rieten mir von einem so gefahrvollen Unterfangen ab. Ich tat es trotzdem und habe es nicht bereut, so groß war der Schatz, den ich fand.

Tief in der Erde stieß ich nämlich plötzlich auf eine Schachtel, und in der Schachtel war ein kleiner Kasten aus Kupfer; er war nicht verschlossen, aber der Deckel saß sehr fest. In diesem Kästchen fand ich Eyðuns Lebensgeschichte.

Auf ziemlich vergilbten, zu einem Bündel zusammengerollten Papierstücken stand seine Geschichte geschrieben. Lassen wir Eyðun sie selbst erzählen:

## I.

Nun ist es recht lange her, seit ich hierher gekommen bin, und noch immer bin ich zu keiner Entscheidung gelangt – das Beste wird wohl sein, so von hier fortzugehen, dass keiner erfährt, wer ich bin. Ich bin mir ganz sicher, dass ich das, was mir draußen in der weiten Welt nie gelungen ist, hier zu Wege bringe. – Dort hat immer etwas meine Gedanken abgelenkt, sodass ich gerade das Gegenteil von dem tat, was ich eigentlich wollte; ich plagte mich für ein Leben, das mir eine einzige Last war, statt für den Tod, den ich ersehnte – Ruhe – Versöhnung – Buße –.

## II.

Wie seltsam das Schicksal doch manchmal mit einem verfährt. Ich fürchte, dass ich es auch jetzt nicht zustande bringe.

Es ist doch ein eigenartiges Gefühl, wieder in seinem Heimatland zu sein. Gestern ging ich zum Kliff hinauf in der nämlichen Absicht; aber – … – Als ich aus dem Haus ging, war es neblig, und ich fühlte mich so geborgen, so unsichtbar für alle Lebewesen.

Am Rand der Steilküste wurde die Sicht glasklar, und ich sah das Meer in der Sonne glitzern. Einige Fischer hatten die Handleinen ausgeworfen, ich sah, wie sie zum Fanggrund zurückruderten, wenn sie abgedriftet waren.

Bei meinem Aufstieg hatten die Vögel wohl wie immer geschrien, aber ich hörte sie erst jetzt – die Austernfischer, welche die Raubvögel verjagten, die Regenbrachvögel mit ihrem lang anhaltenden, ständigen Rufen –, mir wurde ganz warm ums Herz; und der Goldregenpfeifer – ja, ich hatte nicht erwartet, dass ich dies noch einmal hören würde, und ich weinte – weinte wie damals, als ich ein Kind war und das Böse bereuen konnte, das ich getan hatte.

Und dann kamen alle Kindheitserinnerungen hoch, spielten in meinem Kopf wie eine fröhlich vergnügte Kinderschar. – Auch Malan war dabei – ihr blondes Haar flatterte im Wind, ihr Gesicht war vom schnellen Lauf gerötet. Ich war wohl kurz davor, verrückt zu werden, denn ich streckte die Hand nach ihr aus; im selben Augenblick hörte ich den Schrei einer Trottellumme – er klang wie spöttisches Gelächter und brachte mich in die Wirklichkeit zurück.

Hastig wandte ich mich der Felskante zu; die hohe Felswand fiel senkrecht nach unten ab, und der Nebel hüllte das Meer ein – die Gelegenheit war günstig – doch es kam nicht dazu. – Ich begann darüber nachzudenken, ob ich wohl seitlich oder kopfüber fallen würde – ob ich fallen würde, wie ich gesprungen war, oder ob ich mich in der Luft drehen würde. – – Ach, nichts als Angst, einfach abscheuliche Angst! Aber nein! Angst ist es doch nicht, denn wie früher macht es mir nichts aus, in die Tiefe zu schauen –.

Es ist verhängnisvoll, wenn wir über unsere eigenen Gedanken nachzudenken beginnen. Dann kommt nichts zustande.

# III.

Womöglich liegt alles Unglück auf Erden im Gedächtnis verborgen. Würden wir nichts von dem Gewesenen erinnern, sondern nur das Kommende erstreben – vielleicht wären wir dann glücklich?

Es ist seltsam, wie klar meine Erinnerungen geworden sind, seit ich hierher kam, um Frieden zu finden.

Wie ich heute Abend auf der Türschwelle saß und den Kindern beim Spielen zusah, kam mir mein Heimatdorf so lebhaft in Erinnerung.

Genauso tollte ich einmal umher; ich erinnerte mich, wie mein Herz vor Freude hüpfen konnte, wenn ich die anderen Jungen draußen am Wasser spielen sah und dem Karten der Wolle oder irgendeiner anderen langweiligen Arbeit entkommen war. Mein Verlangen, bei ihnen zu sein, war so stark, dass ich mehr flog als rannte, und trotzdem schien es mir eine Ewigkeit zu dauern, bis ich bei ihnen war.

Aber da muss ich noch sehr klein gewesen sein, denn sehr früh schon nahmen meine Gedanken dem Spiel seinen unbekümmerten Frohsinn.

Gott weiß, wie alt ich war, als meine Gefühle für Malan nicht mehr nur die eines Kindes waren. – Vielleicht war ich zwölf?

Ich erinnere mich ganz deutlich, wie ich sie um jeden Preis zu fassen versuchte, wenn wir in der herbstlichen Abenddämmerung Fangen spielten.

Es weckte ein neues, verlockendes Gefühl in mir, sie in einer Rauferei zu bezwingen; mir war, als machte ich einen Schritt in eine andere Welt, wenn ich mit einer Hand ihre Taille umfasste und mit der anderen ihr zerzaustes Haar durchwühlte.

Ich verbarg meine Gefühle vor den anderen, an ihrem Verhalten konnte ich aber sehen, dass es einigen von ihnen auch so erging wie mir.

Alles bewegt sich im Kreis. Hier toben die Kinder umher, wie ich es damals tat – sicher mit den gleichen Gefühlen. Die eigentliche Kindheit währt nur kurz; doch sie ist ohne Zweifel die einzige Zeit, die zu leben lohnt … Ich weiß nicht, warum mich diese Gedanken an die Vergangenheit nicht loslassen.

Mein Vater hatte kein Verständnis für mich, davon bin ich überzeugt. Für ihn war ich nur ein Teil seines Besitzes, eine Arbeitskraft, die es mit Bedacht auszunutzen galt. Nie sprach er mit mir über etwas anderes als Arbeit, er hielt mich unter strenger Aufsicht; aber ich war nicht dumm und führte ihn oft unbemerkt an der Nase herum.

An meine Mutter erinnere ich mich kaum, sie wirkte auf mich immer ängstlich, unselbstständig und unterdrückt, kaum dass sie mich zu liebkosen wagte; doch hegte ich warme Gefühle für sie.

Am deutlichsten erinnere ich den Tag, an dem sie begraben wurde. Auf dem Friedhof weinte ich, versuchte jedoch, es zu verbergen, denn es war mir unangenehm … Mit seltsamer Klarheit kommen mir die kleinsten Details in den Sinn:

Wie ich dastand und gegen die Tränen ankämpfte, die ich nicht zurückhalten konnte, und dann sah, wie sich auf dem Grabhügel ein Regenwurm schlängelte. – Schlagartig hörte ich auf zu weinen – ich hatte nur noch Augen für den Wurm, als wäre er ein Gegenstand von allerhöchster Bedeutung. – Würde er sich so bewegen, dass er ins Grab hineinfiele oder nicht, das war in jenem Augenblick für mich die große Frage. – Da rollte ein Erdklumpen über ihn hinweg und schlug mit lautem Geräusch auf dem Sargdeckel auf. – Sogleich brach ich erneut in Tränen aus, denn ich musste an meine Mutter denken, die ich nie mehr sehen sollte.

An jenem Tag saß ich den ganzen Nachmittag auf einem Stein am Wasser und sah zu, wie die Wellen an den Sandstrand rollten. Ich musste nicht arbeiten, aber zu spielen erschien mir auch ungehörig.

Nach dem Tod meiner Mutter war ich nur daheim, wenn es nicht anders ging, mein Zuhause bedeutete mir nichts mehr, es war nur ein Haus, in dem man schlafen und essen konnte. Ich habe auch nie Sehnsucht danach gehabt.

Meine Gefühle für Malan veränderten sich, sie wurden immer diffuser, und schließlich empfand ich ihr gegenüber Scheu. Die Spiele unter uns Gleichaltrigen waren anders geworden. Alle waren wir hinter den Mädchen her, unser Reden war sehr geheimnisvoll und unser Tun oftmals auch.

## IV.

Wenn ich an Hálvdan denke, dann immer an das Unglück; daran, wie er in sausender Fahrt den Felsen hinabstürzte.

Ich habe aber schon so oft und so ausführlich über diese Begebenheit nachgedacht, dass sie mich nicht mehr sehr beschäftigt.

Was ist die Gewohnheit doch für eine vortreffliche Helferin, dass sie die unwegsamsten Pfade zu einer breiten Landstraße zu ebnen versteht.

## V.

Heute Abend wird im Saal getanzt, und wenn ich vor die Tür trete, höre ich ganz deutlich die Schritte der Tänzer. Eben sangen sie *Risin av Leittrabergi,* oder war es eine der anderen Balladen über Sigurd? – Ich verspürte tatsächlich Lust mitzutanzen.

Was würden sie wohl dazu sagen, wenn Eyðun vom Huldugil sich in den Tanz einreihte? … Jetzt singen sie *Flóvin Bænadiktsson.* – Heute ist es genau wie an dem Abend, als ich Malan zum ersten Mal umarmte. –

Es war der Abend des zweiten Weihnachtstages. – Laues Nebelwetter, wie es hier auch im tiefsten Winter nicht ungewöhnlich ist. – Soweit ich mich erinnere, war es stockfinster. – –

Die Luft war mild, es schneite und sah nach Frost aus. Ein sanfter Traum für denjenigen, der sich steif vor Kälte zum Sterben in den Schnee gelegt hat.

Ach ja! ach ja! wie ich hier einsam fernab der menschlichen Gemeinschaft sitze, kommen die Erinnerungen. – Oft suchten sie mich fürchterlich heim und wollten mich verzehren, nun aber scheinen sie an Farbe und Deutlichkeit verloren zu haben. Es erleichtert mich, sie zu Papier bringen zu können.

Ich verspürte Malan gegenüber eine Scheu; stets brannte aber in mir ein starkes Verlangen. Doch dass gerade sie es war, nach der mich verlangte, war mir nicht klar.

Dann begab es sich, dass sich mein Freund Hálvdan mit ihr verlobte.

Damals waren die Sitten so, dass ein Verlöbnis so bindend wie eine Trauung war, also konnte ich nicht an Malan gedacht haben, als ich an jenem zweiten Weihnachtstag zum Tanz ging.

Es war auch nicht meine Schuld, dass ich sie in meine Arme schloss, als ich mich irgendwann im Dunkeln am Gomlustova-Stall entlangtastete.

Ich spürte nur, dass es eine Frau war, aber dass sie es war, wusste ich anfangs nicht. Ich will wohl einräumen, dass eine eigentümliche Lust mich überkam, die Frau, wer sie auch sei, festzuhalten; doch wäre es so hell gewesen, dass ich Malan erkannt hätte, hätte ich sie sicher nicht angerührt. – – – – – – Und wie ganz anders hätte da mein Schicksal verlaufen können. Meine Lebensgeschichte wäre eine andere geworden – vielleicht wäre ich jetzt glücklich, statt hier von der Welt abgeschieden alleine mit meinem finsteren Geheimnis zu sitzen. – Doch das Schicksal bestimmt alles, und ich kann mich nur damit trösten, dass ich ein entschiedener Einzelgänger bin … Oder vielleicht gibt es auch gar kein Schicksal. – Schon der bedeutungsloseste Zufall kann das Lebensglück in ewiges Unglück verkehren … Ich merkte zwar schnell, dass es Malan war, die ich in den Armen hielt; doch da befand ich mich schon ganz und gar in jener Zauberwelt, in die ich auch einzutreten meinte, wenn wir als Heranwachsende zwischen den Häusern spielten. Ich hatte nur einen Gedanken: die Frucht zu genießen, die mir in den Schoß gefallen war … Ich wusste nun mit Bestimmtheit, dass sich all mein männliches Verlangen darauf richtete, Malan zu besitzen. Andere Mädchen, die ich berührt hatte, waren nichts als Spielzeug; sie allein war aus Fleisch und Blut. Doch in der Stunde meines Glücks war Hoffnungslosigkeit mein Los, denn es war leichter, das Siebengestirn vom Himmel zu holen, als das Verlöbnis zwischen ihr und Hálvdan zu lösen, das beide schon so fest aneinander band, als seien sie in der Kirche getraut worden.

Was sie darüber dachte, konnte ich dem, was sie sagte, nie entnehmen – denn sie sagte nichts; aber da war etwas anderes, das viel verlässlicher als Worte zu verstehen gab, dass sie nun erst erfahren hatte, was es heißt, einem Mann anzugehören.

Nie werde ich vergessen, wie sie später in der Nacht Vorsängerin beim Tanz von *Flóvin Bænadiktsson* war.

Das Lied bekam eine Kraft, eine Leidenschaft, wie ich sie nie zuvor gespürt hatte.

## VI.

Als ich hierher kam, wollte ich jenes Werk vollbringen, das zu tun ich fünfundzwanzig Jahre lang nicht Manns genug war. Ich dachte, dass die einsame Natur dort oben am Kliff – wo der Nebel tief über dem Meer liegt und die Trottellummen schreien – mich in jene Gemütsverfassung versetzen würde, die vonnöten ist, einen Gedanken in die Tat umzusetzen. – Doch nein! Die Erinnerungen steigen in mir hoch, ich betrachte sie im Geiste eingehend von allen Seiten – jede Leidenschaftlichkeit ist in mir erstorben … Warum schreibe ich? Wozu schreibe ich? Nicht, damit jemand diese Blätter liest, kein Mensch soll sie je in die Hände bekommen. – Also besteht meine Absicht darin … Jetzt weiß ich, warum ich schreibe! Ach, der Mensch! Der Mensch! Welche Erbärmlichkeit! Statt die ungestümen Kräfte, die das Unglück speist, für das Vollbringen *eines* großen Werkes aufzusparen, verzettle ich mich und nehme meiner Seele jene Kraft, welche die Leidenschaft zur großen Tat geben kann …

## VII.

Manchmal stellte ich mir vor, Hálvdan würde vielleicht sterben oder etwas anderes würde geschehen, sodass er und Malan nicht zusammenkommen könnten. Doch nie dachte ich daran, die beiden durch ein Verbrechen voneinander zu trennen, obschon ich fast verrückt war vor Verlangen nach ihr.

Ob ich wachte oder schlief, sie ging mir nicht aus dem Sinn. Oft wachte ich davon auf, dass ich die Arme um ihre Taille schlang, und dann war es nur das Kopfkissen.

Ich spürte den Duft ihres Haares, ich sah ihre halb geschlossenen Augen, in denen heißes Begehren brannte, ihre frische, gebräunte Haut … Da begab es sich, dass wir, Hálvdan und ich, auf Vogelfang gingen am Kliff – es fiel steil ab, deshalb war er mit einem Seil gesichert, und ich passte oben auf. – Ein Verbrechen hatte ich nicht im Sinn, und es war nicht meine Schuld, dass sich aus der Felswand über mir ein Stein löste. Er streifte mich an der Wange – warum traf er mich nicht? … Ich erschrak, und als die Gefahr vorüber war, war mein erster Gedanke, der Stein könnte Hálvdan treffen, und ich warnte ihn, obwohl es dafür ja nun zu spät war.

Das Seil war etwas unterhalb von mir um einen Pflock gewunden, so konnte ich meinen Platz verlassen und mich bis an die Felskante vorwagen, um zu sehen, ob Hálvdan außer Gefahr war. Ich sah, wie er frohgemut dalag und Papageitaucher aus ihren Höhlengängen zog. Bis auf einige ganz außen gelegene Brutplätze war er mit dem Felsabsatz fertig, daher bat er mich, ihm etwas mehr Seil zu geben und aufzupassen, während er die letzten Vögel fing. Ich ging zum Pflock zurück; aber gerade, als ich das Seil lösen wollte, sah ich, dass es zwei Faden weiter unten, aber noch vor der Felskante, durch den Stein beschädigt worden war.

Noch immer hatte ich nichts Böses im Sinn, ich wollte Hálvdan nur schnell warnen, denn noch stand er auf dem Felsabsatz; doch als ich die beschädigte Stelle sah, war es, als ob der Böse meine Gedanken in Richtung Malan lenkte – mehr bedurfte es nicht, um mich so in Erregung zu versetzen, dass ich ein Verbrechen beging … Ich weiß nur noch, dass ich mein Blut in den Schläfen pochen hörte.

Brennendes Begehren und besinnungsloses Verlangen betäubten meinen Willen. Ich ging zu dem Holzpflock, löste das Seil und ließ es so weit hinunter, dass die beschädigte Stelle nun unterhalb der Felskante frei in der Luft hing.

Hálvdan lehnte sich nichts ahnend weit hinaus, er zweifelte keinen Moment, dass das Tau hielt … Es wäre ehrenhafter gewesen, scheint mir, ihn so zu töten, dass er gewusst hätte, was vor sich ging, und er sich nicht gutgläubig einem schadhaften Tau anvertraut hätte.

Als das gerissene Seil über den Felsen hochschleuderte, begriff ich, was passiert war. Ich warf mich nach vorn, doch hatte ich nicht so viel Schwung, dass ich auch abgestürzt wäre, ich kam jedoch gerade weit genug, um den Wirbel im Nebel zu sehen, wo Hálvdan verschwand.

Wie lange ich liegen blieb, an Körper und Seele gelähmt, weiß ich nicht. – Eine Trottellumme, die schreiend die Felswand entlangflog, brachte mir das Leben wieder in Erinnerung … Ich kann die Gefühle, die mich nun bewegten, nicht beschreiben, als mir klar wurde, dass Hálvdan für immer und ewig verschwunden war. Es waren viele und starke Gefühle. – Reue spielte dabei eine untergeordnete Rolle.

Hätte ich dem nachgegeben, wonach mich am meisten gelüstete, dann wäre ich nach Hause gerannt und hätte Malan auf der Stelle genommen; doch die Klugheit hieß mich, anders zu verfahren.

## VIII.

Niemand kam auf den Gedanken, mir die Schuld an Hálvdans Tod zu geben; natürlich hielten alle es für glaubhaft, dass ein Stein das Seil getroffen und zerrissen hatte. Und das Seilende, das noch am Pflock hing, bezeugte deutlich, dass es so gewesen sein musste.

Es ist mir immer unbegreiflich gewesen, wie es mir gelang, den Anschein zu wahren, als ob es sich bei dem, was geschehen war, wirklich nur um einen der zahlreichen Unglücksfälle handelte, die der Vogelfang der Färinger in den steilen Felswänden unvermeidbar mit sich bringt.

Es fehlte nicht viel, und ich hätte selbst geglaubt, ich sei unschuldig und alles, was ich getan hatte, nur ein böser Traum.

Eines war mir jedoch klar: Hálvdan war tot, und Malan konnte mir gehören, wenn ich eine Zeit lang stark blieb.

Jetzt begreife ich, dass ich all diese Zeit über wahnsinnig gewesen sein muss … Ich! der Mörder! ging zwischen den Leuten umher und tat, als sei nichts geschehen! – Allein die Hoffnung darauf, Malan in die Arme schließen zu können, betäubte alle menschlichen Gefühle in meiner Brust – verrückt – irrsinnig war ich – doch niemand wusste es. –

Als ein Jahr um war, wurden wir beide, Malan und ich, in der Kirche getraut … Ob sie irgendeinen Verdacht hegte, das habe ich nie mit Bestimmtheit erfahren; doch ich werde es nicht vergessen, wie sie mich, als wir am Abend dann alleine waren, grob um den Leib fasste und nur diese Worte sprach: »Nun hast du mich also bekommen, Eyðun.« – In ihrem Blick, ihrer Stimme lag etwas, das mir Angst einjagte. Angst, dass sie ahnte, was ich getan und ausgehalten hatte, um sie für mich zu gewinnen.

An jenem Abend jedoch betäubte eine unaussprechliche Freude alle Angst.

In vollen Zügen wollte ich die Seligkeit genießen, für die ich das Glück meines Lebens hergegeben hatte ... Wohl ist es wahr, dass derjenige, der auf den Grund des Freudenbechers geblickt hat, diesen Anblick selten vergisst; doch es ist gut, dass es nur wenige gibt, die ihn in ihrem Wahn bis auf den letzten Tropfen leeren.

Je teurer du aber für den Freudenbecher bezahlst, umso stärker gierst du danach, ihn bis zur Neige zu leeren ... Ich leerte den meinen in einer einzigen Nacht!

## IX.

Es ist unfassbar, welche Wunden die Zeit heilen – oder besser gesagt: betäuben – kann, denn geheilt ist die tiefe, tödliche Wunde bei mir nicht, den anfänglichen Schmerz aber hat die Zeit gelindert.

Nun liegt eine Haut darüber; doch ist sie durchsichtig wie Glas. – Alles, was ich erlebe, sehe ich wie aus großer Entfernung, so als wäre – nicht gerade ein anderer Mann, aber doch ein anderes Leben von mir davon betroffen.

Würde es sich nicht so verhalten, könnte ich jetzt das, was in jener bösen, schicksalsschweren Nacht geschah, nicht in Gedanken durchleben, geschweige denn niederschreiben ... Mir träumte so schwer, und der Traum handelte von jenem Unglückstag am Vogelfelsen.

In dem Moment, wo mein Verlangen sein Ziel erreicht hatte

und befriedigt war, kehrte meine Seele zurück an den Ursprung der Tragödie, die nun ihren Lauf nehmen sollte – zuerst im Traum, wohl ahnend, dass ein Unheil bevorstand … Doch was sage ich! Trägt nicht jedes Verbrechen, jede niederträchtige Tat ihre Bestrafung in sich schon von dem Augenblick an, da sie in der Verborgenheit des Denkens empfangen wurde?

Bin ich vielleicht für meine Tat zu sehr gestraft worden? … Wenn man einen Träumer etwas fragt und ihn dabei am kleinen Finger festhält, muss er willenlos Antwort geben, habe ich immer wieder sagen hören.

Ich weiß nicht, ob Malan das tat, aber ich musste im Schlaf geredet und die Wahrheit über das gesagt haben, was außer mir keine Seele wusste – nicht einmal er, der in die Tiefe gestürzt war.

Denn als ich erwachte, stand sie mit aufgelöstem Haar vor dem Bett, und das Mondlicht machte alles noch unheimlicher. Ich sehe sie noch vor mir. Mit geballten Fäusten stand sie da und schrie mich an:

»Du hast Hálvdan getötet! Das hast du doch getan?«

Erst war mir, als ob auch dies ein Teil meines Traumes wäre, endlich aber wurde ich gewahr, dass ich nun wach war … Ich kann nicht beschreiben, wie meine Gedanken in diesem Augenblick arbeiteten. Irgendwie muss ich ihr jedoch volle Gewissheit gegeben haben, denn plötzlich sank sie zu Boden und wisperte, anfangs kaum hörbar: »Hálvdan! Hálvdan! Hálvdan!«, dann wurde ihre Stimme lauter und lauter, bis sie mit einem herzzerreißenden Schrei brach … Dann war sie nicht mehr bei Sinnen, und ihr Verstand kehrte nie mehr zurück.

Ich weiß nicht, wie ich diese Nacht überlebt habe, und mein erster Gedanke war auch, sie nicht zu überleben. Ich wollte Hand an mich legen. Was hatte ich denn anderes verdient, als mein Leben zu lassen? – Doch ich tat es nicht; Leute kamen hinzu. –

– Jetzt sehe ich ein, dass dies als Strafe zu gering gewesen wäre. – War das vielleicht eine Strafe: mich fortzustehlen, da ich in Bedrängnis geraten war?

Nein! Fast fünfzig ruhelose, leidvolle Lebensjahre, das war meine Strafe, und sie habe ich durchgestanden. – Warum ihr dann jetzt selbst ein Ende bereiten?

Ach Angst! Erbärmlichkeit! Schon der Gedanke allein … – Warum sich an ein Leben klammern, das keinem nützt und für mich nur unendliche Pein bedeutet?

## X.

Es war unbeschreiblich traurig, sie so von Sinnen sehen zu müssen, nie wieder sprach sie ein Wort, blickte einen nur wahnsinnig an.

Alle bemitleideten mich wegen meines Unglücks, doch keiner ahnte, dass ich selbst daran schuld war.

Was band mich ans Leben? – Warum warf ich es nicht fort, wo es mir doch nur noch eine Qual war? Ein Zufall verhinderte die Tat in jener Nacht, und dann folgte dieses sinnlose Grübeln.

Auf welche Weise sollte ich verschwinden? – Auf dem gleichen Weg wie Hálvdan? – Nein, dazu war ich nicht kaltblütig genug.

Lange Zeit war ich fest entschlossen, mich aufzuhängen. Ein wollener Strick, den ich eines Tages über einer Kiste hängen sah, brachte mich auf die Idee.

Den Strick bewahrte ich lange auf, mal hier, mal dort.

Viele Male zog ich ihn hervor, ich legte ihn mir um den Hals und schlang ihn um den Nagel im Balken, ich hängte mich auch – mit den Händen – in die Schlinge, um mich zu vergewissern, dass der Strick hielt. Doch jedes Mal verhinderte der Gedanke, wie es sich anfühlen würde, wenn sich die Schlinge um meinen Hals zuzog, die Ausführung der Tat. Manchmal stand ich auch da und stellte mir vor, wie es sein würde, wenn sie mich am Seil hängend finden würden. Wie würden sie über meine Tat urteilen, was würden sie wohl für ihre Ursache halten, ob wohl irgendwann einmal jemand hinter meine große Untat käme? …

Oft war es auch der Gedanke an das große Unbekannte im Jenseits, der mich zurückhielt, und die Tat verblieb dann ungetan, weil ich im Anschluss an sie nichts Gutes erwartete. Trauer und Freude sind keine dauerhaften Gefühle; sie kommen in Wellen, in den Momenten dazwischen ebben sie ab. In diesen Momenten tröstete ich mich mit der Vorstellung, dass der Strick bereitlag, wenn die Gefühle unerträglich würden; doch waren sie dann da, tat ich nichts.

So verging die Zeit, bis ich eines Tages einen kleinen Funken Lebensmut zurückerhielt – Gott möge mir das, was dies bewirkte, vergeben! Doch nichts versetzt einen Mann so in Verzweiflung wie der Gedanke, diese Welt verlassen zu müssen, ohne etwas Lebendiges an seine Stelle gesetzt zu haben, das einen Teil seines Lebens in die Zukunft hineinrettet.

Wie blass ist die Hoffnung auf ein ewiges Leben im Himmel, verglichen mit dem Wissen, dass das eigene Geschlecht zahlreich sein wird auf Erden.

Es bestand keine Hoffnung, dass aus dem, was Malan unter dem Herzen trug, ein Mensch werden könnte, denn sie war und blieb verrückt; aber weil ich mich so sehr danach sehnte, erhoffte ich doch das Unmögliche.

## XI.

Sie brachte ein totes Kind zur Welt. – War es nicht besser so? – Doch mir schien nun die letzte Hoffnung verloren. – Eine Hoffnung, die eher Furcht denn Hoffnung gewesen war.

Von diesem Zeitpunkt an hielt ich es nicht länger zu Hause aus. Es quälte mich unsagbar, sie so zusammengekauert im Bett sitzen zu sehen, die Knie bis ans Kinn gezogen, als wollte sie jenes traurige Geheimnis, das böse Nornen ihr, der Schuldlosen, anvertraut hatten, bewahren und verteidigen, damit der Schuldige unbehelligt blieb. Er, der ihr brennendes Liebesbegehren als Einziger vollauf gestillt hatte. Er, den sie geliebt hatte in seliger Besinnungslosigkeit. – – – –

Ob sie wohl noch lebt?

Ich weiß es nicht.

Nein! Nein!

Der Herr kann nicht so hart sein. – –

Und doch! – Die Ungewissheit quält mich am meisten, und ich vermag nicht mir Gewissheit zu verschaffen.

Mir blieb keine andere Wahl, als mit dem Hollandfahrer zu verschwinden. – Ich wusste gut, dass ich es nun nicht mehr fertig bringen würde, mich selbst zu bestrafen; noch weniger wollte ich mich in die Hände derer begeben, die dazu *bestimmt* wurden, die Stiefkinder des Lebens zu bestrafen, denn größere Übeltäter als diese gab es kaum.

Als ich fortging, hatte ich die leise Hoffnung, den Tod auf See zu finden, doch nein! Ich kam in fremde Länder, und das Leben, jene abgründige, verlockende, fruchtbare Kraft, verlangte auch mir das Seine ab, ich plagte mich, arbeitete und häufte Geld und Kenntnisse an, doch dies konnte meine Seele nicht sättigen. In ihr hatte sich ein Abgrund aufgetan.

Den Tod fand ich nicht. Zweimal streckte er die Hand nach mir aus, doch ich kämpfte wie ein Bär, um ihm zu entgehen.

Und als ich lange in der weiten Welt gelebt hatte und mir nichts länger fremd war, zog es mich zurück auf die Färöer. Ich musste die Steilküste wiedersehen und den tief liegenden Nebel über dem Meer. Einmal noch musste ich die Trottellummen schreien hören! Dann vielleicht … In mein Heimatdorf wagte ich mich nicht zurück, deshalb kam ich hierher, die Gegend ist sehr ähnlich. Die Steilküste, die schroffen Felswände, den tief liegenden Nebel und die Trottellummen fand ich hier; doch die Tat blieb ungetan.

## XII.

Je älter ich werde, desto weiter entferne ich mich von dem Gedanken, es selbst zu tun. Ich werde zum Herrn beten, dass er mich holt. Ich will meine Strafe geduldig ertragen.

Vielleicht warten dann im Jenseits Versöhnung und Vergebung.

## XIII.

Es ist einer von den Nordinseln angekommen, sagen sie. Wenn ich nur mit ihm ins Gespräch käme.

Er soll jung sein, also kennt er mich wohl nicht, falls er aus der gleichen Gegend stammen sollte; aber es wird Argwohn erregen, wenn ich ihn aufsuche. Besser, ich warte, bis sich die Gelegenheit von selbst ergibt.

Ich brenne danach, Gewissheit darüber zu erlangen, was sich nach meinem Weggang ereignet hat. – Ob sie noch lebt? – Vielleicht wieder zu sich gekommen ist? – Vielleicht alles erzählt hat?

Mich drängt es, ihn zu treffen, denn ich ahne, dass er etwas zu berichten hat.

## XIV.

Nun habe ich den Mann von den Nordinseln getroffen. – Ja, es war so, wie ich dachte, er kam von dort, und er konnte so viel erzählen, dass ich nun Gewissheit habe. –

Dem Herrn sei Dank und Preis in alle Ewigkeit; er hat sich erbarmt und sie vor langer Zeit zu sich genommen. – Lang ist es her, dass meine Seele einen solchen Frieden verspürte wie jetzt.

Doch nun ist meine Sehnsucht nach jenem unbekannten Land, vor dessen Tor ich ein halbes Jahrhundert verharrte, ohne dass ich es zu öffnen wagte, größer als je zuvor – aber ich will warten, bis mir *aufgetan* wird. –

Du Allwissender! Was werde ich dort zu sehen bekommen? –

– Ach Zweifel, du Menschenfeind! –

Der Mann aus dem Norden wird doch wohl keinen Verdacht geschöpft haben?

## XV.

Gestern – ich ging über den Felsabsatz, wie ich es nun seit bald vierundzwanzig Jahren tue – überkam es mich, ich hatte auf einmal so ein eigenartiges Gefühl im Kopf. Ich dachte, mir müsse schwindlig sein. – Ich bin ja jetzt alt, vierundsiebzig. Ich bemerkte es erst, als sich alles unter mir drehte und ich beinahe abgestürzt wäre; doch auch diesmal klammerte ich mich an dieses elende Leben. Ich krallte die Finger in den Boden und blieb mit geschlossenen Augen liegen, bis ich mich imstande fühlte, weiterzugehen. Erst als ich auf ebenem Boden stand, konnte ich daran denken, was mit mir geschehen war … Ob ich mich wohl wieder auf den Felsabsatz traue? …

Aber warum sollte ich nicht?

Doch, ich will es tun. Ich gehe wieder hinauf.

Warum soll ich nicht dort gehen, wo ich dreiundzwanzig Jahre lang jeden Tag gegangen bin, verkürzt das vielleicht mein Leben?

Nein, nicht, wenn ich gut aufpasse. Und das werde ich.

Seltsamerweise kommt es mir indes so vor, als ob ich doch noch von diesem Felsabsatz abstürzen soll.

Die Vorstellung macht mir Angst, und zugleich freue ich mich darauf, von allem erlöst zu sein. – Ich bin müde! – alt!

So endet die Geschichte von Eyðun vom Huldugil. Sicher hat er seine Aufzeichnungen vergraben, um seine Geschichte zu verbergen, doch ohne Frage wünschte er auch, sie möge entdeckt werden; denn die Geschichte trat bei ihm an Kindes statt: In ihr hat er gehofft, nach seinem Tod auf Erden weiterzuleben.

*(1912)*

*Andrea Reinert*

# Der Traum

Mir ist so bang, Olav«, sagte Malan zu ihrem Mann, der neben ihr lag.

»Warum ist dir bang, Liebste?«, sagte er und drehte sich zu ihr.

»Ich hatte letzte Nacht einen schlimmen Traum.«

Er spürte, wie sie am ganzen Körper zitterte, und drückte sie fest an sich.

»Fahr heute nicht zum Fischen hinaus«, bat sie voller Angst.

»Nun sei doch vernünftig, Malan, das muss ich doch tun«, er strich ihr das helle Haar aus der Stirn. »Erzähl mir von dem schrecklichen Traum, der dich so ängstigt.«

Malan lag eine Weile mit geschlossenen Augen, dann sagte sie leise: »Mir träumte von deinem Vater, Kálvur lítli. Er war so wütend, dass er mich fast in Stücke gerissen hätte, auch wenn sein Name ›kleines Kalb‹ bedeutet. Dann nahm er mich mit in ein Haus, das innen ganz rot war. Da hing ein Stück Geschlachtetes, das von Maden wimmelte. ›Dieses Fleisch musst du aufessen‹, sagte Kálvur lítli, ›sonst wirst du mitsamt dem Haus verbrannt.‹ Und dann ging er hinaus und schloss hinter sich ab. Aber ich brachte nichts herunter, denn jedes Mal, wenn ich das Fleisch anfasste, wimmelten Maden daraus hervor. Sie krochen mir über Hände und Arme. Ich hörte, dass Kálvur lítli am Schlüsselloch lauerte, dann schaute er herein – sein Kopf war so groß geworden wie der ganze Körper, und die Augen glühten wie Feuer.

›Jetzt wirst du verbrannt‹, sagte er und lachte sein kurzes, hartes Lachen, das mich immer schaudern lässt. Dann knallte er die Tür zu. Die Maden krochen mir an den Kleidern hoch und saßen fest, sie waren nicht wieder loszubekommen. Ich zog mich schnell aus und schleuderte die Kleider in eine Ecke. Schließlich war ich splitternackt. Aber da begann das Haus zu brennen, sodass die Funken flogen. In meiner Angst rief ich nach dir, so laut ich konnte – doch die einzige Antwort, die ich bekam, war ein höhnisches Lachen von Kálvur lítli. Im selben Augenblick erwachte ich und fand mich an deiner Seite. Aber das sage ich dir«, Malan öffnete die Augen und starrte voller Grauen vor sich hin, »lässt du mich heute allein, dann wird etwas Schlimmes geschehen.«

Olav missfiel das sehr. Er wusste zwar, dass sein Vater seiner Frau nach dem Leben trachtete, obwohl er Pfarrer und ein Mann Gottes war, aber er versuchte sie zu beruhigen: »Kálvur lítli kann dir nichts antun. Du weißt doch, dass er sich vor mir fürchtet.«

»Ja, das weiß ich, darum bitte ich dich, heute an Land zu bleiben. Solange du hier bist, wagt er mir nichts zu tun; sonst kann er mir ans Leben. Du weißt ja, er geht über Leichen, um seinen Willen durchzusetzen.«

Doch, all dies wusste Olav, aber er konnte nicht Tag für Tag an Land bleiben, um seine Frau zu beschützen. Etwas musste geschehen. Er musste nach Kirkjubø und dort mit dem Bischof sprechen und ihm melden, was Kálvur lítli Böses auf Sandoy angerichtet hatte. Wirklich Schlimmes wollte er seinem Vater nicht antun, obwohl er nur ein unehelicher Sohn war. Aber der Bischof konnte Kálvur lítli drohen, ihn mit dem Bann zu belegen. Dass der Vater so ein Unhold sein konnte, so bösartig gegen Malan, das konnte er nicht verstehen. Sie, die das Beste war, was es auf der Welt gab, guten Herzens und schön wie eine Blume.

»Liebste Malan«, sagte er, »du musst keine Angst haben wegen eines solchen Traumes; das hat nichts zu bedeuten. Du verstehst das doch, du willst mich doch nicht vom Fischen abhalten, jetzt zur günstigsten Fangzeit, nur um eines Traumes willen? – Wenn du es drinnen nicht aushältst, setz dich mit dem Strickzeug auf die Klippe; es ist Sommer und mild. Dort oben ist es schön, und du siehst, wenn wir vom Fischen zurückkommen. Dann kommst du wieder herunter.«

Malan seufzte: »Gebe Gott, dass du recht hast. Nun ist mir auch nicht mehr bang.« Sie legte ihm sanft ihre zarten Arme um den Hals und küsste ihn.

»Liebster Olav, fahr aber nicht weiter hinaus, als du Land sehen kannst.«

»Das verspreche ich dir, Malan, aufs offene Meer solls nicht hinausgehen.«

Malan sein Eigen nennen zu können, war mehr als aller Reichtum, den er von Kálvur lítli hatte. Er durfte sie nicht verlieren. Malan war licht und schön, und wenn er bei ihr war, war ihm, als ob die Sonne zwischen den Wolken hervorleuchte.

Es war vier geworden; es war am besten, jetzt aus den Federn zu kommen. Er sah aus dem Fenster: Was für ein herrliches Wetter draußen war. Malan zog sich ebenfalls an und stellte dem Mann Milch und Brot und ein gutes fettes Rippenstück zum Essen hin. In eine kleine Kanne füllte sie Milch und legte reichlich Proviant in den Fischerkasten; ihr Mann sollte nicht hungern.

Draußen in der Küche stürzten die Knechte und Mägde aus ihren Schlafkojen, als sie hörten, dass die Bauersleute auf den Beinen waren, und zogen sich an, so schnell es ging. Das Frühstück kam auf den Tisch, und man aß. Früh am Morgen aßen die Bauersleute sonst nicht mit dem Gesinde zusammen; es war wohl Malan gewesen, die das eingeführt hatte, und Olav, der in sie vernarrt war, denn eine schönere Frau gab es nicht, tat alles, was sie von ihm wollte. Aber es würde schlimm enden, denn Kálvur lítli stellte sich gegen sie, und alle wussten, dass Malan keine Achtung vor ihm hatte, wie die anderen auf Sandoy. Sie war auch nicht von hier, sondern stammte aus Norwegen. Olav hatte sie in Bergen kennen gelernt. Und er war von ihr so hingerissen gewesen, dass er sich Hals über Kopf entschied, und zurück auf die Färöer segelten sie als Mann und Frau.

Olav war der einzige Mann auf Sandoy, der vor Kálvur lítli keine Angst hatte.

Als er mit seiner Frau auf die Insel zurückkam, gab es einen Skandal. Kálvur lítli versuchte, die Heirat seines Sohnes rückgängig zu machen, aber vergeblich: Olav wollte nicht von ihr lassen. Kálvur lítli, dem sein Sohn über alles ging, gönnte ihn keiner Frau. Es hieß, er habe Olavs Mutter einmal geliebt, aber eines Tages lag sie erwürgt im Bett; und nicht wenige Leute gaben ihm die Schuld daran. Von diesem Tag an schien der Teufel in ihn gefahren zu sein: Nie war er zufrieden mit seinem Besitz, obwohl er schon fast ganz Sandoy an sich gerissen hatte durch Betrug und Mord.

Olav war bei Kálvur lítli aufgewachsen und hatte bis zu seiner Heirat stets mit ihm in einem Raum geschlafen. Man sagte, Kálvur lítli wage aus Angst vor Spuk nicht, allein zu schlafen; aber es konnte kaum sein, dass Kálvur lítli sich vor irgendetwas zwischen Himmel und Erde fürchtete. Und alle sprachen davon, welches Ende es mit der schönen jungen Frau wohl noch nehmen würde.

Kurz nachdem Olav und die Knechte zum Fischen hinausgefahren waren, setzte sich Malan, um sich die Schuhe anzuziehen. Es war so eine Unruhe in ihr, nein, drinnen wollte sie heute nicht bleiben. Der Torf musste ohnehin gestapelt werden.

»Birita und Sunniva«, sagte sie, »ihr sollt heute mit mir in den Torf kommen, macht euch bereit.«

Elspa und Elin sollten zu Hause bleiben: ein Wollgewebe war zu walken, Brot zu backen und Essen zuzubereiten; und Wäsche war auch nötig. Das konnten sie sich vornehmen, wenn sie vom Vieh zurück waren.

»Es wird eine Weile dauern, bis ihr fertig seid«, sagte Malan, »ich gehe voraus und werde oben auf der Klippe auf euch warten.«

Sie hielt es drinnen nicht mehr aus; was war das für eine

Schwäche, die sie erfasst hatte? Heute kam ihr das Bergaufgehen so schwer vor, aber warum zum Teufel war sie so dumm gewesen, sich so viel anzuziehen? Das musste in Gedanken geschehen sein, und es wäre viel besser gewesen, bloße Beine zu haben, die Füße waren ja ganz warm.

Als sie auf der Klippe angekommen war, setzte sie sich und begann zu stricken. Ihr war nun leichter ums Herz, so wie es hier nach Thymian und anderen Kräutern duftete; es war bis dahin Regenwetter gewesen, jetzt aber schien die Sonne vom Himmel. Wie viel Steinflechte es hier gab! Malan strich über den Stein, auf dem sie saß; die Flechte hing lose, an einigen Stellen hatte sie ein richtiges Knäuel gebildet, wo sie am reichlichsten war. Weinflechte war auch an vielen Stellen zu sehen.

Die alte Elin hatte sie gelehrt, Weinflechte zu schaben; das machte Spaß, und am meisten Spaß machte es, wenn es ans Färben ging; Weinflechte ergab ein starkes Rot. Hier auf den Färöern war so viel Grau, das wirkte so kalt, dachte Malan; aber so wie heute sollte es immer sein. Das Land war so schön grün, und der Fjord glitzerte wie ein Silberband. Dort draußen stieg Skúvoy aus dem Meer, hoch und steil, mit mächtigen Klippen und Absätzen; weiter weg schwammen die beiden Dímun-Inseln, und ganz hinten verschwand Suðuroy undeutlich und verhüllt wie ein Elfenland; und oben, an den Berggipfeln, ballte sich der Nebel wie Daunenwolken. Ja, dies war nun doch ein Tag voller Schönheit geworden, dachte Malan. Sie hatte einen süßen Geschmack auf der Zunge, so verzaubert war sie. Sie hätte jauchzen können vor Freude, wenn nur Kálvur lítli nicht gewesen wäre. Wie konnte sich Freude entfalten, wo so viel Böses in der Nähe war. Tankalítla, nannte er sie, Spatzenhirn, denn er ertrug es nicht, sie vergnügt zu sehen. Sie hatte furchtbare Angst vor ihm, versuchte aber immer so zu tun, als wäre nichts, wenn er mit ihr sprach. Klein und kahl war er, und der Teufel sah ihm aus den Augen. Nein, es war nicht gut, an Kálvur lítli zu denken, es erstickte alle Freude.

Jetzt kamen Sunniva und Birita über den Hang herauf und strickten dabei. Sie hatten keine Schuhe an und trugen die Röcke hochgebunden – sollte es wahr sein, dass Kálvur lítli bei Birita lag, wie die Leute sagten? Wie dem auch war, sie wurde oft nach Todnes gerufen, aber es konnte auch etwas anderes sein, was er von ihr wollte, denn tüchtig war sie.

Als die Mägde auf der Klippe ankamen, forderte Malan sie auf, sich einen Augenblick zu setzen.

»Der Torf stapelt sich nicht dadurch, dass wir hier sitzen und vor uns hin träumen«, sagte Birita. Malan brach in Gelächter aus.

»Das ist nicht deine Sache, Birita, den Torf werden wir schon noch stapeln; aber du hast vielleicht noch nicht darauf geachtet, wie schön es hier ist heute Morgen.«

»Ich habe anderes zu tun, als auf so etwas zu achten«, antwortete Birita und ging zum Torfmoor hinauf.

Sunniva war stehen geblieben, Malan erhob sich, und sie gingen zusammen hinauf.

»Warum ist Birita heute Morgen so schlecht gelaunt?«, fragte Malan.

»Was weiß ich«, sagte Sunniva, »aber irgendetwas wird wohl sein.«

Als sie zum Torf kamen, machten sie sich ans Aufstapeln. Es ging schnell. Birita schimpfte, denn der besonders schwarze Torf war schon zerbröckelt: Der hätte früher gestapelt werden müssen, wenn sie zu bestimmen gehabt hätte.

»Aber jetzt hast du nicht zu bestimmen, Birita, also kannst du nur den Mund halten vom Torf«, meinte Malan. »Aber sag uns, wie wir dich fröhlich stimmen können.« Birita reagierte nicht. Als Malan zwei Stunden ununterbrochen gearbeitet hatte, warf sie sich ins Gras, fuhr aber gleich wieder hoch: Was in Jesu Namen war das für ein Rauch, der da hinter der Klippe aufstieg?

»Kommt, lasst uns nachsehen, woher der Rauch kommt. Vielleicht hat Kálvur lítli etwas in Brand gesetzt«, sagte Malan und lief auf die Klippe zu. Sunniva folgte ihr.

Birita blieb beim Torf.

Viel Rauch lag über den Häusern, und nördlich von Todnes war ein Haufen Treibholz aufgestapelt, von dem der Rauch kam. Jetzt kamen Männer von Todnes durchs Dorf und gingen auf Olavs Hof; dort kamen sie schnell wieder heraus und gingen zum Hang hinauf.

»Jesus vergebe mir, was hat das zu bedeuten?«, sagte Malan. Sie warf einen Blick auf den blanken Fjord, doch kein Boot war zu sehen. Eine solche Angst überfiel sie; kamen diese Kerle vielleicht, um sie zu suchen? Sie erkannte sie am Gang, der größere war ein Norweger, der Sigurd hieß und die rechte Hand von Kálvur lítli war; ihm war alles zuzutrauen. Was wollten sie hier oben auf der Klippe, sie, die sonst aus Todnes nicht fortkamen? – Nein, am besten war es wohl, fortzulaufen, dachte Malan.

»Komm mit mir, Sunniva«, flehte sie, »das gefällt mir nicht.«

Sie nahmen den Weg zur Höhe hinauf, um in das Tal zu entwischen, das nach Skálavik hinausging. Als sie zu einer Hütte kamen, meinten sie, es sei am besten, sich da fürs Erste zu verstecken. Jetzt waren die Männer auf der Klippe und gingen auf das Torfmoor zu, zu Birita. Die hatte Sunniva und Malan nicht aus den Augen gelassen und zeigte zur Hütte hin. Den beiden sank das Herz, als sich der Eingang verdunkelte.

Sigurd grinste. »Hier sitzt du, Tankalítla; komm jetzt mit uns. Kálvur lítli will mit dir sprechen.« Malan wurde blass.

»Was will er von mir?«

»Das wirst du erfahren, wenn du nach Hause kommst.«

»Ich gehe nicht mit euch mit«, sagte Malan mit bebender Stimme.

»Wenn du nicht gehen willst, dann werden wir dich eben tragen«, meinte Sigurd und griff nach ihr. Malan wich zurück.

»Nein, nein, rührt mich nicht an; dann will ich lieber selbst gehen. Komm«, sagte sie und ergriff Sunnivas Hand, »aber meine liebe Sunniva, weine nicht.« Malan saß ein Kloß im Hals, und ihre Knie waren weich; ihr Körper war sonst wie tot; nein, kein

Boot war zu sehen. Jetzt galt es, so langsam wie möglich zu gehen; vielleicht würde Olav den Rauch sehen und zurückkommen?

Hatte Kálvur lítli am Ende vor, sie zu verbrennen, oder was mochte er im Sinn haben? Sie versuchte, so langsam wie möglich zu laufen. Alle Augenblicke geriet ihr Fuß in ein Loch oder in einen Graben, und nur ganz mühsam kam sie wieder heraus. Das gefiel den Männern nicht.

»Kálvur lítli hat gesagt, wir sollen uns beeilen, und dann warst du nicht zu Hause; jetzt wird er ziemlich wütend sein, weil es so lang gedauert hat, dich zu finden.«

Als sie am Fuß des Berges angekommen waren, schoben sie Sunniva weg, und jeder nahm Malan an eine Hand, und sie zogen mehr, als dass sie sie führten. Leute sammelten sich, meist Frauen – Jesus mochte wissen, was jetzt geschehen würde, meinten sie, bestimmt hatte Kálvur lítli Böses vor, so wie die üblen Kerle mit Tankalítla umgingen, die sie nach Todnes schleiften.

Malan verlor fast den Verstand, aber sie wusste, dass sie nicht zeigen durfte, in welcher Todesangst sie war, wenn sie gegen Kálvur lítli etwas ausrichten wollte.

Und das Feuer, das da angezündet war?

Jetzt kam er ihnen entgegen und rieb sich die Hände; er war herausgeputzt wie immer.

»Tankalítla hat ihren Schwiegervater ganz schön lange warten lassen«, sagte er gehässig. »Warum zum Teufel rennst du so früh am Morgen aus dem Haus? Jetzt habe ich so viel von meinem guten Holz umsonst verbrannt.« Er blieb stehen, ein teuflischer Ausdruck lag auf seinem Gesicht; dann sagte er langsam: »Auf diesem Scheiterhaufen sollst du brennen«, und starrte ihr ins Gesicht: Nein, sie zuckte nicht mit der Wimper, diese verdammte Frau, aber bald würde sie nicht mehr so stark sein. Malan biss die Zähne zusammen; jetzt ging es darum, Zeit zu gewinnen.

»Sagt mir: Warum soll ich verbrannt werden?«, fragte sie.

»Das wirst du schon noch erfahren, Tankalítla, aber komm nur näher ans Feuer, eine schöne Hitze, nicht wahr?«

»Was habe ich denn getan?«

»Du hast in der Fastenzeit Fleisch gegessen, Tankalítla, und ich habe doch allen auf Sandoy verkündet, dass dem, der einen solchen Frevel begeht, das Feuer gewiss ist.«

»Das ist nicht wahr, Schwiegervater, ich habe in der Fastenzeit kein Fleisch gegessen.«

»Stehst du hier und lügst im Angesicht des Todes? Nimm dich in Acht, Tankalítla, dass du nicht aus diesem Feuer zur Hölle hinabfährst; dieses Feuer nimmt ein Ende, aber da unten, beim Teufel, erlischt es nie.«

»Erst müsst Ihr beweisen, dass ich in der Fastenzeit Fleisch gegessen habe.«

Ihr Gesicht war kreideweiß geworden. Kálvur lítli packte sie am Arm und zog sie näher zum Feuer.

»Birita hat es gesehen, und diese beiden Männer können bezeugen, dass sie es beschworen hat.«

Malan ergrimmte: Birita war ein verlogenes Stück! – Aber wie konnte sie den Feuertod noch hinauszögern? Da fiel ihr ein, dass Kálvur lítli schrecklich habgierig war; das konnte sie vielleicht ausnutzen.

»Dass meine teuren Kleider verderben sollen, das hätte ich nicht gedacht«, sagte sie traurig, »aber anständig gekleidet besteige ich den Scheiterhaufen.«

»Ja, das ist wahr, die dürfen keinen Schaden leiden«, antwortete Kálvur lítli und zog Malan hinter ein Jauchefass. »Zieh dich aus, aber schnell. Sigurd, hilf mir, das Feuer wieder zu schüren; am Zaun liegt Holz, wirf es auf den Haufen.«

Malan hatte schon ein Bein entkleidet und fing mit dem anderen an. Kálvur lítli trieb sie an, aber wenn er sich abwandte, zog sie den ersten Strumpf wieder an, und so fuhr sie fort: Sie zog sich aus und gleich wieder an. Schließlich verlor Kálvur lítli die Geduld, und er rief zornig:

»Tankalítla, was hältst du dich so lange auf? Zieh dich jetzt aus; das Feuer kann nicht den ganzen Tag brennen.«

Malan zitterten die Hände, ihr Hals war ganz trocken: Sollte ihr Leben jetzt hier zu Ende gehen? Sollte ihr ein so schlimmer Tod zuteilwerden, und sollte sie Olav nie wiedersehen? Olav, Olav! Sein Name schoss ihr wieder und wieder durch den Kopf. Jesus, Jesus, hilf mir!

Es ging schnell wie die Nachricht von einer Grindwalherde durchs Dorf, dass Kálvur lítli Malan auf dem Scheiterhaufen verbrennen wollte. Vor jedem Haus standen die Leute und gafften. »Jesus helfe uns allen«, meinte eine alte Frau. »Dass er das Olav gegenüber wagt!«

»Ich fürchte, der bringt dann Kálvur lítli um«, meinte eine andere, und ein Dritter antwortete, auch wenn Kálvur lítli danach das Leben verlieren sollte, sei Tankalítlas Tod nicht mehr ungeschehen zu machen.

Olav holte einen Fisch nach dem anderen heraus, sie hatten einen guten Fangplatz gefunden. – Wie sehr dieser Traum von Malan ihn beunruhigte. Nein, das ging so nicht weiter: diese Angst um Malan, jedes Mal, wenn er wegfuhr. Das bedrückte ihn mehr und mehr. Immer wieder warf er einen Blick zum Land hin; vielleicht hätte er doch nicht so weit hinausfahren sollen? Hier draußen konnte man wenig vom Land erkennen … Aber war er denn verrückt geworden: Welche Gefahr war schon zu fürchten?

Aber dann, mit einem Mal, als er zum Land hinschaut, sieht er einen Nebelschweif über den Häusern. Was zum Teufel konnte das sein? Es war unmöglich, dass das Nebel war; es musste Rauch sein. Jetzt hatte es der Mann am Ruder auch bemerkt.

»Sieht so aus, als wäre irgendwo im Dorf Feuer«, sagte er, und jetzt gab es keinen Zweifel mehr; alle sahen den Rauch an Land, an einer Stelle stieg er dicht und senkrecht auf.

»Jesus, vergib mir«, sagte Olav. Er wurde ganz weiß im Gesicht. »Zieht das Netz ein, und rudert mit aller Kraft; sicher hat der Alte etwas Böses vor.« Rasch war das Netz eingezogen, und dann ging es ans Rudern, die Füße gegen die Bank gestemmt. Keiner sagte ein Wort, der Schweiß rann ihnen von der Stirn, das Wasser spritzte um den Bug. Olav blickte sich um: Ja, der Rauch kam von Todnes. »Gott gebe, dass ich zu rechter Zeit hinkomme!« Sie ließen das Boot auf den Strand schießen, und Olav rannte los, nach Todnes hinaus. Die Bootskameraden liefen ihm nach, aber Olav war ihnen weit voraus; jetzt hörten sie ihn gellend rufen: »Verflucht, lasst Malan los!«

Malan stand da, nur mit ihrem Hemd bekleidet. Kálvur lítli und Sigurd hielten sie fest.

Kálvur lítli fuhr zusammen und ließ Malan los. Ihm blieb der Mund offen aus Angst vor seinem Sohn; er erwartete, getötet zu werden.

Sigurd hingegen ergriff die Flucht. Er kannte Olav und wusste, dass ihm der Tod drohte, wenn dieser ihn zu fassen bekam. Es war am besten, wegzulaufen und sich zu verstecken.

Kálvur lítli war der Schrecken so in die Glieder gefahren, dass er sich nicht vom Fleck rühren konnte.

Olav kam mit blutunterlaufenen Augen und hochrotem Gesicht auf ihn zu. Er packte seinen Vater und schüttelte ihn wie einen Sack.

»Verfluchter Hundsfott; jetzt sollt Ihr in dem Feuer brennen, das für Malan bestimmt war. Untier!« Er schleuderte seinen Vater zum Feuer hinüber.

»Bring mich nicht um, mein Sohn!«, rief Kálvur lítli voll Angst, aber Olav hatte alle Besinnung verloren; dem Scheiterhaufen sollte sein Vater nicht entgehen. Am besten war, gleich Schluss mit ihm zu machen! Aber als er wieder nach seinem Vater griff, rief Malan eindringlich: »Olav, besinn dich, tu ihm nichts an!«

Es war, als käme Olav wieder zu sich. Er strich sich mit der Hand übers Gesicht und drehte sich zu Malan um: Wie ein Engel stand sie vor ihm, bleich wie der Tod, mit tränenblanken Augen; einen Unterrock, den sie sich rasch gegriffen hatte, hielt sie vor sich hin. Olav war zutiefst bewegt: Bat Malan für diesen Teufel in Menschengestalt, der sie hatte töten wollen?

»Er hätte es verdient, verbrannt zu werden.« Olav sprach heiser und leise. »Aber wenn du darum bittest, soll er sein Leben behalten.«

Er wandte sich zum Vater, der vom Feuer wegzukommen versuchte.

»Packt Euch nach Hause, und vergesst nicht, wem Ihr es zu verdanken habt, dass Ihr heute mit dem Leben davongekommen seid. Aber vor Gericht sollt Ihr, das seid gewiss.«

Kálvur lítli war schnell auf den Füßen, und ängstlich um sich blickend beeilte er sich, nach Hause zu kommen. Malan hatte den Unterrock angezogen. Gott sei Dank hatte Olav Kálvur lítli nichts angetan. Sie hatte Angst vor ihm, wenn er in Zorn geriet. Doch nun war er wieder der Olav, den sie liebte. Sie lächelte ihm schwach zu: Die Gefahr war überstanden. Er legte ihr den Arm um die Schultern: »Jetzt ist alles gut, meine Liebste.«

»Du hättest meinen Traum heute Morgen ernst nehmen sollen«, sagte sie.

Er konnte nicht aufhören, sie anzusehen, und ihm schien, als gliche das Lächeln auf ihrem Gesicht einem schönen Sonnenaufgang.

*(Publ. 1949)*

*Sverre Patursson*

# Abal

Sie waren jung und zuversichtlich, die beiden Eheleute, sie glaubten, das Glück müsste ihnen alle Zeit hold sein. Wenn sich aber zwei Besitzlose in einem Dorf niederlassen, wo es wenig oder nichts zu erreichen gibt, dann dauert es nicht lange, und Schatten ziehen vor die Sonne, und Kummer und Sorge stehen vor der Tür.

Die Armut kam. Es schien zunächst, als könnten sie diese Not überwinden. Aber je härter das Leben war, desto mehr Kinder kamen. Abal war das fünfte Kind. Schon lange blühte die Schönheit der Mutter nicht mehr wie zur Zeit der Hochzeit; nun war sie bleich und kraftlos von schwerer Arbeit und harten Stunden.

Abal sollte das letzte Kind sein, besser noch, er wäre überhaupt nicht geboren worden; denn dünner und dünner wurde die Suppe, um die sich die Kinder scharten. Außerdem hielt man Abal für wunderlich. Dennoch brachte die Mutter in kurzen Abständen noch acht Kinder zur Welt. Und mit jedem Kind, das in diese sündige Welt kam, wurde die Not größer, die Kleidung zerschlissener, die Mutter hohlwangiger und der Vater wortkarger.

Als Abal neun Jahre alt war, hielt er sich tagsüber oft in einer Spalte in dem hohen Felsen oberhalb des Hauses auf. Er konnte die Augen nicht von den Wolken lassen, wenn sie in den Himmelsraum emportrieben und über die Berggipfel hinwegzogen – aber auch das immer bewegte Meer hielt ihn in Bann. Stundenlang konnte er nur daliegen und schauen.

In der Felsspalte lag er so gut verborgen, dass nur der Kopf hervorlugte. Versuchte aber jemand, zu ihm vorzudringen, dann kroch er ganz in die Spalte hinein. Und erst wenn die Gefahr vorüber war, kam er wieder hervor.

Bei jedem Unwetter saß Abal an seinem Lieblingsplatz. Wenn von den hohen Bergen im Norden der Donner polternd und dröhnend wie Steinschlag ins Dorf drang, fürchteten sich die Leute. Doch Abal kroch dann nicht etwa in die Spalte, nein, er stand aufrecht auf der äußersten Kante des Felsens – einem Propheten aus dem Alten Testament gleich – und starrte mit weit aufgerissenen Augen in das Gewitter, als warte er darauf, See und Land in Feuer untergehen zu sehen. Als erwarte er den Jüngsten Tag. Die Mutter hatte ihm nämlich einmal erzählt, dass dann alles mit starkem Getöse und Krachen zugrunde gehen würde. Und weshalb sollte das nicht gerade heute sein?

Während er mit zerzaustem Haar dort stand, konnte er so erschüttert werden, dass er sich wie ein Ball zusammenkrümmte und die Fäuste fest unter das Kinn presste. Und bebend prophezeite er in einer wunderlichen Sprache – keiner konnte seine Worte verstehen – Furchtbares, das geschehen würde …

Nach der Konfirmation sollte Abal bei einem Bauern im nördlichen Eysturoy arbeiten.

Nachsichtig ließ ihn der Pfarrer mit dem Vaterunser durchkommen. Abal war nicht in der Lage, noch etwas anderes auswendig zu lernen. Aber schon früh beschäftigten sich seine Gedanken mit dem Jenseits; oft sann er tagelang darüber nach.

Abal konnte das Vaterunser in einem Atemzug hersagen, verstand aber nur wenig davon; auch alle die Geschichten, die der Pfarrer erzählte, begriff er nicht. Still und andächtig hörte er zu, wenn dieser dänische Mann die Kinder in dänischer Sprache prüfte. Sah er aber Harald, seinen Spielkameraden, wie er sich vor dem Pfarrer in der fremden Sprache wichtig tat, dann kam ihm das so komisch vor, dass er jede Andacht verlor. Am liebsten hätte er dann jeweils laut aufgelacht.

Abal besaß nicht viel. Als er über die Türschwelle des Bauern trat, bei dem er bleiben sollte, trug er in der Hand nur ein einfaches Bündel.

Der Bauer fragte ihn nach seinem Namen.

»Den weiß ich nicht«, antwortete er.

»Du musst doch wissen, wie du heißt, mein Lieber!«

»Kann schon sein.«

»Heißt du nicht Abal?«

»Kann schon sein.«

Mehr konnte man von Abal fürs Erste nicht erfahren.

Seine Mutter hatte versucht, das Elend im Haus und die Armut vor den Leuten zu verbergen, und damit die Kinder nichts ausplauderten, hatte sie ihnen beigebracht, auf alle Fragen stets zu antworten: »Ich weiß nicht.« Daran dachte Abal jetzt, wenn man etwas von ihm wissen wollte. Mit den Antworten »Ich weiß nicht« und »Kann schon sein« fühlte er sich sicher. Es dauerte eine Weile, bis er davon abkam und ihm klar wurde, dass er weit genug von der Mutter entfernt war und sich nicht mehr vor ihr zu fürchten brauchte. Von da an war er weniger unselbstständig.

Die ungewohnt gute Bauernkost bekam ihm. Bei den Mahlzeiten schlang er so viel Fleisch, Brot und Milch in sich hinein, bis er nicht mehr konnte. Abgesehen vom Essen interessierten ihn nur Unglücksfälle, Krankheiten und Totenbetten. Hörte er von dergleichen, dann lief er lächelnd umher und philosophierte für sich selbst. Wenn einer auf dem Hof verunfallte und es ging ihm nicht gut, dann erzürnte Abal die anderen damit immer. Nie lag jedoch Bosheit in seinem Wesen. Und fragte man ihn nach dem Grund seines Lächelns, so antwortete er: »Ich weiß nicht.«

Abal war noch nicht lange bei dem Bauern auf Eysturøy, als sein Vater starb. Er kam am Tag der Beerdigung nach Hause und sollte mit den Geschwistern und der Mutter vom Vater Abschied nehmen.

Die Sargträger waren in zwei Gruppen aufgeteilt. Sechs und sechs würden abwechselnd den Sarg über den Berg auf den Friedhof des Nachbarortes tragen. Abal dachte an den Vater, der zu Lebzeiten immer schweigend und in Gedanken versunken umhergegangen war. Er lag nun im schwarzen Sarg, den die sechs Männer davontrugen. War dieser arme Mensch wirklich so schwer? Als der erste Abhang überwunden war, stellten die Männer den Sarg nieder. Abal schlich hinzu und starrte darauf, ohne sich zu rühren. Aber er dachte nach, denn durch seinen Körper ging ein Beben, als ob er bei einem Gewitter auf dem Felsen stünde.

Er ging zu seiner Mutter, die auf einem Stein saß und weinte. Gern hätte er gewusst, was aus dem Vater geworden war. Aber alle waren so unverständlich ernst und traurig. Abal hielt sich zurück. Doch als er sah, dass selbst Teodor, der sonst so wild war und ihn immer triezte und schlug, wie die anderen seufzte – da konnte er nicht mehr an sich halten. Er schlich hinter einen Torfstapel und lachte so sehr, dass er kaum mehr stehen konnte. Wie würde es Vater im Sarg ergehen? Wie war einem wohl beim Sterben zumute? Hih-i-i-i-i! Alles war wunderlich und sonderbar.

Erst unten auf dem Friedhof erreichte Abal wieder den Leichenzug. Er hörte die Leute singen und blieb etwas abseits stehen. Gesang liebte er über alles und lernte rasch alle Weisen, die er hörte. Er hatte dabei seine eigene Aussprache. Und wenn er die Worte eines Kirchenliedes nicht kannte, dann sang er eben irgendetwas anderes. Worte, die keine richtigen Worte waren, drückten umso besser das Gefühl aus, von dem er ganz erfüllt war. Er sang mit weicher Stimme seinen eigenen Psalm über das Rätsel, das noch kein Lebender zu lösen vermocht hatte. Immer war er aber darauf bedacht, so weit von den anderen entfernt zu stehen, dass ihm niemand zuhören konnte.

Ständig musste er daran denken, dass der Sarg mit dem Vater nun ins Grab gesenkt und Erde hinabgeworfen würde und die harten Erdbrocken auf den Sargdeckel polterten. Der Gedanke an den Tod und die Frage, ob die Toten noch etwas fühlten, verfolgten ihn, auch als er wieder zum Bauern zurückgekehrt war.

Zu Abals Pflichten gehörte es, das Vieh zu hüten, auszumisten und zu kehren. Der älteste Sohn des Bauern, Heini, achtete darauf, dass alles so verrichtet wurde, wie es sich gehörte. Auf dem Hof hielt man sehr auf Reinlichkeit in den Ställen und beim Vieh.

Wenn Heini in den Stall kam, um Abal Anweisungen zu geben, versuchte dieser zwar immer, Antworten auf seine Fragen zu bekommen. Es geschah aber selten, dass Heini Abal schelten musste; der Junge verrichtete seine Arbeit stets ordentlich, es sei denn, ein Unwetter zog auf und er erwartete draußen den Jüngsten Tag.

»Du weißt doch, dass du das Vieh auf der Weide am Morgen anpflocken sollst, Abal!«, sagte Heini.

»Heini, was ist das: sterben?«, fragte der Junge statt einer Antwort.

»Stellst du schon wieder deine Fragen?«

»Meinst du, dass die Toten noch etwas von sich wissen?«

»Woher soll ich denn das wissen?«

»Haben sie noch Schmerzen?«

»Halt den Mund!«

»Heini, ist mein Vater nun in den Himmel gekommen?«

»Ja.«

»Warum haben dann alle geweint, als man ihn begrub?«

»Das weiß ich nicht.«

»Bekommt er im Himmel etwas zu essen?«

»Schweig jetzt!«

»Heini, wo ist die Hölle?«

»Willst du nun ruhig sein oder nicht!?«

»Wohin kommst *du,* wenn *du* stirbst?«

Da lief Heini weg. Abal jedoch hing seinen Gedanken nach und sprach noch lange, nachdem Heini gegangen war, mit sich selbst.

Im Sommer musste Abal das Weidevieh hüten. Der große rote Stier, der nicht gerade zahm zu nennen war, benahm sich Abal gegenüber wie ein Lamm. Abal konnte mit ihm spielen, wie er wollte.

Heini konnte der Stier nicht leiden. Vielleicht hatte der ihn einmal geärgert. Wenn Heini manchmal in einem Nachbarort zu tun hatte und mitten durch die Weiden heimwärts ging, wo Abal das Vieh hütete, dann musste Heini sich in Acht nehmen; denn sobald er so nahe kam, dass der Stier ihn erkannte, wurde das Tier wütend. Heini musste dann schleunigst bei Abal Schutz suchen. Eines Tages hätte ihn der Stier beinahe mit den Hörnern aufgespießt, ehe es ihm doch noch gelang, sich hinter Abal zu verstecken. Dieser verscheuchte den Stier, als wäre er eine Henne, und der Stier zog sich gehorsam zurück. Seitdem sagte Abal Heini oft lächelnd ins Gesicht: »Heini bang, Heini fürchtet den Stier!« Aber er hatte gut reden. Er hatte keine Angst vor dem Tier und konnte mit ihm machen, was er wollte.

An den langen Sommertagen machte es ihm keinen Spaß, beim Hüten herumzusitzen und die Wolle zu zupfen, die ihm die Bäuerin mitgegeben hatte. Er spielte lieber mit dem Stier und kroch zwischen seinen Vorderbeinen hinein und zwischen den Hinterbeinen wieder heraus. Oft endete das Spiel damit, dass er den Stier bei den Hörnern packte und sich auf dessen Hals setzte. Dort blieb er sitzen, bis sich der Stier langweilte und ihn gutmütig abschüttelte. Nie kam Abal in den Sinn, dass der Stier ihm etwas zuleide tun könnte. Wenn Abal auf Händen und Füßen davonkroch und leise heulte, wusste der Spielkamerad, was das bedeutete, und antwortete mit seiner rauen Stimme. Das gefiel den Kühen. Kaum hörten sie Abal heulen, scharten sie sich zusammen. Das Spiel endete meist damit, dass der Stier Abal fasste und ein Stück weit über die Weide rollte, immer aber sanft und gutmütig.

Als Abal wieder einmal zu Heini sagte, »Heini bang, Heini fürchtet den Stier«, erhielt er zur Antwort: »Hättest du rote Kleider an, dann würdest du dich nicht zum Stier wagen, denn dann würde er dich zertrampeln!«

»Mich zertrampeln – mich töten? – Nein, nein!«, rief Abal und lachte so wunderlich wie bei Unwetter und in Gedanken an den Jüngsten Tag.

Die Vorstellung ließ ihn jedoch nicht mehr los. Viel dachte er darüber nach, ob der Stier wirklich böse werden würde, wenn er ein rotes Kleidungsstück anhätte.

Einmal, es ging auf den Herbst zu, das Wetter war schlecht, und die Tiere waren von der Weide geholt worden, kam Abal zufällig in die Kammer des Dienstmädchens. Dort sah er eine rote Schürze liegen. Sofort kamen ihm Heinis Worte in den Sinn. Er starrte nachdenklich auf die Schürze. Dann begann er zu grinsen.

Das Dienstmädchen trat ein. »Was suchst du denn hier? Warum grinst du denn?«, fragte Magga.

»Ich weiß nicht«, lächelte er seltsam.

»Was willst du denn hier?«

»Ich weiß nicht!«, sagte er und lächelte weiter.

Da wurde Magga böse, nahm ihn beim Kragen und warf ihn hinaus.

Abal aber dachte immer nur an die Schürze, sie übte einen seltsamen Reiz aus, er musste wieder lachen.

Am Sonntag band Magga die Schürze um, und das war zu viel für ihn. Den ganzen Tag lief Abal wie ein Hündchen hinter ihr her. Sie konnte keinen Schritt gehen, ohne dass er ihr auf den Fersen folgte.

»Was willst du denn?«, rief Magga barsch und gereizt.

»Ich weiß nicht«, lächelte er.

Sie sah ihn verärgert an. »Gilt dieses Grinsen mir?«

»Ich weiß nicht«, wiederholte er nur.

Magga war dem Weinen nahe. Sie konnte jedoch fragen, was sie wollte, die Antwort war stets die gleiche.

Am nächsten Morgen war das Wetter wieder besser. Die Kühe hatten den Stall verlassen, und Abal stand bereit, sie auf die Weide zu treiben. Wie ein Blitz war er drinnen in der Kammer des Dienstmädchens, fand die rote Schürze und stopfte sie in den Brotsack. Daraufhin zog er mit der Viehherde los. Auf der Weide angekommen, untersuchte er wie gewöhnlich als Erstes den Brotsack. Es war genug für zwei Mahlzeiten darin; oft aß er aber alles auf einmal.

Die Sonne schien, es war still und warm. Er legte sich ins Gras und schlief ein. Beim Erwachen fiel ihm die Schürze wieder ein. Er schlich mit ihr hinter den Hügel, band sie um und begann ein langes Heulen.

Der Stier hob den Kopf – er kannte Abals Stimme. Nun sollten sie miteinander spielen. Als er aber die rote Schürze auf dem Hügel sah, stutzte er. Dann hob er plötzlich den Kopf mit dem massigen Nacken, stemmte die Vorderbeine ein, schnaubte drohend und – setzte zum Sprung auf den Hügel an.

Abal in der roten Schürze kam furchtlos vom Hügel herab, auf Händen und Füßen auf den Stier zu, wie er es immer tat. Zunächst wich der Stier zurück – Abal folgte ihm. Plötzlich blieb der Stier jedoch stehen, reckte den Kopf empor – und rannte dann mit einem Gebrüll, das Böses verhieß, auf das rote Wesen zu.

Der erste Stoß traf Abal zwischen die Rippen, sodass er emporgeschleudert wurde und blutend hinter dem Stier herabfiel. Als der Stier das Blut sah, geriet er ganz außer sich. Rasend stürzte er nochmals auf Abal los, spießte ihn auf die Hörner und warf ihn hoch wie einen Handschuh, immer und immer wieder. Und hörte nicht eher auf, bis Abal als lebloser Körper in den kleinen Fluss fiel, der durch das Tal floss.

Über ihn gebeugt, stand nun der Stier wie festgenagelt. Er bohrte mit den Nüstern im Gras und brummte mit schwerer, gepresster Stimme. Hinter ihm stand die Rinderschar zitternd vor Erregung und brüllte gegen den Fluss zu, in dem noch ein Fetzen der roten Schürze zu sehen war, während Abal selbst auf den Grund gesunken war.

An diesem Tage stand Heini verwundert auf dem Hof. Er sah das Vieh durch die Lücke in der Steinmauer hereinlaufen, die Kühe muhend, der Stier brüllend dahinter. Das war nicht das gewöhnliche Brüllen aus Sehnsucht nach dem Stall – das hörte er deutlich. Da musste etwas geschehen sein. Er wartete und wartete, aber Abal kam nicht.

Heini ging mit drei anderen auf die Suche. Es dauerte nicht lange, bis der Hund, den sie bei sich hatten, am Flussufer stehen blieb. Hier schwamm etwas Rotes, das einem Tangblatt glich. Rot! Das konnte ja nichts mit Abal zu tun haben. Aber der Hund blieb auf der Stelle stehen und bellte den Fluss an. Dann schnappte er ins Wasser und holte den roten Stofffetzen heraus.

»Was ist das?«, wunderten sich die Männer. »Ein Stück von einer Frauenschürze?« Sie reichten einander die Hände und wateten in den Fluss, Heini als Erster.

Dort lag die Leiche Abals. Aber die rote Schürze, die in Fetzen von ihm hing – weshalb hatte er die nur umgebunden? Und wem gehörte sie? Heini wischte sich den Schweiß von der Stirn, sagte aber nichts. Er wusste jetzt, wie es zugegangen war. Und dass der Stier Abal umgebracht hatte, war allen klar.

Abal wurde auf einer Bahre nach Hause getragen. Da lag er mit einem freundlichen Lächeln im Gesicht. Nun hatte er Gelegenheit bekommen, dem eigenen Tod entgegenzulächeln, in derselben Stunde, in der er in jenes Rätselhafte einging, nach dem er im Leben immer gefragt hatte, ohne dass ihm Heini oder ein anderer Antwort zu geben vermocht hatten.

Als Magga hörte, dass Abal mit einer roten Schürze im Fluss gefunden worden war, erinnerte sie sich sofort an den Tag, an dem sie ihn in der Kammer gefunden hatte, und wie er ihr den ganzen Sonntag nachgelaufen war. Sie eilte in ihre Kammer. Richtig! Die rote Schürze fehlte. Aber weshalb um Gottes willen hatte er sie genommen? Das konnten weder Magga noch alle anderen verstehen. Nur Heini wusste es, aber er sagte nichts.

Als Abal begraben wurde, folgte ihm fast das ganze Dorf. Die Mütter brachten ihre kleinen Kinder mit. Vielleicht hatten die Kleinen ja eine Ahnung davon, dass Abal, so wunderlich er war, jenen Leuten etwas voraushatte, die sich für weise hielten. Er hatte sich nie gezankt, war immer gut und freundlich gewesen. Selbst Harald, der sich stets darauf etwas zugute hielt, dass er so fein dänisch zu sprechen verstand, ja und auch Teodor, der Abal immer geärgert hatte, scheuten den weiten Weg nicht und kamen aus dem Heimatdorf, um dem Sarg zu folgen – neben Abals Mutter und den anderen Geschwistern selbstverständlich.

Draußen in den Dörfern ist es nicht Sitte, an Wochentagen nach dem Pfarrer zu schicken, damit er für »gewöhnliche Leute« eine Grabrede halte. Heini aber bestand darauf, ihn zu holen; sein Vater, der Bauer, gab nach, und der Priester hielt eine Rede an Abals Grab, dass manches Auge feucht wurde.

Im Grunde genommen hielt er jedoch keine »Rede«. Er erzählte nur Geschichten über Abal. Und diese Geschichten klangen bemerkenswert in des Pfarrers Mund. Gewiss war er ein kluger Mann, der sehen und verstehen konnte, was anderen verborgen oder unverständlich blieb. Noch nie aber hatte eine Grabrede so die Augen der Zuhörer für die Geheimnisse des Menschenlebens geöffnet wie diese Geschichten, die der Priester von Abal erzählte, der nun heimgegangen war und das Unbekannte erfahren hatte, nach dem er immer fragen musste.

Dann sank der Sarg ins Grab, und der Pfarrer warf Erde darauf, während der schwarzseidene Priesterrock im Wind flatterte. Und nachdem das Lied *Nun lassen wir ihn ruhen in Frieden* gesungen worden war, gingen alle schweigend nach Hause.

Heini ging als Letzter. Er griff ins Wams, zog ein kleines Heidekrautbüschel mit vielen roten Blüten hervor und legte es auf das Grab. Dann ging auch er seiner Wege.

Der Stier wurde am folgenden Tag zur Stallwand geführt. Der Bauer erschoss ihn selbst.

Es war ein wohlgenährter und fetter Stier gewesen. Aber jedes Mal, wenn Fleisch von ihm auf den Tisch kam, war Heini in irgendeiner Angelegenheit fort, entweder auf dem Hof oder auf der Weide oder sonst irgendwo. Etwa im Dorf, und dann sagte er immer, wenn er später kam, er habe schon zu Mittag gegessen.

*(1934)*

*Petra Djurhuus*

# Bekka

Die Sonne taucht das Dorf in ein warmes, rotgoldenes Licht, dieses reiche Licht, das man nur gegen Abend sieht, wenn der Sommer seinem Ende entgegengeht und der Herbst beginnt. Es ist, als habe die Sonne alle Schönheit des Sommers – das grüne Gras, die farbenprächtigen Blumen, das Schwindel erregend blaue Meer – aufgesogen und wolle nun, da die Farben verblassen und alles zu welken beginnt, noch einmal seine ganze Seligkeit in Erinnerung rufen. Der leichte Wind duftet nach dem aufgestapelten frischen Heu. Die Wellen plätschern ganz sachte gegen den Strand, und wenn sie sich zurückziehen, glitzert der braune, blanke Seetang in der Sonne, im Osten aber ist der Himmel gelbbleich und das Meer grau wie weiche Seide.

Nun kam die erste Melkerin über die Brücke. Man sah das Strickzeug in ihren Händen aufblitzen. Nichts verkürzt einem so den Weg wie ein Paar Stricknadeln in den Händen.

Es dauerte nicht lange, da saßen die Melkerinnen auf dem angetriebenen Holzstamm draußen beim Gatter. Hier wurde gewartet, bis alle achtzehn da waren; dann bewegte sich die Schar in einer langen Reihe lachend und schwatzend auf dem beidseits umzäunten Weg entlang bis zu dem Gattertor, hinter dem das Weideland begann.

Doch nicht jede ging mit so leichtem Schritt.

Ganz zuletzt kam Bekka daher, ihr Rücken war gebeugt, bei jedem Schritt schaukelte sie hin und her, die Hände hatte sie auf dem Rücken, und mehrere Melkeimer hingen ihr über Schultern und Arme. Ein seltsamer Anblick, diese alte Melkerin. Dick und unbeholfen war sie, wie ein großer Heustapel, der sich in Bewegung gesetzt hat. Der blattflechtenfarbene, mit unzähligen bunten Flicken besetzte Rock schwang vor und zurück, vor und zurück. Auf dem gebeugten breiten Rücken, den die Lasten plattgedrückt hatten, prangte der große Melkbottich vom Hálvdanshof mit seinen Hornhenkeln und den bestickten Tragriemen, die kleinen Melkeimer klapperten heftig dagegen. Man hörte es, wenn Bekka kam.

»Sie macht Krach wie ein Motor« und »Sie schaukelt wie ein Torfboot bei Seitenwind«, riefen Elin und Elsa. »Beeile dich, Bekka, das Vieh ist ganz im Süden.«

Bekka hob den Kopf und schaute nach vorne, ja, sie war ein gutes Stück zurückgeblieben. Das Geklapper der kleinen Melkeimer wurde lauter, der Rock schwang schneller, und beim Gatter zur Weide hatte Bekka die anderen wieder eingeholt. Wie immer dauerte es eine Weile, bis alle das Gatter passiert hatten und es wieder geschlossen war, sodass sich Bekka in Ruhe mit dem Zipfel ihres Kopftuchs den Schweiß vom Gesicht wischen konnte.

Wo Bekka ihre seltsamen, »asiatischen« Gesichtszüge her hatte, wusste niemand so recht. Ihr ungeschlachtes, breites Gesicht mit den hohen Wangenknochen, den kleinen, schwarzen, schräg sitzenden Augen, der flachen Nase und den großen Nasenlöchern hatte schon manch einen überrascht, der sie zum ersten Mal in der Dämmerung langsam durchs Dorf gehen sah.

An diesem Abend wurde viel mit Bekka geredet. Sie war gleichsam der Mittelpunkt der Schar, denn zu Allerheiligen war Bekka sechzig Jahre auf dem Hálvdanshof, und dieses denkwürdige Jubiläum sollte nun gleichzeitig mit dem alljährlichen Melkerinnenfest gefeiert werden.

Bekka wurde fröhlich – fast übermütig – und begann, verschiedene Ereignisse aus ihrer langen Dienstzeit zu erzählen. »Leicht ist es nicht gewesen, aber ich wurde doch wie ein Mensch behandelt, nicht so wie meine Schwester Súsanna, denn als Vater und Mutter an Typhus starben, wurden wir beide ›ausgesetzt‹, sie kam auf den Bauernhof auf Tunga und schlief unter der Getreidemühle in der Rauchstube, Strümpfe hatte sie keine an den Beinen, bis sie konfirmiert wurde, und das Essen war knapp bemessen und schlecht. Ich war über vierzig Jahre alt, als ich sie zum ersten Mal wieder sah, und als wir getrennt wurden, war sie erst sieben und ich neun. Was für eine Freude war es, einander wieder zu sehen, das war bei einer Hochzeit hier im Dorf, und Súsanna war mit ihrer Herrschaft gekommen, bei der sie da schon fünfzehn Jahre lang gedient hatte.

An den Tag, an dem ich über den Fjord hier ins Dorf kam, erinnere ich mich, als sei es gestern gewesen. Es wehte ein steifer Nordwind, und durch den Strudel vor der Küste war fast kein Durchkommen. Kleider hatte ich keine, nur das, was ich am Leibe trug, aber da nahm Hanus í Tuni einen Lederpullover, wie ihn die Fischer tragen, und zog ihn mir über den Kopf, dann kroch ich unter den Sitz, und jedes Mal, wenn der Strudel brach und der schwarzblaue Wasserschwall sich über die Reling ergoss, schrie ich vor Entsetzen auf, doch niemand hörte mich, denn alle waren vollauf beschäftigt. Als ich wieder Felsgrund unten den Füßen hatte, war ich froh, aber ich war so durchgefroren und so erbärmlich beieinander, dass ich es kaum zum Haus schaffte. Seither sind sechzig Jahre vergangen, doch mein Heimatdorf auf der anderen Seite des Fjordes habe ich nie wieder gesehen. Ach ja, ich will nicht klagen, mir hat es nie an Essen oder Kleidung gefehlt, und ich habe mich im Gottesdienst den anderen gegenüber nie schämen müssen.«

Unterhalb des Fjall trennte sich Bekka von den anderen Melkerinnen. Sie allein hat ihre Kühe östlich des Berges, alle anderen weiden auf der Westseite. Dass Bekka allein geht, hält niemand für gefährlich, sie ist es gewohnt, und das Wetter ist gut.

Bekka hat die Ostseite des Talrückens erreicht, ein gutes Stück Weg, und noch ist keine Kuh zu sehen. Müdigkeit überkommt sie, und sie setzt sich auf einen Stein, das schweißnasse Tuch klebt am Kopf, also knüpft sie es auf und trocknet sich die Stirn ab. Eine Weile bleibt sie sitzen, dann geht sie weiter. Mit Mühe hält sie sich jetzt auf dem schmalen Pfad, der sich zwischen hinabgestürzten Felsbrocken hindurchwindet, Beine und Körper werden schwer. Doch wie seltsam, die Füße sind auf einmal so wundersam leicht, es ist, als schwebten sie über dem Boden, und jetzt – jetzt wird der Kopf so leer, sie hebt die Hand, um sich zu vergewissern, dass da ein Kopf ist, ja sie spürt das Kopftuch unter ihrer Hand rascheln, und kurz darauf ist alles wieder wie vorher. Bekka lacht aus vollem Herzen über sich, und jetzt ist weit hinten die Rotgescheckte zu erkennen.

Bekka melkt, dass der Schaum über den Rand quillt, und bald sind alle Melkgefäße mit dem Abdeckleder verschlossen.

Einen kurzen Augenblick setzt sie sich bei der unterirdischen Quelle auf den Boden und streicht mit den Händen über das feuchte, hellgrüne Moos, trocknet sie an ihrem Rock ab und blickt hinauf zu dem schroffen Felsen genau über ihr. Die Sonne ist verschwunden, Nebelballen wälzen sich die Felswand hinab, doch der schwarze Fels hoch, hoch oben ist nicht länger tiefschwarz, der Herbstnebel lässt ihn grau und kalt erscheinen wie frisch geschliffenen Stahl, Gras und Gestein verlieren ihre Farbe, auch das eben noch so sanfte Meer, das ihr jetzt endlos groß vorkommt, als reiche es bis ans Ende der Welt. Auf einmal wirkt alles so Schwindel erregend weit und leer, und ein Hauch von Angst beschleicht die alte Melkerin, sodass sie sich schnell die Melkeimer umhängt, ein Gefühl, das sie bisher nicht gekannt hat, die erste Warnung der allumfassenden Natur, die früher oder später zurückfordert, was sie gegeben hat – ihr unumstößliches Gesetz.

Es ist später Abend. Mit dem Nebel ist es dunkel geworden, und Bekka ist weit vom Weg abgekommen. Ihr ist, als seien Jahre vergangen, seit sie aufgebrochen ist, eine endlose Wanderung zwischen großen, mit Moos und Flechten bewachsenen Gesteinsbrocken. Noch lastet der große Melkbottich schwer auf ihrem Rücken, die kleinen Melkeimer sind fort, einer nach dem anderen ist auf der mühsamen Suche nach dem Weg verloren gegangen. Dann ist sie mit ihren Kräften am Ende, und die Dunkelheit legt sich wie eine weiche Decke über die zu Tode erschöpfte, verirrte Melkerin, bettet sie auf einen grünen Flecken zwischen den riesigen Gesteinsbrocken zur Ruhe. Fern – fern ist das Dröhnen des Meeres zu hören, die Sturmschwalben schwirren wie Mücken über den Felstrümmern und surren wie tausend kleine, unterirdische Spinnrocken.

Ein Bild nach dem anderen erscheint vor ihren geschlossenen Augen. Bilder aus einem langen, mühsamen Leben, voller Arbeit von früh bis spät, Tag für Tag, ohne Unterlass, immer für andere. Nicht einen einzigen Tag in ihrem Leben hat Bekka ganz für sich gehabt. Wenn sie bei Hochzeiten im Dorf war – und diese Tage erscheinen in einem hellen Licht –, war es ganz selbstverständlich, dass Bekka, wenn es Zeit zum Melken war, nach Hause ging und auch den Brotteig knetete und backte, bevor sie in Festtagskleidung wieder zum Hochzeitstanz ging. Und am darauf folgenden Morgen war sie in einer Schürze aus Sackleinen zur gewohnten Stunde wieder im Stall und mühte sich mit dem schweren Trog ab, der zum Ausmisten diente.

Bekka träumt von strahlenden Tagen mit spiegelglatter See, wo man sich glücklich fühlte, einfach weil man lebendig war und auf der Welt, sie träumt vom üppigen Gras der Wiesen, von Männern mit ihrer Beute an Papageitauchern auf dem Rücken, von schwer beladenen, bis zur Bordwandkante im Wasser liegenden Torfbooten, die an windstillen Sommermorgen, während im Dorf noch alles schlief, nahe am Ufer vorbeiglitten, vom Duft der saftigen Wiesen und entlegenen Weiden, von sprießendem Seetang, von Kühen, die auf der Weide dösten, und von braunen, schläfrigen Eiderenten unten am Wasser. Ja, das Leben ist reich, wenn man nur einen Blick für die große Schönheit hat, die jeder Tag selbst für eine arme Melkerin bereithält.

Und Bekka sieht Tage voller Herausforderungen vor sich, in Sorge um die Fischerboote auf See, um die Männer draußen bei den Schafen und in den Vogelfelsen, sie sieht den Schnee, der alles zudeckt, und den Sturm, der die Gischt weit aufs Land hinaufschleudert, sodass für Bootshäuser und Boote größte Gefahr besteht. Und kleine, von anderen kaum beachtete Begebenheiten tauchen in ihrem engen Gesichtskreis auf wie Wegmarken an einem Bergpfad.

Sie sieht sich beim Melkerinnenfest, im Kreis übermütiger junger Leute, die es nicht zufrieden sind, still zu sitzen und Kaffee zu trinken, sondern sich allen möglichen Unsinn ausdenken müssen. Vor Bekka steht ein stolzer Stier, aus Teig gebacken, gescheckt, mit einem wehenden Schwanz aus blauem Papier und einem roten Seidenband zwischen den Hörnern. Es ist Høgni, und bei seinem Anblick bringt Bekka vor Lachen kaum ein Wort heraus. Sie haben ihn Bekka zu Ehren gebacken, für ihr Verhalten an jenem Abend draußen beim Vieh, als Høgni bösartig wurde.

Ehe sichs jemand versah, begann er zu toben und ging auf die Melkerinnen los, die in wildem Entsetzen davonliefen, doch es wäre zu spät gewesen, wenn Bekka ihm nicht ein Abdeckleder an den Kopf geworfen und ihn mit diesem respektlosen Verhalten so verblüfft hätte, dass es allen gelang, sich auf das Dach eines Vorratsschuppens zu retten, während der vor Wut rasende Stier Erdklumpen in die Luft schleuderte. Dort oben saßen sie, bis sie von den suchenden Männern entdeckt wurden, und Høgni hatte den letzten Tag gelebt.

»Hier ist sie.«

Hunde bellen, Männer mit Laternen breiten eine Wolldecke auf dem Boden aus und legen sie vorsichtig darauf.

Dann geht es den Weg zwischen den Felstrümmern zurück

nach Hause – so oft ist Bekka diesen Weg allein gegangen, dieses Mal wird sie von starken Männern getragen –, während die Sturmschwalben umherschwirren und surren wie tausend kleine, unterirdische Spinnrocken.

*(1944)*

*Martin Joensen*

# Ein Mann kommt nach Hause

Tístram war ein zwiespältiger Mensch. Auf See war er ein rechtes Gotteskind. Sobald er in die Nähe der Bootshäuser kam, unten bei der Slipanlage den Geruch des Meeres einatmete und die anbrandende Gischt sah, schien ein Engel in ihm Wohnung zu nehmen. Er legte Seezeug und Arbeitsgerät hinten ins Boot (im Winterboot war sein Platz stets hinten), nannte den Jungen, der mit ihm ruderte, »mein Kleiner« und drängte ihn, sich warm anzuziehen, es sei ein kalter Tag. Er scherzte mit den jungen Männern und meinte, man solle sich doch nicht über Enokkur aufregen, der wie jeden Morgen zu spät kam. Meist hatten sie das Boot schon bis zur untersten Bohle gezogen, wenn Enokkur hinter den Bootsschuppen zum Vorschein kam, den schwankenden Proviantkasten zuoberst auf dem Tragkorb wie einen hohen Turm. Sie würden das Boot jetzt zu Wasser lassen und ohne ihn losrudern, riefen sie; aber Tístram sagte »Nein, er kommt doch gleich« und sprang dann ans Ufer, um Enokkur seine Sachen abzunehmen und sie mittschiffs zu verstauen. Enokkur war sein ganzes Fischerleben lang »Gegenruderer« gewesen: Während die anderen fischten, blieb er an den Rudern, damit das Boot nicht abtrieb. Um das Leder zu schonen, waren seine Schafslederhosen am Hintern doppelt genäht. Er hatte eine große, krumme Nase, aus der lange Haare wuchsen und unablässig dicke Tropfen rannen, wie von einer Dachtraufe, und helle, einfältige Augen hatte er, die, wenn er unten am Wasser angekommen war und die Hände auf die Reling legte, inständig um Verzeihung dafür baten, dass er sich an diesem Morgen verspätete. »Ja, lieber Tístram«, sagte er, »ich habe noch schnell, bevor ich losging, der Kuh etwas zu fressen gegeben. Ich hätte nicht gedacht, dass schon so viel Zeit vergangen ist, seit du mich geweckt hast.«

Tístrams Gutmütigkeit und Sanftmut nahmen zu, je weiter er sich vom Land entfernte, und wenn die anderen fragten, wohin sie rudern sollten, ließ er sie selbst entscheiden. Waren sie dann draußen und hatten die Fangleinen ausgeworfen, war er ganz wie in der Kirche. »Kommt nur, ihr *Gesegneten*«, sagte er zu den Dorschen, »*gesegnet* sei auch die Leere hier«, und wies die jungen Männer zurecht, weil sie murrten und fluchten, wenn unter dem Boot von Fischen so wenig zu sehen war wie von einem Goldschatz. »Unser Glück liegt in Gottes Hand. Was vermögen wir schon? Unsere Hand reicht bis an die Reling, nicht weiter.« Doch sobald Tístram wieder an Land war und sich den Häusern näherte, schien sich eine schwarze Finsternis über ihn zu legen. Es war, als würde ein böser Geist in ihn einziehen, und die Engelschar flog davon. Niederträchtige Menschen umgaben ihn da wie ein Zaun und reizten ihn bis zur Weißglut. Das Dorf war voller Ärgernisse und Widrigkeiten, die aus ihm einen Teufel machten.

Das Schaf von Andras stand wieder einmal im Heu und hatte hier bestimmt schon den »lieben langen Tag« zugebracht; und als er es hinausjagte, erschien Andras' Frau Jóanna in der Tür und keifte mit ihrer schrillen Stimme, dass er das Tier schlage und ihm nicht einmal eine Hand voll Heu gönne. »Du hartherziger Türke, einem Schaf das Futter nicht zu gönnen!«, schrie sie. »Aber es wird Folgen für dich haben, wie du das Tier behandelst. Ich werde dich wegen Tierquälerei anzeigen, das werde ich …«

»Ins Haus mit dir!«, schrie Tístram zurück. »Reize mich nicht noch mehr. Ich hätte dich und dein Schaf schon lange totschlagen sollen, altes Biest!«

Jóanna verschwand; aber schon kurz darauf streckte sie wieder ihren Kopf aus der Tür und schimpfte weiter, was für ein Lump und schlechter Nachbar er immer schon gewesen sei.

Tístrams Zorn wuchs. Und so, wie die Strömung im Fjord stärker und stärker wird, bevor die Gezeiten wechseln, erreichte seine Wut ihren Höhepunkt, sobald er die eigene Haustür öffnete und eintrat.

Hier erwartete ihn Birita, seine Schwester, wenn er so aufgebracht nach Hause kam. Die beiden lebten zusammen; und da die Schwester für ihn die Hauptschuld an allem trug, was sein Leben schwer machte, musste sie seine Übellaunigkeit erdulden.

Eines Nachmittags aber – es war Mitte Herbst, eine gute Zeit für den Fischfang –, als er in derselben Stimmung wie immer nach Hause kam, war ihm, als sei etwas anders als sonst. Das Schaf stand auf dem Heuhof, doch Jóanna ließ sich nicht blicken. Ihre Tür war verschlossen, und die still und geheimnisvoll glotzende Türklinke schien etwas zu verbergen.

Draußen waren keine Kinder zu sehen, und als er oben bei seinem Haus angekommen war, sah er, dass in der Kammer die Vorhänge zugezogen waren. Er öffnete die Tür und wollte gerade losschimpfen, weil die Tür des Vorratshauses sperrangelweit offen stand und die Enten hineingekommen waren, schwieg aber, als er Andras' Frau am Feuer sitzen sah. Ihr Kopftuch, das schon ganz grün war, so alt war es, hatte sie tief ins Gesicht gezogen, sodass kaum mehr als ihre lange spitze Nase zu sehen war. Es saßen auch noch andere Frauen da, und alle hatten sie ihre Kopftücher tief ins Gesicht gezogen. Sie wiegten sich hin und her, wie Wahrsagerinnen hockten sie hier in seiner Rauchstube. Er sank in sich zusammen und wusste nicht, wohin er gehen sollte.

»Etwas Schlimmes ist passiert, während du draußen warst, Tístram«, sagte Jóanna mit singender Stimme. »Ich habe Birita wie tot auf der Treppe zum Vorratshaus gefunden. Ich musste Hilfe herbeirufen, damit wir sie ins Haus tragen konnten. Nun liegt sie da, kann nicht sprechen, und ihre eine Seite ist gelähmt. Sie wird nicht mehr auf die Beine kommen.«

Tístram stand bloß da. Ihm war, als triebe er auf dem Wasser, vor und zurück. Die Wirklichkeit entglitt ihm.

»Geh nur hinein. Sie liegt in der Kammer«, wieder klang Jóannas Stimme wie das Singen einer Glocke, »außer Elin ist niemand bei ihr.« Er ging auf die Kammertür zu und öffnete sie einen Spalt. Dort im Bett lag Birita. Ihre Wangen waren eingefallen und hatten eine gelbliche Farbe, ihr Mund war aufgerissen, wie in einem Schrei erstarrt. Ihre Augen schienen ihn vorwurfsvoll anzusehen. Sie waren voller Leben, und es kam ihm so vor, als wollte sie ihre Hand unter der Decke hervorziehen und ihm drohend entgegenstrecken.

An den darauf folgenden Tagen ging es ihm wie an dem Tag, an dem er nach Hause gekommen war. Er trieb dahin und kam nicht zur Ruhe. Er fühlte sich hin und her gerissen, wie jeweils zwischen seiner Stimmung auf See und dem finsteren trollartigen Gemütszustand, der ihn überkam, sobald er sich den Häusern näherte. Und wie das Herz des Riesen im Märchen lag sein wahres Herz noch irgendwo versteckt; er hatte es bisher nicht gefunden.

Unfähig zu sprechen, lag Birita stumm da. Manchmal spähte Tístram verstohlen durch die Kammertür, dann glühten ihre Augen wieder voller Anklage, und ihre Hand wollte sich unter der Decke hervorkämpfen und drohend auf ihn zeigen.

Aber einige Tage später starb sie, ohne noch einmal die Sprache zurückgewonnen zu haben.

Die hilfsbereiten Frauen, Jóanna an ihrer Spitze, nahmen das Haus in Beschlag und richteten Birita so her, dass sie anständig unter die Erde kommen konnte. In guter Absicht wurde Tístram hinausbefördert. Ihm war, als sei er in einen Strudel geraten. Alle Widrigkeiten, all die Unordnung, die ihn zeit seines Lebens aufgeregt und in Wut versetzt hatten, umgaben ihn jetzt tagtäglich, doch dies erzürnte ihn nicht mehr.

Seine Gedanken wurden, langen Wellenkämmen gleich, in die Vergangenheit hineingezogen. Doch wie von einer starken Strömung fortgerissen, verloren sie sich dort im Nichts …

»Ich habe diese Drýlar für dich gebacken«, sagte Jóanna mit schriller Stimme und brachte ihm zwei glühend heiße Brote. Sie kamen geradewegs aus der Herdasche und dampften vor Hitze. »Du bist allein, und ihr Männer könnt euch nicht so gut selbst versorgen.«

Er wusste nicht, ob er die Brote annehmen sollte. Sie war immer eine schlechte Nachbarin gewesen. Wenn er zu Hause war, hatte sie nie einen Fuß über die Schwelle gesetzt. Sie hatte Birita besucht, sich aber eiligst verzogen, sobald Tístram kam. Meistens sah er gerade noch ihren Rockzipfel um die Ecke des Vorratshauses verschwinden.

Er dachte an ihr Schaf im Heu und an die Hühner auf dem kleinen Kartoffelacker. Aber so gutmütig stand sie da und so erbärmlich. Die Hände unter der Schürze. Das graue Kopftuch mit den Brandflecken, an dem jede zweite Franse fehlte. Wie immer hatte sie es tief in die Stirn gezogen, sodass ihr Gesicht sehr schmal und scharf war und ihre Nase sehr lang und dünn.

Er musste aber dankbar sein und die Hilfe annehmen. Er dachte an das, was geschehen war. Plötzlich stand er einem Teil des Lebens gegenüber, mit dem er nicht alleine fertig werden konnte. Nicht aus eigener Kraft. Er war auf Hilfe angewiesen, und am besten nahm er sie von jenen an, die sie ihm anboten. Was war jetzt nicht alles zu bedenken: wer die Sänger sein sollten, wer die Sargträger. Und dann die Totenfeier. Man konnte die Schwester nicht wie einen Hund verscharren. Sie musste eine Totenfeier bekommen, so wie alle anderen in der Familie. Auch der Stachel gegen Birita war aus seinem Gemüt verschwunden. Er sah ihre Augen vor sich, und die drohende Gebärde ihrer Hand, die sie sich unter der Decke hervorzuziehen mühte. Es war, als ob sie ihm, ihrem Bruder, noch etwas hatte sagen wollen. Etwas, das sie all diese Jahre, die sie miteinander verbracht hatten, mit sich herumgetragen hatte. Und ihre Sachen lagen da, als seien sie nur kurz beiseite gelegt worden und warteten darauf, gleich wieder in die Hand genommen zu werden.

Oben auf dem Querbalken lagen eng umschlungen die Karden, in der Ecke stand der Wollsack. Ach, und da, unter der Bank, standen ihre Holzschuhe, an denen hinten die Kappe fehlte. Sie hatte darüber geklagt, aber er hatte sie nicht in Ordnung gebracht.

Ihm war, als käme er in ruhigere See. Wie in dem Moment, da die Strömung nachlässt und man ganz sachte dahintreibt. Dann ist die Gelegenheit für einen guten Fang am günstigsten. Das Haus und seine Umgebung waren wie das weite blaue Meer. Und schon wurde die See noch ruhiger.

Tístram lag im Alkoven der Rauchstube. Nun war die Strömung ganz schwach. Im Herd lagen die rot glühenden Torfstücke. Sie leuchteten in der dunklen Nacht.

Draußen war es windstill. Doch unter der Türschwelle hörte er die Ratte nagen. Mehrere Nächte ging das jetzt schon. Bald würde sie sich bis in die Rauchstube durchgebissen haben. Er hatte nicht übel Lust, aufzustehen und sie zu erledigen. Aber er blieb liegen. Lag einfach da und starrte an die Decke.

Wie das Plankton im Meer, so stiegen Gedanken und Erinnerungen aus der Tiefe auf. Er erinnerte sich an alles, was er mit seiner Schwester erlebt hatte. Seit ihrer Geburt waren sie zusammen gewesen.

Er erinnerte sich, wie er von der Böschung aus das Boot kentern sah. Er sah das Gesicht seiner Schwester vor sich, als er ihr die Nachricht überbrachte, dass alle tot seien. Auch Óli, ihr Verlobter, war dabei. Im Herbst hätte die Hochzeit sein sollen. Ihr starrer, ausdrucksloser Blick. Nie hatte er mit ihr über das, was passiert war, gesprochen, nie hatte er daran gedacht, wie hart es sie getroffen hatte. Und sie selbst hatte nie ein Wort darüber verloren, wie es ihr ging.

Seine Erinnerungen trieben sanft vor und zurück. Auch sich

selbst sah er, wie er mit einem hellhaarigen Mädchen tanzte, und vom Tanzen gingen sie zusammen fort durch die mondhelle Nacht.

Diese Ereignisse aus der Vergangenheit, die ihm zur Nachtzeit auflauerten, machten sein Gemüt empfindsam und nachgiebig, er wurde ganz weich, wie er jeweils war, wenn er zum Boot und hinaus aufs Meer kam.

Dunkel ahnte er, dass sie beide mehr vom Leben hätten haben können.

Tístram hatte sich nie im Unrecht gefühlt. Unrecht hatten die anderen. Sie hatten ihm Hindernisse wie Fußangeln in den Weg gelegt, sodass er sich hatte aufregen müssen. Jedes Mal, wenn er vom Fischen zurückkam, umringten diese unglückseligen Menschen sein Haus. Tístrams Welt war voll von ihnen.

In dieser Nacht aber kam es ihm so vor, als sei es vielleicht anders gewesen. Das, was er anderen angetan hatte, kam ihm in den Sinn. So als stiege es aus der Glut des Herdes auf.

Es hatte ihn rasend gemacht, wenn Birita etwas tat, das ihr Freude bereitete und das er selbst für unnütz hielt. Das waren Dinge, die nichts einbrachten.

Sie hatte großes Vergnügen daran, Kniestrumpfbänder zu flechten. Sie verwendete alle möglichen Farben dafür. Die jungen Männer wetteiferten darum, von Birita gefertigte Strumpfbänder zu bekommen, und die jungen Mädchen bedrängten sie, ein Paar für sie zu machen, damit sie es ihren Auserwählten schenken konnten.

Aber sie nahm nichts dafür. Und eines Tages kam ihr Bruder wütend herein und riss ihr die Arbeit aus den Händen.

»Hast du nichts anderes zu tun als dieses alberne Zeug da«, fuhr er sie an und warf die Strumpfbänder auf den Boden. Tístram meinte, die Augen und das Gesicht seiner Schwester noch vor sich zu sehen, wie sie aufstand, um sie wieder aufzuheben.

Nein, an Schlaf war nicht zu denken, und so stand er auf und ging zur Tür.

Das Meer sang sein ewiges Lied, und Tístram überkam Sehnsucht, auf See hinauszufahren. Es war dasselbe Gefühl, das er hatte, wenn er frühmorgens aufstand, um nachzusehen, ob das Wetter günstig zum Fischen sei. Und der See zu lauschen, ihrem ruhigen, langsamen Rauschen: als schlafe ein gesunder Mensch tief und fest. Da kleidete er sich dann stets eilig an, um die übrige Bootsbesatzung wecken zu gehen.

Heute Nacht fühlte er nur diese schwere Sehnsucht. Er dachte nicht daran, jemanden zu wecken. Er blieb eine geraume Weile in der Tür stehen, blickte hinaus und horchte, dann legte er sich wieder ins Bett.

Eine Totenfeier war teuer, da waren das Essen, die Helfer, all das kostete eine Menge Geld. Aber Tístram wollte sie trotzdem abhalten. Es gehörte sich so. Bei allen Beerdigungen in der Familie hatte es Totenfeiern gegeben, große Feste. Außer ihm und seiner Schwester gab es niemanden mehr, er musste es tun. Zwei Lämmer waren zu schlachten, und im Vorratshaus hing reichlich Trockenfleisch.

Auch die Flasche, die schon ein ganzes Jahr im Kasten gelegen hatte, musste er mitnehmen. Der Weg, den der Sarg getragen werden musste, war lang, und ein Toter wiegt schwer.

Träger und Sänger standen still und bedrückt um den Sarg herum, während er ausschenkte. Enokkurs Nase war rot vor Kälte und triefte unaufhörlich. Ein endloser Strom von Sorgentropfen. Enokkur nahm das Glas und hielt es an sein Herz, bevor er es zum Mund führte. Als vollzöge er unter seiner Joppe irgendeine Zeremonie. Doch das machte er immer so.

Tístram hatte die guten Sänger des Dorfes eingeladen, und seine Bootskameraden trugen den Sarg. Árant, der am besten sang, ging vorneweg und machte den Vorsänger. Kingos großes schwarzes Gesangbuch hielt er mit ausgestreckten Armen vor sich hin, denn er war weitsichtig und sah am besten auf Entfernung. Er sang die langen Kirchenlieder mit schleppender Stimme, wie die Balladen, die man zum Tanz singt; aber das störte niemanden. Denn alle im Dorf fanden, dass es eine Lust war, Árant zuzuhören, ob er nun alte geistliche Lieder oder Tanzballaden sang.

Sie sangen, bis sie die Einfriedung des Dorfs erreicht hatten, dahinter begann das raue Weideland mit den Schafen und den wilden Vögeln, die jetzt an diesem Herbsttag schon in fremde Länder gezogen waren; hier schwiegen die Männer und fingen erst wieder an zu singen, als sie unten bei der Umfriedung des Kirchdorfs angekommen waren.

Es war ein weiter, anstrengender Weg. Mehrmals mussten sie anhalten, um auszuruhen. Sie stellten den Sarg auf einen flachen Felsen und setzten sich um ihn herum auf den Boden.

Tístram sah auf die grasenden Schafe. Er erkannte eines von seinen eigenen. Die Männer unterhielten sich auch über die Schafe und darüber, dass das Wetter gut wäre, um zum Fischen hinauszufahren. Tístram aber verfing sich wieder in Erinnerungen.

Wie er hier auf diesem großen, mit Flechten bewachsenen Stein saß, fiel ihm ein, wie er und Birita einmal, als sie draußen auf der Weide nach Wolle suchten, vom Nebel überrascht wurden und sich verirrten. Da hatte Birita vor Angst zu weinen begonnen, und er hatte sie bei der Hand nehmen müssen.

Da drüben in der Mulde war der Stein, auf den sie sich gesetzt hatten, um sich zu besinnen. Doch er hatte zu ihr gesagt, dass sie nicht sitzen bleiben könnten, dass sie weitergehen müssten. Und als sie weitergingen, lichtete sich der Nebel, und sie fanden zurück auf den rechten Weg. Ja, er verlor sich so sehr in dieser seltsamen Erinnerung, die ihn wie ein Alb bedrängte, dass er nicht hörte, wie die anderen nach ihm riefen und fragten, ob sie nicht weitergehen sollten.

Der Pfarrer und der Küster des Kirchdorfs kamen ihnen entgegen. Da steckte Árant das Gesangbuch in die Tasche, und alle anderen Sänger taten es ihm gleich. Denn nun begannen der Pfarrer und der Küster, Kirchenlieder mit flotteren Melodien zu singen, die Árant und die anderen nicht konnten. Der Pfarrer sprach, und alle fanden, er spreche gut. Er wusste nicht viel von Birita und ihrem Lebensschicksal, daher sprach er vor allem davon, wie vergänglich das Leben sei und dass der Tod, und dies manchmal unversehens, zu Jung und Alt komme.

Er gab dann allen Männern aus dem Nachbardorf die Hand, und diese wichen zur Seite, damit er sehen konnte, dass Tístram der Einzige war, welcher der Toten nahe stand.

Als sie zurückkamen, war alles für die Totenfeier bereit. Die Frauen hatten Birita bis zur Einfriedung des Dorfes begleitet. Sie hatten geweint, als der Sarg auf dem alten Totenweg die steile Anhöhe hinauf verschwand. Dann waren sie nach Hause gegangen, um die süße Graupensuppe und das Fleisch zu kochen; bis zur Rückkehr der Männer sollte alles fertig sein.

Alle sagten, es sei eine schöne Totenfeier, die Tístram da für seine Schwester ausrichte. Enokkurs Nase wurde blasser, während er die Suppe löffelte und das Fleisch aß, und triefte nicht mehr, nur ein einziger Tropfen war noch zu sehen.

»Sie war ein guter Mensch«, sagte er und wischte sich mit dem Handrücken die Nase ab. »Ein friedlicher Mensch. Sie sprach nicht viel, obwohl sie ihren Teil zu tragen hatte, der Herr segne ihre Seele. – Du hast einen großen Verlust erlitten«, wandte sich Enokkur an seinen Bootskameraden. Dieser stand bei der Tür, ohne etwas zu erwidern. Er ging nur hinaus, um für die Gäste noch etwas Trockenfleisch aus dem Vorratshaus zu holen.

Auch am nächsten Tag war das Wetter günstig, um zum Fischen hinauszufahren. Tístram konnte nicht schlafen und hörte, wie die Männer draußen umhergingen, doch er stand nicht auf, um seine Kameraden zusammenzurufen. Er blieb liegen, bis einer kam, um ihn zu wecken. Erst da stand er auf und ging hinaus, sagte aber, dass er nicht mitkomme, er fühle sich nicht wohl. Er sei zwar nicht krank, fühle sich aber sehr schwach – und habe keine Lust, hinauszufahren.

Langsam kleidete er sich an, ging ziellos umher. Er machte Feuer und ließ die Kuh hinaus, eine richtige Arbeit kam aber nicht dabei heraus. Ein übrig gebliebener Heustapel fiel ihm ein, ein Haufen Torf, von dem die Grasabdeckung abgefallen war. Doch zu nichts konnte er sich aufraffen. Von den anderen Männern war keiner mehr zu Hause.

Draußen spielten die Kinder. Sie ließen Federpfeile fliegen. Jetzt waren sie auf dem Dach, der Federpfeil war wohl hinaufgeflogen und in den Grassoden stecken geblieben. Sie zertraten das Gras, das Dach würde undicht werden. Aber er jagte sie nicht fort. Er ging nur hinaus, zur Uferböschung hinunter und blickte über den Fjord. Es war völlig windstill. Das Meer spiegelglatt, die Berge herbstlich blau. Ein einzelnes Boot fuhr langsam durch die Mündung des Fjordes hinaus und driftete nach Süden.

Tístram war mit seinen Gedanken woanders. Wie all die Tage zuvor trieben sie zurück in die Vergangenheit. Er war ein junger Mann, er war ein Kind. Er suchte mit seiner Schwester Wolle, er verirrte sich oben im Nebel. Wie er heute an der Böschung stand und auf die plätschernden Wellen unten am Steinstrand und die leeren, grauen Bootshäuser dort drüben blickte, da war er wieder ein Kind, war mit dem Vater draußen beim Angeln. Ein windstiller Herbstabend, und als sie in der Dämmerung heimkehrten, kamen seine Mutter und seine Schwester ihnen entgegen.

Wieder überkam ihn diese sonderbare Sehnsucht nach etwas, das es nicht gab, das vielleicht hätte Wirklichkeit werden können, das aber nie eintraf und immer unerreichbar blieb.

Und da überkam ihn eine solche Lust, aufs Meer hinauszufahren. Allein. Das kleine Boot mit den drei Ruderbänken lag im Bootshaus. Er war oft damit alleine unterwegs gewesen. Er könnte die kleinen Arbeitsgeräte für die Fjordfischerei mitnehmen. Irgendetwas würde er schon fangen.

Es war, als hätte seine Sehnsucht einen festen Halt bekommen. Vom etwas weiter in der Bucht gelegenen Sandstrand drang ein Rauschen an seine Ohren. Unter ihm plätscherten die Wellen gegen den flachen Kieselstrand. Die Farben im Meer tanzten und wiegten sich vor seinen Augen. Alles zog ihn an: Das Meer war ihm wie eine große Wiege, und er sehnte sich danach, sich hineinzulegen wie ein Kind.

Enokkur kam hinkend die Böschung entlang auf ihn zu.

»Du bist heute Morgen nicht hinausgefahren«, meinte er. »Was für ein gesegnetes Wetter. Aber die Strömung ist sicher reißend.«

Aus seiner Nase rannen wieder die Tropfen. Wie blanke Lebenstropfen hingen sie an seiner Nasenspitze und stahlen sich in seinen Bart.

»Nein, ich bin nicht rausgefahren«, sagte Tístram. »Und du bist auch daheim geblieben?«

»Ja, es ging heute Morgen nicht. Kreuzschmerzen, nichts kann ich tun.«

»Ich denke, ich nehme das kleine Boot und rudere hinaus zur Fjordmündung«, sagte Tístram.

Eine Schar Enten kam rasch auf den Strand zugeschwommen. Zwei Kinder mit Angelruten gingen auf die Landspitze hinaus.

»An so einem herrlichen Tag hat man wirklich keine Lust, zu Hause zu bleiben. Es tut gut, aufs Meer hinauszufahren. Wenn ich könnte, würde ich mitkommen.« Enokkur blickte aufs Meer hinaus und erinnerte sich an die Tage, die sie gemeinsam beim Fischen waren. Die stille Traurigkeit seines Kameraden hatte auch ihn ergriffen. Er wunderte sich darüber, dass Tístram allein aufs Meer hinausfahren wollte, sagte aber nichts. Kein Gerede zwischen ihnen. Und so ging Tístram den Hang hinauf. Enokkur blieb zurück und blickte übers Meer. Er hielt sich das Kreuz. Tístram wollte sich bereitmachen.

»Wohin gehst du?«, rief die Frau von Andras. Ihre Tür stand offen. Sie hatte sie aufgemacht, um die Herbstsonne in die Rauchstube zu lassen. Andras war beim Fischen. Sie trug ihr Kopftuch, hatte es aber in den Nacken gezogen. Das Schaf stand nicht im Heu. Bei gutem Wetter graste es auf den Wiesen beim Dorf. Tístram erwiderte, er wolle aufs Meer hinausfahren.

»Du bist ja nicht ganz richtig im Kopf, allein rauszufahren«, schrie sie. »Keiner kennt des Einsamen Los … Aber hast du etwas zu essen? Komm rein und iss was.«

Und Tístram ging hinein zu Jóanna, um etwas zu essen. Sie redete, sie redete wie immer. Er aß das Brot, ihr schwarzes Brot, und trank einen Becher Milch. Der Becher war innen schwarz. Aber er achtete nicht darauf. Gedankenverloren saß er da. Sie redete, und in ihren Worten schwang, wie so oft bei uns, etwas anderes mit, das sie nicht aussprach. Sie sagte nur, es sei so still geworden auf dem Hof. Alles vergehe, aber so sei das nun mal … Und sie fragte, ob sie ihm nicht eines von ihren Broten geben solle, von denen, die sie ihm gebracht habe, dürfte ja keines mehr übrig sein. So bekam er wieder eines dieser schwarzen Brote, die nicht gut waren, aber von Herzen kamen, denn sie hatten sich nun ausgesöhnt, und der Streit, der all die Jahre, die sie auf dem Hof zugebracht hatten, zwischen ihnen geherrscht hatte, war beigelegt. Beide erinnerten sie sich an ihn, sie erinnerten sich an die bitteren Worte, an all die Dinge, über die sie gestritten hatten; aber all dies war so weit weg, wie auf ein großes Meer hinausgezogen, dass sie es kaum noch erkennen konnten. Und Tístram saß nur da und sehnte sich hinaus auf das wirkliche Meer, das Frieden bedeutete und ihn sanft, mild und gutherzig machte.

Jóanna redete weiter. Wieder sagte sie, dass es falsch sei, allein hinauszufahren – keiner kenne des Einsamen Los. – Auch Andras habe davon gesprochen, wie reißend die Strömung sei. Gut, sie sei eine Frau, aber sie wisse, dass manche Strömungen und Strudel im Meer auch bei Windstille Männern zum Verderben werden könnten.

Ja, so sprach sie. Aber sie war eine Frau, für sie war das Meer das Unbekannte, das zwar Einkommen und Lebensunterhalt sicherte, doch boshaft und tückisch war. Sie war nicht wie Tístram, der sich danach sehnte, aus dem Dorf wegzukommen, weg vom Land und hinaus aufs Meer.

Und so nahm er das Brot und legte es in den Proviantkasten, verschloss seine Tür und gab der Frau von Andras den Schlüssel zur Verwahrung, bis er zurückkomme. Auch die Kuh solle sie umpflocken.

Den Tragkorb auf dem Rücken, ging er hinaus zum Bootsplatz. Allein, denn alle anderen Männer waren schon zum Fischen hinausgefahren. Die Kinder halfen ihm mit dem Boot, und Enokkur stand mit krummem Rücken oben auf der Böschung. Wie gern wäre er mitgefahren. Doch es stach ihn wie mit Messern im Kreuz, und er konnte unmöglich auf einer Ruderbank sitzen. – Ruhig ruderte Tístram aufs Meer hinaus. Ein Boot mit einem Mann auf einem breiten Fjord, der weiter draußen ins wüste Meer überging.

Sie sahen, wie er die Fangleine auswarf und bei der Mündung des Fjords sein Glück versuchte. Er driftete mit der Strömung, dann verschwand das Boot südlich um die Landspitze. Und der Fjord war wieder leer. Ein Boot mit einem einsamen Mann war südlich um die Landspitze gedriftet. Gegen Abend kamen die Boote schwer beladen zurück. Die Männer erzählten, es habe reichlich Fische gegeben, die Strömung aber sei den ganzen Tag über reißend gewesen.

Tístram kam nicht mit den anderen zurück. Sie nahmen die Fische aus, dann wurden sie unruhig, weil er nicht kam. Sie blickten aufs Meer hinaus, sie besprachen sich miteinander. Sie machten ihre Arbeit weiter, dann richteten sie sich wieder auf, um aufs Meer hinauszuschauen. Doch kein Boot war zu sehen. Da machten sie ein Boot fertig und begaben sich auf die Suche. Doch sie kehrten ohne ihn zurück.

Tístram kam nie mehr ins Dorf zurück. Er blieb auf See. Die starke Westströmung habe ihn in den Strudel gezogen, hieß es. Den hohen Wellen dort habe das kleine Boot nicht standhalten können. In solchen Brechern sei es nicht mehr als ein Holzspan.

Das kleine Ruderboot wurde bei einem weiter südlich gelegenen Dorf an Land getrieben. Ein – sehr weit entfernter – Verwandter von Tístram erbte es, ebenso wie seine anderen Sachen im Dorf. Dann kamen neue Bewohner auf den Hof. Ein neuer Heuschober wurde gebaut, aber den umzäunten Heuplatz gab es noch lange. Hohe Engelwurzpflanzen wuchsen dort, und die Kinder kletterten über den Zaun, um sich daran gütlich zu tun.

Am längsten bewahrten Jóanna und Enokkur die beiden Geschwister Tístram und Birita im Gedächtnis. Und sie sprachen von ihnen, jedes Mal, wenn sie sich trafen.

*(1950)*

*Jørgen-Frantz Jacobsen*

# Die Witwe auf der Pfarre

Ja, dass es eine Witwe auf der Pfarre gibt, wissen Sie wohl?«

Es war der Amtmann, der diese Frage stellte.

Dem neuen Pastor von Vágar, Herrn Poul Aggersøe, war das bekannt, doch es interessierte ihn kaum. Im Gegensatz zu den meisten Pastoren, die dergleichen praktisch nahmen und die Witwe des Vorgängers heirateten, war er aus anderem Holz geschnitzt. Er dachte gar nicht an Verehelichung und ärgerte sich, wenn andere es für ihn taten.

Er saß in der Wohnung seines Kollegen, des Stadtpfarrers, umgeben von Leuten, die Neues aus der großen weiten Welt erfahren wollten. Von Schlachten und Generälen hatte er erzählen müssen, vom unüberwindlichen König Friedrich von Preußen und von König Ludwig von Frankreich, den niemand an seinen Ausschweifungen zu hindern vermochte. Diese Nachrichten lösten bei allen, dem Amtsrichter, dem Amtmann, dem Handelsverwalter und dem Kommandanten, eine eigenartige Erregung aus. Sie liefen auf und ab und hin und her, über die hohe Schwelle zwischen guter Stube und Studierkammer. Die Frauen waren stumm – ausgenommen die alte Armgard, die Witwe des vormaligen Präsidenten, und ihre Schwester Ellen Katrine mit den Krücken und dem fröhlichen Gesicht. Sie warf nun ein, dass sich doch niemand mit »Malebrok« messen könne, der in ihrer Jugend gelebt hatte, womit sie Marlborough meinte.

Während Herr Poul dasaß und all diese wildfremden Menschen beobachtete, unter die er geraten war, spürte er noch immer ein Schwanken. Vier Wochen war er unterwegs gewesen. Die letzten vierundzwanzig Stunden hatte das Schiff wegen heftigen Sturms im Schutz einer schroffen schwarzen Insel namens Nólsoy gelegen. Erst heute Morgen hatte sich das Wetter endlich so weit gebessert, dass es in den Hafen einlaufen konnte.

Als die *Fortuna* die Anker fallen ließ, hingen noch Reste der nächtlichen Dunkelheit in der Luft. Es war nasskalt, Schneeschauer trieben über die armselige Grasnarbe der Felsen. Ein schwarzer, verwitterter Kirchturm aus Holz, darunter ein paar zusammengedrängte Häuser – das war Tórshavn. Alles wirkte so muffig. Die Menschen, die unter den Hausgiebeln auftauchten, sahen im fahlen Morgenlicht blass und verfroren aus. Als Herr Poul die Klippen von Tinganes betrat, kam es ihm fast so vor, als sei er in einer Stadt der Unterwelt gelandet. Doch während er hinauf zu den Handelshäusern ging, erblickte er inmitten einer Schar von Neugierigen im Torweg zwei adrett gekleidete Frauen. Besonders die eine fiel ihm auf: Sie war blond und rank, stand so hübsch da und bemerkte ihn wohl gar nicht.

Den ganzen dunklen, verregneten Tag hatte er unter fremden Menschen zugebracht. Sie waren für ihn noch große Schatten, ohne feste Konturen, deren Sprache kaum zu verstehen war. Hier in den schummrigen Räumen des Pastors liefen sie hin und her, irgendwo im Haus schnurrte ein Spinnrad, vor den Fenstern hing das welke Gras des Dachs herab, man hatte eine trübe Aussicht über Eystaravág zur Festung Skansi mit der flatternden Fahne. Doch während er alles das wahrnahm, verfolgte ihn die Erinnerung an jene Frau, die er am Morgen gesehen hatte. Auch wenn er lange Zeit nicht an sie dachte, war sie ständig da – wie etwas Liebes, ein Lichtpunkt, ein Trost.

Aber jetzt wollte der Amtmann wohl unbedingt von dieser Witwe auf der Pfarre reden.

Amtmann Augustus Harme, ein gebürtiger Däne, war groß, rot und leicht verschwitzt. Seine Stimme klang süffisant, nicht unliebenswürdig, doch stets belehrend, stets besserwisserisch. Er musste sich unentwegt räuspern, und zwar ausgiebig, nahm eine Prise und ließ seine Zuhörer warten, bis er weitersprechen konnte.

»Ja«, sagte er, »dann wissen Sie vielleicht auch, dass diese Witwe eine Tochter des verstorbenen Amtsrichters Peter Willumsen Salling ist. Sie ist noch nicht alt, erst achtundzwanzig Jahre, glaube ich.«

»Jetzt singen Sie mal keine Loblieder auf Barbara Christina!«, ertönte es streng hinter einem Strickzeug. »Sie ist ein Miststück, das wissen alle.« Die Witwe des vormaligen Präsidenten, die diesen Einwurf gemacht hatte, besaß eine riesige Nase und scharfe, kalte Augen wie ein Seevogel.

»Ich will Barbara nicht eben anpreisen«, sagte der Amtmann, »aber ich will sie auch nicht verurteilen. Ich finde nur, dass unser junger Pastor über die Verhältnisse Bescheid wissen muss.«

»Dann sollten Sie besser berichten, was sie getan hat, und nicht, wie alt sie ist«, entgegnete Armgard und stemmte die Faust gegen den Tisch, »was *die* in ihren achtundzwanzig Jahren schon alles angestellt hat …«

»Ich weiß nicht, ich weiß nicht«, sagte der Amtsrichter jetzt. »Als Miststück kann man Barbara nach meiner Meinung nicht bezeichnen. Sie hat ihre Fehler, das ist nicht zu übersehen. Aber ist das denn ihre Schuld? Eigentlich ist sie kein schlechter Mensch.«

»Ja, du, Johan Hendrik! Du und der alte Amtsrichter, ihr wart ja ganz dick befreundet. Du bist gewiss der Rechte, um über diese Dinge mitzureden!«

»Das ist wohl wahr, Armgard. Ich kenne Barbara von Kindesbeinen an. Aber Sie wissen von ihr nur, was Sie an Klatsch von den Leuten gehört haben.«

»Ich weiß, was wahr ist. Ich weiß, wie sie starben, Herr Thomas und auch Herr Niels.«

Darauf erwiderte Amtsrichter Johan Hendrik Heyde nichts und strich sich nachdenklich übers Kinn. Seine große, etwas gebeugte Gestalt hatte etwas Nervöses, Zweifelndes. So war er immer: ein Ehrenmann, klüger als die andern, jedoch zu klug, um stark zu sein. Doch er konnte auf eine trockene, sarkastische Weise sticheln und wurde deshalb auch respektiert, ja gefürchtet.

Ebenso wie sein Bruder, der Stadtpfarrer Wenzel Heyde, wurde er zu den vornehmsten Färingern gezählt. Beide entstammten einem alten Geschlecht, das zwar reichlich mit fremdem Blut vermischt, jedoch im Lande verwurzelt war. Ansonsten gab es zwischen den Brüdern große Unterschiede. Der Amtsrichter war lang und dünn, der Pastor klein und gedrungen – der Amtsrichter skeptisch, der Pastor salbungsvoll. Und während in Johan Hendrik stets ein heimlicher Groll auf die dänischgebürtigen Amtskollegen köchelte – auf den Amtmann und den Handelsverwalter –, hegte Wenzel den ebenso heimlichen wie heftigen Wunsch, diesen Leuten zu gefallen und in ihrer Gesellschaft zu sein. Deshalb erfüllte es Herrn Wenzel auch mit Befriedigung, dass er sie jetzt in seiner Stube hatte – den großen Amtmann, den witzigen Handelsverwalter mit den vielen lustigen Geschichten und seine vornehme Gattin, Frau Mathilde, die zwar kaum etwas sagte und sicher an Blutarmut litt, aber doch auf sehr distinguierte Art kichern und in Ohnmacht fallen konnte.

Seit einer Weile plätscherte das Gespräch nur noch dahin. Nachdem die Neuigkeiten aus der Fremde erzählt waren, schien nichts mehr die vielen Menschen recht zu vereinen. Doch in der Studierkammer gab es einen heimlichen Treffpunkt, der die Männer immer wieder zum Austausch verschmitzter Blicke veranlasste. Rastlos wanderten sie hin und her und überschritten die Türschwelle. Barbara war wohl doch nicht der einzige Grund, weshalb Armgard so wütend und temperamentvoll strickte. Sie hatte Lunte gerochen und ärgerte sich. Das taten die anderen Frauen auch. So war das immer, wenn ein Schiff angelegt hatte.

Auch der Präsident des Lagthings, Samuel Mikkelsen, erhob sich, um einen Ausflug in die Studierkammer zu unternehmen.

Das war für den beleibten, schwerfälligen Mann eine ganz schöne Reise. Und sie dauerte lange. Als Armgard sah, wie ihr Neffe, der Nachfolger ihres Mannes, mit seinem mächtigen Rücken die ganze Türöffnung füllte, grunzte sie böse. Doch in den Augen ihrer Schwester Katrine blitzte es mitwisserisch. Sie lag ausgestreckt auf einer Bank und malte mit ihrer Krücke Zeichen in die Luft: »O Welt, o Welt!«

An alles das sollte sich der neue Pastor später sehr deutlich erinnern. Doch im Augenblick wurde es ihm nicht recht klar. Erst eine diskrete Einladung von seinem Amtsbruder, Herrn Wenzel, öffnete ihm die Augen dafür, dass in der Studierkammer französischer Branntwein zu bekommen war.

Er verstand auch nicht, was es mit dieser Witwe Barbara auf sich hatte – und warum gleichsam ein frischer Wind die schlaffen Segel des Gesprächs belebte, sowie der Amtmann ihren Namen nannte.

Als der Präsident, füllig und fromm, aus der Studierkammer zurückkehrte, lag über ihm ein undefinierbarer Zug von Erneuerung. Mit seinem wogenden Vollbart glich er dem Gott Jupiter, doch seine Augen waren ruhig und mild, und meistens leuchtete darin ein leises, fast liebevolles Lächeln.

Er setzte sich wieder und sagte nach einer Weile mit seiner sanften Stimme: »Wie Barbara in ihrer ersten Ehe gewesen ist, will ich dahingestellt sein lassen, obwohl ich merkwürdige Dinge darüber gehört habe. In ihrer zweiten Ehe war sie keine gute Gattin, das glaube ich sagen zu dürfen. Aber die Behauptung, sie habe Herrn Niels umgebracht – die ist ungerecht, denn das war ein Unglücksfall.«

Armgard schnaubte: »Unglücksfall! Ja, in Barbaras Nähe sind viele Unglücksfälle passiert. Und sie kamen ihr stets auffallend gelegen.«

Ellen Katrine streckte sich auf ihrer Bank und hob die Krücke wie ein Signal: »Jetzt halt mal den Mund, Armgard, und lass Samuel erzählen. Er weiß es schließlich besser als du!«

Präsident Samuel saß da und schaute auf seine kleinen Hände. Es war nicht seine Art, sich zu verplappern. Alle beobachteten ihn gespannt. Er hatte sich noch nie über Barbara geäußert, obwohl doch gerade er Bescheid wissen musste. Sein Amtssitz, der Hof á Steig in Sandavágur, lag nur eine gute Viertelmeile vom Pfarrhaus von Miðvágur in Jansagerði entfernt, wo Herr Niels und Barbara gewohnt hatten.

»Ich verstehe Barbara auch nicht ganz. Als sie mit Herrn Niels auf die Insel Vágar kam, da hat sie ihn vergöttert, das wird niemand bestreiten. Alle sprachen nur gut von ihr, und ich für mein Teil kann nichts anderes sagen, als dass sie in all ihrem Tun und ganzen Wesen wie ein Engel anzuschauen war.«

»Ein *Engel!*« Der Seevogel, die alte Armgard, fasste ihren Neffen scharf ins Auge. »Nein, um Gottes willen, Samuel!« Wieder näherte sich ihre Faust der Tischplatte. »Wenn die anderen schon so dumm gewesen sind, dann müsstest *du* zumindest wissen, dass jemand, der wie ein Engel aussieht, kein Engel sein muss.«

Der Präsident lächelte und zögerte ein wenig. Doch niemand redete dazwischen, das Wort gehörte ihm. Dann sagte er sehr bedächtig, mit einer winzigen Spur nachsichtiger Ironie: »Ja, Tante Armgard, Sie sind eben so vorschnell! Genau das wollte ich doch eben sagen. Barbara *war* kein Engel. Aber das muss ja keineswegs heißen, dass sie ein Teufel war, das entspricht auch nicht ihrer Natur. Ich glaube, sie wollte gut zu allen sein. Wenn die Leute vom Fischen kamen, ging sie zu ihnen an den Strand, sie ging selbst Torf holen, was Pfarrfrauen sonst nicht zu tun pflegen, und sie ging tanzen. Das hat Herrn Niels wohl nicht so recht gefallen.«

»Herrgott«, meinte Ellen Katrine, »tanzen gehen, das sollte wohl keine Sünde sein – auch nicht für eine Pfarrfrau.«

»Nein«, fiel der Amtsrichter ein, »und wenn Sie Pfarrfrau wären, Tante Ellen Katrine, und tanzen gingen, dann wäre auch keine Sünde zu befürchten, glaube ich.«

»Ach du mit deinen Frechheiten, Johan Hendrik! Halt doch *ein Mal* den Mund!« Sie stupste ihn mit der Krücke, und ihre Miene war feierlich und verschmitzt zugleich.

In den milden Augen des Präsidenten blitzte es für den Bruchteil einer Sekunde auf, bevor er fortfuhr: »Bestimmt hätte sich Herr Niels mit einer anderen Frau sicherer gefühlt. Ich will nicht Barbara die Schuld dafür geben. Aber es war nun mal so – wenn Barbara tanzte, dann tanzten *alle* mit, Männer wie Frauen.«

»Das wird keiner begreifen«, sagte Anna Sophie, die Pfarrfrau und Gastgeberin; »es ist nicht immer ganz leicht, eine Barbara zu sein.«

»Wenn sie das selbst begriffen hätte, dann wäre sie nicht tanzen gegangen«, sagte Armgard. Und diesmal ließ sie die Faust auf den Tisch krachen.

»Aber ob es wohl immer so vergnüglich war, Abend für Abend daheim in Jansagerði bei Herrn Niels mitsamt seinen blöden Büchern zu hocken?«, fragte Anna Sophie mit plötzlichem Eifer.

»O Welt, o Welt!«, rief Ellen Katrine aus und malte wieder ganz versonnen mit ihrer Krücke Zeichen in die Luft.

Doch Pastor Wenzel Heyde, der kleine und salbungsvolle Mann, blickte seine Gattin äußerst missbilligend an. Sie war munter und mollig und hatte tiefe Lachgrübchen.

»Aber jetzt sag mir mal«, fragte Ellen Katrine, »hat Barbara ihren Mann denn nicht lieb gehabt?«

»Ich kann Ihnen versichern«, entgegnete der Präsident, »dass ich nie im Leben eine Frau gesehen habe, die so liebevoll zu ihrem Ehemann war wie Barbara in der ersten Zeit unserer Bekanntschaft. Sie wollte ihn ständig um sich haben und ihm bei allem helfen. Und wenn er fort war, hatte sie immer Sehnsucht nach ihm. Und ihm ging es wohl genauso. Nie wollte er bei uns übernachten. Immer ritt er zu ihr zurück, auch wenn das Wetter noch so schlecht war – bei Regen und Schneeregen und Frost. Und solange die beiden verheiratet waren, hat sich daran auch nichts geändert – nie hat sie es geduldet, dass er sie vernachlässigte. Daraus ergaben sich wohl ihre ersten Streitigkeiten – weiß Gott, ich glaube, schon dass er sie um Erlaubnis bitten sollte, seine Predigten zu schreiben, war ein Anlass.«

»Ja, Barbara!«, sagte der Amtsrichter, »wenn sie in der entsprechenden Laune war, dann war sie imstande, sogar auf den lieben Gott eifersüchtig zu werden!«

Der Präsident lächelte. »Aber was sie ihrem Mann nicht erlauben wollte, das erlaubte sie sich ohne weiteres selbst. Denn oft war *sie* es, die ihn vernachlässigte. Darauf lässt sich kaum ein Reim machen. Sie *wollte* gut zu ihm sein, das glaube ich ganz sicher. Aber Beherrschung, das ist nicht Barbaras Sache. Sie tut genau das, wozu sie im Augenblick Lust hat – und wenn sie an einem Tanzvergnügen teilnehmen wollte, dann ging sie eben hin. Oft konnte ihr vor Mitleid mit ihrem Mann das Herz zerreißen, glaube ich – aber: weiß Gott! sie ging trotzdem. Und dann vergass sie ihn schnell. Und ebenso – wenn es eine gute Fahrgelegenheit nach Tórshavn gab, dann *musste* Barbara mit. Oft blieb sie dann wochen- und monatelang fort, wie ihr ja alle wisst, die ihr hier wohnt.«

»Allerdings!«, sagte der Handelsverwalter.

Der Präsident schaute ihn eine Sekunde prüfend an: »Und wie sie sich hier aufgeführt hat – das wisst ihr besser als ich.«

»Wir konnten ja nicht umhin – hm – nicht umhin, dies und jenes zu bemerken«, sagte der Amtmann.

»Ja, das wissen die Götter«, sagte der Handelsverwalter.

Der Amtsrichter warf ihm einen sarkastischen Blick zu: »Hm, ja – Sie haben der Sache ja auch Interesse bezeigt.«

»Na ja, ich habe dafür gesorgt, dass Melzer von der *Jubelfesten* auf einer anderen Schiffslinie eingesetzt wurde. Dagegen haben Sie doch nichts einzuwenden?«

Johan Hendrik Heyde hatte keinen Einwand. Er schaute nur noch sarkastischer drein.

»Nun ja«, fuhr der Präsident fort, »auch zu Hause auf Vágar benahm sich Barbara nicht, wie sie sollte. Das kam bald an den

Tag, obwohl sie es vorsichtig anzustellen wusste. Ich will hier nicht alles aufzählen, was ich gehört habe, vieles davon ist wohl auch Klatsch. Aber es gibt etliche Männer, denen sie Freundschaft erwies.«

Armgard hatte lange geschwiegen, doch jetzt brach es aus ihr heraus: »Nach allem, was ich da höre, Samuel, redest du von einem *Flittchen!*«

Der Handelsverwalter flötete sanft: »Nein, von einer Pfarrfrau.«

»Jesus verzeih mir«, sagte Samuel Mikkelsen. »Sie ist in ihrem Betragen so anständig und fein wie eine Königin. Und so freundlich und gut zu allen. Wie Anna Sophie schon gesagt hat: Es ist gar nicht leicht, Barbara zu sein. Alle scharen sich um sie. Sie ist eben so, dass sie alle verführt – und selbst verführt wird. Oft kommt sie mir vor wie ein Kind …«

»Ein gutes Kind, ja, achtundzwanzig Jahre alt, Pfarrfrau und die größte Hure des Landes!«, sagte Armgard.

»Ja, ja«, entgegnete der Amtsrichter. »Und doch hat Samuel recht. Ein Kind – ein gefährliches Kind, ganz gewiss.«

»O Welt! Ja, jeder erzählt seine eigene Geschichte. Aber jetzt sag mal, Samuel, wie ist denn der Pastor gewesen?«

»Sie können mir glauben, Tante Ellen Katrine: Herr Niels war ein überaus anständiger und ordentlicher Mann. Friedlich von Natur. Er gab immer nach und versuchte ein Auge zuzudrücken. Dass sie ihn lieb hatte, habe ich schon gesagt, doch mit der Zeit muss seine Gefügigkeit sie irritiert haben. Da hat er dann versucht, andere Saiten aufzuziehen und ihr mit Härte zu begegnen, aber das weckte nur ihren Trotz. Sie haben sich geschlagen. Man erzählt, dass sie einmal einen Kerzenständer nach ihm warf. Langsam tat der Pastor allen Leuten leid. Besonders die Dienstboten ergriffen seine Partei. Und so wurden die Verhältnisse im Pfarrhaus immer verworrener.«

Die tiefe, bäuerische Stimme des Präsidenten erinnerte manchmal an leise muhende Kühe in ihren Ständen oder an das Knirschen einer Stalltür in den hölzernen Angeln. Die Worte fielen eins nach dem anderen und klangen fast naiv. Doch im fein beherrschten Mienenspiel seines Jupitergesichts mischten sich Gutmütigkeit, Ironie und Scharfsinn.

»Und eines Tages«, fuhr er fort, »da behandelte Barbara Herrn Niels ganz besonders schlimm – vor aller Augen. Sie überschüttete ihn geradezu mit Spott und Hohn. Der brave Mann wusste sich keinen Rat. Als er sie zu beruhigen versuchte, wurde sie nur noch hitziger, und am Ende schlug sie ihn. Die beiden hatten einen Hausknecht mit Namen Kristoffer, einen Hünen von Gestalt. Dem wurde das zu bunt. Plötzlich packte er Barbara und trug sie aus dem Haus.«

»Der Knecht packte die Pfarrfrau?«, fragte Frau Mathilde.

»Ja.«

»Gott! Und was hat sie gesagt?«

»Was sollte sie schon sagen? Er trug sie wie ein kleines Kind. Sie soll ziemlich verblüfft gewesen sein. Erst hinter den Häusern wurde sie unruhig. Aber sie verschwand ja fast in seinen Pranken. Und dann versenkte er sie kopfüber in eine Jauchetonne. Und da steckte sie nun.«

»Ist das wahr, hat er das wirklich getan?«, fragten mehrere gleichzeitig.

»Kristoffer hat es mir selbst erzählt«, antwortete der Präsident.

Frau Mathilde erlitt einen leichten Anfall und musste zum Riechfläschchen greifen. »Mein Gott, wenn mir das passiert wäre! Ich hätte mich nie wieder unter Menschen gewagt!«

»Es soll sich auch nicht sehr fein ausgenommen haben«, sagte Samuel und lächelte nachsichtig darüber, dass sich das Dasein manchmal leider auch drastisch gestalten kann. »Die Hausangestellten, die allesamt nachgefolgt waren – die waren schon ein bisschen konsterniert.«

Wieder lächelte er ganz leise: »Es ist ja auch ziemlich ungewöhnlich, eine Pfarrfrau in einer solchen Lage zu sehen.«

»Und wer hat ihr herausgeholfen?«

»Kristoffer kippte die Tonne um, und dann kroch sie selbst heraus.«

»Da war mit ihr wohl nicht gut Kirschen essen?«, fragte der Amtsrichter.

»Sie war rasend. Sie schickte für den Rest des Tages alle Leute aus dem Haus. Und Herr Niels, der arme Kerl, bekam die Liebe zu spüren, er durfte ihr bei der Reinigung helfen. Achtzehn Kübel Wasser, heißt es, musste er für sie aus dem Fluss holen. Das war im Sommer, an einem Samstagnachmittag. Und die Predigt, die er am nächsten Tag in der Kirche von Miðvágur hielt, geriet entsprechend. Aber Barbara … als die Leute abends heimkehrten, war sie genauso adrett und reizend wie immer und tat, als wäre nichts geschehen. Kristoffer kam zu mir und zeigte sich selber an. Ich ging davon aus, dass weder Herr Niels noch Barbara einen Rechtsstreit in dieser Angelegenheit wünschten. Das wollten sie auch nicht. Da habe ich Kristoffer bei mir behalten, und er hat mir viel über die Verhältnisse auf dem Pfarrhof erzählt.«

Alle schwiegen erstaunt. Nur das Klappern der Stricknadeln war zu hören.

»So, das war also die Königin, von der du gesprochen hast«, sagte Armgard schließlich.

»Eine Königin war sie trotzdem«, entgegnete der Präsident. »Als ich drei Tage später mit dem Boot nach Tórshavn wollte, kam Barbara an und fragte, ob sie mitkommen dürfe. Da habe ich dann doch gesagt, dass dies nicht angehe. Ich bin sonst nicht gern ungefällig. Aber sie schien das sehr zu verwundern! Ja, so ist Barbara.«

»Eigentlich ist es seltsam, dass sie sich mit dieser Geschichte nicht noch viel lächerlicher gemacht hat«, warf Herr Wenzel ein. »Man sollte annehmen, dass selbst die schönste Frau durch so etwas absolut unmöglich geworden wäre.«

»Na ja, und warum nicht das Gegenteil?«, fragte der Amtsrichter.

»Nein, pfui!«, rief Frau Mathilde aus.

»Das zeigt nur, wie tüchtig sie ist«, meinte Anna Sophie.

»Ach was, zum Teufel«, erklärte der Handelsvertreter, »sie hat schlicht und einfach dafür gesorgt, dass die Leute über anderes zu reden hatten, denn bald darauf brachte sie ihren Mann unter die Erde.«

»All das geschah erst fast ein halbes Jahr später«, korrigierte der Präsident sanft, »und zwar im November. Der Pastor war am Sonntag bei uns gewesen und hatte in der Kirche von Sandavágur gepredigt. Nach Tauwetter und Regen setzte im Laufe des Tages klirrender Frost ein, und sämtliche Wege und Stege waren vereist. Als der Pastor wie immer abends heimreiten wollte, versuchten wir ihm das auf alle erdenkliche Weise auszureden. Aber es war nichts zu machen, er ließ sich nicht umstimmen. Obwohl Barbara ihn gewiss satt hatte, duldete sie nach wie vor nicht, dass er sie zu Hause allein ließ.

Da ritt der Pastor los«, fuhr der Präsident fort, »und wie das endete, ist allen bekannt. Bei Miðvágssand rutschte sein Pferd auf einem glatten Stein aus, und Herr Niels fiel herunter und brach sich ein Bein. Barbara soll in der ersten Zeit sehr besorgt um ihn gewesen sein und ihn so hingebungsvoll gepflegt haben, dass es aussah, als wären sie nie bessere Freunde gewesen. Aber dann wurde ihr das wohl zu langweilig. Der Pastor erholte sich gut und konnte schon aufrecht sitzen und das kranke Bein auf einen Stuhl legen. Da kam eines Tages ein Hausknecht und meldete, dass an der Anlegestelle gerade ein fremdes Schiff festmachte. ›Das sind wohl ein paar Herren aus Tórshavn‹, fügte er hinzu. Barbara, die bei Herrn Niels gesessen hatte, fuhr auf und stürzte zum Fenster – so ist sie ja, und aus Unachtsamkeit kippte sie dabei den Stuhl um, und das kranke Bein des Pastors fiel herunter und brach erneut. Man schaffte den Pastor nach Tórshavn zum Bader, aber der hat das wohl nur verpfuscht, dann kam noch schwarzer Brand dazu, und das hat Herr Niels nicht überlebt.«

»Ja, Samuel«, sagte Armgard. »Und die Witwe war in tiefer Trauer!«

»Wie tief ihre Trauer war, weiß ich nicht, aber dass sie trauerte, konnte jeder sehen.«

»Sicher hat sie getrauert«, sagte der Amtsrichter. »Schließlich ist sie kein Ungeheuer, die Barbara. Aber dass sie verdammt schnell vergisst, das will ich gern zugeben.«

»Es ist wohl so, wie ich sage«, resümierte der Präsident, »sie ist wie ein *Kind*.«

»Ach, hör doch mit diesem Gerede auf! Erwachsene Männer, die für Land und Volk Verantwortung tragen! Wie könnt ihr euch bloß so verblenden lassen. Ein Kind! Ein Miststück, sage ich, so wie die sich benimmt und allen schöne Augen macht.« Armgard war empört.

»Sagen Sie mal«, fragte Anna Sophie, »sind Sie Barbara jemals begegnet?«

Der Seevogel zischte böse.

»Sie ist ganz reizend«, sagte Anna Sophie.

»Sie ist eine gefährliche Frau«, entgegnete Amtmann Harme mit großer Würde.

»Ja«, pflichtete Herr Wenzel bei, »wie es im Kirchenlied heißt: ›Die schönsten Blumen haben gefährliches Gift.‹ Mag Barbara noch so reizend sein, Christenmenschen müssen doch Abstand von ihren Taten nehmen.«

»Man sollte sie einsperren«, sagte Armgard verächtlich. »Solange sie frei herumläuft, ist sie gefährlich und hinterlässt nur Unglück. Es müsste doch möglich sein, sie wegen Ehebruchs zu verurteilen.«

»Na ja«, erwiderte Johan Hendrik und zuckte die Achseln, »dann müssten vielleicht noch einige andere verurteilt werden. So wie *ich* die Welt kenne.«

»Ach ja, ach ja, Gott sei uns gnädig«, sagte Ellen Katrine, die lahm und vergnügt auf ihrer Bank lag.

»Nein, soll der Herrgott über Barbara richten«, räsonierte Johan Hendrik. »Sie ist nun mal so beschaffen, dass fast jeder Mann, ja jedes Lebewesen sogleich Gefallen an ihr findet. Und das bekommt sie bei der kleinsten Gelegenheit zu spüren, und wenn es nur ein Hund ist, der sie aus seinem Winkel bewundert.«

»Nun ja«, meinte Anna Sophie, »kann sie denn etwas dafür? So ist nun mal die weibliche Natur.«

»Nicht wahr?«, fuhr Johan Hendrik eifrig fort. »Und Barbara ist so sehr Weib, dass sie geradezu süchtig danach ist, dass alle, auch der Geringste und Unwürdigste, sie bewundern. Alles in ihr will siegen – und hat es bis zum heutigen Tag getan. Alle sollen sie lieben. Und sie will alle lieben. Da aber liegt ihr Problem – das gelingt ihr nicht.«

»Solche Rede ist mir ganz und gar unverständlich«, entgegnete Armgard.

»Das ist ja alles sehr richtig und klug gesagt«, warf der Handelsverwalter ein, »man kann es aber viel kürzer und verständlicher ausdrücken: Barbara ist ohne jede Moral – das ist ganz einfach meine Meinung.«

Auf einmal waren aus dem Vorraum weibliche Stimmen zu vernehmen, und in der Tür tauchten zwei junge Frauen auf. Herr Poul zuckte leicht zusammen – das waren die beiden hübschen Frauen, die er morgens im Torweg der Handelsniederlassung gesehen hatte.

»Donnerwetter!«, entfuhr es dem Kommandanten. Er war so benebelt und perplex, dass er in der Tür zur Studierkammer stehen blieb, die Flasche offen in der Hand.

Dies war sein einziger Beitrag zum Gespräch, den aber niemand bemerkte, denn aller Augen waren plötzlich auf die beiden Frauen gerichtet, die mit ihren adretten Kleidern den Raum erhellten, nach Puder dufteten und die Luft mit Gezwitscher und Lächeln erfüllten.

»Ja, wenn man von der Sonne spricht –!«, sagte Amtmann Harme.

»Haben Sie von uns gesprochen?«

»Von dir, Barbara, ja«, sagte der Amtsrichter mit ernster Stimme und einem heimlichen Lächeln.

Das fand sie erfreulich und wohl auch schmeichelhaft, sie schlug die Augen nieder und lachte verschämt.

Doch Herr Poul war wie versteinert.

Die beiden jungen Frauen gingen reihum und gaben allen die Hand. Barbara Salling war ziemlich hoch gewachsen und blond, hatte volle rote Lippen und tadellose Zähne. Sie trat mit einer angeborenen Natürlichkeit und ebenso großen Artigkeit auf. Suzanne Harme war zierlicher von Gestalt und hatte ein sehr viel schöneres Gesicht. Doch ihre klugen Augen wurden von Barbaras lebhaften, rasch wechselnden Blicken überstrahlt, und ihre dunkle Stimme klang monoton, verglichen mit all den überraschenden Modulationen in der Stimme der Freundin. Es war, als hätte sich über der trockenen Unterhaltung plötzlich ein Regenbogen aus prickelnden Tönen erhoben.

Der neue Pastor von Vágar stand etwas verwirrt auf, um die Witwe der Pfarre zu begrüßen. Er war überrascht und geblendet. Barbara gab ihm die Hand, ohne ihn sonderlich zu beachten, doch ihre Natürlichkeit war so vollkommen, dass sie beruhigend auf ihn wirkte. Ja, alle waren beruhigt. Der Präsident lächelte aus dem tiefen, stillen Grund seiner Gutmütigkeit, Herr Wenzel war freundlich, obgleich reserviert im Namen des Himmels, Anna Sophie war wieder munter und der Handelsverwalter fast übereifrig galant. Doch seine blutarme Gattin, Frau Mathilde, machte Stielaugen, und während sie Barbaras Tun und Lassen aufs Korn nahm, lauerten in ihrem Blick die wildesten Dämonen der Neugier. Darauf gab jedoch niemand acht, alle hatten nur Augen für Barbara.

Und die schenkte Armgards Strickzeug Beachtung und zeigte sich äußerst interessiert. »Das wird wohl eine Jacke … oh, ein Tuch, ein Schal?«

Das Muster war wirklich sehr interessant! Armgard musste es genau erklären und demonstrieren.

»Das wird ja hübsch!« In Barbaras Augen kam ein Ausdruck lebhafter Erwartung, wie das Tuch der alten Armgard im fertigen Zustand einmal aussehen würde.

Armgards Gesicht hellte sich auf, ihre zusammengepressten Lippen lösten sich zu einem Lächeln, sie ließ vor lauter Freundlichkeit ihre Zahnstümpfe sehen und blickte Barbara schließlich mit so viel Zärtlichkeit an, wie sich von einem Seevogel irgend erwarten lässt. Sie konversierten, die zwei, über rechte und linke Maschen.

Die alte Ellen Katrine auf der Bank wollte sich Barbara aus der Nähe ansehen. Weil sie auf dem großen Hof auf Eysturoy wohnte und so selten nach Tórshavn kam, hatte sie noch nie mit ihr gesprochen. Lange hielt sie die Hand der jungen Frau fest: »So, das also ist Barbara, so sehen Sie aus!« Ihre alten Augen waren voller Aufmerksamkeit.

Barbara, der diese Musterung ziemlich peinlich war, schlug den Blick nieder, und als sie ihn wieder hob, lag eine fast komische Unsicherheit darin. Sie errötete.

»Ja, ja«, sagte die Alte schließlich. »Hübsch sind Sie, wie ich mir das gedacht habe. Jesus segne Sie! Die Welt, die Welt …«

Barbara hatte eigentlich nur den Amtmann fragen wollen, ob mit der *Fortuna* Briefe für ihre Mutter gekommen seien. In der Amtsstube, wo er nicht anzutreffen war, hatte sie erfahren, er sei in der Stadt unterwegs. Da hatte sie Suzanne mitgenommen und ihn jetzt endlich gefunden, Gott sei Dank.

»Aber, äh, nein, Briefe für Madame Salling sind nicht gekommen«, sagte der Amtmann.

Ja, da war dann nichts weiter zu tun, und die beiden Frauen machten Miene zum Aufbruch.

Der Amtsrichter verabschiedete sich von Barbara in besonderem, etwas anzüglichem Ton, auf den sich die beiden im Laufe der Zeit als eine Form von Zuneigung geeinigt hatten. Sie antwortete ihm mit einem Blick, der sich etwa so deuten ließ: »Ja, du bist der Einzige, der mich wirklich versteht, und du hast an mir Gefallen!« Das genoss er ein wenig. Doch wer weiß? Vielleicht dankte sie auch für die Galanterie des Handelsverwalters mit einem Gesichtsausdruck, der *ihn* zu dem Einzigen oder Eigentlichen erhob.

Ja, Barbara – sie hatte wohl mit allen süße Geheimnisse, größere oder kleinere.

»Sie ist wirklich reizend«, sagte Ellen Katrine. »Es mag ja sein, dass ihr mit eurem Urteil recht habt, aber seid ihr denn auch ganz sicher, dass Herr Niels der richtige Mann für sie war?«

»Nein«, sagte der Amtsrichter mit leisem Lächeln, »aber – wer ist das schon?« Er strich sich nachdenklich übers Kinn, wie es seine Art war.

Danach gab es einen regelrechten Ansturm auf die Studierkammer. Auch der Präsident hatte sie wieder besucht und wanderte nun gemächlich herum in großer, stiller Selbsterneuerung. Draußen wurde es dunkel und Regen fiel. Die Männer beschlossen, noch in die Handelsniederlassung zu gehen, um Waren zu besichtigen. Der Abend versprach feucht, sehr feucht zu werden; Armgards Stricknadeln arbeiteten wieder zornig an jenem Muster, das für kurze Zeit Barbaras gespannte Aufmerksamkeit erregt hatte.

Das war der erste Tag, den Herr Poul in Tórshavn verbrachte.

*(1939)*

*William Heinesen*

# Don Juan vom Tranhaus

Don Juan macht nicht nur sein Glück bei den Mädchen,
er macht die Mädchen auch glücklich und – unglücklich,
doch seltsam: eben so wollen sie es haben,
und es wäre ein schlechtes Mädchen, das nicht
unglücklich werden wollte, um einmal
mit Don Juan glücklich gewesen zu sein.

*Søren Kierkegaard*

## I

Der Schauplatz jener Ereignisse, von denen hier erzählt werden soll, ist vom Erdboden praktisch verschwunden, wie durch ein Erdbeben oder eine andere Naturkatastrophe ausgelöscht, und doch geschah diese große Veränderung aus einem höchst friedlichen, erfreulichen Grund: An seiner Stelle wurde der dringend notwendige Hafen mit Außenmole und Anlegestellen gebaut. Wo heute moderne Brücken und Kais mit Speichern und Bürogebäuden liegen, war früher ein Höhenzug aus massivem Gestein, der im Süden als Landzunge bis in das offene Meer ragte und Stangarnes hieß. Dieser breite, nackte Felsrücken, den im Osten die alten Wälle und Brustwehren der Festung Skansi krönten, eignete sich vorzüglich zum Trocknen von Klippfisch; hier hatte Konsul Preisler seine Trockenplätze und Lagerhäuser, und draußen auf Stangarnes stand seine Transiederei – ein niedriges Steinhaus mit verwittertem Grasdach und einem verrußten Kamin am Ende des Giebels.

Eine seltsame Örtlichkeit voller Widersprüche, dieses Tranhaus, das zur Winterszeit öde dalag, schwarz und unheimlich, zerzaust von Wetter und Wind, doch im Sommer fast zu einem lebendigen Wesen wurde, angefüllt mit heißem Atem, brodelndem Leben, fettigen Dämpfen und fauligen Dünsten und häufig umgeben von einer Wolke schreiender Vögel.

Tran ist ein wundersam Ding: ein Geschenk der Sonne für alles Lebendige im salzigen Meer, ein unentbehrlich stärkendes und wärmendes Ferment für alles organische Leben im kalten Wasser. Ein Wunderelixier auch für Menschen, doch geliebt nur von ganz wenigen Kindern des Meeres, die rund um den nördlichen Polarkreis wohnen. Unter südlicheren Himmelsstrichen Gegenstand eines unerklärlichen Widerwillens, sodass manche Leute allein bei dem Gedanken an dieses Fluidum das Gesicht verziehen.

Doch auch schon bei uns, den Bewohnern der subarktischen Färöer, ist die Beziehung zum Tran von einer gewissen Aversion, zumindest einer Ambivalenz, einer Hassliebe geprägt – nicht unähnlich jenen Gefühlen, die viele auch gegenüber sexuellen Phänomenen hegen. Überhaupt dürfte zwischen Tran und Sex ein gewisser geheimer Zusammenhang bestehen, wofür wir Beispiele sehen werden im vorliegenden Bericht über den *Malteser,* diesen merkwürdigen Herzensbrecher, der im Tranhaus auf Stangarnes seine feste Burg und nie versagende Falle besaß.

## 2

Der Malteser starb fünf Jahre vor meiner Geburt, weshalb ich ihn zunächst nur als Gespenst kennen lernte. An mondhellen Winterabenden, wenn das Tranhaus schwarz und erloschen auf seiner öden Landzunge stand, konnte man in dem kleinen, hochsitzenden Fenster zur Landseite hin schemenhaft sein Gesicht erahnen. Mit sehr viel Glück konnte man ihn auch singen und leise auf seiner Zither spielen hören – eine sonderbare, traurige Musik, die hervorzubringen nur friedlosen Geistern in ihrer ungeheuren Einsamkeit und Reue möglich ist.

Als friedloser Geist hatte der Malteser zudem die Gewohnheit, unsichtbar umherzustreifen und sich auf geheimnisvolle Weise zu erkennen zu geben. Selbst nach seinem Tod besaß er über bestimmte Frauen eine unwiderstehliche Macht; so soll ihn ein Fischermädchen namens Laura noch im Jahre 1914 auf dem preislerschen Trockenplatz »über sich gespürt« haben, sogar am helllichten Tag, und in eine wollüstige Ohnmacht gefallen sein.

Natürlich erschien der Malteser den Leuten auch im Traum, und da kann ich mitreden, denn er rangierte in meiner Kindheit lange Zeit an der Spitze der nächtlichen Störenfriede. In der Arena des Traums agierte er jedoch eher friedlich. Er war zwar schwarz und unheimlich und stank nach verfaulten Fischinnereien und anderem Unflat, hielt sich jedoch meistens bescheiden im Hintergrund, niedergedrückt von seiner Bürde aus nicht zu vergebender Sünde und Schmach – nur dann nicht, wenn er, was vorkam, in Gesellschaft der *Tollen Mathæa* auftauchte und beide Gespenster handgemein wurden und sich gegenseitig abzumurksen versuchten. Die Tolle Mathæa gehörte zu meinen schlimmsten nächtlichen Plagegeistern. Etwas Schrecklicheres als diese Medusa mit den starren Fischaugen und dem kurz geschnittenen Haar lässt sich kaum vorstellen. Sie war zu Lebzeiten derart übergeschnappt gewesen, dass die Gemeinde eine kleine Hütte für sie bauen musste, in der sie mit ihrer lebensgefährlichen Raserei allein sein konnte; diese Hütte, auf einem Felsensims unterhalb der westlichen Festungsbastion gelegen, wurde nach ihrem Tod als Sprengstoffdepot benutzt und trug ein Warnschild mit der Aufschrift *Dynamit.* Eines schönen Morgens fand man Mathæa in ihrer Hütte erwürgt. Am selben unseligen

Morgen geschah es, dass der Malteser auf dem Meer verschwand. Doch zu diesen stürmischen Ereignissen werden wir zu gegebener Zeit zurückkehren.

## 3

Während der Pubertät begann sich mein Interesse für den Malteser auf eine neue Art zu äußern. Einige meiner Spielkameraden wussten fantastische Dinge von den Ausschweifungen zu berichten, die zur Zeit des Maltesers im Tranhaus stattgefunden hatten. Vor allem Stoffa, der seinem Vater, dem der Inneren Mission angehörenden Transieder Kristoffer, im Tranhaus zur Hand ging und stets einen intensiven Trangeruch verströmte, war auf diesem Gebiet wohl unterrichtet und hielt sich durchaus nicht zurück, wenn es galt, haarsträubende Einzelheiten kenntnisreich auszumalen. Wie er behauptete, hatte sich der Malteser ein besonderes Vergnügen daraus gemacht, seine Opfer im Transchlamm zu wälzen, sodass sie schleimig und glitschig wurden wie Fische. Als einmal ein Mädchen eine solche Behandlung verweigerte, hatte er sie einfach in den Schmelzkessel geworfen, dessen Inhalt bei dieser Gelegenheit jedoch nicht am Kochen, sondern nur mäßig erhitzt war, und war dann selbst in die Leberpampe gesprungen, um seine maßlose Gier an dem Mädchen zu stillen.

In dieser lauwarmen Pampe, versicherte Stoffa, gerieten die Mädchen außer Rand und Band, sie schrien und wanden sich wie Hexen in Hexensalbe; und einige, denen der Malteser eine solche Behandlung hatte angedeihen lassen, wurden danach nie wieder richtige Menschen, sondern verbrachten den Rest ihrer Tage in Sünde und Zügellosigkeit, und ihre einzige Rettung bestand darin, sich zur Inneren Mission zu bekehren und vom Blut des Lammes reinwaschen zu lassen.

Wenn Stoffa allein im Tranhaus war, um Feuer und Siederei zu beaufsichtigen, dann war ein Besuch dort ungeheuer spannend. Die Lebermasse bewegte sich träge im großen Kessel, unter der dampfenden Oberfläche schienen sich lebendige Wesen zu regen und im Schlaf zu wälzen, ab und zu stiegen eitergelbe Blasen auf, wuchsen und wuchsen, und wenn sie platzten, klang es wie sattes Rülpsen. Je heißer die fettige Masse wurde, umso lebhafter wurden ihre Bewegungen, hier und dort entstanden kleine und größere Schwellungen, zusammenhängende Figuren wurden ahnbar, im hautfarbenen Brei zeichneten sich Gesichter ab, auch Brüste und Schenkel und runde Knie, Rücken, Hüften und Bäuche, gespaltene Hintern und Schöße, und die Geräusche wurden sonderbar zärtlich, wie von träger Naschsucht und schamloser Brunst. Die Blasen sammelten sich dann zu üppigen Trauben, die Weinbeeren oder Walnieren glichen, und wenn sie zersprangen, glaubte man schmatzende Küsse zu hören. Da und dort gab es krampfhafte Kontraktionen, und dann spritzte tröpfchenweise der klare, kochende Tran empor, wie der Schleim, den man aus den Geschlechtssäckchen des Blasentangs drückt.

Da saßen wir und starrten auf diese Hexerei, gebannt und stumm, erfüllt von widerstreitenden Gefühlen: Begehren und Abscheu, brennender Neugier und unerklärlichem Kummer.

So war es also in der Welt des Maltesers, grauenhaft und furchtbar anziehend zugleich, hier bekämpften sich Sünde und Wollust, Wonne und Grauen, und das letzte Wort hatte der Tod.

Vor diesem Hintergrund war es nicht weiter erstaunlich, dass man sich den Malteser lange Zeit geradezu als den Leibhaftigen vorstellte: ein Fürst der Hexen, unfassbar in seiner ungeheuerlichen Schande, irgendwie aber auch Ehrfurcht einflößend, wie er so unerschütterlich an seiner wollüstigen Bosheit festhielt. Und alles in allem doch eine Mitleid erregende Existenz, preisgegeben gnadenloser Bestrafung und ewiger Verdammnis am Jüngsten Tag.

Dieser kindliche Mythos des Schreckens und Kummers verblasste nur langsam, um einer Betrachtungsweise Platz zu machen, die nüchterner und erwachsener war.

Und doch – nie hat der alte Mythos seine Macht völlig verloren; was sich in seinem innersten Kern verbirgt, verweigert sich hartnäckig der Bloßlegung bis heute.

## 4

Für den vorliegenden Versuch, in der Geschichte des Maltesers einen vernünftigen Zusammenhang herzustellen, waren mir vor allem drei Quellen von unschätzbarem Nutzen. Zum Ersten die Aufzeichnungen des Lokalhistorikers, Buchhalters und Organisten Oscar Davidsen, welche dieser in seinem Manuskript *Journal der merkwürdigen Schicksals-Fügungen in meiner Heimatstadt Tórshavn* hinterließ; zum Zweiten die verstreuten Tagebuchnotizen von Jungfer Yrsa Preisler (spätere Frau Konzertmeister Waldmüller) aus den Jahren 1893/94, die mir Redakteur Ove Waldmüller von der Zeitung *Dagens Nyheder* gütigst zur Verfügung stellte; und schließlich die Mitteilungen, die ich während einer Seereise zu den Azoren im Jahre 1932 von Oberwarenprüfer Hans-Pauli Alaih (1861–1941) erhielt, der den Malteser noch persönlich gekannt und einiges mit ihm zu tun gehabt hatte. Natürlich haben mich auch zahlreiche Gerüchte und Anekdoten, die in meiner Kindheit unter den einfachen Leuten meiner Heimatstadt kursierten, mannigfach inspiriert und poetisch angeregt.

Über Herkunft und Vorgeschichte des Maltesers ist eigentlich nichts weiter bekannt, als dass er *Adda Geraldi* hieß. Seinen eigenen Angaben zufolge war er im Jahre 1870 auf der Insel Malta im südlichen Mittelmeer zur Welt gekommen und seit dem Knabenalter auf britischen Schiffen zur See gefahren. Auf die

Färöer geriet er, nach seiner Darstellung, als einziger Überlebender der im März 1893 im Nordatlantik gesunkenen Bark *St. Cuthbert's Duck*. Wie allgemein bekannt, wurde er von Bewohnern der kleinen Insel Koltur geborgen und mit Erfrierungen an den Füßen und einer hochgradig entzündeten Schnittwunde an der Lende nach Tórshavn gebracht.

Zur Rettung des Maltesers vermerkt Buchhalter Davidsen Folgendes:

»Man fand ihn in völlig entkräftetem Zustand auf der Bodenplanke einer Heckjolle liegend, die an den Geröllstrand der kleinen Bucht Heljarsloka getrieben und durch einen glücklichen Zufall von zwei acht- oder neunjährigen Knaben beim Sammeln von Keulenschwämmen entdeckt worden war. Da sich die erwachsenen Männer frühmorgens zum Fischfang begeben hatten, waren zu dieser Zeit an männlichen Bewohnern nur diese zwei Knirpse und ein Greis auf der Insel, doch gelang es den Frauen des Hofs zusammen mit den Jungen, den Schiffbrüchigen ins Haus zu schaffen. Der war indessen so ermattet, dass ihn nur menschliche Körperwärme, wie man wusste, vom Tode erretten konnte, und da sich die beiden Knaben beharrlich weigerten, mit ihm das Bett zu teilen, legte sich die resolute Bäuerin Anna Zachariasen selbst zu ihm, zusammen mit ihrer achtzehnjährigen Schwester Sisal, und mit ihrer vereinten Wärme holten diese beiden beherzten Frauenzimmer den unglücklichen Fremden ins Leben zurück.«

Im Krankenhaus von Tórshavn gewann Adda Geraldi durch sein munteres, einnehmendes Wesen sämtliche Herzen. Der dreiundzwanzigjährige Malteser wies zahlreiche der äußeren Kennzeichen auf, die man gemeinhin einem Südländer zuschreibt: Er war klein, von graziler Figur und dunkler Haut, hatte schwarzbraune, funkelnde Augen und ein kräftiges weißes Gebiss. Nur sein Haar war nicht schwarz, sondern rötlichblond wie Manila; übrigens hatte er eine ungewöhnlich dichte und üppige Mähne, und auch Arme und Beine waren stark behaart.

Er machte den Eindruck, als verfüge er über einen unerschöpflichen Vorrat an guter Laune und Lebenslust, hatte für alles und alle ein dankbares Lächeln und unterhielt sich vergnügt mit dem jungen Aufsichtsbeamten und späteren Fischwarenprüfer Hans-Pauli Alaih, der mit ihm im Zimmer lag und Englisch verstand. Und Hans-Pauli konnte der Stationshilfe Angelica die Worte des Maltesers übersetzen, wenn der ihre Hand drückte und sie küsste, was er bei jeder Gelegenheit tat: »Ach, Angelica! Hier liege ich quicklebendig in einem prächtigen Bett und werde von einem wahren Engel bedient – dabei sollte ich auf dem Meeresgrund ruhen und schon von den Fischen gefressen sein!« Oder: »Oh, Angelica, du mein Glückskind, bringst du mir wieder herrliche Suppe voller Backpflaumen und Zimt? Ich könnte dich mitten auf deinen Zimtbauch küssen!«

Auch für die strenge, schwarz gekleidete Diakonisse Anna hatte er ein entwaffnendes Lächeln. Er hielt sie für eine Nonne und nannte sie Suora. »Bete für mich, Suora, grüß unsre Heilige Mutter von mir und dank ihr für all ihre Gnade!«

Hans-Pauli Alaih, der ein nachdenklicher Mensch war, stellte insgeheim seine Überlegungen über den Zimmergenossen an. Das muntere, treuherzige Wesen, das der junge Fremde zur Schau trug – ob das wohl ganz echt war? Lauerte hinter all seiner offenkundigen Sorglosigkeit nicht eine gewisse Unruhe und Angst? Auf jeden Fall fiel seine Zurückhaltung auf, wenn man ihn nach Herkunft und Familienverhältnissen fragte und er nur ausweichend und mit abwehrenden Handbewegungen antwortete: »Ach – ein Mann, der fast schon tot war und nur durch einen glücklichen Zufall ins Leben zurückkehren durfte, der hat keine Vergangenheit, der kommt von überall und nirgends her, der hat seine Wiedergeburt erlebt und alles vergessen!«

Wer so viel durchgemacht hatte und dem Tod so nah gewesen

war, der durfte ein solches Gefühl wohl haben, darüber war sich Hans-Pauli klar. Aber trotzdem!

Und da war auch noch etwas anderes, worauf er sich keinen Reim machen konnte: Zu jenem Zeitpunkt, als besagte Bark *St. Cuthbert's Duck* gesunken sein soll, schienen die Witterungsverhältnisse im Nordatlantik gar nicht so schlecht gewesen zu sein. Im Gegenteil, den ganzen März über hatte ruhiges Frostwetter geherrscht. War dieses Schiff wohl wirklich untergegangen? Wäre es nicht eher denkbar, dass es an Bord eine Meuterei oder eine blutige Schlägerei gegeben hatte? Darauf könnte die Schnittwunde an der Lende des Maltesers hindeuten. Vielleicht war dieser fremde junge Mann ein *marooned,* ein Mensch, der sich ernstlich gegen das Seerecht vergangen hatte und zur Strafe von Bord geworfen und seinem Schicksal überlassen worden war?

## 5

Noch während der Malteser im Krankenhaus lag, leitete man in der Stadt Maßnahmen ein, um diesem mittellosen Fremden beizustehen und seine Equipierung samt Heimreise zu ermöglichen. Das geschah, wie so oft, auf Initiative von Frau Konsul Jacobine Preisler und in Form einer Abendunterhaltung im Thinghaus, dem Parlamentsgebäude.

Derartige Abendunterhaltungen zu Wohltätigkeitszwecken waren, Buchhalter Davidsen zufolge, eine Spezialität der Frau Konsul. Sie selbst besaß eine ungewöhnlich schöne Singstimme, einen großen, dunklen Alt mit Konservatoriumsausbildung, und wäre vielleicht Opernsängerin geworden, hätte nicht ihre allzu hoch gewachsene Gestalt dies verhindert. Die Konsulin war von riesenhaftem Wuchs, fast einen halben Kopf größer als ihr Gemahl, und der war schon ein ansehnlicher, stattlicher Mann. Passend zu dieser Statur besaß die Konsulin ein freundliches, hochherziges Wesen.

Das Programm der Vorstellung, die man jetzt vorbereitete, stand eigentlich fest und war teilweise schon einstudiert. Zugunsten einer alten Witwe namens Haus-Marie, deren armselige Hütte zur Fastnachtszeit abgebrannt war, hatte man eine Benefizvorstellung geben wollen, diese jedoch aufgeschoben, denn die alte Frau hatte bereits das Zeitliche gesegnet. Nun konnte die Veranstaltung auf neuer Grundlage stattfinden und wurde, so Davidsen, »ein ganz unvergessliches Erlebnis«. Die Konsulin sang Arien aus *Don Giovanni* und *Carmen,* von ihrer gleichfalls äußerst musikalischen Tochter Yrsa auf der Laute begleitet (ein Klavier gab es im Thinghaus nicht), Schulleiter Prospersen las Fragmente aus dem Versroman *Adam Homo,* Kamma und Regina, die beiden bildhübschen Töchter des Amtsrichters, traten in Tableaus als *Orpheus und Eurydike, Hagbard und Signe* sowie *Die beiden Mädchen aus Nordschleswig* auf, und Pastor Ewaldsens Männerchor sang *Hoch oben im Norden* und *Nun freut euch, lieben Christen gmein.* Doch die große Überraschung des Abends war ein Beitrag ganz außerhalb des Programms und keinem anderen zu verdanken als dem Benefizianten selbst, Adda Geraldi, der, obwohl noch nicht aus dem Krankenhaus entlassen, der Vorstellung beiwohnen durfte und gegen deren Ende vor Begeisterung auf das Podium sprang, Jungfer Yrsas Laute ergriff und die bekannte irische Hymne *Londonderry Air* intonierte.

Der Malteser, der sich als guter Saitenspieler erwies und einen hellen, warmen Bariton besaß, wurde mit stürmischem Beifall belohnt und musste Zugaben geben. Wie Davidsen mitteilt, war er »mit einem kleidsamen Matrosenanzug angetan, der Hans-Pauli Alaihs jüngerem Bruder gehörte, und nahm sich äußerst gut aus, und es steht zu vermuten, dass schon bei dieser Gelegenheit manch ungefestigtes Mädchenherz für ihn entbrannte und damit der Keim für das Unmaß an Kummer und Leid gelegt wurde, das dieser gefährliche Mensch auf seinem Weg hinterließ«.

Man darf wohl auch vermuten, dass eins dieser Mädchenherzen im jungen Busen von Jungfer Yrsa schlug und dass die Serie unseliger Ereignisse, die schließlich zum Untergang des Maltesers führen sollte, an besagtem Abend ihren Anfang nahm.

Die Benefizvorstellung erbrachte einen hübschen Überschuss, und dem Malteser wurde mitgeteilt, dass in Konsul Preislers Büro eine erkleckliche Summe für ihn bereitliege und darüber hinaus für einen Passagierplatz auf dem Dampfer *Otto Wathne* gesorgt sei, dessen Ankunft aus Island man im Laufe der Woche erwartete.

Adda Geraldi fand sich auch im Büro ein, nicht aber, um sein Geld abzuholen, sondern um zu erklären, dass ihm der Sinn ganz und gar nicht nach Reisen stehe, und stattdessen, so Davidsen, »flehte und bettelte er demütig darum, in jenem Land Færø bleiben zu dürfen, dem er außer seiner Rettung so viel Dank für unverdiente Freundlichkeit schulde, dass er sich hier wie in einem neuen Vaterland fühlen dürfe«.

Der Konsul, der zwar in vielen Dingen streng und unnachsichtig sein konnte, jedoch ein Mann von warmherziger Sinnesart war, ließ den Malteser nicht nur das Geld behalten, sondern versprach auch, sich nach einer geeigneten Beschäftigung für ihn in seinem neuen Vaterland umzusehen.

Adda Geraldi durfte fürs Erste bei Madame Bærentsen in der ›Myntestue‹ logieren, und als sich herausstellte, dass er mit der Kunst der Seilerei und des Spleißens vertraut war und zudem Erfahrungen als Segelmacher hatte, wurde er nach kurzer Zeit auf Preislers Segelboden im sogenannten Konsulspeicher angestellt.

## 6

Es vergingen nun einige Monate, in denen sich der Malteser lediglich dadurch bemerkbar zu machen schien, dass er seine Arbeit zur Zufriedenheit aller tat und mit seinem freundlichen

Wesen überall für gute Laune sorgte. Doch wie sich später herausstellen sollte, kam es in dieser Zeit insgeheim zu gewissen, für die weitere Entwicklung der Dinge nicht unwichtigen Vorfällen … Das geht mehr oder weniger unverhüllt aus den Tagebuchnotizen hervor, die Jungfer Yrsa in jenem Zeitraum machte.

Yrsa Preisler, damals noch keine siebzehn Jahre, war, wie wir zu bemerken bald Gelegenheit erhalten, eine begabte und empfindsame junge Dame mit einer gar nicht unbedeutenden poetischen Ader. Sie hatte ihren Vater auf mehreren seiner häufigen Reisen nach Schottland und England begleitet und war, wie es den Anschein hat, eine glühende Verehrerin der englischen romantischen Dichtung – von Byron, Wordsworth, Coleridge und so weiter. Ihre überspannte Schwärmerei für den mysteriösen Fremden aus dem Meer lässt sich zum Teil mit dem Einfluss dieser literarischen Romantik erklären. Doch nur zum Teil. Wie das Tagebuch zeigt, handelte es sich offenkundig um eine echte Verliebtheit, die erste stürmische Begegnung einer entflammten Jungmädchenseele mit dem alles besiegenden Dämon der Liebe.

Der Malteser taucht in Jungfer Yrsas Tagebuch erstmals am 1. April 1893 auf, unter dem Pseudonym »die Person« oder »P.«. Sie schreibt: »Traf P. heute auf der Runding-Straße, er blieb stehen, als ob er mich ansprechen wollte, ich grüßte kurz, eilte weiter, spürte, wie ich errötete. Oh, was für ein *Geck!* Neuer Anzug, Melone, Blume im Knopfloch, dieser Laffe! Am Donnerstag reist er ab, gut. Warum gut? Vielleicht hätte ich anhalten sollen, aber.«

Ein paar Tage später begegnete sie P. wieder, diesmal »draußen an der Ecke des Irrenhausgartens«, und schreibt: »Er blieb stehen. Frech! Erzählte, dass er nicht abreisen, sondern hier bleiben wolle. Ist nicht auszuhalten mit seinen feinen Sachen, sieht aus wie der Graf von Monte Christo oder so ähnlich. Bildet sich was ein; die Augen! Ich war kalt wie Schnee. Kamma sagt, er sieht aus wie ein Ganove. Richtig.«

Am 8. April traf sie P. erneut: »Er hatte Arbeitskleidung an, was ihm stand; er sah fast aus wie Robert Burns, er arbeitet auf dem Speicherboden an der Runding-Straße, trug eine große grüne Laterne auf der Schulter. Wir hielten nicht an, ich tat sehr eilig. Diese Augen!

*So was it when my life began*

Barmherziger Gott!«

Die Aufzeichnungen der folgenden Woche sind aus Jungfer Yrsas Tagebuch herausgerissen, doch am 17. April heißt es (in sehr feiner, fast unleserlicher Schrift): »Dieselbe Ecke. Er findet es nicht unschicklich, vor aller Augen mit einer Dame auf offener Straße zu sprechen. Er sagte, wir könnten ja in den Garten gehen! Darf man sich mit einem solchen Ganoven noch weiter einlassen? Kamma hat ihn mit einer Stationshilfe aus dem Krankenhaus gesehen. Diese Gesellschaft passt für ihn besser, hm. Interessiert mich nicht.«

Dann sind wieder mehrere Blätter aus dem Tagebuch entfernt. Die nächste Aufzeichnung (28.4.) ist auf Englisch. Da heißt es (nach einem Zitat von Wordsworth): »... Ist jetzt so hell, dass nicht mehr. Liege lange wach, aufgewühlt (harrowed). Noch nichts entdeckt, aber. Zum Glück ist H. ständig um mich, wirkt ablenkend, man redet über H. und mich. Armer H.!«

Dieser H. – Hugo Waldmüller – war ihr Vetter, Frau Preislers Neffe aus Kopenhagen, mit dem Yrsa Preisler im September 1894 den Bund der Ehe schloss.

Aus dem oben angeführten Zitat scheint hervorzugehen, dass die Konsultochter manchmal ein heimliches Rendezvous mit dem Malteser hatte, möglicherweise im Schutz der alten Steineinfriedung, die den überwucherten, verwilderten Garten des Irrenhauses umgibt.

Anfang Mai reiste Jungfer Yrsa indessen mit ihrem Vater nach Schottland, um dort den Sommer in einer Pension für junge Mädchen zu verbringen und gleichzeitig ihre bereits beachtlichen Fertigkeiten im Klavierspiel weiter zu verbessern. Einige tiefe Seufzer in ihrem Tagebuch scheinen darauf hinzudeuten, dass sie versuchte, P. aus ihrem Herzen herauszureißen. Doch, wie sie zugibt, »es ist ganz entsetzlich, und mir graut!«.

Wie sich dann zeigen sollte, hatte Jungfer Yrsa zum Grauen allen Grund.

## 7

Was nun Adda Geraldi betraf, so gewöhnte er sich in seinem neuen Vaterland allmählich ein und wurde ein bekannter und im Großen und Ganzen wohlangesehener Bürger der kleinen Stadt. Seine Arbeit verrichtete er mit Fleiß und viel Geschick, und auch außerhalb seines eigentlichen Wirkungsfeldes machte er sich nützlich: als Zimmermann, Böttcher und Schlosser, ja sogar als Klavierstimmer, und er setzte eine alte, schadhafte Zither aus Madame Bærentsens Rumpelkammer so gut in Stand, dass sich wieder darauf spielen ließ. Wenn er an stillen Frühlingsabenden in seiner kleinen Giebelkammer sang und spielte, häufig am offenen Fenster, versammelte sich darunter eine Gruppe still lauschender Menschen, zumeist Kinder, doch auch Erwachsene, vor allem jüngere Frauen.

Der Malteser war auch so etwas wie ein Akrobat, er konnte auf Händen laufen und Aufsehen erregende Salti mortali schlagen, und als eines Tages die alte, verrostete Wetterfahne des Kirchturms ihrer Wege ging, wagte kein anderer als Adda Geraldi, die lange, gebrechliche Eisenstange zu entern, behände hinaufzuklettern und sie mit einem neuen Toppstück zu versehen.

Zur Teilnahme des Maltesers am Vergnügungsleben der Stadt bemerkt Buchhalter Davidsen spitz-ironisch: »Als Tänzer und Springinsfeld wurde Geraldi natürlich von keinem übertroffen;

in Feliksens Wirtshaus ›Die Rotunde‹, wo sich die damalige Jugend zum sogenannten ›Kleinen-Schwarzen-Tanz‹ (Kleiner Schwarzer = Kaffeepunsch) traf, galt er bald als Ballkönig. Er führte hier eine neue Art von wildem Galopp ein, der nach ihm den Namen ›Maltesergalopp‹ erhielt und sich großer Beliebtheit erfreute, obwohl den Mädchen dabei ziemlich schwindlig und wirr im Kopf wurde.«

Dass dem fremden Charmeur so viel Bewunderung und Begeisterung zuteil wurde, rief natürlich gewisse Widerstände hervor – wie das so üblich ist. Die bürgerliche Wohlanständigkeit fühlte sich beleidigt, ein paar eifersüchtige Nebenbuhler begannen zu munkeln, und bald war der Malteser von einem Gespinst aus Klatsch und empörtem Gerede umgeben, das jedoch nicht ganz aus der Luft gegriffen war.

So verlautbarte, er habe Madame Bærentsens junger Tochter Augusta den Kopf verdreht und verschuldet, dass ihre Verlobung mit dem rechtschaffenen Leuchtturmwärtergehilfen Larsen in die Brüche ging. Zur gleichen Zeit, als Adda Geraldi diese ehrbare Jungfer verblendete, will man ihn als nächtlichen Gast der Fischermädchen Hanna und Hulda beobachtet haben, die für sich alleine wohnten und einen etwas zweifelhaften Ruf hatten. Des Weiteren soll ihn der Wächter Hans Agranda eines Nachts auf dem Friedhof zusammen mit einem weiblichen Wesen observiert haben, in dem der Wächter Maja, die Gattin von Gastwirt Feliksen, zu erkennen vermeinte. Auch von anderer Seite wurde mit Nachdruck behauptet, der Malteser schäme sich keineswegs, seine lichtscheuen nächtlichen Aktivitäten auf die geweihte Erde des Friedhofs (der übrigens an den kleinen Garten von Feliksens Wirtshaus grenzte) zu verlegen, und es hieß, der Gemeindekirchenrat habe diese beunruhigenden Gerüchte auf seine Tagesordnung gesetzt.

Man darf nun aber keineswegs glauben, dass all dieser Klatsch und Tratsch auf die weibliche Jugend der Stadt abkühlend gewirkt und den Malteser in den Ruf einer missliebigen, abschreckenden Person gebracht hätte; im Gegenteil, sein anrüchiges Renommee schien für die Mädchen eher ein Anreiz gewesen zu sein, und als es um die Mittsommerzeit für alle offenbar wurde, dass Adda Geraldi im Begriff stand, sein Schicksal mit einem ganz bestimmten Mädchen zu verbinden, rief das bei vielen Verblüffung und Enttäuschung, ja in einigen Fällen sogar Verzweiflung hervor, so bei der zuvor erwähnten Stationshilfe des Krankenhauses, Angelica Michelsen, die zu den ersten jungen Mädchen gehörte, mit denen der Malteser geflirtet hatte. Diese Angelica sollte in dem eigentümlichen Schicksalsdrama, das sich nach und nach um Adda Geraldi zusammenbraute, dann eine entscheidende Rolle spielen.

Buchhalter Davidsen vermerkt dazu: »Dass der Malteser, wie es nun schien, auf vernünftigere Gedanken gekommen war und den Vorsatz gefasst hatte, seinen bisherigen lockeren Lebenswandel mit einem neuen und gesetzteren zu vertauschen, wurde von allen älteren und Verantwortung tragenden Menschen in Tórshavn mit allgemeiner Befriedigung und Erleichterung begrüßt. Doch wie sich herausstellen sollte, handelte es sich nur um einen Zwischenakt, die Stille vor dem Sturm.«

## 8

Dieser Zwischenakt verdient vor allem deshalb besondere Erwähnung, weil darin gewisse menschliche Seiten unseres Maltesers sichtbar wurden, Eigenschaften, die verraten dürften, dass er nicht das herzlose und unfassbare Monster war, zu dem ihn der rigoristische Buchhalter Davidsen machen will.

Die junge Frau, die sich nicht nur seine gesamte Aufmerksamkeit aneignen, sondern auch Adda Geraldis Herz und Sinne in einem Grad erfüllen sollte, dass er alles andere um sich herum vergaß, wurde dem Leser der vorliegenden Erzählung bereits vorgestellt, wenngleich nur flüchtig: Es war Sisal, die den schiffbrüchigen Malteser gemeinsam mit ihrer Schwester, der Bäuerin auf der kleinen Insel Koltur, mit der Wärme ihres jungen Leibes vom Tod errettet hatte. Diese Sisal war inzwischen in die Hauptstadt gekommen und hatte im Haus von Konsul Preisler die Stelle eines Dienstmädchens angenommen.

Die Charakteristik, die Buchhalter Davidsen von ihr liefert, ist ziemlich knapp und eindeutig: »Sisal Bergstok war bezüglich ihres Aussehens in keiner Weise auffällig, sondern eine schlichte färöische Frau aus dem Volk, klein, mittelblond, sehr scheu und etwas schieläugig, jedoch von einem sehr festen und tief im religiösen Glauben verankerten Wesen. Sie hatte gesehen, auf welchem Wege er wandelte, der junge Mann, der an ihrem Busen vom Tod ins Leben zurückgerufen worden war, und hat sich seiner herzlich erbarmt und getan, was in ihren Kräften stand, um ihn noch einmal vor dem Untergang zu bewahren.«

Sisal, die am Vergnügungsleben der Stadt nicht teilnahm, hatte sich einem kleinen frommen Kreis angeschlossen, der sich um die beiden Tempelherren, Rechenlehrer Christiansen und Postmeister Nicodemus, in der ›Loge‹ versammelte. Eines schönen Abends erschien das bescheidene junge Mädchen von der Insel Koltur dort in Begleitung von keinem anderen als dem jungen Leichtfuß Adda Geraldi, was allgemeine Verwunderung erregte. Entgegen seiner Gewohnheit wirkte der Malteser sehr ernst und respektvoll, wie er da neben dem gläubigen jungen Mädchens saß, sichtlich bemüht, die ermahnenden Worte der Tempelherren zu verstehen und sich einzuprägen, und als Kirchenlieder angestimmt wurden, folgte er mit seiner klangvollen Stimme der Melodie, doch mit der Aussprache des Textes hatte er natürlich seine Probleme.

Viele versuchten sich die Anwesenheit des Maltesers als eine zeitweilige Grille zu erklären oder vermuteten darin ganz einfach einen Trick, mit dem der leichtfertige Mensch die Gunst eines ansonsten schwer zugänglichen Mädchens zu erwerben hoffte. Doch als sich Sisal mehrere Wochen lang Abend für Abend mit ihrem maltesischen Begleiter in der ›Loge‹ einfand, musste man diese Verdächtigungen aufgeben und das merkwürdige Faktum anerkennen, dass Adda Geraldi, von dem jungen Mädchen auf den Weg der Bekehrung gebracht, seinen Sinn gewandelt hatte. Man vermerkte auch, dass der Malteser nicht mehr in die ›Rotunde‹ ging, und dafür, dass sich das junge Paar im Verborgenen traf, gab es keine Beweise. Pflichteifrige Beobachter konnten bezeugen, dass Adda Geraldi das Mädchen jeden Abend nach der Versammlung in der ›Loge‹ bis zur Tür des Konsulhauses begleitete und sich dort auf schickliche Weise von ihr verabschiedete, um dann in sein einsames Kämmerlein bei Madame Bærentsen heimzukehren, deren Tochter sich in der Zwischenzeit mit dem Leuchtturmwärtergehilfen glücklich wiedervereint hatte.

Auch wusste man, dass Frau Jacobine Preisler das schöne Verhältnis der zwei jungen Menschen, die beim Konsul in Lohn und Brot standen, in hohem Grade billigte, was ganz offen zutage kam, als sie bei einer kleinen Zusammenkunft der Arbeiter und Angestellten des Konsuls die Verlobung von Sisal und Adda persönlich bekannt gab.

»Die Nachricht von dieser überraschenden Entwicklung der Dinge«, schreibt Buchhalter Davidsen, »rührte unser Städtchen förmlich zu Tränen. Der schiffbrüchige junge Mann war nun mit seiner Lebensretterin vereint; er hatte seinen vorherigen leichtfertigen Lebenswandel bereut und beendet und sein schlingerndes Schiff in den Hafen gebracht. Bald sollten sie Hochzeit halten. Die Konsulin hatte dem jungen Paar in ihrer mütterlichen Fürsorge bereits ein kleines, jedoch hübsch gelegenes Haus besorgt, nämlich das sogenannte Feldwebelhaus nördlich der Festung.«

Der Buchhalter fügt folgenden bitteren Kommentar hinzu: »Solcherart gelang es dem gewissenlosen Wollüstling, durch hinterlistiges Ränkespiel auch dieses Opfer in seine Gewalt und Kummer und Schmach auf das Haupt eines warmherzigen und unschuldigen Mädchens zu bringen.«

Man darf aber vermuten, dass Davidsen auch hier in seiner Beurteilung etwas zu streng und engstirnig ist. Die Auskünfte, die Oberwarenprüfer Hans-Pauli Alaih über Sisal Bergstok geben konnte, stimmen mit dem Bild, das der Buchhalter von der jungen Frau überliefert hat, kaum überein. Demnach war sie weder klein noch unansehnlich, sondern eher von üppiger Gestalt, mit vollem dunklem Haar und ungewöhnlich leuchtenden, schelmischen Augen. Außerdem war sie, Hans-Pauli Alaih zufolge, etwas hitzig und spöttisch, ansonsten jedoch von munterem Wesen, mit der unterhaltsamen Fähigkeit, Leute bis zur Lächerlichkeit nachzuahmen, insbesondere die beiden salbungsvollen, theatralischen Tempelherren der ›Loge‹. Auch ihren Verlobten und späteren Ehemann konnte sie vorzüglich imitieren und machte sich vor allem über seine gebrochene Sprache lustig. Dass sie ihn nichtsdestotrotz heiß und innig liebte, steht außerhalb jeden Zweifels, und es hat durchaus den Anschein, dass der Malteser sich vom elementaren Charme dieses jungen Mädchens faszinieren und ganz und gar überwältigen ließ. Vermutlich hoffte der wurzellose Abenteurer auch, an ihrer Seite ein neues und besseres Dasein zu beginnen, frei von jenen Verwicklungen und Ärgernissen, die allemal mit dem Leben und Treiben eines ungebundenen Wüstlings verknüpft sind.

»Am Samstag, dem 12. August 1893«, schreibt Davidsen, »konnte das junge Paar Hochzeit feiern und in sein neues Heim einziehen, das ihm die Konsulin in ihrer Herzensgüte verschafft hatte. Auch an anderen Gunstbeweisen von konsularischer Seite mangelte es nicht, sowohl in Form von hübschen und nützlichen Hochzeitsgeschenken als auch von schöner und würdiger Unterhaltung während des Hochzeitsfestes, wobei die Konsulin persönlich u. a. Schuberts *Pax vobiscum* vortrug, von Pastor Ewalds Männerchor summend begleitet, aber auch rein ökonomisch, indem der Malteser nach Hans-Pauli Alaihs Berufung zum Fischwarenprüfer dessen bisherige Stellung als Aufseher der preislerschen Trockenplätze auf dem Festungshügel erhielt.«

»Aber«, fährt der Buchhalter fort, »das eheliche Glück, das sich solcherart anzubahnen schien und das man der treuherzigen jungen Frau wohl gegönnt hätte, sollte sich bald als von jener unbeständigen Art erweisen, die mit rasch wechselnden Vorzeichen in ihr Gegenteil umschlägt.«

Wenn man Buchhalter Davidsen glauben soll, lag die Ursache für diese unglückliche Entwicklung der Dinge einzig und allein in »der angeborenen Schlechtigkeit und miserablen seelischen Qualität« des Maltesers – eine Auffassung, die seine Mitwelt teilte und die in der vorliegenden Darstellung sicherlich zum ersten Mal ernsthaft in Zweifel gezogen wird.

Es ist nämlich durchaus möglich und sogar recht wahrscheinlich, dass Adda Geraldi, selbst wenn er in dieser Ehe nicht für immer zur Ruhe gekommen wäre, in der kleinen Gesellschaft und wohlwollend von ihr adoptiert, als Ehemann und Familienvater einen angemessenen Platz gefunden hätte, wäre sein wankelmütiges Herz vom Schicksal nicht einer neuen ernsthaften Belastung ausgesetzt worden.

## 9

An dieser Stelle kommt abermals Yrsa Preisler ins Bild.

Jungfer Yrsa war Ende September von ihrem Sommeraufenthalt in Rock Manor am Loch Lomond zurückgekehrt. Nimmt man ihre Tagebuchnotizen für bare Münze, dann hatte ihr Leben in dem schottischen Mädchenpensionat aus kaum etwas anderem als Leiden und unstillbarem Heimweh bestanden, nicht nur wegen der strengen, puritanischen Verhältnisse dort, sondern auch und vor allem, weil sich jene warmen Gefühle, welche die Begegnung mit dem Malteser in ihrem Herzen erweckt hatte, während dieses Auslandsaufenthalts zu einer regelrechten Liebesbesessenheit auswuchsen, die ihr weder Tag noch Nacht Ruhe ließ.

Das vertraut sie mit der ganzen romantisch-exaltierten Glut einer jungen verliebten Mädchenseele ihrem Tagebuch an, oft mit direkter Anrede, so am 3. Juni, wenn sie ausruft: »... Mein Herzensfreund! Wenn du wüsstest –! Den ganzen, ganzen, ganzen strahlenden Sommertag habe ich allein in meiner Kammer verbracht, nur in Gedanken an dich und ständig in Tränen, ja wie eine regennasse Seerose, gefesselt an jene Tiefe, welche ihr Nahrung gibt und sie an ihrer Oberfläche hält und doch eine verschlossene Welt für sie ist, eine Welt, in die hinabzutauchen und eins mit ihr zu werden sie mit ganzer, innerster Seele ersehnt, aber ach, das geschieht vielleicht erst in der Todesstunde! O mein Geliebter, so fern hinter dem großen Meer, jetzt schaue ich in dein Auge! Komm zu mir im Traum, lass mich in der seligen Tiefe deiner Liebe ertrinken, lass mich nicht verschmachten in dieser meiner entsetzlichen Einsamkeit zwischen Leben und Tod!«

Die Nachricht von Adda Geraldis Verlobung mit Sisal (durch einen Brief der Freundin Kamma) dürfte auf die arme Yrsa zunächst absolut lähmend gewirkt haben. Das Tagebuchblatt vom 5. Juni enthält nur das eine Wort *»Zerschmettert«*, und erst vier Tage später scheint sie sich von ihrer Erschütterung so weit erholt zu haben, dass sie wieder zum Schreiben imstande ist – wenngleich nur mit einer so feinen Schrift, dass man sie ohne Lupe kaum entziffern kann:

*»Abends, 9. Juni 1893*

*Soeben zurück von Mallard Inlet, wo ich bei diesem ständigen Regen versteckt im Schilf saß, durchgeweicht, wäre am liebsten ins*

*Wasser geglitten, um allem ein Ende zu setzen. Habe es nicht gewagt. Oder wie? Bin nicht verrückt wie Ophelia! War es doch fast. Habe versucht, ihn zu hassen. Dachte auch: Es gibt ihn nicht, hat ihn niemals gegeben, er ist nur etwas in meinem Traum! Aber ich liebe ihn! Das ist gut zu wissen.*

*And meekly wait that moment, when*
*Thy touch shall turn all bright again!*

*Habe den Brief von H. (Vetter Hugo), den ich zusammengeknüllt hatte, wieder geglättet. Er hat jedenfalls den Verstand verloren, der Arme. Wie seltsam.*«

Der Ton der nächsten Aufzeichnung ist vollkommen anders, wütend und kindlich drohend, geprägt von einer gewissen schreckensromantischen Wildheit à la Lord Byron: »Habe heute Nacht das Gewitter genossen, diese furchtbare Strafrede des Himmels, lag nackt da und badete mich in Blitzen! Sofern es dich gibt, du Arglistiger und Schurke, dann wisse, dass dich die Strafe früher oder später ereilt! Vom Blitz verkohlt soll dich die Morgenröte auf dem grünen Waldboden finden! Vielleicht uns beide, zusammengebrannt im Tod, ein Haufen Asche, bald vom Gras barmherzig bedeckt! PS: Habe Mozarts Fantasie-Sonate gespielt, sie besänftigt mich und verheißt, dass noch nicht alles vorbei ist.«

Die Aufzeichnungen vom 13. September, dem letzten Tag, den Yrsa Preisler im fremden Land verbrachte, verraten eine ähnlich hochromantische Alteration, doch auch, wie es scheint, eine gewisse Unheil verkündende Entschlossenheit: »Wiege dich nicht in Sicherheit, ich bin noch immer da. Wisse, es droht dir Gefahr. *I shall overwhelm you and bring you to heel!*«

Darunter steht folgendes Postskriptum: »Habe am Klavier gesessen und unentwegt gespielt, das Kofferpacken Mary und Lizzie überlassen – die *Pathétique* und andere Sonaten, vor allem Mozarts *Fantasie,* darin haucht man den Atem aus, denn hier ist alles gnädiges Vergessen.«

Laut Hans-Pauli Alaih, der auch in dem Fährboot saß, das Jungfer Yrsa von Preislers Handelsschoner *Jacobine* an Land brachte, hatte sich die junge Konsultochter während ihrer Abwesenheit sehr verändert. Sie machte ganz und gar nicht den Eindruck, als kehrte sie von einem vergnüglichen Sommerurlaub heim, sondern war blass und schmal und hatte sich kühle, »damenhafte« Manieren zugelegt. Als die lebenslustige, fröhliche Kamma ihrer mürrisch-verschlossenen Freundin aufmunternd in die Seite stieß, sagte diese zurechtweisend: »Kamma, ich bin von der Reise erschöpft.«

Jungfer Yrsas Tagebucheintragung vom Abend ihrer Ankunft (18.9.) sagt etwas über ihre unruhige, zerrissene Gemütslage aus: »… Alle erwarten, dass ich nett und vergnügt sein soll, was ganz natürlich ist, aber ich kann nicht. Mutter bekümmert, will Doktor Fredericia Brust und Herz bei mir untersuchen lassen. Mein *Herz!* Im Augenblick habe ich kein Herz. Auch nicht für den Betreffenden. Das Ganze lächerlich. Befürchte, er könnte sich bei einem Wiedersehen nicht als Luft und Nichts erweisen, obwohl er das ganz sicher ist. Ach, wäre er es nicht!!! Ist er es doch (Luft und Nichts), dann bin ich selbst noch mehr ein Nichts. Habe diese dumme Schwäre zu lange am Herzen getragen, kann nicht mehr ohne sie sein. – PS: Habe Mutter Mozarts *Fantasie* vorgespielt, sie sagte, ich hätte sie sehr verblüfft (›in die Tiefe gegangen!‹).«

Knapp eine Woche später, am 24. September, schreibt sie: »P. wiedergesehen, endlich, auf dem Heimweg nach Abendspaziergang mit Kamma. Er stand vor seinem Haus und tünchte das Fundament. Lächerlich! Viel kleiner, als ich angenommen hatte. Hat ihn wohl überrascht, plötzlich drehte er sich um, sah uns und grüßte ehrerbietig, mit einem schiefen Lächeln. Unrasiert, Kalkspritzer im Gesicht. Im Hafen der Ehe gelandet, du lieber Himmel, ein ganz gewöhnlicher, trivialer Wicht! Also gibt es ihn doch nicht, wie ich wohl wusste! Ging früh ins Bett, lag da und weinte völlig idiotisch. Dass er aus meinem Leben verschwunden ist, obwohl es ihn gar nicht gibt, macht die Leere schier unerträglich. Bin doch im Innersten an sich gleichgültig, vielleicht sogar froh, erleichtert, befreit? Das ist wohl ein Übergang. – Brief von Hugo, dass er mich im Frühjahr erwartet, ist mir auch vollkommen gleichgültig! Heute überhaupt gleichgültig. Alles langweilt mich zu Tode, mag nicht spielen, nicht ausgehen, nicht essen. Innerlich leer. Bekam bei Tisch einen idiotisch einsamen Lachkrampf, ganz unvermittelt. Alle schüttelten den Kopf, Vater nahm mich später vor, sprach ein ernstes Wort mit mir, ich tat es mit einem Scherz ab, spielte unbefangen, beruhigte ihn.«

Während der nächsten vierzehn Tage notiert Jungfer Yrsa wenig, oft nur einen einzigen Satz (»Achtzehnmal die Diabelli-Variationen durchgeackert.« – »Leer und todmüde.« – »Ich Schaf.«), manchmal blanken Unsinn (»Tanzte allein auf der Runding-Straße zu der idiotischen Stelle im ersten Satz der *Hammerklaviersonate*«), oder kleine galgenhumoristische Reime:

»Jetzt ist die Mieze nämlich tot, tot.
Jetzt ist die Mieze nämlich tot, tot.«

Kurz darauf folgt jedoch ein so rätselhaftes wie vielsagendes Tagebuchblatt, das für lange Zeit Jungfer Yrsas letztes bleibt. Von Mitte Oktober bis zum 19. Dezember vertraut sie sich ihrem Tagebuch überhaupt nicht mehr an. Am Mittwochabend, dem 14. Oktober, schreibt sie (mit Lupenschrift, teilweise vollkommen unleserlich): »… Wusste, dass er allein auf dem Segelboden war, ging hinauf und (…) ob er wirklich glaubte, vorhanden zu sein? (…) Sagte ihm, er sei ein Gespenst, ein Fliegender Holländer, niemals an Land gekommen, treibe immer noch in seinem Boot auf dem Wasser (…) ich hielt es also nicht mehr aus. Denn einen anderen lieben kann ich nicht!!! Schlug und biss ihn, ganz außer mir vor Wut (...) Verzeih! Dann geschah es, wie ich wollte (...) aufgelöst in Seligkeit. Nichts anderes als das. Endlich froh, nein, nicht froh. Lässt sich nicht sagen. Jetzt schreibe ich nicht mehr, sondern lebe.«

Was sich an jenem schicksalsträchtigen Mittwochnachmittag auf dem Boden des Konsulspeichers zugetragen hat, ist aus diesem Tagebuchfragment unschwer zu rekonstruieren. Jungfer Yrsa, deren psychotisch überspannte Schwärmerei für den Malteser nicht einmal durch die plausibelsten Gegenargumente zu dämpfen gewesen war, hat aus Verzweiflung den Gegenstand ihrer unbändigen Gefühle aufgesucht, und der wiederum hat sie, was verständlich ist, nicht unverrichteter Dinge gehen lassen.

Es ist auch nichts dazu zu sagen, dass Buchhalter Davidsen, der keinerlei Kenntnis von Yrsa Preislers Tagebuch besaß, jegliche Verantwortung für die nun folgenden erschütternden und unglücklichen Ereignisse Adda Geraldi zuschreibt. Und das tat seine Mitwelt auch.

## 10

Volle zwei Monate konnten der Malteser und Jungfer Yrsa ihre heimliche Beziehung pflegen, ohne entdeckt zu werden, was eine merkwürdige, fast unerklärliche Tatsache ist. Vermutlich hielt man die bloße Vorstellung eines Liebesverhältnisses zwischen der vornehmen Jungfer aus der Konsulfamilie und dem frisch verheirateten Burschen aus dem Feldwebelhaus für unmöglich und lächerlich.

Einige Leute wollten wissen, das illegitime Liebespaar habe sich vorzugsweise auf der Festung Skansi getroffen, wo der Malteser das Amt des Laternenanzünders übernommen, das heißt die Laternen der Hafeneinfahrt auf dem abgesperrten Wallgelände (sowie die entsprechenden Laternen jenseits der Bucht) in

Obhut hatte, und dass einer der »Jungen«, die ihm dabei zur Hand zu gehen pflegten, zumindest einige Male die verkleidete Jungfer Yrsa war, und daran scheint mehr gewesen zu sein als an den zahlreichen Märchen, welche die Fantasie der Leute in Umlauf setzte.

Ein anderes Gerücht ist jedoch bestimmt nicht aus der Luft gegriffen und wurde später bestätigt. Es geht dabei um die oben erwähnte Angelica Michelsen, die junge Stationshilfe im Krankenhaus, auf die es Adda Geraldi gleich nach seiner Ankunft in der Stadt abgesehen hatte, die er später jedoch verstieß. Diese Angelica gehörte zu jenen Frauenzimmern, deren Herz der Malteser vollkommen in seine Gewalt gebracht hatte, und in ihrer Verzweiflung über seine Zurückweisung soll sie ihn heimlich verfolgt und seine Wege so gründlich ausspioniert haben, dass kaum eins seiner späteren Manöver ihrer Aufmerksamkeit entging.

Hans-Pauli Alaih, der sich gut an Angelica erinnern konnte, beschrieb sie als ein kleines, unansehnliches und still lächelndes Mädchen, dem man am allerwenigsten die Absicht zugetraut hätte, seinen Mitmenschen etwas zuleide zu tun. Allem Anschein nach hat sie ihre Beobachtungen auch lange verschwiegen, dann aber, von Kummer und Eifersucht verzehrt, schließlich Sisal anvertraut, was sie über deren Ehemann und die Konsultochter wusste.

Und damit setzte die kleine Angelica eine äußerst verhängnisvolle Kausalkette in Bewegung, und unser Bericht erreicht nun seine letzte, unglücklich-hochdramatische Phase.

## II

»Der Neujahrstag 1894«, schreibt Buchhalter Davidsen, »wurde ein Tag der Bestürzung und Trauer, nicht nur in meiner, sondern in der Geschichte unseres ganzen Städtchens.«

Er hat diesem Kapitel seines *Journals der merkwürdigen Schicksals-Fügungen* ein schwarzes Kreuz vorangestellt, um dann mit gewohnter Sorgfalt über die erschütternden Ereignisse dieses Tages zu berichten:

»Es war gegen neun Uhr morgens, ich saß gerade in der Kirche und studierte ein Präludium für den Gottesdienst ein, als meine Tochter Anna äußerst bestürzt und in Tränen aufgelöst erschien und mir kundtat, dass frühmorgens im Feldwebelhaus ein wahrhaftiger Mordversuch verübt worden sei, indem Sisal mit einem Handbeil (jedoch nicht mit der Schneide des Blattes, sondern mit der stumpfen Seite) ihrem Mann, dem Malteser, einen so schweren Schlag auf den Hinterkopf versetzt hatte, dass dieser in bewusstlosem Zustand ins Krankenhaus gebracht werden musste. Das war aber nur eine der Hiobsbotschaften, die mir meine Tochter überbrachte, und, so unerfreulich sie auch sein mochte, noch nicht die schlimmste. Denn selbigen Morgens, erzählte sie weinend, hatte unser lieber Konsul einen schweren Schlaganfall erlitten und das Bewusstsein verloren, und dies war geschehen, nachdem sich Sisal im Haus des Konsuls eingefunden hatte, um dem Konsulpaar sehr erregt die konsternierende Nachricht zu überbringen, dass Jungfer Yrsa mit ihrem, Sisals, Ehgemahl Hurerei betreibe und dieses schon seit geraumer Zeit.«

»Danach«, fährt Davidsen fort, »wurde mehr über diese Episode offenbar. Die Konsulin, welche Sisals Mitteilung mit der ihr eigenen Fassung aufgenommen und die junge Frau tröstend in die Arme genommen hatte, erlegte ihr dringlich auf, die noch in ihrer Kammer schlummernde Yrsa nicht zu wecken, vermutlich weil sie sich als Mutter Sorgen machte, auf welche Ideen ihre unberechenbare Tochter dann verfallen könnte. Was den Konsul betraf, so wurde er kreideweiß und saß ganz stumm auf seinem Stuhl, während seine Gemahlin die vollkommen verstörte und im fünften Monat schwangere Sisal fürsorglich in eine Kammer brachte, wo sie sich ausruhen und einige stärkende Tropfen einnehmen konnte. Doch als Frau Preisler dann ins Wohnzimmer zurückkehrte, lag der Konsul auf dem Fußboden, vom Schlag getroffen.«

Von bedrückenden Erinnerungen überwältigt, fügt Davidsen an dieser Stelle seines Journals einen Kirchenliedvers ein:

»Wird unsre Sünde vor dem Richter stehen,
dann muss der Erde Frucht im Wind verwehen
und das Geschlecht, getroffen vom Verderben,
im Staube sterben.«

»Am nächsten Tag«, heißt es im Journal weiter, »erreichte uns dann die traurige Botschaft, wonach unser lieber Konsul J.O. Preisler sanft entschlafen war, ohne aus seinem gnädigen Dämmerzustand wieder erwacht zu sein. Über die große Persönlichkeit dieses seltenen Mannes, der vierzig Jahre lang mein geliebter und geneigter Prinzipal gewesen war und dessen Verdienste und große Bedeutung für unsre Stadt allerseits anerkannt werden, habe ich mich, trotz meines Unvermögens, an anderer Stelle schon geäußert und will hier lediglich hinzufügen, dass sein Hinscheiden nicht nur ein schwerer Schlag für uns alle war, sondern auch eine Leere hinterließ, die, wie sich zeigte, niemals wieder ausgefüllt werden konnte. Er hatte keine männlichen Nachkommen*, und unter seinen Verantwortung tragenden Angestellten gab es keinen, der so viel Persönlichkeit und Besonnenheit besaß, um die weitläufigen Geschäfte auf effektive Weise fortzuführen.«

Hier fügt der Buchhalter bescheiden hinzu: »Indem ich dieses erwähne, bin ich mir dessen voll bewusst, dass ich damit auch eine nur allzu berechtige Anklage gegen mich selbst erhebe.«

Danach schildert er ausführlich die Beisetzung des Konsuls und schreibt weiter: »Was unsere arme tapfere Konsulin be-

* Sämtliche Namen in Don Juan vom Tranhaus sind erfunden, dasselbe gilt für die Zitate und überhaupt die gesamte Handlung.

trifft, so musste sie in der Folgezeit neue schwere Prüfungen bestehen, zugefügt von ihrer Tochter Yrsa, die, wie sich herausstellte, in solcherart Umstände geraten war, die man sonst gesegnet zu nennen pflegt, hier jedoch mit dem ganz entgegengesetzten Prädikat versehen muss. Schon im Februar reiste sie mit ihrer Tochter nach Kopenhagen. Noch im Hochsommer desselben Jahres wurde Jungfer Yrsa, dem Herrn sei Lob und Dank, durch das heilige Band der Ehe mit ihrem edelmütigen Vetter, dem Musiker Hugo Waldmüller, vereint. – Was Adda Geraldi betrifft, so zog er nach seiner Entlassung aus dem Krankenhaus ins Feldwebelhaus zurück, das zu diesem Zeitpunkt leer stand, denn seine Ehefrau Sisal war auf Nimmerwiedersehen auf ihre Heimatinsel Koltur entschwunden. Sie kam vier Monate später mit einer Tochter nieder.«

Aus Buchhalter Davidsens Sicht stellt sich die unglückliche Affäre zwischen Jungfer Yrsa und Adda Geraldi, wie schon erwähnt, recht einfach und eindeutig dar: *Er* war der gewissenlose Schurke, *sie* die verführte Unschuld. Versucht man sich jedoch eine weniger engstirnige Vorstellung von der emotionalen Grundlage der sonderbaren Beziehung zwischen der Konsultochter und dem jungen Seemann zu machen, dann stößt man, wie so oft in der launisch irrlichternden Welt menschlichen Liebeslebens, auf einige merkwürdige Komplikationen.

Jungfer Yrsas Tagebuchnotizen, die sie Mitte Dezember wieder aufnahm, sind teilweise in einem derart orakelhaften Stil, dass man kaum feste Anhaltspunkte findet. Was soll man zu einer Äußerung wie dieser vom 18. Dezember sagen: »Zum neunten Mal absolut. Gleichgültig. *After us the deluge.* Leider nähert sich der Punkt null. Danach die Minusgrade.« Oder (21.12.): »Die längste Nacht des Jahres. Flucht und andre unmögliche und kindische Ideen und dumme Tränen, sieht hässlich aus, wenn ein Mann flennt. Dieser Waschlappen. Das ist das bislang Schlimmste. Jetzt unter null.«

Eine längere Aufzeichnung, datiert »Nacht zum vierundzwanzigsten Dezember«, spricht eine etwas deutlichere Sprache. Da heißt es: »Krach. Wusste ja immer, dass Betr. gar nicht vorhanden ist, sondern nur *a phantasma of my dreams.* Also meine eigene Schuld. Glücklicherweise lassen mich die Krokodilstränen des Betr. eiskalt. Durchschaue alles. Die Frostgrade steigen. Nach außen munteres Komödienspiel, lasse mir nichts anmerken, verkrafte alles, ohne mit der Wimper zu zucken, nur nicht Mutters Augen! Sie glaubt wirklich, ich kränkele aus Sehnsucht nach H.! Stimmt beinah, denn H. ist doch ein richtiger Kerl, gute Nacht, werde mich ordentlich in den Schlaf weinen.«

Diese erkämpfte Ruhe, welche die hier zitierten Aufzeichnungen widerspiegeln, weicht zwischen Weihnachten und Neujahr einem wahren Wirbelsturm von Schmerzensausbrüchen, zumeist in einem kindlich-romantischen, etwas gespreizten Stil, oft jedoch hinreißend in ihrem unbändigen *furor poeticus:* »... War gestern abend allein am Strand, schrie gegen Sturm und Brandung an, oh! Wenn das jemand gehört hätte! Wünschte eine Sturmflut herbei, die alles überspülte. (Schluss von Beeth.s *Appassionata!*) Von dunklen Wellen getragen, verschlungen werden ... wandern in der Tiefe, ertrunken, aber nicht tot, sondern mit offnen Augen, versteinert und nochmals versteinert wie die der Medusa.«

Im Vergleich dazu wirken Jungfer Yrsas knappe Notizen vom 1. Januar 1894, als Sisal zuschlug und ihr Vater starb, merkwürdig gefasst, nahezu kaltblütig: »... Frost und sternenklar. Friede des Todes. War etwas anderes zu erwarten als dieser Blitz, dieses Erdbeben, so überwältigend und betäubend! Jetzt ist alles Stille, hier auf dem Grund gibt es endlich Frieden. Den Frieden der Strafe.«

Später bricht der Sturm von neuem los; doch im vorliegenden Zusammenhang wollen wir dieses Zitat als Yrsa Preislers letzte Worte stehen lassen und zur Hauptperson unseres Berichts zurückkehren, zu Adda Geraldi.

## 12

Der allgemeinen Überlieferung zufolge soll sich der Malteser von der Blessur, die ihm Sisal in ihrem Zorn zugefügt hatte, niemals richtig erholt haben, sondern in leichterem Grade verrückt geworden sein. Buchhalter Davidsen, der sich dieser Auffassung nicht anschließt, bemerkt jedoch spießerhaft moralisierend: »Man erlebt ja des Öfteren den Versuch, schlechte und verbrecherische Handlungen mit der Unzurechnungsfähigkeit der Ausführenden zu entschuldigen; dies aber halte ich, und viele mit mir, für einen allzu billigen Vorwand, um dem Schuldigen die Verantwortung abzunehmen und sie – ja wem sonst – dem Herrn der Schöpfung selbst aufzubürden. Ist daher nach meiner Meinung Gotteslästerung.«

Mit dieser absolut unversöhnlichen Haltung zum Malteser war der Buchhalter nicht allein. So ist bekannt, dass Pastor Ewaldsen von Schulleiter Prospersen, dem Vorsitzenden des Gemeindekirchenrats, heftig bedrängte wurde, von der Kanzel herab zu verkünden, dass die Kirche Adda Geraldis Lebenswandel verdamme, was der Pastor jedoch unter Berufung auf Joh. 8,7 ablehnte: »Wer unter euch ohne Sünde ist, der werfe den ersten Stein.«

Archivstudien haben offenbart, dass ein anderer Widersacher des Maltesers, Postmeister Nicodemussen, erhebliche Anstrengungen unternahm, um Adda Geraldi vor Gericht zu bringen und des Ehebruchs anzuklagen – ein Schritt, von dem der Staatsanwalt, Amtmann Kattentid, mit Hinweis darauf abriet, dass ein eventuelles Verfahren mit Zeugenvernehmung zu äußerst unerwünschten Komplikationen führen und ausgezeichneten Männern in leitenden Positionen unnötig Schaden zufügen könnte. Wahrscheinlich haben ähnliche Überlegungen auch den Stadtrat dazu veranlasst, einen von der Hebamme Olivia M. Davidsen »im Namen mehrerer Mütter« unterzeichneten Antrag, den Malteser schnellstmöglichst der Stadt zu verweisen, abschlägig zu bescheiden.

Die einzige Strafmaßnahme, die es gegen Adda Geraldi gab, wurde denn auch bezeichnenderweise von Buchhalter Davidsen selbst veranlasst, der dafür sorgte, dass der Malteser sowohl seine Stellung als Faktotum im preislerschen Handelsgeschäft als auch seine öffentliche Aufgabe als Verantwortlicher für die Hafeneinfahrtslaternen und die Quarantäneflagge verlor. Indem er ihm solcherart den Broterwerb raubte, hoffte der Buchhalter wohl, dem fremden Zuwanderer das Leben in seinem »neuen Vaterland« so sehr zu verleiden, dass dieser aus eigenem Antrieb den Staub von den Füßen schüttelte.

Damit hatte sich Davidsen jedoch verrechnet. Für einen jungen, tatkräftigen Mann wie den Malteser, der jetzt nur noch sich selbst zu ernähren hatte, war die Frage des Broterwerbs kein großes Problem – er konnte sich das notwendige Mittagessen ganz einfach mit der Angelrute verschaffen, und zwar nur wenige Meter vor seiner eigenen Tür; außerdem konnte er mit seinem Boot zu einer der vielen Fischbänke des Sunds rudern und seinen Fang dann wie andere Fischer der Stadt an den Kais verkaufen.

Adda Geraldi verlegte sich also scheinbar seelenruhig auf die Fischerei, und nichts deutete darauf hin, dass er sich außer Landes begeben wollte, im Gegenteil, er teerte das Feldwebelhaus und nagelte als Glück bringendes Zeichen ein Hufeisen über die Tür. Es herrschte auch allgemein die Meinung, dass er seine Frau zurückerwartete und dass sie wohl tatsächlich kommen wollte und nur genügend Zeit benötigte, um Zorn und Kränkung zu verwinden.

Laut Hans-Pauli Alaih, den der Malteser in dieser Zeit häufig besuchte, zumeist mit einem Flachmann in der Tasche und leicht angesäuselt, war es auch eine solche Lösung, die sich Adda Geraldi anfangs hoffnungsvoll ausmalte. Doch im Laufe der Zeit wurde immer deutlicher, dass diese Hoffnung vergeblich war. Obwohl Adda in reuevollen, schmachtenden Briefen, bei deren Abfassung und Übersetzung ihm Hans-Pauli half, die Fortgezogene immer wieder zur Rückkehr zu bewegen suchte, blieb Sisal unerbittlich. Nur ein einziges Mal ließ sie von sich hören, und da auch nur, um ihm ganz sachlich und kaltblütig mitzuteilen, dass sie nie wieder etwas mit ihm zu tun haben wolle und er sich jede Hoffnung sparen könne.

An jenem Tag, als der Malteser diesen Brief erhielt, trank er sich sternhagelvoll, schloss sich in seinem Haus ein und reagierte die folgenden Tage und Nächte weder auf Klopfen noch Rufen. Hans-Pauli, der Unrat witterte, drang mit Hilfe eines Dietrichs durch eine Hintertür ins Feldwebelhaus ein. Er fand Adda bekleidet auf dem Bett liegen, stoppelbärtig und rotäugig, in einem seltsam umnachteten, versteinerten Zustand. Nachdem der Malteser seinen Gast, an den er sich nur dunkel zu erinnern schien, eine Weile angestarrt hatte, stieß er einen tiefen Seufzer aus und begann im Bett herumzutasten, bis er eine halb volle Flasche fand und an den Mund setzte. Da kehrte allmählich etwas Leben in ihn zurück, er begann zu gähnen und mit rauer Stimme leise zu singen, während Hans-Pauli den Herd anheizte und einen Kessel aufs Feuerloch setzte.

Nachdem er ein paar Tassen starken Kaffee geleert und vom mitgebrachten Dörrfisch des Freundes abgebissen hatte, kam Adda Geraldi schließlich so weit zu Kräften, dass er seine Sprache wiederfand. Während er mit geschlossenen Augen dalag, gab er sich einem seltsam verworrenen, unklaren, jedoch ekstatischen Redeschwall hin. Aus dieser nebulösen Suada glaubte der aufmerksam lauschende Hans-Pauli nach und nach die traurige Bestätigung dessen herauszuhören, was er von Anfang an geahnt hatte: Adda Geraldi war gar nicht der, als der er sich ausgab. Offenbar war er nicht auf der Insel Malta, sondern in irgendeiner irischen Hafenstadt geboren, als Sohn eines Iren und einer Italienerin. Er hatte auch nicht den Untergang der Bark *St. Cuthbert's Duck* überlebt – zwar gab es ein Schiff dieses Namens, doch Adda hatte es niemals gesehen und nur davon reden gehört. Das Schiff, auf dem er zuletzt gefahren war, ein amerikanischer Klipper, hieß ganz anders, und es war auch nicht gesunken, sondern nur davongesegelt, »um ihn vor dem Galgen zu bewahren«, wie er sich ausdrückte. Welche Art Verbrechen er an Bord begangen hatte, ging aus seinem verblümten Bekenntnis nicht hervor, es hatte wohl mit Prügelei und Totschlag zu tun.

Dann wurde seine Rede immer verwirrter, doch bevor ihn sein neuer Rausch völlig überwältigte, reichte er Hans-Pauli die Hand und sprach die dunklen und dem Fischwarenprüfer unvergesslichen Worte: »Jetzt weißt du also, Palle, dass ich kein lebendiger Mensch bin, sondern nur ein ertrunkener Mann, und dass ich auf ewig tot und verschwunden sein muss!«

Ob Adda damit ausdrücken wollte, dass ihm als Missetäter am besten damit gedient sei, für dahingeschieden zu gelten, oder ob er möglicherweise Selbstmordgedanken hegte, war Hans-Pauli Alaih nicht recht klar. Auf jeden Fall beschloss der rechtschaffene Fischwarenprüfer, ihn eine Zeit lang unter Aufsicht zu behalten. Doch als Hans-Pauli spätabends das Feldwebelhaus abermals aufsuchte, hörte er zu seinem Erstaunen aus der Schlafkammer Stimmen und weibliches Gelächter. Der Malteser hatte also Besuch von einer Frau oder vielleicht mehreren bekommen, wer immer es sein mochte. Hans-Pauli wollte nicht stören und zog sich kopfschüttelnd zurück.

## 13

Im April des Jahres 1894 trug sich nicht mehr und nicht weniger zu, als dass der Malteser im preislerschen Unternehmen wieder fest angestellt wurde, diesmal in der Transiederei auf Stangarnes. Der alte Transieder Oliver hatte schon lange gekränkelt und musste abgelöst werden, und da diese Tätigkeit alles andere als ein begehrtes Gewerbe ist und ein Nachfolger deshalb schwer zu finden war, ging man, obgleich zögerlich, auf den Vorschlag des Fischwarenprüfers ein, die Stelle Adda Geraldi zu geben, und der war wie immer bereit, jede anfallende Arbeit zu übernehmen.

Wie es schien, hatte der Malteser seine Krise überwunden. Doch gleichzeitig war mit ihm eine auffallende Veränderung geschehen, sowohl äußerlich als auch innerlich. Er hatte Bart und Haare wild wachsen lassen, und von seiner früheren Feierabend- und Sonntagsgockelei war nichts geblieben. Er trat nicht mehr mit Melone und Blume im Knopfloch auf und hatte den steifen Kragen mit einem rot karierten Halstuch ausgetauscht. Auch in Feliksens Tanzstube oder anderen öffentlichen Etablissements zeigte er sich nicht mehr und wurde überhaupt nur selten außerhalb seines Arbeitsplatzes und seiner Wohnung gesehen. Seine Aufgaben erfüllte er wie immer mit Sorgfalt, er reinigte Abflussrohre, dichtete lecke Stellen, wechselte gesprungene Scheiben aus, setzte Schaufeln, Schöpfgefäße und andere Geräte ordentlich instand, räumte ausgediente alte Tonnen und sonstiges Gerümpel weg und säuberte den Felsen rund um das Haus mit Schrubber und Wasser von Leberschlamm und anderem Unrat.

Auch wurde behauptet, dass er auf eigene Kosten an der Einrichtung der Transiederei gewisse Neuerungen vornahm, deren Nutzen nicht unmittelbar einleuchtend war. So soll er an der inneren Giebelwand eine bettähnliche Bank gezimmert und mit Segeltuch und Juteleinwand bekleidet haben – Dinge, die in einem Tranhaus kaum vonnöten sind und wohl auch für andere und weniger sachliche Zwecke vorgesehen waren.

Zur näheren Beleuchtung dieses und damit verwandter Umstände sei hier noch ein Zitat aus Buchhalter Davidsens Journal angeführt:

»Im Sommer und Herbst des Jahres 1894, ja bis zu dem verhängnisvollen 21. Dezember, als das Ganze ein so trauriges Ende nahm, entfaltete der Malteser eine Tätigkeit, deren unsittlichen und schändlichen Charakter näher zu beschreiben mir die

Scham verbietet und die seine ständig größer werdende und schließlich krankhaft entwickelte und an Besessenheit grenzende Neigung zur Weiblichkeit betraf. Man sollte wohl glauben, dass er mit seiner neuen, sowohl in äußerer wie innerer Hinsicht verwahrlosten und besudelten Gestalt kein akzeptabler Gegenstand zärtlichen Begehrens mehr war; doch umso mehr muss man bestaunen und beklagen, wie viel Leidenschaft ihm von verschiedener Seite entgegengebracht wurde. Bezüglich gemeiner, einfältiger Fischweiber oder der zu jener Zeit so zahlreichen und bedauerlich fruchtbaren Flittchen, von denen unsere Stadt befallen war, deren Anzahl jetzt aber, Gott sei Dank, beträchtlich im Abnehmen begriffen ist, kann man sich derlei Verhältnisse zur Not erklären; doch im Namen der Wahrheit muss man mit Verwunderung wie Beschämung konstatieren, dass es sich sogar nicht selten um Frauenzimmer handelte, von denen man angenommen hatte, dass sie anständigeren Kreisen angehörten.

Leider blieb die Aktivität des Maltesers nicht ohne schändliche Folgen, und es steht zu vermuten, dass er innerhalb der kurzen Zeitspanne, die er im Lande Færø verbrachte, Veranlassung dafür gab, dass mindestens elf Augenpaare erstmals das Tageslicht erblickten. Je tiefer dieser Mann im Schmutz seiner Würdelosigkeit versank, umso mehr, ja geradezu proportional dazu schien sich seine Macht über das Weibergeschlecht zu vergrößern, und dass die Rede von einer Art teuflischer Besessenheit war, kann deshalb durchaus nicht verwundern.

Ach, dieser Unglückliche hat seine Strafe denn auch erhalten, und man kann nur Gott anflehen, dass seine Seele nicht genauso verloren ging wie sein Leib.«

Was der Buchhalter mit Rücksicht auf den Anstand verschweigt, das malt die Volksüberlieferung in erschütternden Details aus, die jedoch nicht alle Glauben verdienen. Behauptungen, wonach die für allgemeine Sinne höchst unappetitliche Atmosphäre des Tranhauses bei bestimmten, dafür besonders disponierten Frauenzimmern erotische Impulse ausgelöst haben soll, lassen sich, wie schon oben bemerkt, kaum zurückweisen; doch was die Zahl der weiblichen Gäste im Haus des Maltesers, desgleichen die Häufigkeit ihrer Besuche betraf, so ist der bekannte Hang der Volksfantasie zur Übertreibung deutlich im Spiel. Derart große Leistungen hätten die Kraft des Maltesers schlicht überstiegen.

Dass die Exzesse, von denen hier die Rede ist, im Tranhaus und nicht im Feldwebelhaus, der Wohnung des Maltesers, stattfanden, hat eine höchst merkwürdige Erklärung: Dort hielt sich nämlich Angelica auf. Das junge Mädchen, zu diesem Zeitpunkt zweiundzwanzig Jahre alt, deren Eifersucht die ganze Misere des Maltesers eigentlich verursacht hatte, war als eine Art Haushälterin ins Feldwebelhaus gezogen und hielt für alle unerwünschten Besucher die Tür verschlossen. Ihre Leidenschaft für Adda Geraldi war vermutlich von solcher Art, die alle Lasten auf sich nimmt, selbst die vielfältigste Untreue. Sie hat sich in demütiger Hingabe damit begnügt, Haushaltshilfe und Schlafgenossin zu sein.

Nach dem Tod des Maltesers kam Angelica mit einem Zwillingspärchen nieder, einem Sohn und einer Tochter.

## 14

Das letzte Kapitel in der Saga des Maltesers ist in der Tat wenig erfreulich.

Wie schon erwähnt, verschwand Adda Geraldi plötzlich und unerwartet von jenem Schauplatz, auf dem er sich innerhalb von nur knapp zwei Jahren auf derart Aufsehen erregende Weise bemerkbar gemacht hatte, dass er sich in die Schar der lokalen Sagengestalten einreihte und noch lange nicht in Vergessenheit geraten wird.

Sein Hinscheiden und die damit verbundenen erschütternden Umstände sind in einen Nebelschleier gehüllt, den zu lüften weder Buchhalter Davidsen noch sonst jemandem gelang. Davidsen notiert jedoch mit üblicher Sorgfalt in seinem Journal, was man von den Ereignissen weiß.

»Als der Wächter Hans Agranda«, heißt es da, »zu dessen Obliegenheiten auch die Beaufsichtigung des völlig verrückten Frauenzimmers Mathæa Magnussen gehörte, am vierten Sonntag im Advent 1894 morgens gegen acht Uhr mit seiner Laterne an der unterhalb der Festung gelegenen Hütte vorbeikam, in der das verrückte Mädchen eingesperrt war, sah er zu seiner Bestürzung die Tür sperrangelweit offen, und als er mit bangen Ahnungen eintrat, fand er die unglückliche Bewohnerin entseelt auf dem Boden. Sogleich alarmierte er Samuel Anthoniusen, den Quartiermeister der Festung, der in Begleitung von zwei Jägern herbeieilte. Verschiedene Umstände deuteten darauf hin, dass es ein Handgemenge mit einem Einbrecher gegeben hatte. Die Männer der Festung bemerkten nun auch, dass sich am Eingang der Hütte eine Reihe von wegführenden Fußspuren im frisch gefallenen Schnee abzeichneten, der an mehreren Stellen mit Blut bespritzt war. Diese Spuren, denen sie eilig folgten, führten hinunter zum Strand, in die Nähe des Tranhauses. Hier, wo sonst die Jolle des Maltesers Adda Geraldi auf dem Ufer gelegen hatte, entdeckten sie auch die Spur eines zu Wasser gelassenen Bootes.

Der Quartiermeister rief nun die gesamte Mannschaft der Festung zusammen, und dann steuerten die beiden Boote *Dronning Louise* und *Politisten* voll bemannt hinaus in den finsteren Morgen. Der Schnee fiel jetzt so dicht, dass sich nicht einmal die Einfahrtslaternen erkennen ließen. An diesem Sonntagmorgen waren alle Leute auf den Beinen und scharten sich wartend auf den Landzungen Stangarnes und Tinganes. Als es dann hell wurde, kehrten die Boote zurück, das eine hatte die Jolle im Schlepp, doch sie war leer, und von dem Malteser gab es keine Spur, nur das Blut, das im Wasser des Kielbodens schwamm.

Doktor Fredericia, der zusammen mit dem Amtmann später die Leichenschau vornahm, stellte fest, dass das Mädchen Mathæa erwürgt worden war, offensichtlich nach einem heftigen Kampf. Ihre Hände und Fingernägel waren voller Blut.

Auf diese erbärmliche Weise«, schließt Davidsen seinen Bericht, »beendete der arme Malteser sein irdisches Leben. Gott sei seiner sündigen Seele gnädig und mildere sein Urteil am Jüngsten Tag.«

*(1957)*

*Kristian Osvald Viderø*

# Das erste Mal fern von der Heimat

Es war mein erster Schultag. – Bestimmt war es mir schwer gefallen, von zu Hause wegzugehen. Die Mutter begleitete mich bis über den Bach und erbat Jesu Beistand für mich, sonst aber ist dieser Weg vergessen wie so viele andere – nicht aber der Weg von der Schule zurück nach Hause, denn der war voll Blut. – Ich weiß noch, dass ich – nach Ende der Schulstunde – draußen auf dem Gang mit einem anderen Jungen in Streit geriet und einen Schlag ins Gesicht bekam, dass mir das Blut aus der Nase floss und Tränen aus den Augen liefen – Wer der Junge war, habe ich vergessen und auch, weshalb es zum Streit kam – –

Heute weiß ich, dass ich etwas hatte, was mich von den anderen Kindern unterschied; ich war nicht so wie sie. Kinder nehmen ja vieles wahr, was den Erwaxenen entgeht, so wie Hunde oder Stiere genau merken, wenn jemand Angst hat – und es nicht leiden können.

Ich erinnere mich dunkel, dass der Heimweg derselbe war wie der Weg vom Spielplatz nach Hause …

Die Schultage, die folgten, bestätigten das. Oft stand ich in der Tür und wartete darauf, mich dem Lehrer anschließen zu können; ich war ängstlich und gar nicht gerne draußen.

Ein Mann aus Skálavík war von Tvøroyri zurück ins Dorf gezogen. Es hatte geschneit und viele Buben spielten im Schnee zwischen den Häusern. Die beiden Söhne des Heimgekehrten waren auch dabei; sie waren etwas jünger als ich. Sie wollten mich ärgern und sagten, ich sei nicht ganz richtig im Kopf. Ich nahm das mehr als Spott und erzähle Viljam á Hamri, was die fremden Jungen gesagt haben; aber das war wie ein Schlag ins Gesicht – schlimmer als ein Hieb auf die Nase: Er gab ihnen nämlich recht – –

So vergingen die Jahre, und einer meiner letzten Schultage brach an – ein Herbsttag mit strahlendstem Sonnenschein – alle Boote waren draußen, und wer nicht auf See war, war in den Bergen bei den Schafen, um die Wolle einzubringen – –

Jógvan í Hanusarstovu und Pætur í Búð, zwei Hirten in Heiðarhagi, kamen mit der Herde in den von Steinwällen umfriedeten Pferch herunter, der oberhalb der Schule lag. Viele Schafe zogen Wollklumpen hinter sich her, die Jógvan und Pætur auflasen und sich unter die Pullover und in die Hosen stopften, sodass sie wie Wollsäcke aussahen. – Und die Lämmer sprangen umher, und die Mutterschafe blökten fürchterlich, ein seltsames Konzert war das – herunter vom Skálhøvdi, wo es viele Unterirdische gab, und alle Vögel schrien – und überall war der Ruf der Austernfischer zu hören. – Es war, als singe das ganze Dorf – diesseits und jenseits der Steinwälle, die es umschlossen – und menschliche Stimmen hallten dazu noch durch die stille Luft – alles ein einziger Akkhord.

Und das Meer lag ganz ruhig vor der felsigen Küste, und Forellen waren aus dem Stórá bis hinauf in den Tálgagilsá gekommen, und die Ebenen unterhalb der Häuser von í Lyðunum waren gelb von Dotterblumen, und in dem Rinnsal, das zwischen ihnen hindurchfloss, wuchsen Glockenblumen und auf den Wiesen nahe des Dorfes Tausendschön – –

Und dort auf der niedrigen Schwelle saß die alte Greta und rauchte ihre Tonpfeife. Senkrecht stieg der Rauch in die Luft, während sie dort saß und hinunter aufs Dorf schaute und über das silbrig glänzende Meer.

Und wie die Stimme des Allmächtigen vom Himmel herab erklang die Stimme von Jákup í Geil, der von der Stovubrekka herabrief: »Grindwale vor Miðvágur!«

Die Klasse saß wie auf Kohlen. Wir konnten einfach nicht

mehr stillsitzen. – Wir nahmen gerade die zwölf kleinen Propheten durch und sollten ihre Namen aufsagen.

Hosea, Joel, Amos – Obadja – weiter kam keiner. –

Adolf í Gøtuni hätte sie grad aufzählen können – doch er schwatzte zu viel und hatte so viel anderes zu sagen, dass auch er nicht weiterkam. – Bei ihm zu Hause hatten sie eine Bibel, und er hatte über den Oberpriester von Schilo gelesen, dass der Amos geraten habe, sich nach Hause zu scheren und sich besser um seine Schafe zu kümmern.

Da kam plötzlich Leben in Thorleivur í Heimaradali: »Ja, das war ein guter Rat; der Oberpriester von Schilo war ein kluger Mann. – Nein, bei dem Wetter sollte man nicht hier sitzen und die kleinen Propheten aufzählen – nein, ich gehe jetzt hinaus nach Norðastahagi – auf den Weiden geht die lose Wolle verloren –«

»Und Jonas«, sagt Eyvindur, »der ist zum Fischen hinausgefahren. Der Wal ist hinter ihm her und hat ihn verschluckt. – Ich finde, wir sollten fischen gehen – das ist doch kein Wetter, an Land zu bleiben.« – –

»Ich schlage vor, nach Süden auf die Húsavík-See zu fahren, nach Süden zum Skræpa-Fischgrund, wo die Lenge stehen«, sagt Kjartan, der hinter mir sitzt, »und ich muss mal« – er steht auf: »Kommt, wir gehen jetzt an den Strand –«

Und so zogen sie das Boot aus dem Schuppen und setzten sich an die Ruder, es krachte in allen Brettern – –

Doch Viljam sprang wieder zurück an Land: »Nein, ich geh lieber auf die Weiden Wolle auflesen, denn *färöische Wolle ist färöisches Gold*.«

Viljam hatte eine ganze Herde kleiner Holzschafe, die er selber geschnitzt und mit verschiedenen Farben angemalt hatte. Da gab es Mutterschafe mit Lämmern und Hammel – und auch ein Mutterschaf, das nicht lammen konnte – und Viljam rief den Lehrer zu Hilfe: »Es ist besser, Schaf und Lamm zu retten, als uns beizubringen, die kleinen Propheten aufzusagen – dann bringt was wir lernen dem Dorf einen Nutzen –«

Und meisterlich verstand er es, den Holztieren Sprache und Stimme zu geben, Mutterschafen wie Lämmern, und er hatte auch zwei Hunde, Mikkjal und Rappi, gleichfalls aus Holz, die er fleißig ausschickte – doch die Herde riss aus und rückte auf dem Fußboden zu den Mädchen hinüber, die damit beschäftigt waren, Kränze aus den Dotterblumen und Tausendschönchen zu winden, die sie in der Pause gepflückt hatten. Viljam schickte die beiden Hunde hinterher und schimpfte mit Mikkjal, der eine schiefe Pfote hatte: »Ja, ich weiß, ich tu dir unrecht, du kannst nicht gut laufen; du aber, Rappi, deine Beine sind in Ordnung, bring du mir diese Schafe wieder auf den rechten Weg –«

Doch wie er so auf allen vieren auf dem Fußboden herumkroch, kam der Lehrer hinter seinem Pult hervor, packte ihn bei den Haaren und führte ihn mit allen seinen Schafen auf den Gang hinaus, schloss die Tür, setzte sich wieder hinter sein Pult und hieß uns, das dänische Lesebuch hervorzunehmen und *Die Stopfnadel* von Hans Christian Andersen aufzuschlagen, im Glauben, das würde für Ruhe sorgen.

Viljam jedoch war ein Vielkünstler. Er konnte auf dem Kamm spielen und brachte wundervolle Töne hervor. Das war das erste Mal, dass ich die Ballahden von *Ormurin langi,* von Hjalmar und die *Jefta Vísa* hörte. – Er verstand, sich das Exil erträglich zu machen und mit Inhalt zu füllen. – Er war wirklich ein großer Künstler – –

Und unsereins las von der *Stopfnadel,* und Viljam konnte wieder ins Klassenzimmer zurück. Aber Ruhe wollte nicht einkehren. Die Jungen redeten die ganze Zeit über Schafe und die Grindwaljagd und über Vogelfang und Schafabtrieb – und hinter mir stand Kjartan von der Bank auf und sagte ernst, er rate wirklich, nach Süden zur Skræpa zu fahren, auf die Húsavík-See, und er wolle jetzt austreten – nach Süden zum alten Lenge-Fischgrund. –

Da ließ sich Eyvindur vernehmen: »Jaja, alte Wege soll man im Gedächtnis bewahren – doch möchte ich den ehrwürdigen Herrn Lehrer fragen: Wann bekommt die Schule einen Abort?«

»Hier fehlt es an Fortschritt«, verkündet Adolf, »eine Schule ohne Abort ist wie ein Holzschuh ohne Oberleder – wie Ábal á Sandi einmal sagte –«

So kam noch vieles zur Sprache. – Ich aber hatte an alldem keinen Anteil, ich saß auf meinem Platz und starrte schweigend vor mich hin – das Schicksal der *Stopfnadel* hielt mein Ohr und meinen Sinn gefangen – ich war ganz in Gedanken versunken – –

Eyvindur lacht mich aus: »Du bist mir so eine Stopfnadel – mit der man altes Zeug stopft und Füßlinge näht –«

Und Thorleivur haut in die gleiche Kerbe: »Ein Füßling bist du, gerade recht, wenn man im Seetang und auf schlüpfrigen Felsen am Wasser herumklettert. – Nein, geh lieber in Lederschuhen in die Berge, nach den Schafen sehn!«

Und Adolf erklärt: »Füßlinge anzuhaben ist praktisch, wenn man ins Boot springt – die Füße werden zwar nass, doch die Füßlinge trocknen wieder; sie sind ja aus dicker Wolle gestrickt – Füßlinge sind auch gut, wenn man sich plötzlich umdrehn muss –«

»Budenfüßling«, sagt Kjartan, »Anton nennt Klæmint í Búð Budenfüßling – das ist einer, der nur in seiner Stube hockt und nicht rausgeht, nicht auf Vogelfang und nicht nach Südisland zum Fischen –«

Und Viljam, der wieder draußen auf dem Gang gelandet ist mit all seinen Schafen, hat jetzt eine Ballahde angestimmt:

»Wohin hast du mein Vieh getrieben?, sagte Kall.
Just in deinen Acker hinein, sagte Svein Ungi.
Schande über dich und dein Treiben, sagte Kall.
Mich zu bitten keiner dich bat, sagte Svein Ungi.«

Und Viljam kam zurück ins Klassenzimmer. – Und der Schluss der *Stopfnadel* wurde gelesen. – Da sagte Viljam: »Man soll die Stopfnadel nicht gering achten. Ich erinnere mich an den Pullover und die Hose von Mikkjal, die nur noch aus gestopften Stellen bestanden. Der alte Stoff war ganz verschwunden, und das war der Stopfnadel zu verdanken – gewissermaßen die Auferstehung von den Toten –«

Und *Die Stopfnadel* ward zu Ende gelesen – wie sie fein sein wollte, aber in der Gosse endete – und doch immer wieder auf die Beine kam. Da spielten ein paar Knaben am Rinnstein. Sie sahen die Stopfnadel, hoben sie auf und steckten sie auf eine Eierschale, die den Rinnstein hinabgesegelt kam. Viel Fantasie hatte die Nadel; sie sah sich auf einem großen Schiff in die weite Welt hinaussegeln – und brüstete sich: Wenn man etwas ist, so wird man auch was. – Da rollte aber ein schwerer Wagen über den Rinnstein und genau über die Stelle, wo die Eierschale lag, und zerdrückte sie auf dem Stein, die Stopfnadel indes kam abermahls unversehrt davon; sie fiel nämlich in die Richtung, in die der Wagen fuhr – und brach nicht entzwei. – Doch sie blieb liegen – –

Janus á Heygnum, mein Altersgenosse und Banknachbar, hatte ruhig dagesessen, voll Verwunderung über die Stopfnadel – er wollte nämlich auch was werden, wollte auf einer Stufe stehen mit den Mølin- und Heimaradalur-Jungen, die feiner waren und ein Federmäppchen besaßen – und eine Schultasche – –

Ich versuchte ihn zu trösten: »Wart nur, eines Tages haben wir auch Federmäppchen und Tasche!«

Doch Janus war nicht zu trösten: »Bald sind wir mit der Schule fertig, es muss sich also schnell erfüllen; denn wenn wir erst einmal aus der Schule sind, brauchen wir kein Federmäppchen mehr, dann sind wir auf dem Weg nach Südisland – gleichsam in der Gosse – da rollen die großen Wogen über das Schiff hinweg, das wie eine Eierschale ist und entzweibricht. – Nein, ich will nicht enden wie die Stopfnadel, ich will nicht liegen bleiben, ich will aufstehen und in die weite Welt hinausfahren – ich will heiraten und mir ein Haus bauen mit einem richtigen Dachgeschoss – ich will kein Budenfüßling sein –«

Und der Lehrer gab auf – lange bevor die Stunde um war. Es war einfach kein »Schulwetter«, das wusste er und scheuchte die Kinder hinaus, schloss die Tür und fuhr zurück nach Heimaradalur, wo er seine Unterkunft hatte – –

Doch auch den Lehrer erfreuten das gute Wetter und das reiche Leben – das Dorf war wie ein Paradies. Die üppigen Wiesen um die Häuser herum waren gelb von Dotterblumen und den Küken der zwölf Gänse, und Lämmer sprangen umher, und um sie herum blökten die ängstlichen Mutterschafe und liefen ihnen immer nach – und auf allen Feldstücken grünte es, und die Sonne streute Silber aufs Meer – die reiche, freigebige Sonne – im Gegensatz zum tristen, schwarzsehenden Berg Skálhøvdi, der sich seiner Endlichkeit bewusst zu sein schien – es war, als bitte ihn die Sonne, nicht so traurig zu sein, eine ewige Zeit des Wachsens hebe an – die Auferstehung von den Toten – so tat die Sonne »Gottes Majestät« kund.

Und die Berghänge wurden grün, und die Vögel sangen, die Heringsmöwen wagten sich bis zu den Häusern herunter, und die Austernfischer spazierten auf der grasbewachsenen Rückseite der steinernen Wälle – und die Schafe blökten fürchterlich oben vor der Umfriedung, welche die saftigen Wiesen nahe des Dorfes vor ihnen schützte – –

Und das Zehnmannboot aus Húsavík kam zurück von Vágar, wo den Grindwalen die Flucht geglückt war, die Männer legten in Skálavík an und gaben die Nachricht weiter; prächtig war die stoltzige Ruderfahrt anzusehen, das aufgewühlte Wasser blinkte in der Sonne – Das Rudern zählte doch mehr als die entkommenen Wale – so wie das Leben mehr ist als die Summe seiner Teile – Also waren sie munteren Sinnes – –

Die Schuljungen waren in den Pferch gegangen, um liegen gebliebene Schafwolle aufzulesen, die sie im Bach wuschen, wo die Forellen im Sonnenlicht emporschnellten, und sie liefen hinunter bis nach Mølin und bekamen für die Wollklumpen Bonbongs vom Valdimann, und dann angelten sie kleine Blaufische und stritten miteinander – während die friedlich vor sich hin murmelnden Enten immer wieder ins reiche Meer tauchten und mit vollem Schnabel zurück an die Oberfläche kamen und sich das Wasser aus dem Gefieder schüttelten.

Unterhalb der Gerðisbrekka kam Havnar Dánjal daher; er war zu den Leuten auf Nýggubúðin unterhalb der Nónbrekka unterwegs, um ihnen beim Setzen der Kartoffeln zu helfen. Denn Bed-Hanus lag krank, und Dánjal Blindi war in Südisland – –

Die Mutter wunderte sich, dass ich schon aus der Schule kam. Über dem Alkoven hing Vaters Uhr; sie warf einen Blick darauf und rief dann aus: »Ist es nun wieder wie zu Lährer Pæturs Zeiten? Seid ihr Kinder denn wieder unartig gewesen? – Hast du etwas Schlimmes angestellt? So früh bist du noch nie aus der Schule gekommen. – Schlechtes Benehmen ist sonst nicht deine Art – der Grund wird sein – groß wird am Ende der Zeit der Ungehorsam sein – Kinder werden sich gegen ihre Eltern erheben – und die Menschen erheben sich gegen die Obrigkeit, und Könige und Kaiser werden gemordet, statt dass man für sie betet, wie es Gottes Wort gebietet –«

»Ja, meine liebe Billa«, pflichtet Havnar Dánjal ihr bei, »groß wird der Ungehorsam sein; keiner zeigt heute mehr Respekt vor grauen Haaren. – Als ich mit meinem Tragkorb an der Schule vorbeikam, waren alle Knaben draußen, und sie warfen Steine und Erdklumpen nach mir – ich glaubte meinen letzten Tag gekommen – bei diesem Himmelswetter! – Unwissend bin ich, doch das weiß ich: Die Zeiten sind schlecht – doch tue ich niemandem nichts, und tut mir niemand nichts, dann müsste ich doch Frieden finden. – Viel Hohn und Spott habe ich ertragen, seit ich mit sieben in dieses Dorf gekommen bin – die Leute aus Skálavík nahmen mich zusammen mit den Hochzeitsgetränken von Lávus mit in ihr Boot – gut aber waren die Tage beim alten Pætur á Trøð. – Gut ist es mir ergangen, denn der Alte im blauen Himmel droben war mir gut, das hat Fridrika í Lofti manchmalen zu mir gesagt – als ich in Húsavík diente –«

»Nein, der Komet bedeutete nicht das Ende«, sagt die Mutter seufzend, »aber er war eine Mahnung – furchtbar wird das Ende sein – keiner ehrt mehr den König, die Säule, die die Kirche trägt – nun reden sie schon darüber, seinen Thron umzustürzen – und die Färinger stimmen ein. – Ich erinnere mich, wie unser Vater selig sagte: ›Mit dem Thron des Königs fällt auch die Kirche – denn damit rütteln sie auch an Gottes Thron – doch dann ist das Ende da –‹

Ich war drüben in Skumputoft auf Besuch bei meiner Schwester, die gerade von Hestur gekommen war und viel Gutes über den Kirkjubøur-Bauern Jóhanes Patursson sagte. Doch da kam Fridrika í Lofti herein; sie sagte, Jóhanes Patursson sei der Antichrist, der mit den neuen Ideen aus Norwegen gekommen sei, um den König fortzujagen, ›aber ich wohne droben í Lofti, und den Alten droben im blauen Himmel vermögen sie nicht zu vertreiben; er lässt das nicht zu und schüttelt die ganze Erde, wirft alle die Ungläubigen von ihr ab – nicht aber den König –‹«

Malan und Marjun Unga schauen zur Tür herein, und die Mutter bittet sie auf eine Tasse. Und sie treten über die Schwelle, seufzend und schnaufend und nach Luft schnappend, mit wiegenden Hüften. – »Nein, jetzt, wo die Kartoffeln ausgebracht werden, dürfen wir nicht innehalten«, sagt Malan, »da ist für Pausen keine Zeit – aber sich bei einem warmen Schlückchen kurz auszuruhen, das tut schon gut – es wird sowieso nicht viel aus diesen Saatkartoffeln, so spät wie sie in die Erde kommen –«

»So etwas solltest du nicht sagen«, sagt Marjun Unga, »Gott ist das Saatkorn, das alles Waxtum speist; er vermag zu allen Jahreszeiten den Saatkartoffeln Kraft zum Waxen zu geben. – Der Strom des Lebens, der Billa Malenas Lebensbaum umgibt, ist himmlischen Ursprungs – das glaubte die Mutter selig, das hat sie so manches Mal gesagt. – Nein, deine Worte sind ein Vorzeichen für das Ende der Zeit, wo der Glaube auf Erden selten zu finden sein wird. – Aber Zeit und Stunde liegen in Gottes Hand. – Auf Nýggubúðin hatte die Essensschüssel ein Kreuz, und ein Kreuz wurde am Ende des Ackers geschlagen – das war die Quelle vom Waxtum; und da war auch kein Mangel an dicken Kartoffeln, und Steine gab es wenig – Gut war das Leben auf Gamla Hýtta –«

»Nein, meine liebe Billa, ich war bei der Beerdigung der guten Alten nicht dabei; aber ein schönes Begräbnis hat sie bekommen. Ich musste meine Kartoffeln häufeln und meine kleinen Blaufische, die Köhler und Rotdorsche auf die Trockenstangen hängen. Wer sein Haus nicht bestellt, ist schlimmer als ein Heide, sagt die Heilige Schrift. Der Alte á Heygnum spottet, er sagt, dass im Hólkatún die Würmer singen – doch heute, bei diesem gesegneten Wetter, war es wirklich, als ob es im Hólkatún singe – ich folgte der Alten im Geiste – das Göttliche ist allgegenwärtig – ich spürte es im Haus von Fridrika í Lofti. – Ich erinnere mich, wie sie sagte: Hier drin ist es vor Rauch nicht auszuhalten – doch in der Rauchstube des Allmächtigen ist der Rauch von anderer Art: Der Allmächtige wohnt ja droben im blauen Himmel – dort ist es besser – dort werden wir nicht dasitzen und husten –«

»Dort ist an Wohnungen kein Mangel«, sagt Marjun Unga, »das fühlte ich heute bei diesem gesegneten Wetter, ich öffnete nur das kleine Fenster und schaute nach Norden Richtung Glyvursnes, und mir war, als sähe ich meinen mittleren Bruder dort auf dem Meer liegen; das Meer muss doch alle, die in ihm liegen, wieder hergeben. Ein Tag wird kommen – mit Gesang. – Unsere Mutter selig konnte noch alle Kirchenlieder auswendig und Brochmands ganze Hauspostille –«

»An jenem einen Tag wird all unser Können wenig zählen«, wirft die Mutter ein, »alles hängt an der Gnade des Herrn, sie richtet alle Dinge –«

»Doch was wissen die jungen Leute heute noch?«, sagt Havnar Dánjal. »Was wissen sie vom Tausend-Lieder-Buch und Brochmands Predigten? Nein, ich weiß auch nicht viel, aber das weiß ich: Es ist nicht der Kirkjubøur-Bauer, der das Fundament der Kirche erschüttert, es ist die Schule, die die Kinder verrückt macht – Pastor Evensen sagt, dass die Kinder aus den Dörfern im Osten gescheiter sind als die Kinder hier mit ihrer Schule. – Hätten sie das ganze Geld für die Schule den Leuten im Dorf gegeben, was hätte uns das auf die Trockenstangen gebracht! Eine schreckliche Verschwendung. – Und diese unchristliche Verschwendung hat Poul Jóhanes' Lisabeth bezeugt, als sie unter der Lampe stand und in dem neuen Lesebuch von Evensen las – Janus á Flataleiti hatte es aus Tórshavn mitgebracht –, und sie entsetzte sich über das, was sie da las, und rief zum Bauern, der schon zu Bett gegangen war: ›Höre, Poul Jóhanes – schläfst du oder bist du wach? – Hier ist ein Buch ins Haus gekommen vom Pastor selbst, dem Gottesmann Evensen – in dem steht auf der ersten Seite: Bö und ba und bä und be und bu – weist das etwa den Weg ins Reich des Herrn? Heißt das nicht eher, Gott zu spotten? Nun wackelt auch die Kirche – der Jüngstetag steht bevor – nun setzt sich der Berg in Bewegung –‹«

Und dann gehen alle drei weiter über die Heiðaratrøð bis unterhalb der Nónbrekka und bringen die Saatkartoffeln in die Erde und schlagen das Kreuz am Ende des Ackers – –

In der Nachtmitte, als alle Vögel einen Augenblick schwiegen, kehrten sie nach Hause zurück – und da sahen sie Billa Malenas »Lebensbaum« in der Mitte des Stromes, der unter der Schwelle des Himmelsthempels entspringt – –

Wie Marjun Unga sagt: »Es bringt kein Glück, der Kirche das Fundament zu nehmen. Ich weiß noch, als Dánjal í Skála den Stuhl wegzog, auf dem Billa Malena gesessen hatte: Sie knallte auf den Boden und wär beinah gestorben.«

*(Publ. 1991)*

*Eilif Mortansson*

# Der fliegende Glöckner

Efraim flog lange vor dem dänischen Flugpionier Ellehammer und vor den amerikanischen Brüdern Wright. Er war Glöckner, aber kein guter. Man hat bessere Glöckner in der Stadt erlebt, vorher wie nachher. Ein erstklassiger Glöckner muss ja vor allem Langmut besitzen, und eine solche Tugend war Efraim beim besten Willen nicht nachzusagen. Einem Wechselstrom gleich lief seine Rastlosigkeit durch das Glockenseil bis in den Klöppel, und seinem Geläut war deutlich anzuhören, dass er von Natur unausgeglichen war und dass sich seine Gedanken nicht auf die zu erfüllende Pflicht konzentrierten, sondern durch die Schalllöcher hinaus in das blaue, unendliche und wunderbare Universum flogen. Das fiel besonders bei Beerdigungen auf, wenn seine Schläge zu schnell aufeinander folgten, als käme es ihm nur darauf an, alles rasch hinter sich zu bringen. Und zu Hochzeiten läutete er so ungestüm und unpoetisch, wie es von einem eingefleischten Weiberfeind zu erwarten war. Ganz ohne Zweifel war er ein schlechter Glöckner und wurde auch vorzeitig aus dem Amt entlassen. Der Grund dafür war jedoch nicht fehlendes Geschick – im Laufe der Zeit hatte man sich an sein seltsames Läuten gewöhnt –, nein, die Entlassung war eine direkte Folge seiner wahnsinnigen Fliegerei. Aus Sicht des Gemeindekirchenrats machte er sich nämlich einer im allerhöchsten Grade gotteslästerlichen Handlung schuldig, indem er sich den Himmelsraum unterwerfen und, wie der Küster kichernd versicherte, Engel spielen wollte. Küster wie Pastor hatten ihn schließlich vorher gewarnt, obwohl Letzterer ihn nach seinem Flug zwar als verrückt bezeichnete, jedoch eigentlich mutig meinte und ihn im Stillen bewunderte. Mut gehörte gewiss dazu, um sich aus fünfzig Meter Höhe in die Tiefe zu stürzen, und das war dann auch die allgemeine öffentliche Meinung. Natürlich war Efraim verrückt, doch wenn man den Begriff Mut analysiert, findet man darin einen großen Prozentsatz Irrsinn, was zumindest die Psychologen wissen. Und als der Schock überwunden, das Gelächter abgeebbt war und das Nachdenken begann, sah man Efraim zwar nicht gerade als einen Helden, aber doch als einen verdienstvollen Wagehals an. Vor allem die Jungen rühmten ihn, und wenn sie ihn anschauten, leuchtete in ihrem Blick der Glanz jener Medaille, die ihm eine kleinliche, verständnislose Zeit vorenthielt.

Efraim war ein kleiner, grimmiger Mann, in jeder Hinsicht sich selbst genug, merkwürdig geistreich und aristokratisch-reserviert. Wenn er in seinem alten, schimmlig-grünen Gehrock zur Kirche ging und den Stock mit dem silbernen Knauf schwenkte, den ihm der Pastor zu seinem Fünfundzwanzig-Jahr-Dienstjubiläum geschenkt hatte, glich er einem abgedankten Elegant. Er trug weder Mantel noch Hut, doch sein Haar wuchs so üppig, als würde es regelmäßig von den fleißig kleckernden Vögeln gedüngt, und diese riesige graue Mähne, dieser Heuhaufen, war bestens geeignet, sein fein geformtes Denkerhaupt gegen alle Unbilden der Witterung zu schützen. Auf seinem Nasenrücken wippte ein goldener Kneifer, der gleichsam als i-Tüpfelchen den vornehmen, gelehrten Eindruck vollendete. Wie schon gesagt, war Efraim klein und außerdem schmächtig, doch es war nicht zu übersehen, dass starke Kräfte in ihm rumorten. Das merkte man an seinen heftigen, schnellen Bewegungen, an der Art, wie er den Kopf drehte, an der festen Entschlossenheit seines Mundes, dem scharfen, fernen Blick, der hellwach war wie der eines Habichts, und an seiner bellenden Stimme. Wagte ihm jemand zu nahe zu kommen, konnte er in einem salzsäuredampfenden

Strom von Spott und Hohn explodieren, den er stets mit einem bissig-abfälligen »Philisterhaftes Lumpenpack!« beschloss.

Er war äußerst empfindlich, stets auf der Hut, kläffte, sobald man ihn nur ansah, doch warum er so menschenfeindlich war, wusste man nicht. Es gab aber gar nicht wenige Beispiele dafür, dass er Kinder mochte, vor allem Jungen, und *deren* Ungezogenheiten vollkommen überhörte. Darüber wurde viel geredet und dies und jenes vermutet. Er soll in jungen Jahren in Kopenhagen studiert haben, wurde dann aber aus irgendeinem Grund der Universität verwiesen. Wegen ketzerischer Neigungen, sagten einige, wegen Trunksucht, sagten andere, und dieses Gerücht hielt sich länger. Eine dritte Gruppe war der festen Überzeugung, dass unglückliche Liebe ihn so verbittert hatte, und es war ja auch offensichtlich, dass er alles Weibliche hasste.

Efraim war einzig und allein deshalb Glöckner geworden, weil sich damals kein anderer zur Übernahme eines Amtes hatte überreden lassen, das nur mit zufälligem Opfergeld entlohnt wurde. Dass er es trotz seiner allgemein bekannten atheistischen Einstellung annahm, war schon etwas seltsam und wurde erst *nach* besagtem Flug besser verständlich. Vermutlich hatte die Arbeit hoch oben im Turm auf seine Fluggrillen verlockend und stimulierend gewirkt.

Efraim bewohnte allein ein Häuschen mit einem dazugehörenden Stück Land, auf dem er Gemüse zog. Mit seinem kleinen Boot ruderte er in den Fjord zum Fischen, außerdem war er ein fleißiger Jäger und erlegte während des ganzen Jahres eine Menge Vogelwild. Er soll ein ganz fantastischer Schütze gewesen sein und auch geschickt im Ausstopfen von Vögeln. Die Zimmer waren voll von seinen Trophäen, und als Meisterstück hatte er einen Steinadler aufgehängt. Den konnte man von der Straße aus sehen, und *nach dem Flug* war es dann sonnenklar, dass dieser Steinadler ihn inspiriert hatte. Man erinnerte sich auch, dass er zu einer bestimmten Zeit immer wieder Experimente mit Drachen angestellt hatte, und nach Aussage der Jungen, die ihm zur

Hand gegangen waren, soll einer sogar so groß gewesen sein, dass er den Glöckner tragen konnte. Dieser Drachen bestand aus einem schweren Eichenholzkreuz, das mit grobem Segeltuch bespannt war. Befestigt an einem soliden Tau aus Manilahanf, das rund ein Dutzend Burschen festhielten, wurde er bei einem heftigen Sturm in die Luft geschickt, während Efraim seinen Schwanz ergriff und sich daran emporziehen ließ. Das war für den Drachen kein Problem, und als sich die Helfer hinterher vorstellten, in welcher Höhe der Glöckner gewesen war, erschauerten sie. Er hatte ihnen als Schweigegeld eine Krone gegeben, und das war damals viel Geld. Übrigens stimmte es wohl, dass Efraim dank irgendeines Erbes ein wohlhabender Mann war. Jedenfalls kaufte er viele Bücher, und man sah in seinen Fenstern bis tief in die Nacht hinein Licht. Dafür brauchte er eine Menge Petroleum, und das war teuer. Alles in allem war er der Gemeinschaft also ein großes Rätsel, wie es viele hervorragende Männer auch heute noch sind. Und nicht selten überraschen sie ihre konforme Mitwelt plötzlich mit etwas ganz und gar Unerwartetem.

*Und Efraim, der flog.*

Wann es den Leuten zum ersten Mal dämmerte, dass er etwas derart Verrücktes vorhatte, ist schwer zu sagen. Einige hatten zwar seine Gewohnheit bemerkt, fortwährend stehen zu bleiben und hinauf zu den Möwen zu schauen, maßen dieser Beobachtung jedoch erst später Gewicht bei. Dass ein Glöckner den Blick hin und wieder gen Himmel wandte, war ja keineswegs unnatürlich. Seltsamer und verdächtiger wirkte es schon, dass er einmal in der Weihnachtszeit reihum zu den Leuten ging und ihnen in seiner schroffen Art Gänsefedern abkaufen wollte. Wozu wollte er die benutzen? Und wieso war er ganz besonders an Schwungfedern interessiert? Von Zeit zu Zeit ließ er auch dunkle Äußerungen fallen, die hinterher unschwer zu deuten waren. Doch erst als Kaufmann Folmers rothaariger Laufbursche eines Tages mit rollenden Augen erzählte, er habe beim Warenaustragen Efraim in einem merkwürdigen Federkleid überrascht, nahm das Gerücht festere Formen an und wuchs dann so gewaltig, dass sich der Pastor auf Veranlassung des Gemeindekirchenrats schließlich verpflichtet sah, den Glöckner ganz direkt zu fragen, ob dies etwas auf sich habe oder nur eine Ente sei.

»Ja, ich will fliegen«, antwortete Efraim kurz, »ich will beweisen, dass sich das machen lässt. Ich glaube daran. Ich will mich von der Erde erheben und zu den Sternen fliegen. Nichts ist unmöglich für den, der glaubt.«

»Nein«, sagte der Pastor, der sich nur mühsam das Lachen verbiss, »hm, nein, das ist wohl wahr, doch nach meiner Ansicht und der mehrerer anderer schickt es sich nicht für einen Mann in Ihrer privilegierten Stellung, derart, wenn ich so sagen darf, flatterhaften Gedanken nachzuhängen. Es ist wohl Gottes Wille, dass wir Menschen uns an unser eigenes Element halten sollen.«

»Wir sind keine Fische«, entgegnete Efraim, »und doch können wir schwimmen. Ich bin kein Vogel, aber ich werde zeigen, dass ich fliegen kann. Wir müssen danach streben, unsere Möglichkeiten zu übersteigen. Das sollte das elfte Gebot sein.«

Alles Reden des Pastors war vergeblich, und dem Küster, der es nach ihm versuchte, erging es noch schlimmer. Efraim, der ihn nicht ausstehen konnte, las ihm die Leviten und nannte ihn einen an der Erde klebenden Wurm. So erlitten die kirchlichen Autoritäten eine Niederlage, und die weltlichen in der großen, bedrohlichen Gestalt des Gemeindevorstehers waren genauso erfolglos. Efraim schleuderte ihm abschließend seinen unumstößlichen Entschluss direkt ins Gesicht: »Wenn das Wetter günstig dafür ist, fliege ich am 12. März, Punkt 8 Uhr morgens.«

Und zum Glück gab es keinen Gesetzesparagrafen, der ihm das verbieten konnte.

Zum angegebenen Tag und Zeitpunkt, an dem der Flug stattfinden sollte, hatte sich eine große Menschenmenge eingefunden.

Es war noch dunkel und windstill, Regen lag in der Luft, die Mücken flogen tief. Das Ereignis spielte sich an einem Bergsee ab, aus dem sich senkrecht ein Felsen erhob. Efraim hatte den Ort selbst bekannt gegeben, und wahrscheinlich war er seiner mangelnden Nächstenliebe zum Trotz durchaus an Zeugen seines Triumphs interessiert – der Gedanke, über das philisterhafte Lumpenpack zu frohlocken, wird ihm kaum unangenehm gewesen sein. Die Stimmung war gut und erwartungsvoll wie vor einem Fußballspiel, ja geradezu atemlos. Es war kurz vor 8 Uhr, die Minuten schleppten sich träge dahin. Doch plötzlich geriet die Menge in Bewegung. Auf dem Felsen stand ein riesiger Vogel mit Menschengesicht. Jetzt spannte er die gewaltigen Flügel aus und bereitete sich zum Abheben vor.

»Oh, barmherziger Gott«, rief eine alte Frau, »der ist ja wahnsinnig. Das ist ein Alb, ein böser Traum. Nein, das darf nicht geschehen.«

Dann fiel sie in Ohnmacht, aber niemand hatte Zeit, sich um sie zu kümmern. Alle starrten entsetzt empor zu Efraim, der jetzt abflugbereit am Rand des Abgrunds stand, ohne dass jemand den Versuch unternahm, ihn an seinem Vorhaben zu hindern. Wenn sich ein Mann auf solche Art umbringen wollte, dann sollte ihm das auch erlaubt sein. Man lebte schließlich in einer der demokratischsten Gesellschaften der Welt. Aber unheimlich war es doch. Das erwartete große homerische Gelächter blieb ganz und gar aus, und vielen kam es seltsam blasphemisch vor, als plötzlich ein Spaßvogel Mut fasste und schrie: »Grüß den heiligen Petrus, Efraim!«

»Er sieht aus wie eine Kreuzung aus Papageitaucher und Gans«, sagte ein anderer, doch auch diese Bemerkung fiel auf unfruchtbaren Boden. Eine Möwe schwebte über den Vogelmann hinweg, um ihn gleichsam in Augenschein zu nehmen, und im selben Moment erhob sich dieser auf die Zehenspitzen und sprang los. Mit einem heiseren Schrei flog er hinaus in die Luft. Mehrere Leute wurden ohnmächtig.

»Guck mal, Papa, jetzt fliegt der Glöckner«, jubelte ein Junge.

Aber das war doch etwas übertrieben. Der Mechanismus der Flügel klemmte, aus welchem Grund auch immer, und Efraim konnte sie nicht bewegen. Vermutlich schlugen seine Berechnungen fehl, was selbst den besten Konstrukteuren unserer Tage manchmal passiert. Jetzt, wo es wirklich drauf ankam, schien nichts zu funktionieren. Ein Glück im Unglück war, dass die Flügel in ihrer waagrecht ausgespannten Stellung blieben, sodass Efraim einen Gleitflug unternahm, der die Fallgeschwindigkeit bremste. Er traf die Oberfläche des Sees in einem flachen Winkel und flog wie ein Stein, der über das Wasser hüpft, noch dreimal in die Luft, bis er wie angeschossen liegen blieb. Da waren noch mehr Leute in Ohnmacht gefallen, darunter der Küster. Für ein paar Sekunden wurde es in der Menschenmenge totenstill, dann eilte man dem Unglücksvogel zu Hilfe und zog ihn an Land. Efraim war bewusstlos und wurde ins Krankenhaus gebracht, wo man außer einer Gehirnerschütterung auch noch Knochenbrüche an Armen und Beinen feststellte. Sein Zustand war jedoch nicht Besorgnis erregend, und an seinem Überleben bestand kein Zweifel. Doch als er nach ein paar Tagen erwachte, sagte der Oberarzt zu ihm, dass dies ein großes Mirakel, ein wahres Wunder Gottes sei.

»Was für ein Bauchklatscher! So etwas habe ich noch nicht erlebt«, sagte der Arzt und zwinkerte der Krankenschwester vergnügt zu, »so glimpflich kommst du nicht noch mal davon.«

Soweit bekannt, flog Efraim niemals wieder. Sein rechter Arm blieb steif, er war gestutzt. Nach seiner schmachvollen Entlassung aus dem Glöcknerdienst verbrachte er den Rest seiner Tage damit, ein Perpetuum mobile zu konstruieren, was ja auch eine würdige Aufgabe für ihn war.

Efraim ist nun schon lange tot, übrigens starb er bettelarm, und mehr gibt es nicht von ihm zu erzählen. Doch wie mein Gewährsmann, der alte Postbote Isak, am Ende sagte:

»Tja, er ist wohl nicht so direkt geflogen, nee, aber ich finde es doch nicht ganz verkehrt, wenn man ihn als einen *Pionier* bezeichnet.«

*(1968)*

*Heðin Brú*

# Purkhús

Zu Hause im Dorf sitzen die Leute aus Kunoy und sprechen über das Schafsterben, das geherrscht hat. Es gehe nicht an, das Land ohne Schafe zu lassen, meinen sie, am besten, wir gewöhnen ein paar Jungschafe von anderen Weidegründen dort ein und ziehen uns so wieder »Dalur-Schafe« heran.

Nach dem Zusammentreiben der Schafe im Herbst gehen sie nach Norden hinauf ins Tal, ins Dalur, und bauen eine Hütte, die gerade zwei Männern Platz bietet, und einen Pferch, in dem sie, wenn es nötig ist, die Schafe halten können. Sie bringen außerdem einigen Hausrat zur Hütte, sodass man dort kochen und schlafen, etwas heizen und Licht machen kann.

Die beiden jungen Männer, die die Schafe an den Ort gewöhnen sollen, sind Árant, der Sohn des Árnastova-Bauern, und Bastian, der von einer anderen Insel stammt und vor ein paar Jahren ins Dorf kam, um hier als Knecht zu arbeiten. Über sein früheres Leben wusste keiner am Ort etwas. – Ein ruhiger Mann, schweigsam und geachtet.

Die Männer aus dem Dorf helfen ihnen, die Schafe nach Norden zu bringen. Und während sie mit der Herde unterwegs sind, wird über vieles gesprochen, wie immer bei solcher Gelegenheit:

»Lasst euch bloß nicht von den Trollen holen, Jungs«, sagt der Uppistova-Bauer laut, »in der Gegend da oben soll es von denen nur so wimmeln.«

Dann folgen Geschichten von Männern, denen die Unterirdischen übel mitgespielt haben.

»An diesen Geschichten ist schon etwas dran«, sagt einer von Norðbøur, »ich erinnere mich, wie ich einmal da oben im Norden war …« Und dann folgt ein endloser Bericht davon, was ihm widerfahren ist und nicht mit rechten Dingen zugegangen sein kann.

Wohl ist das im Spaß dahergesagt; aber trotzdem … im Grunde glauben sie es doch auch halbwegs.

Árant lacht und erwidert ebenso scherzhaft: »Wir haben Hunde – und Messer. Wenn ein Troll kommt, lassen wir die Hunde los – oder stechen zu.«

Bastian schweigt und blickt beiseite, als er Árant so leichtfertig reden hört.

Die Helfer gehen zurück ins Dorf, und die beiden jungen Männer, die die Schafe an den Ort gewöhnen sollen, bleiben allein zurück. Sie steigen auf eine Erhebung und setzen sich hin, weiter unten im Tal weiden die jungen Mutterschafe. Jeder hat seinen Hund zwischen den Knien, und sie mustern die ihnen anvertrauten Schafe – beobachten jedes einzelne genau, um es später wiedererkennen zu können.

Es ist kühl, das Wetter ist gut. Herbstblauer Himmel. Schwellende Wolken ziehen träge vorüber, streifen mitunter den Scheitel des Kúvingafjall, dessen gewaltiger Leib sich himmelhoch über dem Tal erhebt, sodass sie den Kopf ganz in den Nacken legen müssen, wenn sie hinaufsehen wollen. Es kommt ihnen vor, als neige sich der verletzte Berg mit seinen zermalmten Gesteinsmassen, der dunklen Front, den hammerförmigen Felsen und Höhlen, Vorsprüngen und Höhenrücken über das Tal wie ein kenterndes Schiff. Felsstürze haben schon vieles mit sich gerissen, Steinlawinen sind donnernd in die Tiefe abgegangen. Jetzt sind die Steine mit Gras überwachsen und von Flechten überzogen und liegen da wie ein Regiment eigensinniger Felsbrocken, das getarnt und wortkarg hier draußen lebt.

Zunächst haben die beiden jungen Männer so viel zu tun,

dass die Tage schnell vergehen; dann aber, nachdem sie die Schafe an einer Stelle zusammengetrieben haben und mit dem Bau von Windschutzzäunen und Entwässerungsgräben fertig sind, wird ihnen die Zeit länger. Sie reden auch immer weniger miteinander, nicht weil sie sich gestritten haben, sondern weil alles schon gesagt ist; es ist, als wüssten sie nicht mehr.

Und als der Mann von Norðbøur eines Tages zu Besuch ist, sprechen sie mit ihm darüber, dass die Schafe sich nun an die neue Weide gewöhnt haben und es daher wohl nicht nötig sei, dass sie länger hier blieben. Doch der lacht nur und meint, dass gerade einmal der erste Schritt getan sei, denn »wenn sich das Wetter ändert und das Jahr weiter fortschreitet, bekommen sie sogleich wieder Lust herumzustreunen; nein, das hier wird den ganzen Winter über eure Beschäftigung sein …«

Seither ist einige Zeit vergangen. Eines Tages sitzen sie an einem Windschutzzaun und haben lange geschwiegen, da springt Árant plötzlich auf, läuft hin und her, späht umher und ist ganz erregt.

»Was siehst du?«, fragt Bastian.

»Nichts, rein gar nichts sehe ich, ich habe auch keine Lust mehr, irgendwas anzusehen, habe alles hier schon so ausgiebig angestarrt, dass ich nichts mehr sehe. Und diese blödsinnigen Jungschafe, die überhaupt nicht mehr umherstreifen. Nein, es ist nicht mehr zum Aushalten hier, ich verliere noch den Verstand.« Und dann führt er sich auf wie verrückt, schreit, tobt herum und geht auf Bastian los, sodass dieser sich wehren muss. Da ringen sie miteinander, bis beide völlig erschöpft sind, dann lassen sie sich rücklings auf den Boden fallen und lachen.

Mittlerweile ist die Dämmerung hereingebrochen, und sie treiben die Schafe in den Pferch, verschließen ihn und gehen in die Hütte, legen Torfstücke auf die Feuerstelle und machen sich etwas zum Abendessen.

Als sie gegessen haben, spielen sie eine Weile »Fuchs und Gans«, dann aber verlieren sie die Lust. Schlafen gehen? Nein, inzwischen sind die Nächte so lang, dass sie nicht die ganze Zeit schlafen können. Bücher gibt es keine, und schreiben können sie nicht. Geschichten erzählen? Das haben sie abwechselnd schon getan, nun wissen sie keine mehr. Also sitzen sie einfach stumm da, jeder auf der Kante seines Bettes.

Die beiden Hunde liegen auf dem Boden und schlafen. Das Feuer brennt hell, so ist es nicht ganz dunkel. Da noch immer das gleiche gute Wetter herrscht, ist in der Hütte kein Windhauch zu hören. Alles ist totenstill.

Da springen die Hunde auf einmal auf und horchen, schnüffeln, winseln leise und laufen zur Tür, stellen die Ohren auf und lauschen.

»Was hören sie wohl?«, murmelt Bastian vor sich hin.

»Trolle vielleicht«, antwortet Árant.

»Sprich nicht immer so lästerlich, Árant«, warnt Bastian, »du ziehst alles Böse auf uns.« Ihm ist unbehaglich zumute.

»Es ist doch nur ein süßer kleiner Troll, der uns besuchen kommt – oder zwei Huldenmädchen, für jeden von uns eine. Da würdest du doch nicht Nein sagen, was? Ich rufe mal in die Nacht hinaus, vielleicht kommen sie dann.«

Betroffen erwidert Bastian: »Du, Árant, hör auf, damit zu spaßen, so redet kein anständiger Mann.«

»Hast du etwa Angst?«, fragt Árant.

»Wer Angst hat und wer nicht, das sei dahingestellt; aber wer den Mund am weitesten aufreißt, ist selten der Mutigste, wenn es darauf ankommt. Solche Reden behagen mir einfach nicht, und ich finde es unheimlich mit dir hier draußen in der Wildnis, wenn du so daherredest.«

Da springen die Hunde zur Tür und bellen. Draußen ist ein lautes Krachen zu hören. Árant sagt nichts, sondern geht hinaus, macht die Tür hinter sich zu und ist eine ganze Weile fort, dann kommt er wieder herein und setzt sich aufs Bett.

»Was war das für ein Geräusch?«, fragt Bastian.

»Eine Steinlawine.«

»Hast du sie gesehen?«

»Nein, aber gehört; zuerst einige Felsbrocken in großen Sätzen, dann das Rasseln von Geröll zwischen den Felsblöcken.«

»Siehst du! Du sagst zwar, dass hier draußen nichts passiert, dass es hier nichts zu sehen gibt. Ich will dir aber sagen, hier geschehen große Dinge, hier walten Kräfte, die den Menschen Achtung und Furcht einflößen, hier rührt sich verborgenes Leben, das uns oftmals überlegen ist.«

»Ist es denn so ein besonderes Ereignis, wenn ein Steinschlag abgeht?«, fragt Árant verwundert.

»Ja, es ist die Urkraft, die sich bemerkbar macht. Von klein auf haben wir uns zu den Bergen hingezogen gefühlt und Ehrfurcht vor ihnen empfunden. Als wir groß genug waren, sind wir hinaufgestolpert, um in ihnen herumzuklettern. Sie waren unser fester, unerschütterlicher Bezugspunkt. Und dann stehen wir eines Tages unterhalb der Felswände und sehen eine Staubwolke aus den Felsen aufsteigen, und eine Steinlawine geht nieder, vielleicht zertrümmert sie gerade jene Steine, auf denen wir uns immer ausgeruht haben, jenen mit Flechten überwachsenen Stein, in den wir unseren Namen schnitten, jene mit Gras bedeckte Mulde, in der wir uns sonnten. Dann stehen wir überwältigt da, vergessen alles um uns herum. Das Denken hält inne, der Berg tut sich auf, und wir sehen die Bergriesen darin sitzen und ihre mächtigen Runen ritzen. Dann werden die Berge für uns zu einem Ort, den übernatürliche Wesen bewohnen, die miteinander Rat halten und wo nichts zufällig und ohne Grund geschieht.«

Mit einem langen Gähnen meint Árant da: »Ach Bastian, Bastian, was du so redest.« Dann geht er zu Bett.

An jenem Abend wird kein weiteres Wort gesprochen.

Als sie in der Morgendämmerung des nächsten Tages die Schafe in den Pferch treiben, reden sie darüber, dass wohl ein Unwetter im Anzug sei, die Tiere verhielten sich anders als sonst, und dann dieser Himmel …

Als sie die schmale Öffnung des Pferches verschlossen haben

und an der Einfriedung stehen, um zu sehen, ob alle Tiere da sind, erschrickt Árant:

»Verflucht, das Schwarzbeinige ist nicht da! Wann kann es bloß entwischt sein?«

Also hinaus auf die Suche. Gemeinsam gehen sie das Tal hinunter, etwas über den üblichen Weidegrund der Schafe hinaus, dann läuft jeder unterhalb der Felswände wieder zurück.

Es herrscht Totenstille, der Himmel ist bedeckt, die Luft drückend. Es hat bereits wieder zu dämmern begonnen.

Bastian geht auf der nördlichen Seite des Tales, mit zügigen Schritten, um den letzten Rest Tageslicht auszunutzen. Alles macht ihn heute Abend beklommen, die Hügel und Grashöcker scheinen sich in die Höhe zu recken, wirken hellwach, als lauschten sie. Das ganze Tal verharrt in angespannter Erwartung. Der Hund läuft dicht hinter ihm. Er spitzt die Ohren, blickt lebhaft um sich. Bastian zieht den Pullover aus und bindet ihn sich um die Schultern, er geht schneller, fasst mit beiden Händen den Stock, schaut suchend in alle Richtungen, doch von einem Schaf keine Spur. Auch von Árant auf der Südseite ist nichts zu sehen. Ein Hase springt hinter einem Stein hervor, saust wie ein weißes Wollbüschel vorüber. Der Hund kläfft kurz, doch er läuft ihm nicht nach. Bastian fährt zusammen, sein Kopf fühlt sich eisig an, und kalter Schweiß bricht ihm aus. Auf einmal hört er, wie laut die Stockspitze auf dem Felsboden klingt, er hebt den Stock in die Höhe, beschleunigt seinen Schritt, spürt, wie tausend Augen auf ihn gerichtet sind, Felsbrocken strecken ihre schrundigen Hände nach ihm aus, Tote stapfen hinter ihm her. Bastian stöhnt auf, er läuft um sein Leben.

Da treffen die beiden Männer wieder zusammen.

»Ich habe kein Schaf gesehen«, sagt Árant ruhig.

»Ich auch nicht«, flüstert Bastian halb erstickt, lässt sich auf einen Stein sinken und atmet schwer.

»Was ist denn passiert?«, fragt Árant erstaunt, »du scheinst ja ganz abgekämpft zu sein?«

»Ich wollte mich nur beeilen, bevor es Nacht wird. Um nach dem Schaf zu suchen, ist es jetzt schon zu dunkel.«

»Dann habe ich mich wohl nicht genug angestrengt, ich bin gar nicht müde. Ehrlich gesagt war es auch schon zu dunkel, als wir losgegangen sind.«

Sie gehen zur Hütte zurück. Als sie beim Pferch ankommen, steht dort das Schaf und will hinein. »Das war ja zu erwarten«, sagen sie zueinander, »vielleicht war es dumm, dass wir uns überhaupt auf die Suche machten; aber da es nach einem Unwetter aussah …«

Während sie zu Abend essen, fragt Árant: »Macht dir das Wetter zu schaffen, Bastian? Mir geht es so.«

»Das Wetter macht mich krank«, entgegnet Bastian. »Und allem, was sich hier draußen befindet, geht es genauso. Hast du nichts bemerkt, als wir unterwegs waren?«

»Nein. Was denn? Aber jetzt soll das bevorstehende Unwetter endlich losbrechen, ich bin ganz unruhig. – Was hast du denn bemerkt?«

Bastian antwortet nicht, er sitzt nur da und schaut vor sich hin.

»Du siehst aus, als seist du vor Trollen davongerannt«, fährt Árant fort.

Bastian schweigt noch eine Weile, dann blickt er Árant an und fragt: »Bist du je in Not gewesen?«

»In Not, wie meinst du das?«

»In einer gefährlichen Situation, wo Leute neben dir sterben … in einem Boot oder einem Vogelfelsen?«

»Nein, nie.«

»Aha, noch nie in Not geraten, nie einen Bergsturz erlebt … Vielleicht redest du deshalb ständig von Trollen; du weißt nicht mehr über die Welt hier draußen als das, was die Frauen beim Korntrocknen den Kindern erzählen.«

Árant sieht ein, dass es jetzt besser ist zu schweigen, und sie wechseln kein weiteres Wort.

Sie gehen zu Bett. Keiner von ihnen löscht das Licht, und so brennt es weiter. Beide legen sich still hin. Doch der Schlaf bleibt aus. Lange liegen beide da und tun so, als ob sie schlafen. Dann steht Árant auf, öffnet die Tür einen Spalt weit und schaut hinaus, bleibt eine Weile stehen, geht dann zurück und legt sich wieder hin.

Da spricht ihn Bastian an: »Wie spät ist es?«

»Kann ich nicht sagen, man sieht weder Mond noch Sterne, alles ist grau in grau, auch die Umrisse der Berge sind nicht zu erkennen.«

»Ist schon Wind aufgekommen?«

»Nein, es rührt sich kein Hauch. Es ist drückend.«

»Ja, ja.«

Dann liegen sie wieder da, und keiner von beiden gibt einen Ton von sich. Doch sie finden keinen Schlaf. Beide lauschen, hören aber keinen Laut. Endloses Warten. – Worauf?

Ja …?

Die Nacht verstreicht. Im Morgengrauen stehen sie auf, holen die noch glühenden Torfstücke aus der Asche und legen Brennmaterial nach, hängen den Kessel darüber. Lassen dann die Schafe hinaus. Die zeigen heute wenig Lust, nach draußen zu kommen, sie bleiben in der engen Öffnung stehen und blicken umher.

Während die Männer dasitzen und etwas Warmes trinken, rüttelt es an der Tür, ganz vorsichtig.

»Was war das?«, fragt Bastian.

»Der Wind, denke ich. Jetzt wird er wohl schnell auffrischen.«

Alles scheint auf sie einzudringen, sich um sie zusammenzuziehen. Jetzt raschelt es am Rauchloch und klopft leise. Die Hunde bellen und springen auf, springen unter dem Loch an der Wand hoch. Die beiden Männer hören auf zu kauen, ihre Augen weiten sich. Die Haare stehen ihnen zu Berge. Árant geht hinaus, um nachzusehen, kommt schnell zurück und lächelt.

»Was war es?«, fragt Bastian bleich.

»Eine Krähe.«

»Was will sie hier?«

»Ja, was will eine Krähe? Vielleicht macht ihr das Wetter zu schaffen«, meint Árant. »Vielleicht fürchtet sie sich vor dem nahenden Unwetter und sucht Trost bei anderen Lebewesen.«

Jetzt setzt starker Regen ein, der Wind lässt wieder nach, schwer trommelt es aufs Dach, heftig und anhaltend. Die Männer machen die Tür ganz auf und legen einen Stein davor, sitzen dann da und schauen hinaus. – Es ist düster wie in der Dämmerung. Man sieht nur einen Steinwurf weit. Alles erscheint in einem schmutzigen Grau. Die Bäche schwellen rasch an, sind plötzlich berstend voll, treten über die Ufer und bahnen sich ihren Weg, gewinnen bergabwärts an Kraft und fressen sich in den Boden hinein.

Und bevor die Männer es sich versehen, fließt vor ihrer Tür ein reißender Bach, er schlägt gegen die Wand und droht sie zu untergraben. Sie holen schnell Werkzeug und leiten das Wasser um, heben eine ordentliche Rinne aus, dann steigen sie den Hang hinauf und räumen die Steine weg, die dort den Bach aufgestaut haben.

Die Schafe machen bei diesem Wetter keine Anstalten zu grasen. Deshalb treiben sie sie einfach wieder in den Pferch und verschließen ihn.

Zurück in der Hütte, machen sie ein großes Feuer, ziehen sich um und hängen die nassen Kleider zum Trocknen auf.

Als sie kurz darauf dasitzen und etwas zu Mittag essen, entspinnt sich ein Gespräch. So viel haben sie lange nicht miteinander gesprochen.

»Wenn das mit dem Bach in der Nacht passiert wäre«, meint Árant, »hätten wir es vielleicht erst gemerkt, wenn die Wand eingestürzt wäre. Das wäre nicht sehr angenehm gewesen, so unter freiem Himmel aufzuwachen.«

»Ja, und mit tropfnassen Kleidern, und kein Feuer, kein Unterstand und finsterste Nacht. Ein Glück, dass es am Tag passiert ist.«

»Du, Bastian, nimm mir meine Frage nicht übel: Aber warum bist du so abgehetzt gewesen, als wir uns gestern Abend oben am Berg wieder getroffen haben? Hat dich etwas erschreckt?«

»Ja, ich bin erschrocken. Ein Hase ist mir im Dunkeln vor die Füße gesprungen, und dann ...«

»Und dann was?«

Bastian schweigt. Sie sehen sich an. Árant macht sich jetzt nicht mehr über ihn lustig. Bastian spürt, dass sie Freunde geworden sind.

»... und dann hörte ich sie im Dunkeln hinter mir herkommen. Auch die Steine waren lebendig, sie griffen nach mir, die ganze Natur war auf einmal lebendig und verfolgte mich, ich bin um mein Leben gelaufen mit der ganzen Meute auf den Fersen. Aber dann bist du gekommen und hast mir Kraft gegeben.«

»Wer war hinter dir her?«, fragt Árant wieder.

Bastian beugt sich vor, blickt zu Boden, er stützt die Ellbogen auf die Knie und legt die Stirn in die Hände.

Árant sitzt still da. Besser, jetzt nichts zu sagen. Das Feuer flackert, versetzt Licht und Schatten um die Männer herum in Bewegung. Der Regen trommelt noch immer aufs Dach. Die Hunde liegen da und fiepen im Traum, zucken mit den Pfoten. Eine Weile herrscht Schweigen.

Bastian: »Es war, als ich noch zu Hause in Funningur war. Wir kamen eines Abends bei Unwetter vom Nordmeer, bei Sturm und Schneetreiben ... Wir kenterten. Vier von uns konnten sich am Boot festhalten. Die anderen haben wir nicht mehr gesehen. Aber bevor wir auf den Kiel klettern und die Ablassschraube lösen konnten, drehte es sich wieder. Da verschwand noch einer. Wir drei Übriggebliebenen schafften es dann auf den Kiel und trieben nach Süden. Doch das Boot drehte sich so häufig, dass wir zunehmend an Kraft verloren, es wurde immer schwieriger, sich festzuhalten – Erschöpfung, Durst, Kälte und ...«

Er hält inne, scheint nicht die Kraft zu haben, die Worte auszusprechen. Nach einer Weile fährt er fort:

»Die Zeit zog sich endlos hin. Wir wurden immer schwächer, verloren immer öfter das Bewusstsein. In klaren Momenten erfassten wir, was passiert war ... Das Letzte, was ich von der Fahrt noch weiß, ist, dass ich einen Schlag auf den Kopf bekam. Ich saß weit nach vorne gebeugt auf dem Kiel. Da hob ich den Kopf und sah, dass es der Mann vor mir war, der mir den Schlag versetzt hatte. Vielleicht war ich zu dicht an ihn herangerutscht. Ich rückte zurück, packte ihn unten am Arm und zog ihn mit, bis wir beide mehr in der Mitte des Bootes saßen. Da waren wir nur noch zu zweit. Er fing an zu lachen, und ich lachte auch. Dann setzt meine Erinnerung erst wieder ein, als ich schon an Land war. – Ein Boot aus Leirvík war hinzugekommen.«

»Ihr beide wurdet also gerettet?«

»Nein, als das Boot aus Leirvík kam, war ich allein.«

Mit einem Mal richtet er sich auf seinem Sitz auf, lehnt sich leicht zurück und schaut Árant mit großen Augen an, flüstert voller Zweifel: »Aber warum war ich allein ...? Ich hatte es doch am wenigsten verdient und konnte am wenigsten aushalten, jung, wie ich war. Die beiden anderen aber waren tüchtige, kräftige Männer.« Er verstummt und stützt sich wieder vornüber auf seine Knie.

Árant ist bewegt, überwältigt, stumm. Vielleicht sollte er etwas Tröstendes sagen, bringt es aber nicht über sich, Worte scheinen ihm so armselig in dieser Situation.

Noch ist vom Tag etwas übrig. Vielleicht können die Schafe doch noch ein wenig grasen, bevor die Nacht hereinbricht. Sie gehen zusammen hinaus, um nach dem Wetter zu sehen.

Es hat ein wenig aufgeklart, es ist einigermaßen trocken, der Wind dreht auf West. Sturmhimmel.

Sie öffnen den Pferch und lassen die Schafe hinaus, bleiben aber bei ihnen auf der Weide, damit sie nicht in die Bäche stürzen, die immer noch Hochwasser führen.

Ein Rabenpaar fliegt niedrig und ohne einen Ton von sich zu geben heran, dreht ab, fliegt das Tal hinunter, hinaus über den Fjord und verschwindet Richtung Kalsoy aus ihren Augen. Eine Krähe sitzt auf einem nahen Grashügel und späht eifrig zu den Essensresten hinüber, die in einer Mulde bei der Tür liegen, hüpft seitwärts darauf zu, packt mit dem Schnabel einen Bissen, flattert ein Stück weit weg, steckt ihn unter einen kleinen Stein, spaziert ein Stückchen, holt ihn sich dann wieder und legt ihn woanders hin, plagt sich so mit ihm ab.

Leichter Wind kommt auf. Windböen fegen heran und legen sich genauso plötzlich, wie sie gekommen sind. Die Männer lassen sich mit den Schafen noch etwas Zeit. Doch dann bricht die Nacht herein, und sie treiben sie in den Pferch.

Todmüde, da sie die letzte Nacht nicht geschlafen haben, gehen sie zu Bett, nachdem sie etwas zu Abend gegessen haben. Árant schläft schnell ein; Bastian jedoch liegt auch diese Nacht wach. Und da gibt es vieles, auf das man angespannt lauschen kann, auf das Brausen der Bäche und den immer stärker werdenden Wind, der gegen Mitternacht zum Sturm anwächst, auf die anbrandenden Windböen, die an der elenden Hütte rütteln; erst hört man sie von weitem wie fernes Donnergrollen, dann werfen sie sich gegen die Hütte und schleudern Steinschotter und Erdklumpen an die Tür, bevor sie sich dröhnend wieder verziehen. Da kann man nur daliegen und darauf horchen, ob der nächste Windstoß die Hütte vielleicht mit sich reißt; denn auch wenn sie mit größter Sorgfalt errichtet ist, was können solche neuen, aus Felsgestein und Grassoden aufgeschichteten Wände und ein gerade erst gedecktes Strohdach schon aushalten? Im Laufe der Nacht werden die Abstände zwischen den Windstößen zwar immer größer, doch die Stärke der Böen nimmt zu. Eine ist so gewaltig, dass Bastian aufspringt und sich anzieht. Er überlegt, ob er Árant wecken soll, lässt es dann aber sein, er will ihn nicht stören. Er legt sich wieder aufs Bett. Gerade hat er sich ausgestreckt. Da heben die Hunde den Kopf und stellen die Ohren auf. Horchen. Winseln. Bastian hört nichts, setzt sich aber auf die Bettkante. Árant schnarcht laut. Es vergeht eine ganze Zeit, dann fegt die nächste Windböe mit lautem Getöse heran. Als sie sich ausgetobt hat, laufen beide Hunde zur Tür, kratzen daran und bellen. Árant wacht auf, und sie befehlen den Hunden, ruhig zu sein. Jetzt hören sie draußen ein Patschen, schwere Schritte.

Bastian springt auf, geht in der Hütte auf und ab. Sein Gesicht ist bleich. Seine Augen sind weit aufgerissen – er flüstert dem im Bett liegenden Árant zu: »Hörst du?«

»Nein. Warum bellen die Hunde?«

»Es lärmt draußen, schwere Schritte.«

»Schritte? Vielleicht Leute aus dem Dorf, die nach uns sehen?«

»Das glaubst du doch selber nicht! Leute aus dem Dorf hier draußen, mitten in der Nacht, die nicht hereinkommen, nein. – Hör doch, horch!«

»Ich höre nur Wind und Wasser.«

Da donnert es wieder in der Ferne, das Brausen wird stärker, kommt näher, zerrt an der Hütte, dann kracht der Windstoß gegen sie. Es tost und poltert, die Hütte bebt, das Licht flackert um sein Leben und bringt die Schatten zum Tanzen. Dann lässt der Wind nach, und der Lärm verhallt allmählich.

Árant hält es nicht länger für ratsam, liegen zu bleiben, die Hütte kann jeden Augenblick einstürzen – die Sturmböen werden wieder heftiger. Er steht auf und beginnt sich anzuziehen. »Jetzt ist es wohl bald Morgen, wird es nicht schon hell?«, fragt er.

»Die Nacht wird wohl erst zur Hälfte vorbei sein. Ich habe kein Auge zugemacht – horch! Da ist es wieder.« Bastian sinkt aufs Bett und verbirgt sein Gesicht in den Händen. Wieder bellen die Hunde, sie springen an der Tür hoch und wollen hinaus.

Árant: »Ich ziehe mir Schuhe an, dann sehe ich nach.« Die Schritte draußen sind jetzt so deutlich zu hören, dass Wind und Wetter als Erklärung ausscheiden.

Wieder ein Windstoß. Er dröhnt, dass ihnen das Blut in den Ohren saust, Steinschotter rasselt aufs Dach, der Luftzug aus dem Rauchloch löscht das Licht. Es gelingt ihnen, es wieder anzuzünden.

Als draußen erneut Schritte zu hören sind, sagt Árant lächelnd zu Bastian: »Nun, hörst du nicht, was das ist? Da draußen stapft ein Pferd im Matsch herum; es fürchtet sich wohl ebenfalls vor dem Unwetter und sucht Trost bei anderen Lebewesen.«

»Normalerweise können wir uns auf unsere Ohren schon verlassen. In der Not aber zählt nur das Gefühl. Für dich ist das ein Pferd, und du hast recht, für mich aber sind es die beiden Männer, die vom Kiel geglitten sind damals, direkt neben mir, und ich habe auch recht – auf meine Weise … Sie wollen nichts von mir, aber ich will etwas von ihnen, ich will nämlich wissen, ob es meine Schuld ist …«

Árant fährt zusammen: »Deine Schuld! Nein, mach dich doch nicht ganz verrückt – du bist übernächtigt! Darum kommst du auf solche Gedanken, du hast zwei, vielleicht drei Nächte lang kein Auge zugemacht. Lass uns zusammen nach draußen gehen und nachsehen, was los ist. Frische Nachtluft tut gut.«

Beide gehen sie hinaus.

Da steht ein Pferd, mit dem Hinterteil zur Wand und stierem Blick – es ist das Reitpferd des Uppistova-Bauern, ein gutmütiges, zutrauliches Tier. Bastian fasst es um den Hals, legt seine Wange gegen das Fell, spricht beruhigend auf es ein und krault es am Hals. Árant geht zum Pferch hinüber, um dort nach dem Rechten zu sehen, und legt ein paar Steine, die von der Umzäunung und vom Dach herabgefallen sind, wieder an ihren Platz.

Die Nacht ist hell. Der Mond ist hervorgekommen und gleitet zwischen den Wolken dahin. Nasser Schnee ist gefallen und hat die Berge weiß gefärbt. Die Überschwemmungen sind zurückgegangen. Doch der Sturm tobt noch gewaltig, er treibt das

Wasser stromaufwärts und die Gischt der Brandung aufs Land. Da, wo die Hütte steht, ist es zwischen den einzelnen Böen still.

Sie gehen wieder hinein, fachen das Feuer an und hängen den Kessel darüber.

Árant: »Jetzt machen wir uns etwas Warmes zu trinken; versuch dann, ein wenig zu schlafen. Ich bin ausgeschlafen und passe auf, falls etwas passiert.« Erst jetzt sieht er, dass der Freund ganz aus der Fassung ist – sein Gesicht erstorben, die Augen leer und ausdruckslos, gewiss nehmen sie nichts mehr wahr.

»Schlafen … ich schlafen«, murmelt Bastian. »Bin vielleicht vornübergebeugt eingeschlafen damals, eingeschlummert vor Hunger und Kälte, voll wütender Verzweiflung eingedöst, weil wir gegen etwas kämpften, das nicht zu greifen und überall und nirgends war. Da habe ich im Traum gesehen, dass es die Not war, die da bei mir auf dem Kiel saß, die graue Not. Ich habe sie gepackt, habe versucht, ihr ein Ende zu machen … Bin so selbst der Zweite auf dem Kiel geworden, oder der Einzige.«

Árant legt ihm die Hand auf die Schulter: »Quäl dich nicht so. Du weißt es doch nicht …«

»Nein, nicht das Geringste, genauso gut kann es sein, dass sie versucht haben, es so mit mir zu machen; dass ich mich aber wehren konnte und sie es also waren, die … Oder es ist nichts dergleichen passiert, sie sind nur einfach immer schwächer geworden …«

Wieder eine Böe. Als sie sich ausgetobt hat, packt Árant Bastian am Arm und zieht ihn hoch: »Komm jetzt mit mir nach draußen, es ist Nordlicht, und der Mond steht höher am Himmel, wir können etwas tun, einen Bach frei räumen oder so etwas, dann vergeht die Zeit.«

Doch Bastian bleibt auf der Schwelle stehen:

»Du, Árant, lass uns das Pferd in die Hütte holen. Siehst du nicht, was hier vor sich geht? Alles ist bedrohlich: Der Berg kann jederzeit in Bewegung geraten, die Felsspalten klaffen ungewöhnlich weit, Steinlawinen rollen heran, Felsbrocken rasen herunter, und die Brandung erschüttert die Insel. Lass uns alle Lebewesen mit zu uns herein nehmen. Das gibt Kraft, das Leben der Tiere ist stark, sie sind unbekümmerter als wir.«

Er geht hinaus, packt das Pferd am Stirnschopf, führt es herein und bittet Árant, es festzuhalten. Dann ist er schon wieder draußen, öffnet den schmalen Zugang zum Pferch, fasst mit jeder Hand ein Schaf und bringt sie in die Hütte: »Schau, hier ist mehr Leben, bloß herein damit.« Dann geht er weitere Schafe holen.

Árant fällt nichts Besseres ein, als ihm nachzugeben, er versucht bloß, die Tiere von der Feuerstelle fernzuhalten.

Bastian holt immer mehr Schafe herein. Jedes Mal, wenn er wieder welche bringt, sagt er etwas wie, dass alles Leben Kraft gebe, dass man nur die Hütte füllen müsse, Tiere seien stark und verlören das Bewusstsein erst beim Sterben. Er wird immer eifriger und beeilt sich.

Und während er noch zugange ist, kommt plötzlich eine Windböe und packt die Hütte, die Wände brechen ein, und das Dach fällt herunter. Árant liegt unter dem Dach, doch er kann sich hervorarbeiten, spürt bloß, dass er aus der Nase blutet und sich den Arm aufgeschürft hat.

Er steht auf und läuft zum Pferch hinüber. Der Steinzaun ist eingestürzt; die Schafe haben sicher schon vorher das Weite gesucht, der Pferch stand ja offen.

Bastian liegt im Pferch auf dem Boden. Er ist nicht von Steinen getroffen worden, der Wind muss ihn gegen die Umzäunung geschleudert haben. Árant trägt ihn hinaus, legt ihn auf den Boden und weckt ihn aus seiner Ohnmacht, fragt, wie er sich fühlt, bekommt aber keine Antwort. Er sieht nach, ob Bastian verletzt ist, ob er blutet, aber es sieht nicht danach aus.

Da sieht Árant, dass es in der eingestürzten Hütte brennt, Teile vom Strohdach müssen ins Feuer gefallen sein. Er läuft zur Tür, doch hier ist kein Durchkommen. Er bahnt sich einen Weg durch die Wand, wo das Pferd steht, und bekommt es heil heraus. Noch hat sich das Feuer nicht ausgebreitet, es brennt erst beim Herd und bei der Tür. Er stürzt wieder hinein, kann einige Schafe herausholen, vielleicht alle, er weiß es nicht. Doch dann brennt alles lichterloh, hier gibt es nichts mehr tun. Und die nächste Böe packt etwas brennendes Stroh und schleudert es ins Freie, die Funken fliegen durch die Luft wie bei einem Vulkanausbruch.

Dann beginnt es hell zu werden.

Árant eilt zu Bastian zurück. Dieser sitzt nun, mit der einen Hand auf dem Boden aufgestützt, aufrecht da und starrt ins Feuer: »Was ist passiert, ist die Hütte eingestürzt – und dann hat das Dach Feuer gefangen?«

»Ja, eine Windböe hat sie erfasst.«

»Dann muss ich geschlafen haben, ich habe nichts davon mitbekommen – erinnere mich nur schwach, dass du gesagt hast, ich solle zu schlafen versuchen; das muss ich dann wohl getan haben. Hast du mich gerettet, oder wie bin ich herausgekommen?«

»Nein, du hast mich gerettet, hast mich unter dem Dach hervorgezogen.«

Bastian sieht den Freund lange an. Er überlegt. Er flüstert: »Und ich habe dich gerettet, habe dich unter dem Dach hervorgezogen ... bevor das Feuer kam? Diesmal war ich es, der jemanden gerettet hat.« Und es ist, als weiche die Erstarrung aus seinem Gesicht, und seine Augen wirken nicht mehr leer. »Doch wie steht es mit dir, bist du verletzt?«

»Ich habe mir den Fuß verstaucht – und ich habe viel Blut verloren«, er zeigt auf das Nasenblut auf seiner Brust und auf seinen Arm, »aus eigener Kraft schaffe ich es nicht bis nach Hause.«

Da lächelt Bastian, und seine Stimme klingt plötzlich kraftvoll: »Ja, dann werde ich dir nach Hause helfen, mir fehlt nichts, ich friere nur ein bisschen, da tut es gut, sich wieder warm zu laufen.« Unsicher steht er auf. Árant fasst ihn am Arm und hilft ihm auf die Füße.

»So, Árant«, sagt er lebhaft, »ruf jetzt die Hunde herbei, dann bringe ich dich nach Hause.«

*(1966)*

*Heðin Brú*

# Allein auf Lítla Dímun

Als sie die letzten Schafe zusammentrieben, hatte der Mann von Vørðan die unterste Position. Sein Nebenmann sah, wie er stolperte und die Steilküste hinabstürzte. Der Nebenmann lief dorthin; doch das Gelände war schwierig, er musste einen Umweg machen, so dauerte es eine Weile. Wie er unten ankommt und in die Tiefe schaut, ist nichts zu sehen – bis auf den Stock, der auf dem Wasser treibt. Er geht die Felskante entlang. Lauscht. Ruft. Nein, nichts! Und so weit er sehen kann, nirgends ein Felsvorsprung, der den Fall des Mannes hätte aufhalten können.

Da war nichts zu machen, er musste zurück und den anderen berichten, was geschehen war. Er ging, so schnell er konnte, über den Hang Richtung Süden, und bald hatte er die Männer erreicht. Sie riefen das Boot herbei, es nahm einige Männer an Bord, und sie ruderten Richtung Norden zu der Stelle, wo das Unglück passiert war.

Die Brandung ist nicht stark, sie können nah heranrudern. Nichts! Sie fischen den Stock auf, der im Wasser treibt. Rudern ein wenig weiter, wenden, rudern etwas nach Süden, dann wieder nach Norden, mehrere Male. Nichts zu sehen. Sie rufen. Keine Antwort. Das Wetter wurde schlechter, der Tag ging zur Neige. Da riefen die an Land Gebliebenen das Boot zurück.

Schweigend beluden die Leute von Hvalba das Boot und ruderten zum Dorf zurück. Sobald sie angelegt hatten, ging der Bootsführer nach Leirar und bat den Pfarrer, der Witwe die Todesbotschaft zu überbringen. – Das tat er, und am darauf folgenden Sonntag gedachte er von der Kanzel herab des Mannes von Vørðan. Das ganze Dorf war in der Kirche.

»Ein stiller Mann«, sagte der Pfarrer über den Toten, »einer ohne Arg. Doch für ihn war die Sorge ums tägliche Brot nicht alles; lesen musste er, schreiben, malen. Er sehnte sich danach, etwas zu schaffen. Ihr sagt, er habe Erscheinungen gehabt. Ja, die hatte er; aber es waren keine übernatürlichen, wie ihr denkt. Er sah nur vor sich, wie er dem, was er erlebte, Form geben konnte. Er war Künstler.«

Wenige verstanden diese Rede, und wenig wurde dazu gesagt. Aber hinter vorgehaltener Hand redeten die Leute darüber, wie seltsam der Mann gewesen war, immer schien so viel um ihn herum zu sein – obschon er allein war. War er unterwegs, konnte er urplötzlich stehen bleiben, womöglich streckte er die Hand aus und lächelte. War es etwa einer der Toten, den er traf? An einem stürmischen Tag konnte man ihn mitten im Wind stehen und eine Zeit lang gegen den Sturm ankämpfen sehen – ohne dass er draußen irgendetwas zu tun gehabt hätte. Dann ging er wieder ins Haus und setzte sich hin. Was hatte das zu bedeuten? Und er sammelte Kreidesteine, steckte kleine Holzstücke in die Herdglut und machte Holzkohle daraus, mit der man schreiben konnte. Ein erwachsener Mann! Er war nicht ganz … Die Leute redeten.

Doch der Mann von Vørðan war nicht ins Meer gestürzt; die Felsnase einer flachen, zum Wasser hin leicht abfallenden Klippe stoppte seinen Fall, er wurde in eine Felsnische geschleudert und lag dort versteckt. Der Sturz war nicht tief. Der Mann war unversehrt, hatte aber das Bewusstsein verloren, während die Männer aus dem Dorf nach ihm suchten.

Er musste lange bewusstlos gewesen sein, denn als er erwachte, war er durchgefroren – und es wurde schon dunkel. Er setzt sich auf. Sieht sich um. Betastet den Fels, der ihn umgibt, blickt ins Freie, lächelt und legt sich wieder hin. Weiterträumen.

Doch diese Kälte, und die heftig schmerzende Stirn ...? Er richtet sich wieder auf. Blickt hinunter aufs Wasser. Brandungsdröhnen? »Aha, abgestürzt und hier gelandet«, dämmert es ihm.

Da durchfährt ihn der Gedanke, dass er sich in Sicherheit bringen müsse. Er ruft. Lauscht. Nein, allein! Mit schmerzenden Gliedern kommt er auf die Füße, stellt sich an die Felsnase und blickt hinauf. Es ist nicht hoch bis zur Felskante, und an einer Stelle reicht der Grasbewuchs etwas weiter hinunter. Sorgsam suchen seine Augen die kleine Fläche ab. Dann setzt er an einer Stelle an, wo er von einer Erhebung aus einen Stein erreicht, der in eine kleine Felskluft eingezwängt ist. Vielleicht kann er ihn losrütteln und dann den Fuß dort aufsetzen.

Er klettert Vorsprung für Vorsprung die Felswand hoch, erreicht die Erhebung. Eng ist es, aber es gelingt ihm, sich aufzurichten, nun ist er bei dem Stein – versucht, ihn loszurütteln, doch er bewegt sich nicht. Aber nach oben muss er. Nach unten kann er nicht. Er verharrt einen Augenblick und ruht sich aus; dann versucht er es wieder, greift nach Ritzen und Unregelmäßigkeiten im Fels, findet aber keinen Halt. Jetzt gilt es! Der Mann überlegt. Er weiß nichts mehr – nur, dass er sich retten muss. Er ahnt, was er tut; doch mitunter verlässt ihn seine Ahnung. Er blickt hinauf. Dort ist die kleine Kluft. Wenn er auf den Stein hinauf und damit in sie hinein käme, hätte er es geschafft.

Er nimmt sein Seil, versucht, es um den Stein zu legen, doch der Stein ist kegelfömig, das Seil gleitet ab. In die kleine Kluft kann er nicht hineinsehen, vielleicht aber gäbe es dort eine Lücke zwischen den Felsblöcken, wo das Seil hängen bliebe? Er löst einen kleinen Stein aus dem Fels und bindet ihn an das eine Ende des Taus, wirft es hoch und zieht es vorsichtig an – es sitzt fest. Er ruckt daran. Es hält. Nun zieht er sich nach oben, erreicht den Stein und die schmale Felskluft, zwängt sich durch einen Kamin, rammt sein Messer in die Grasnarbe und hievt sich hoch, kriecht ein Stück weiter und erreicht den Pfad.

Völlig erschöpft setzt er sich auf den Boden. Mag sein, dass er eingenickt ist; denn als er wieder zu sich kommt, ist es dunkel. – Hat er etwa nur geträumt? Nein, diese schmerzende Stirn kann kein Traum sein. Und die unbewohnte Insel, der leichte Wind, die See da draußen? Nein, er war wach, konnte sich nur an nichts erinnern.

Wie er so dasaß, gab eine Wolke den jungen Mond frei. Der Mondschein legte sich über das Wasser. Die mächtige schwarze Wolke glitt dahin. Hinter ihr ging ein Stern auf. Die Landschaft hob sich vom Meer ab, klar und dunkel – die schroffen Felswände! Schafe blökten.

Da sprang der Mann auf. Seine Augen weiteten sich, er streckte die Hände aus, bewegte sie spielerisch. Und alles, was er erblickte, strömte zusammen im beruhigenden Gefühl eines unerschütterlichen Friedens, der sich über die gesamte Schöpfung gelegt hatte, die nun zur Ruhe ging. – Das, was er empfand, nahm Gestalt an: tiefblauer Himmel, schwarzes Meer und in diesem Dunkel ein Stück weiches Grau mit einer Spur Rot. In ihm konnte man ein Mutterschaf sehen, das die Nase in die Seite gesteckt hatte, ein Paar schlafende Menschenaugen, zwei ruhende Hände. Und da waren auch der Mond, das Mondlicht und vor der grauen Fläche ein Stern – blassgelb, hellwach. Er schloss die Augen. Legte die Hände vors Gesicht. Lange sah er dieses Bild. Dann folgte er dem Pfad Richtung Süden zur Felsenhöhle.

Sein Gedächtnis war nicht wiedergekommen; doch er wusste, wohin er ging. Es schien ihm seltsam, dass er sich nicht erinnerte, wo er war. Lachte darüber. – »Ist doch gleich, es genügt, ein Mensch zu sein.«

* * *

Der Mann von Vørðan kommt in die Felsenhöhle. Stockfinster! Mit den Gegebenheiten vertraut, findet er aber das Bett, wickelt sich gut in die Decke und schläft ein.

Am nächsten Morgen fällt es ihm wieder ein: »Ach ja, allein auf Lítla Dímun und totgeglaubt.« Doch das macht ihm nichts aus, er ist dankbar, dass er unverletzt ist. Denkt daran, wie seltsam das gestern gewesen war: alles Notwendige tun zu können, aber ohne zu wissen, wer man war. – Er erinnert sich an das geschaute Bild, an das, was er malen würde. Da springt er aus dem Bett und blickt hinaus. – Ruhiges Wetter. Die Sonne im Südosten, sie scheint so schön. Suðuroy blitzblank. Ein Seehund verharrt vor der Küste, hält nach allen Seiten Ausschau und taucht blitzschnell unter, nur aufgewühltes Wasser ist noch zu sehen. Der Mann geht zurück in die Felsenhöhle. Er sucht nach Essen, schaut in die Kästen. Nein, nichts! Entdeckt den Proviantbeutel, den er gestern bei sich hatte, und isst den Bissen, der sich darin befindet. Das macht kaum einen Unterschied. Er muss sich etwas besorgen, nimmt das Seil und macht sich auf den Weg, geht den gleichen Pfad wie am Abend zuvor.

An der weiter nördlich gelegenen Stelle, wo er abgestürzt war, blickt er in die Tiefe. Nun, wo er die Felswand sieht, denkt er bei sich: »Wäre ich ganz bei Sinnen gewesen, wäre ich nie da hinaufgekommen.« Am Hang grasen noch einige Schafe. Er sucht sich ein Lamm aus, nähert sich ihm lautlos von hinten, bleibt stehen, geht weiter. Als er nah genug ist, macht er einen Sprung nach vorn und erwischt das Tier an den Hinterbeinen. Dann trägt er es zur Felsenhöhle zurück und setzt sich vor ihren Eingang, um es zu schlachten. Zwei Kübel sind vorhanden. Westlich von der Höhle füllt er den einen mit Wasser, den anderen unten an der Anlegestelle mit Salzwasser, davon kann er so viel ins Kochwasser geben, dass das Essen nicht fade schmeckt.

Feuerzeug, Feuerstein und Stahl liegen auf dem Herd, und Zunderholz hängt in einer Stierblase darüber. Er sammelt trockenes Gras, schlägt von einem Stück Holz einige Späne ab und schichtet sie auf. Bald brennt ein Feuer, und er legt kleine Holzstücke nach. Kohle gibt es genug in einer Felsnische unterhalb der Höhle, die als Vorratsraum dient.

Er nimmt einen Topf, hängt ihn übers Feuer und gibt die Innereien hinein, dann setzt er sich nach draußen und wartet. – »Kein Boot zu sehen. Nein, da ist niemand, den man holen müsste; ich bin ins Meer gestürzt, und fort!« Er lacht: »Dann bleibe ich einige Tage hier. Wenn es mir nicht mehr gefällt, zünde ich ein Signalfeuer an. Bis zum Dorf sind es sechs Seemeilen, das müssten sie sehen. – Meine Frau, sie tut mir leid …« Nein, er musste sofort ein Signal geben. Er geht etwas höher hinauf, entdeckt einen kleinen Felsabsatz. Dort könnte man das Signalfeuer anzünden. Er macht eine Feuerstätte aus Steinen für das Kohlefeuer, schafft trockenes Gras herbei und schichtet das Feuer auf.

Als es im Topf zu brodeln beginnt, steigt ihm der Essensduft in die Nase, und er geht hinunter, auf einmal verspürt er einen Bärenhunger, wieder schaut er zum Dorf hinüber, fast fürchtet er jetzt, ein Boot zu entdecken. Doch da ist nichts zu sehen, alles ist still und friedlich. Er isst sich satt. Den Rest lässt er im Topf, für einige Tage wird es reichen.

Er verlässt die Höhle und setzt sich auf den Felsen. Frei wie ein Vogel. Keine Sorge ums tägliche Brot. Und kein Geschwätz. Keine höhnischen, neugierig glotzenden Gesichter. Er ruht sich aus und fühlt sich wohl. Nur so dasitzen und man selbst sein, mit offenen Sinnen, die Zeit verstreichen lassen, sich nicht um das bekümmern, was war oder was sein wird, sondern nur um das, was ist. Nichts erwarten, nichts planen, nur das Leben auf all seinen Saiten spielen lassen, wie es will – bis es in der Seele widerklingt, mit erregendem Schauder, Dankbarkeit, überströmender Freude und Lebenslust. Das ist der Moment, wo man die Arme ausbreitet und die gesamte Schöpfung umarmt, und es kribbelt einem in den Fingern, das Bild, das dieses Erlebnis in der Seele wachgerufen hat, wiederzugeben – mit Buchstaben, Strichen, Farben oder Tönen.

Befangen steht der Mann auf und geht zu einem Felsblock mit einer geeigneten Oberfläche, nimmt Kohle und Farbkreiden aus seinen Taschen und legt sie neben sich, holt dann ein großes

Stück Birkenrinde aus der Nische unterhalb der Felshöhle und stellt es mit Hilfe von Holzstücken aufrecht gegen die Steinoberfläche. – Will mit dem Bild des großen Abendfriedens beginnen. Demütig und voller Andacht steht er mit der Schreibkohle in den Händen da. Zögert. Dann setzt er an und beginnt zu zeichnen. Mit raschen, sicheren Strichen. – Die Stunden vergehen, er arbeitet. Die Kohle wird beiseite gelegt, Farben werden aufgetragen, bald vorsichtig, bald in großer Hast – er tritt ein wenig zurück, betrachtet das Bild, die Hände mit der Kreide hinterm Rücken, tritt wieder an das Bild heran und zeichnet weiter.

Inzwischen geht die Sonne unter, langsam beginnt es zu dämmern. Die Mutterschafe rufen blökend nach ihren Lämmern und legen sich an einer geschützten Stelle zur Ruhe. Heringsmöwen fliegen herbei und setzen sich auf den Felsabsatz bei der Höhle, auf dem Wasser schnattern die Enten. Da schreckt er auf und blickt um sich: »Ach, ich hätte mehr dürres Gras holen und das Signalfeuer anzünden sollen!«

Doch heute Abend war nichts mehr zu machen, er würde es gleich morgen früh anzünden, wenn die anderen auf den Beinen waren. – Nun war es nicht mehr hell genug, um zu arbeiten. Er nimmt die Birkenrinde herunter und trägt sie in die Höhle, trinkt Wasser aus dem Kübel und legt Feuerholz nach. Dann geht er wieder hinaus und setzt sich an den Rand des schmalen Felsabsatzes oberhalb der Höhle.

Es wird dunkel. Er blickt auf den Mond, der listig am Himmel steht, auf die Sterne, die herabschauen, die Umrisse der Berge auf Suðuroy und die gewaltigen Felswände oberhalb der Höhle, die sich wie eine Zahnreihe vor dem Himmelsgewölbe abzeichnen. Es ist ganz still in seiner Seele. Unten an den Klippen heben und senken sich die Wellen wie der Bauch eines Tieres, das im Schlaf schnauft, rauschen verlockend langsam, zeitlos. Der Mann beginnt, im selben Rhythmus zu atmen, wird immer ruhiger, seine Augenlider senken sich. Da geht er zurück in die Höhle und verschließt den Eingang hinter sich.

Hell brennt das Herdfeuer, dünner Rauch steigt auf und verschwindet durch das Abzugsloch. Er öffnet einen Kasten voller Kerzen, nimmt eine heraus und zündet sie am Feuer an, stellt sie auf einen Tuffstein im Kistendeckel vor das Bett. Dann entrollt er das Bild, stellt es, so gut es geht, ins Licht und setzt sich neben das Feuer, um es zu betrachten. Steht wieder auf und zündet eine zweite Kerze an – dann eine dritte. Setzt sich wieder und schaut das Bild an.

Da ist etwas in der grauen Farbe, das jetzt wärmer wirkt als bei Tageslicht, behutsamer, friedfertiger. Er musste versuchen, das morgen herauszuarbeiten. Lange sitzt er da und denkt nach; endlich legt er einige Torfstücke ins Feuer, damit es die Nacht über weiterglimmt, zieht die Rauchklappe zu, bläst zwei der Lichter aus und legt sie wieder in den Kasten. Dann isst er einige Mund voll aus dem Topf, trinkt Wasser dazu und legt sich schlafen.

Die Höhle ist nicht von Menschenhand gemacht, sondern ein Loch im Felsen. Vor ihre Öffnung hat man eine dicke Wand mit einer Tür und einem Rauchabzug gebaut. Deshalb ist es hier so still wie in einem Grab: keine dröhnende Brandung, kein sausender Wind, keine scharrenden Vögel auf dem Dach. In dieser Stille liegt der Mann von Vørðan nun im Halbschlaf – auf der Schwelle zwischen Wachsein und Schlafen, wo nichts unmöglich ist. Die Kerze brennt in ihrem Tuffsteinständer. Daneben liegen Bleistift und Papier auf dem Kastendeckel – falls ihm etwas in den Sinn kommt, das er aufschreiben muss.

Heute Abend jedoch bleibt der Bleistift ungenutzt: Der Künstler steht draußen mitten auf dem schwarzen Meer und kämpft mit der grauen Fläche, den schlafenden Augen und den ruhenden Händen. Malt um. Geht an der undeutlichen Horizontlinie entlang und mustert sein Werk, steigt am Mondschein hinauf, um es von oben zu sehen, setzt sich in die Mondsichel und betrachtet es. Doch da ist noch mehr zu tun, er fährt wieder aufs Meer hinunter.

Da steht der Pfarrer von Hvalba: »Es ist dir gut gelungen«, sagte er, »lass es nun, wie es ist. Du hast es geschafft. Sind das dort die Hände deiner Frau?«

»Nein, die von meiner Mutter«, sagt der Mann von Vørðan, »wie sie in ihrem Schoß lagen, wenn sie am Abend die Kinder schlafen gelegt hatte, am Bett saß und ausruhte.«

»Deine Frau hat keine Kinder!«, sagt der Pfarrer leise.

»Nein, und deshalb ruhen ihre Hände nicht richtig, sondern strecken sich immer ein wenig … den ersehnten Kindern entgegen.«

Und jetzt sieht er ein neues Bild: seine Frau, deren Hände sich dem Entbehrten entgegenstrecken und keine Ruhe finden … So vergeht die Nacht.

Am nächsten Morgen steht er wieder da und zeichnet, noch bevor sich die Sonne im Osten zeigt. – Er hat hart zu kämpfen! Sitzt auf dem Felsen, fühlt sich nutzlos und überflüssig. Würmern gleich kriecht Mutlosigkeit in seine Seele. Er ist nahe daran, diesem ungeheuren Ringen auszuweichen, doch er gibt nicht auf – er muss es schaffen und das, was er gesehen hat, in einem Bild zum Ausdruck bringen – eine heilige Schuld seinem eigenen tiefsten Verlangen gegenüber. Bringt er dies nicht zu Ende, erwartet ihn schrecklichste Seelenpein. Endlose Niedergeschlagenheit stieße ihn in finsterste Hoffnungslosigkeit und würde ihm auf qualvolle Weise allen Lebensmut rauben.

Er geht wieder ans Werk, kämpft viele Stunden. Zu Tode erschöpft, aufgewühlt und ohne etwas zu essen. Doch als die Sonne an diesem Abend hinter der gewaltigen Felswand verschwindet, hat er es geschafft: Die Harmonie ist hergestellt, die Botschaft, die er vermitteln wollte, erstrahlt wahrhaftig und vollendet in dem Bild. Vor Müdigkeit stolpernd, doch in seligem Schaffensrausch nimmt er das Bild herunter und geht damit hinein. – Das Feuer in der Herdstelle erloschen, das Signalfeuer auch heute vergessen. Er lachte darüber, aß aus dem Topf, trank aus dem Kübel und warf sich aufs Bett, schlief wie ein Stein.

Am nächsten Morgen ist das Wetter zu schlecht, als dass man über den Fjord rudern könnte, strömender Regen und starker Südwind. Dichte Wolken. Vielleicht würde der Wind später nach Westen drehen, und es würde aufklaren. Der Mann entfacht das Feuer und wärmt auf, was noch im Topf ist, isst und geht dann hinaus, sucht Schutz unter einem vorstehenden Felsen. Alles ist grau in grau, Meer, Himmel, Land. Als der Nebel den Gesichtskreis gerade einmal auf die Distanz zusammenzieht, die ein Hund benötigt, um ein Schaf einholen zu können, tritt alles noch deutlicher hervor. Die kleinen Dinge ziehen die Aufmerksamkeit auf sich. Ein Käfer, der in Schwierigkeiten geraten ist, weckt deine Hilfsbereitschaft; eine Spinne, die im Regen ihr Netz ausbessert, lässt dich neugierig werden.

Der Wind, der mit dem Sturzregen heranfegt, gibt der Luft Sprache und Bewegung. Aus den Spalten im Felsen ergießen sich nun übermütig spielende Bäche; das fließt, schwappt und tropft. Und draußen im Nebel donnert unter der Steilküste die Brandung, unablässig, doch nie eintönig, schlägt bisweilen mit solcher Wucht gegen die Felsen, dass sie erzittern, die Gischt wird hoch in die Luft geschleudert und greift wie weiße Klauen um sich.

Der Mann von Vørðan geht hinaus in den Regen und läuft, ein wenig vornübergebeugt, nach Westen über den Berghang. – Er hat nichts Bestimmtes im Sinn, will nur im Freien sein, die Natur erleben, sich in seiner eigenen Welt bewegen und er selbst sein.

Allmählich dringt das Wasser durch seine Kleider; zunächst kalt und ungemütlich, dann warm und behutsam. Seine Schuhe füllen sich mit Wasser, es sickert durch die Naht auf ihrer Oberseite. Seine Seele ist offen und ganz der Gegenwart zugewandt. – Da steigt in ihm plötzlich eine Erinnerung aus Kinderjahren auf und nimmt ihn gefangen: Der Junge, der sich hinausschlich, um nass zu werden, lief eifrig zum Bach und watete hinein, schaute sich neugierig um, ob ihn jemand sah! Ja! Dort kam jemand.

Eine feste Hand auf seiner Schulter, die ihn schüttelte: »Lass das sein, hörst du, Junge, sonst ...!« Die Hand hat nicht losgelassen, all die Kinderjahre nicht. – »Lass das sein ...!«, und dieser Spruch kam ständig wieder.

Der Junge ging nicht wieder in den Bach hinein, er saß traurig am Ufer und blickte vor sich hin. Das Kind wuchs heran. Der mit der harten Hand starb. Andere traten an seine Stelle, drohten mit anderen Sprüchen: »Werde so wie wir, Mann, sonst ...!« Der Mann widersetzte sich – ein wenig. Da wollten sie nichts mehr zu tun haben mit ihm, dem Sonderling, dem Taugenichts, dem Spinner, der überall Gespenster sah. Der Mann von Vørðan wird wütend, ruft in Richtung des Dorfes: »Ich gebe kein Signal, ich will nicht zurück nach Hvalba, ich ertrage den Hass und Spott nicht mehr!«

Er dreht um, geht schneller, spürt den lebenslangen Druck auf sich lasten. Tausend Male hat er geschwiegen, es in sich hineingefressen, den Kopf gesenkt, und das bedrückt ihn. Erst jetzt, wo er hier geht und zum ersten Mal ungestört ist, wird ihm dies in seiner ganzen Abscheulichkeit klar. Da überkommt ihn die Eingebung, lockend, erlösend, und lässt allem, was in seiner Seele eingesperrt ist, freien Lauf und zeigt ihm einen Ausweg – in Worten der Not, in ungerufenen Hilferufen.

Der Mann geht zurück in die Höhle mit seinem ungeschriebenen Gedicht.

Viele Tage lang ringt der Mann von Vørðan mit seinem Gedicht, bis das gesagt ist, was mit aller Macht hinauswollte. Zwischen lähmender Mutlosigkeit und demütiger Siegesfreude hin und her geworfen, war er ein Spielball des Himmels und der Hölle gewesen. Von finsterster Ungewissheit erfüllt, hatte er Sonne und Mond am Himmel einander abwechseln sehen. Doch nun ist es geschafft. Die Hilferufe sind ausgestoßen und in Worte und Versmaß verwandelt; nun liegen sie auf dem Kastendeckel neben dem Bett. An dem Morgen, als er fertig ist, steigt er auf den östlich der Höhle gelegenen Felsabsatz hinunter und setzt sich vorne an die Kante. Froh über das Geschaffene, ermattet und übermüdet, schläft er ein, wie er so bei dem guten Wetter dasitzt.

Und während er schläft, kommt ein Boot aus Hvalba so nah, dass sie sehen, wie dort ein Mann liegt. Der ihn entdeckt hat, ist sich ganz sicher, dass es der Mann von Vørðan ist. »Wie haben denn die anderen nach ihm gesucht, wenn er aus eigener Kraft zum Sterben wieder an Land kriechen konnte?«

Sie ziehen die Handleinen ein und legen an. Vier gehen an Land, nehmen Mast und Segel mit – wenn es ihnen allein nicht gelingen sollte, den Leichnam hinunterzuschaffen, mussten sie ihn auf jeden Fall zudecken. Mit schweren Schritten gehen sie schweigend hinauf. Widerstrebend. Der Anblick wird nicht schön sein! Zwei Wochen ist der Unfall her, und der Körper war den Vögeln des Himmels überlassen. – Vorsichtig kommen sie näher, lassen den Mast auf den felsigen Boden fallen. Da wacht der Mann von Vørðan auf und wendet sich ihnen zu.

Schweigen. Die Leute aus Hvalba starren ihn an.

»Du lebst?«, meint einer.

»Ja, mir fehlt nichts«, der Mann steht auf, ohne weiter etwas zu sagen.

»Du bist an Land zurückgekommen?«, versucht es der Mann aus Hvalba erneut.

»Ich, ja.«

»Kannst du zum Boot gehen, oder sollen wir …?«

»Ich bin in guter Verfassung.«

»Aber hungrig vielleicht?«

»Nein, hungrig nicht.«

»Dann gehen wir zum Boot.«

»Sicher, ja«, antwortet der Mann und geht in die Höhle.

Er ist den Leuten aus Hvalba ein wenig unheimlich, doch sie folgen ihm, neugierig, was es zu sehen gibt.

Das Feuer ist aus, der Proviantkasten leer, der Wasserkübel auch.

Der Mann von Vørðan steckt einige Papierfetzen ein, nimmt ein zusammengerolltes Stück Birkenrinde in die Hand und geht hinaus. Mit ihm die aus Hvalba, sie schließen die Tür und gehen zum Boot.

*(1966)*

*Jens Pauli Heinesen*

# Gestur

An einem Wintertag, in den Bergen herrschte Frost, gingen Ábraham und Gestur, sein Hund, hinaus zu den Schafen. Gestur, dessen Name Gast bedeutet, war weiß und schwarz wie die Berge mit dem Schnee und den nackten Felswänden, er war alt, sein Fell war lang, zottelig und ziemlich schmutzig, denn er trieb sich im staubigen Heuschober, auf dem dreckigen Boden des Torfhauses und im Stallmist herum.

Der Weidegrund Hagin Ytri lag weit vom Hof des Bauern entfernt, ganz oben im Norden des Sundes, und man brauchte gute zwei Stunden bis dorthin. Gestur, der vor Freude darüber, hinauszukommen, erst ganz außer sich gewesen war, keuchte nun müde hinter Ábraham her. Er konnte nicht mehr wie ein Welpe herumtollen. Ábraham musste über ihn lächeln. Nein, mein Alter, es hilft alles nichts, wir sind beide nicht mehr die Jüngsten, wir sollten nichts überstürzen.

So mühten sie sich weiter voran, Ábraham ging vorneweg, den Ledersack und das Seil auf dem Rücken, Gestur lief hinterher. Acht Jahre folgte der Hund seinem Herrn nun schon, sie waren miteinander verwachsen; wenn er alleine war, war er nur halb er selbst, und seine Trauer jedes Mal groß, wenn seine andere Hälfte zu weit fort war. Aber der rotbärtige Ábraham hatte dieser großen Liebe nie Beachtung geschenkt, er prügelte seinen Hund, wenn dieser nicht spurte, versetzte ihm Fußtritte, wenn er ihm zu sehr in die Quere kam, überhaupt bedeutete er ihm nicht mehr als seine Mütze oder seine Lederschuhe, die ihm ja auch überallhin folgten.

Im Norden am Sund angekommen, gingen sie die Steilküste entlang, die Wellen leckten unten am Strand, und ihr sanftes Rauschen drang zu ihnen nach oben, die Enten und Erpel schwammen gemächlich im flachen Wasser, das voller Seetang war, zankten, schnatterten laut und paarten sich. Aus alter Gewohnheit bellte Gestur zu ihnen hinunter, doch der alte Narr machte den Enten keine Angst, es schien sie eher zu belustigen, wie er dastand und sich vor seinem Herrn und Meister wichtig tat. Eine einzelne Krähe hüpfte durch das Gras und flog dann davon, ein Rabe krächzte oben in den Felsen, du verfluchtes Viech hast meine Lämmer auf dem Gewissen, sagte Ábraham, blieb stehen und versuchte, das Biest mit den Augen auszumachen. Gestur blieb ebenfalls stehen und versuchte, es seinem Herrn gleichzutun.

Ein großer, ursprünglicher Friede umgab diese Lebewesen hier draußen, kein Motorboot kam knatternd über den Sund, hier herrschten Fels und Grasland, Himmel und Meer. Die Pfade und schmalen Wege, die sich über Berghänge und Anhöhen zogen, hatten Menschen, Schafe und Pferde ausgetreten. Keine Telefonmasten liefen den Horizont entlang, nirgends gab es Beton oder Metall, in diesen Tälern und Herzen lebte noch das neunzehnte Jahrhundert, und das galt für Ábrahams Herz ebenso wie für das seines langhaarigen Begleiters.

Sie trieben die Schafe vom Steilufer weg den Hang hinauf, Ábraham rief und klatschte dazu in die Hände, wobei er die Handflächen wölbte, sodass die Klatscher einen hallenden Klang bekamen, und Gestur war bellend an seiner Seite und machte sich bemerkbar, indem er manchmal hin und her lief.

Oben am Hang läuft ein schwarzes Schaf, das keine Lämmer hat, es ist scheu, stark, stolz und gut genährt, immer für sich allein, abweisend und unnahbar; mit keinem will es etwas zu tun haben, lässt sich nicht in den Pferch treiben, und wenn die Widder hinter ihm her sind, läuft es ihnen wütend und beleidigt davon.

Ein verdammter Wildling, dieses Schaf, meint Ábraham, nun hat es sich lange genug so aufgeführt, das sieht er sich keinen Tag mehr mit an. Und deshalb hat er sich heute mit seinem zottigen Freund von zu Hause aufgemacht: Er will dem ungezügelten Treiben dieses Schafes, das keine Lämmer hervorbringt, endlich ein Ende setzen und es mit nach Hause nehmen.

Langsam gehen sie den Hang hinauf auf das Schaf zu, das aber merkt, was sie vorhaben; es blickt zu ihnen herunter, den Kopf höhnisch erhoben, und macht sich davon, höher hinauf. Ábraham schickt Gestur hinterher, und der alte Narr tut, wie ihm geheißen, und setzt mit schweren Sprüngen dem Schaf nach. Als er ein Stück weit gekommen ist, bleibt er hechelnd stehen und schaut zu seinem Herrn zurück, aber da er sieht, dass dieser ihn in vollem Ernst losgeschickt hat, ganz und gar nicht zum Spaß, zuckt er zusammen und jagt weiter den Hang entlang, hitzig kläffend. Jetzt sind sie unterhalb der schroffen Felswände angelangt, und da macht das Schaf, was es immer macht. Es stürzt quer über den Steilhang zum Sund hinunter. Gestur versucht, das Spiel mitzumachen, aber er ist schon alt und zu nichts mehr zu gebrauchen, und so ist alles nur Theater. Verdammter Kerl, komm her, ruft Ábraham, wenn du es mir in den Sund jagst, fliegst du gleich hinterher. Das versteht Gestur sehr gut und ist im Grunde heilfroh, diesem garstigen Schlingel nicht weiter nachlaufen zu müssen, also bleibt er dankbar stehen, aber er ist doch auch beschämt darüber, seiner Pflicht nicht nachkommen zu können.

Langsam gehen sie von oben um das Schaf herum, zunächst machen sie einen weiten Umweg, doch das Schaf ahnt Böses. Es steht ganz still auf einer kleinen Erhebung, schaut sich nach ihnen um und weiß genau, was sie vorhaben. Aber auch Ábraham weiß genau, was das Schaf vorhat, denn so, wie es ihn kennt, so kennt er es auch. Erst rennt das Schaf bis zum Gjógvará die Steilküste entlang, es weiß, was zu tun ist, es ist ja nicht das erste Mal, dass sie hinter ihm her sind; dann läuft es am Bach entlang aufwärts, setzt über und hält auf den Bergpass, auf Skarðið, zu. Wenn es da hinaufgelangt, Gestur, ist es entwischt, dass du es nur weißt, und wir sehen es heute nicht wieder. Du weißt also, was du zu tun hast.

Sie gingen oberhalb des Schafes über den Steilhang und versuchten ein zweites Mal, es zu stellen. Doch wieder glückte es nicht. Da packte Ábraham der Zorn, vor Müdigkeit stand ihm der Mund offen, und Gestur schämte sich unendlich und ließ den Kopf hängen, dass ihm die Zunge ins Gras hing.

Sie versuchten es zum dritten Mal. Ábraham hetzte den Hund los, drohte mit der Faust hinter ihm her und schwor, ihm alle Knochen im Leib zu brechen, falls er das Schaf nicht erwischte. Und während Gestur mit langen, müden Sätzen schwerfällig den Hang hinaufsprang und sich dabei erschöpft krümmte, spürte er, dass die Sache hinter ihm brenzlig wurde; frei und ungebunden rannte das nichtsnutzige Schaf vor ihm davon, einsam und unnahbar flog es mit hoch erhobenem Kopf über Wasserläufe und Mulden.

Wenn du es nicht kriegst, du Teufel, hast du den letzten Tag gelebt, schrie Ábraham. Gestur verstand jedes Wort und bellte zum Beweis, dass er trotz seiner großen Not noch etwas auszurichten versuchte, dem Schaf hinterher, aber sein Gebell wurde immer schriller und ging schließlich in ein jämmerliches Kläffen über. Gestur bettelte das Schaf an, doch stehen zu bleiben, das war deutlich zu hören.

Ábraham pfiff den Hund zurück. Wütend packte er ihn am Hals und versetzte ihm mit der Faust einige Hiebe aufs Maul, verdammtes Viech, fressen kannst du, aber zum Schafetreiben taugst du nicht. Gestur winselte, drückte sich auf den Boden, blickte mit unterwürfigen Hundeaugen zu seinem Herrn auf und bat um Erbarmen. Mit ungewöhnlich raschen Schritten ging Ábraham zur Steilküste hinunter, Gestur folgte ihm auf dem Fuße, mit eingezogenem Schwanz und ganz klein vor schlechtem Gewissen.

Als sie unten am Steilufer angekommen waren, nahm Ábraham sein Seil, zog das Messer aus der Lederscheide und schnitt ein Stück von gut vier Armlängen ab. Er sah sich eine Weile suchend um, nahm dann einen länglichen Stein und trug ihn an den äußersten Rand der Felskante. Das eine Ende des Stricks band er um Gesturs Hals, das andere um den Stein, und bevor Gestur es sich versah, wurde er mit Strick und Stein hinunter in die Tiefe geworfen und sank augenblicklich auf den Grund. Ábraham hörte das Aufklatschen, blickte über die Felskante nach unten und sah dort, wo der Hund verschwunden war, Blasen und Schaum im Wasser aufsteigen und wähnte alles in bester Ordnung, aber nicht lange, etwas musste geschehen sein, denn da war Gestur ja wieder und strampelte nahe dem Ufer im Wasser, sein Kopf glänzte vor Nässe und war jetzt, wo ihm das Fell an der Haut klebte, lang und spitz. Gestur kletterte am Fuße des Steilufers an Land und zog das Seil hinter sich her. Der Stein war nicht mehr dran, er war wohl nicht fest genug angebunden gewesen. Gestur lief ein paar Schritte unten am Wasser entlang, blieb stehen, schüttelte sich und lief dann weiter, um eine Stelle zu finden, an der er wieder hinauf aufs Steilufer gelangen könnte. Nachdem ihm dies geglückt war, lief er sogleich weiter den Hang hinauf, das Seil immer noch hinter sich herziehend und den Schwanz zwischen den Beinen. Ein Stück weiter oben blieb er stehen, wandte sich zu seinem Herrn um, hob den Kopf, stellte die Ohren auf und sah zu ihm hinunter.

Komm her, rief Ábraham, aber Gestur hatte keine Lust zu gehorchen. Er lief ein paar Schritte zur Seite, sodass der Abstand zwischen ihm und dem Mann der gleiche blieb, dann blieb er wieder stehen und blickte hinüber. Ábraham rief noch ein paar Mal, doch Gestur war jetzt auf der Hut und mochte seinem Herrn nicht trauen.

Aber was passiert jetzt? Warum ist Ábraham auf einmal so freundlich? Schau, da steht er und beugt sich vornüber, lacht und schlägt sich auf die Schenkel, lockt den Hund, komm her, mein Alter, hast du Angst vor mir, warum hast du denn Angst vor mir, du musst doch keine Angst haben, was.

Da senkt Gestur ein wenig den Kopf, er wedelt ein bisschen mit dem Schwanz und kommt ein paar Schritte näher. Bleibt dann wieder stehen, verwundert und misstrauisch.

Ach, mein Alter, sagt Ábraham, komm nur her zu mir, wir sind doch schon so lange zusammen, da kennst du mich doch, was? Komm jetzt her.

Und Gestur kommt näher und näher, jetzt ist er nur noch ein paar Armlängen entfernt. Schau, und jetzt legt er sich hin, wedelt zaghaft und kriecht zu dem Mann hin, legt sich ihm vor die Füße, schaut zu ihm auf und leckt ihm die Schuhe mit seiner dünnen, roten Zunge. Ábraham greift nach dem Seil, das Gestur noch immer um den Hals hat, und geht mit dem Hund hinunter an den Rand der Steilküste. Gestur bleibt stehen, zittert. Er winselt und versucht, seinen Herrn milde zu stimmen. Sein feuchtes Fell dampft, und obwohl er seinen Schwanz so stark eingezogen hat, als wolle er ihn verstecken, versucht er, ein wenig mit der äußersten Schwanzspitze zu wedeln, ja Gestur macht sich so klein und nichtig, dass er Ábraham mit der Schnauze über den Hals fährt und ihm das bärtige Kinn leckt, als sich dieser herunterbeugt, um das Seilende an einen Stein zu binden. Und pinkelt vor lauter Angst, die Pisse läuft über den Felsboden und sammelt sich in einer Mulde zu einer Pfütze. Das Wetter ist kalt und still, sodass es aus der Mulde und vom Rinnsal dampft.

Ábraham hat den Stein festgebunden und packt den Hund, aber Gestur wehrt sich, spreizt die Krallen und stemmt sich gegen den felsigen Boden, doch es nützt alles nichts, er winselt, zeigt die Eckzähne und schnappt nach Ábrahams Hand. – Du Satan, schreit Ábraham, beißt du, und wirft das, was er in Händen hält, in die Tiefe.

Diesmal glückte es besser. Gestur kam nicht wieder hoch. Etwas Weißes blitzte unten im dichten Tang auf, wie die helle Unterseite eines Fisches. Das war Gestur.

Spät am Abend kam der Bauer Ábraham müde und verschwitzt nach Hause. Aber er kam nicht allein. Er hatte das Schaf dabei.

*(1967)*

*Steinbjørn B. Jacobsen*

# Das Kind

Nur wenige waren bei der Beerdigung dabei. Sie, die Schwester ihrer Mutter und deren Mann, sonst niemand. Die Tante hielt das Tor auf. Ihr Mann trug den Sarg unter dem Arm. Sie hatte den Wagen bezahlt, der bereits wieder auf dem Rückweg war. Oben auf der Straße fuhren Autos vorbei. Ihr war, als würden die Leute zu ihnen hinuntersehen, doch niemand beachtete sie. Der eine oder andere warf vielleicht im Vorbeifahren einen flüchtigen Blick hinunter. Am anderen Ende des Friedhofes wurde gearbeitet. Das Lärmen einer Maschine drang zu ihnen, und ein Mann in Arbeitskleidung kam ihnen entgegen. Leise sagte er etwas und zeigte ihnen, wo es war. Der Mann der Tante setzte den Sarg vorsichtig ab, dann nahm er ihn mit beiden Händen wieder auf und stellte ihn in das kleine Grab, in dem reichlich Platz war. Nun hatten sie hinter sich, wovor sie sich so gefürchtet hatten. Die Tante hüstelte. Ihr Mann hatte die Hände gefaltet, er gehörte einer Glaubensgemeinschaft an. Es wirkte so merkwürdig, und sie fuhren zusammen, als er auf einmal zu sprechen begann, obgleich er beinahe flüsterte. Er sprach von Jesus, davon, dass man sich an ihn halten müsse, er sei gut, bei ihm sei man gut aufgehoben, und er wisse am besten, was für uns alle das Beste sei. Plötzlich sagte er Amen und fragte, ob sie nicht etwas singen sollten. Er fing mit ganz leiser Stimme an, es war ein bekanntes Kirchenlied, und anfangs sangen sie mit, doch sie konnten nur die erste Strophe und hier und da ein Stück, versuchten aber mitzusummen, doch auch er konnte nicht das ganze Lied und sang nur die Stellen, die er konnte. Dann standen sie einfach still um das Grab und blickten unschlüssig auf den Sarg. Der Mann in Arbeitskleidung trat mit einem Spaten in der Hand auf sie zu, als wollte er ihnen behilflich sein. Doch früher und dort, wo sie herkamen, war es üblich gewesen, den Friedhof erst zu verlassen, wenn die Grabstätte fertig hergerichtet war. Sie traten zurück, um ihm Platz zu machen. Zunächst schaufelte er etwas Erde an die Seiten des Sarges, als wollte er nicht, dass der Deckel etwas abbekäme, mitunter aber fiel etwas auf ihn. Das gab ein hartes, seltsames Geräusch. Die Erdschicht wuchs schnell, und zusehends verschwand das Weiß. Ein Klumpen rollte auf den letzten Flecken, nun war nur noch Erde zu sehen. Die Tante streckte sich und seufzte leise, es war ein Seufzer der Erleichterung. Der Mann deckte das Grab sorgfältig mit Grassoden ab und brachte verschiedene Kleinigkeiten in Ordnung, dann aber war er fertig, richtete sich auf, ohne sie anzusehen, und entfernte sich langsam.

Die Tante hatte die ganze Zeit über einen Kranz in den Händen gehalten, nun trat sie vor und legte ihn nieder. Sie berührte das Grab mit der Hand und bewegte ein wenig die Lippen, als würde sie lautlos etwas vor sich hin sprechen. Der Mann der Tante legte ebenfalls seine Hand auf das Grab. Die Tante ergriff nun ihre Hand und führte sie sachte ans Grab. Sie hatte auch etwas gekauft. Sie beugte sich vor und legte es nieder, dabei bewegte sie auch ein wenig den Mund, ihre Gedanken aber standen völlig still. Sie war innerlich ganz leer und unfähig, irgendetwas zu sagen oder zu denken. Dann entfernten sie sich langsam von dem Grab, drehten sich noch einmal um und verließen den Friedhof.

Als sie den Friedhof verlassen hatten, zog sie ihren Arm vorsichtig zurück. Die Tante fragte, ob sie nicht noch kurz mit zu ihnen kommen wolle. Sie hatte die erste Zeit, als sie hierher gekommen war, bei ihnen gewohnt. Doch die Verhältnisse waren sehr beengt gewesen, und die Tante hatte sich in alles eingemischt. Sie war wie die Mutter. Ein Mädchen bei der Arbeit hatte ihr dann von einem billigen Zimmer erzählt, und sie hatte das Glück gehabt, es zu bekommen. Als sie an eine Kreuzung kamen, bedankte sie sich bei ihnen und sagte, sie müsse versuchen, wieder zur Arbeit zu gehen. Ja, meine arme Kleine, ganz wie du willst, Arbeit ist die beste Medizin, und die Zeit heilt alle Wunden, ich werde deine Mutter anrufen, dann brauchst du dich darum nicht zu kümmern.

Es war gut, allein zu sein. Sie kam an einer Bank vorbei und hätte sich am liebsten hingesetzt, doch das ging nicht, das sah so seltsam aus, niemand tat das. Sie konnte nirgends hin, nur zu sich nach Hause. Sie hatte nicht die Kraft, zur Arbeit zu gehen. Sie hatte auch den ganzen Tag frei bekommen. Das Zimmer war nicht groß, es gab ein Bett, einen kleinen niedrigen Tisch, den sie selbst gekauft hatte, und einen Wandschrank. Sie hob etwas vom Boden auf, um ein wenig Ordnung zu schaffen. Wie schnell das ging. Nun war alles vorbei. Sie blickte an sich herab, drehte sich ein wenig. Ja, sie war genauso dünn wie vorher. Man sah ihr nichts an. Die Worte der Mutter kamen ihr in den Sinn, als sie vorige Woche angerufen und es ihr gesagt hatte. Die Mutter war erleichtert gewesen. Man wisse nicht, wozu es gut sei. Diejenigen, die frühzeitig diese Welt verließen, hätten es gut getroffen. Hier gebe es doch nichts als Enttäuschung und Leid. Und für sie sei es auch das Beste. Das Kind habe es gut, dort, wo es jetzt sei, und sie sei nun wieder frei und ungebunden. Die Leute würden schnell vergessen. Nur ihre nächsten Angehörigen und Bekannten wüssten Bescheid. Sie solle nun froh sein. Ihre Mutter dachte bestimmt, dass es ihr jetzt besser ginge. Den wenigen, denen sie davon erzählt hatte, war deutlich anzusehen gewesen, dass es doch nur ein Glück für sie sei. Sie blickte in den Spiegel. Das hübsche Mädchengesicht darin war ihr fremd. Ihr war, als sei das nicht sie selbst, die sie dort sah.

Draußen fuhr ein großer Lastwagen vorbei. Das Haus erbebte, und der Spiegel begann zu zittern. Bei ihrer Ankunft hatte es ihr hier noch gut gefallen, aber sie hatte sich nie ganz zu Hause gefühlt. Vieles hier war ihr fremd. Doch es machte ihr Spaß, Geld zu verdienen und sich etwas kaufen zu können, das ihr gefiel. Und tanzen zu gehen, obwohl sie sich nie ganz frei gefühlt hatte. Sie war sich immer ein wenig allein vorgekommen, auch wenn sie häufig aufgefordert wurde. Und meistens wurde sie von irgendjemandem nach Haus gebracht.

Jener Abend kam ihr wieder in den Sinn. Mit ihm hatte alles angefangen. Oft hatte sie sich gewünscht, sie wäre an jenem Abend nicht tanzen gegangen. Sie hatte einige Male mit einem Jungen getanzt, den sie noch nie vorher gesehen hatte. Der Junge sah gut aus und war nett. Er gefiel ihr sehr, und sie hatten sich so gut unterhalten. Doch dann waren sie unterbrochen worden. Sie hatte Sanna getroffen, mit der sie zusammen arbeitete, und da waren sie getrennt worden. Während sie mit Sanna sprach, war Tummas Pauli aufgetaucht. Sie kamen beide aus demselben Dorf, kannten sich aber nur flüchtig. Jetzt tat er so, als hätte er schon immer viel mit ihr zu tun gehabt. Wahrscheinlich deshalb, weil er hier sonst niemanden kannte. Als die Musik wieder einsetzte, tanzten sie miteinander, und dann war er ihr nicht mehr von der Seite gewichen. Den anderen Jungen sah sie nicht mehr, obwohl sie sich nach ihm umsah. Nachdem sie eine Weile getanzt hatten, begann sie sich zu langweilen, und um von Tummas Pauli wegzukommen, sagte sie, dass sie sich draußen etwas zu essen holen würde. Doch er kam einfach mit.

Bei einer Imbissbude lud er sie ein, und dann waren sie ein wenig weitergegangen. Als sie zu der Straße kamen, die zu ihrem Haus führte, wünschte sie ihm eine gute Nacht. Sie dachte, damit sei sie ihn los. Jetzt, wo sie vor dem Fenster stand, machte sie eine hastige Bewegung, so als wollte sie etwas von sich abschütteln. Immer schon war sie ein wenig dumm und unbedacht gewesen. Er hatte sie in den Arm genommen und gesagt, dass er sie begleiten könne. Sie wich etwas zurück und tat so, als sei nichts gewesen. Beleidigen wollte sie ihn ja nicht. Als sie das Haus erreicht hatten, sagte sie wieder Gute Nacht und versuchte, ihm klar zu machen, dass er nun nicht weiterkomme. Doch er blieb nicht stehen. Auf der Treppe sagte sie noch einmal hastig Gute Nacht und wollte schnell in die Wohnung hinein, doch er kam einfach hinterher und fragte, ob sie ihn nicht auf einen Kaffee einlade. Natürlich konnte er etwas Warmes zu trinken bekommen, aber ihr war nicht wohl dabei und sie wäre am liebsten wieder weggegangen. Als sie ins Zimmer getreten waren, versuchte er mehrmals, sie zu küssen, und sie hatte sich ihm jedes Mal entzogen. Bekomme ich keinen Kuss, bevor ich abfahre, wir stechen heute Nacht in See. Sei so lieb. Und sie hatte ihm schließlich nachgegeben. Er setzte sie aufs Bett und beugte sie nach hinten. Sie versuchte wieder, sich zu wehren, aber er war viel größer als sie. Wäre sie doch nie hineingegangen. Hätte einfach vor der Tür wieder umgedreht. Er redete zärtlich auf sie ein, sagte, wie furchtbar gern er sie habe. Sie war dadurch etwas ruhiger geworden, doch sie empfand nichts Besonderes für ihn, auch nicht, als er sie küsste. Dann hatte er angefangen, sie anzufassen. Sie schob seine Hand weg. Ein ums andere Mal, doch er hörte nicht auf. Von Zeit zu Zeit hielt er inne und küsste sie. Dann fing er wieder an. Immer schon hatte sie zu schnell aufgegeben. Als es ihm wieder gelungen war, ihr die Hosen etwas runterzuziehen, gab sie erschöpft nach. Sie hatte sie mehrmals wieder hochgezogen, doch jetzt ließ sie ihn einfach gewähren. Er murmelte etwas. Sie brauche keine Angst zu haben. Er würde ja nur. Eine Weile versuchte sie noch, die Beine zusammenzupressen. Er war stark erregt, und es tat ein wenig weh, als er in sie eindrang. Sie hatte eigentlich nichts gegen Tummas Pauli. Er war vielleicht ganz in Ordnung, aber sie fühlte einfach nichts dabei. Während er es tat, versuchte sie, mit geschlossenen Augen an den Jungen zu denken, mit dem sie getanzt hatte. Da empfand sie etwas dabei. Doch sie konnte sein Bild nicht so lange festhalten. Das Ganze dauerte nicht sehr lange. Er kam sehr schnell. Er war etwas verlegen, wirkte auf einmal ganz klein. Sie empfand keine besondere Abscheu gegen ihn. Sie war nur erleichtert, dass es vorbei war. Fast fühlte sie so etwas wie Mitleid in sich aufsteigen. Er aber hatte sich eine Zigarette gedreht und etwas davon gemurmelt, dass sie wohl bald ablegen würden. Er hatte sie geküsst und sich so halb bei ihr entschuldigt. Sie war nicht aufgestanden, hatte einfach die Decke über sich gezogen und war dann so, wie sie dalag, eingeschlafen, während ihr die Bilder des Jungen, mit dem sie getanzt hatte, im Kopf herumgingen.

Einige Tage später hatte sie den Vorfall fast vergessen, sie hatte nicht mehr daran gedacht. Erst als das, was normalerweise jeden Monat eintrat, ausblieb, bekam sie Angst. Lange hoffte sie, es würde wiederkommen, doch es blieb aus. Sie betete, hüpfte, rannte, hob schwer, presste sich zusammen, doch nichts half. Eine Zeit lang dachte sie daran, es wegmachen zu lassen. Sie hatte von jemandem gehört, doch das tat man nicht, und sie kannte auch niemanden. Lange dauerte es, bis sie jemandem davon erzählte. Eine Zeit lang hatte sie sich gewünscht, einen Brief von Tummas Pauli zu bekommen, aber sie hatte ihn nicht wieder gesehen. Bestimmt hatte er davon gehört, dass sie schwanger war, doch vielleicht dachte er, er sei nicht der Vater. Ihre Mutter war sehr bekümmert gewesen, als sie es ihr gesagt hatte. Sie hatte geschimpft und gefragt, wie sie so leichtsinnig hatte sein können. Sie hatte nichts darauf erwidert, was hätte sie auch sagen sollen. Sie fühlte sich nicht schuldig. Vollkommen unschuldig. Was hätte sie denn tun sollen. Um Hilfe rufen. Ja, das hätte sie wohl tun sollen. Sie hätte ihn nicht hineinlassen sollen. Sie setzte sich aufs Bett. Unzählige Male hatte sie diese Gedanken gedacht, und jedes Mal hatte ihr der Kopf davon zu schmerzen begonnen.

Eine Weile saß sie einfach da und starrte vor sich hin, dann legte sie sich hin und zog die Decke über sich. Die Zeit, die sie schwanger war, war ihr so entsetzlich lang geworden. Nun war alles vorbei. So als hätte es nie existiert. Sie hatte sich vor der Geburt gefürchtet und auch entsetzliche Schmerzen gehabt, und dann war es wie in einem Rausch vor sich gegangen, und nun hatte sie fast vergessen, wie es gewesen war. Plötzlich war alles vorbei. Sie fühlte einen Stich in der Brust, und eine angenehme Wärme durchströmte sie. Wie zum Erbarmen klein und schön es gewesen war. Sie hatte versucht, ihm die Brust zu geben, doch es hatte kaum Kraft, und sie nahmen es ihr wieder ab. Sie selbst war ebenfalls ganz schwach gewesen und fast auf der Stelle eingeschlafen. Nie zuvor hatte sie ein solches Gefühl gehabt.

Als sie wieder wach war und nach ihm fragte, sagten sie, dass irgendeine Kleinigkeit mit ihm nicht in Ordnung sei, das müsse aber nichts bedeuten. Es würde jetzt untersucht. Zuletzt sagten sie, es sei nicht lebensfähig gewesen, es sei so geboren. Und es starb. Wie hatte sie sich danach gesehnt, es wiederzusehen, doch sie sah es erst wieder, als es aufgebahrt war. Sie sah es vor sich, wie es auf der Bahre lag. Sie hätte es gern gestreichelt, es berührt, doch sie hatte nur dagestanden und sich über es gebeugt. Und dann hatten sie es hinaus zum Wagen getragen. Es in den Kofferraum gelegt. Der Mann der Tante trug es und legte es auch ins Grab. Der weiße Sarg. Sie sah einen weißen Fleck vor sich, der zusehends kleiner wurde. Ein weißer Fleck, dann war alles dunkel. Der weiße Fleck kam immer wieder, wuchs ein wenig und verschwand. Kam wieder zum Vorschein, wuchs und war wieder weg. Da brach es aus ihr heraus. Sie drückte das Kopfkissen vor das Gesicht und weinte. Weinte jetzt einfach, ohne sich an etwas zu erinnern, ohne etwas vor sich zu sehen, bis auf etwas Weiß, ab und zu.

*(1975)*

*Karsten Hoydal*

# Der Wachmann

Seit fast zwei Jahren wohnen wir am äußersten Punkt der südamerikanischen Küste, mit Blick auf den Pazifischen Ozean. Aus dem Wohnzimmerfenster würde man als nächstes Land wohl Indochina und die Inseln nördlich von Australien sehen. Würden wir unterhalb des Äquators geradewegs nach Westen segeln, kämen wir nach dreitausend Meilen in Singapur an.

Unser Haus liegt so dicht am Meer, dass man sofort im Wasser steht, wenn man bei Hochwasser aus der Tür tritt. Zu beiden Seiten des Hauses erstreckt sich heller sanfter Sandstrand, und das Geräusch der See klingt Tag und Nacht in den Ohren. Wellen, die drüben an der asiatischen Küste in die Höhe gewachsen sind, schlagen hier gegen den flachen Strand und vergehen in einem kurzen Raunen, das das Ohr auffängt und bewahrt.

Etwas nördlich des Hauses befindet sich der Landungsplatz. Dort liegen an die zwanzig Boote, auch der Fischerkahn meines Freundes Anchundia wird dort an Land gezogen. Das Erste, was ich morgens erblicke, wenn ich bei Tagesanbruch den Kopf aus der Haustür stecke, ist Anchundia. Mitunter sitzt er am Strand und blickt unentwegt aufs Meer hinaus, schätzt die Aussichten für den Fischfang ab; mitunter ist sein Netz bereits ausgesetzt, und er steht bis zu den Schultern im Wasser und zieht es über den Grund. Wie viele andere Fischer auch hält sich Anchundia überwiegend unten am Landungsplatz zwischen den schwarzen Einbäumen auf, die im Wald aus großen Holzstämmen gearbeitet und dann hinunter ans Meer geschleppt wurden. Wenn die Männer gegen Mittag zurückkommen, legen sie sich oft am

Strand schlafen, halten inmitten der Boote ihre Siesta; und abends, wenn der Sand feucht sein kann, liegen sie in den Booten. Man wähnt sich am Landungsplatz ganz allein, dann sieht man plötzlich über den Relings Köpfe auftauchen und schrickt zusammen.

Anchundia ist beim Auswerfen des Zugnetzes immer von einer stattlichen Mannschaft umgeben, was, wenn ich ihn recht verstanden habe, seine Vor- und Nachteile hat. Ich habe ihm keine aufdringlichen Fragen stellen wollen, doch hat mir jemand gesagt, dass er siebzehn Kinder habe, und da wird wohl etwas dran sein. Acht der Männer, die mit dem Netz beschäftigt sind, sehen ihm nämlich ausgesprochen ähnlich, es sind nicht sehr hoch gewachsene, eher stämmige Jünglinge mit leichten O-Beinen und dunkler Hautfarbe, doch das ist hier, wo alle ziemlich dunkel sind, kein besonderes Kennzeichen. Offensichtlich hat sich ihr Blut kaum mit dem feinen spanischen vermischt und ist ziemlich ursprünglich geblieben. Wie Anchundia mir erzählt hat, sind vier seiner Töchter »gegangen«. Ohne weiter nachgefragt zu haben, habe ich ihn so verstanden, dass sie sich mit irgendeinem viel versprechenden jungen Mann zusammengetan haben und nicht länger bei Anchundia wohnen. Hier, wo sich zwei Drittel der Bevölkerung, noch bevor sie unserer Vorstellung nach im heiratsfähigen Alter sind, zu Paaren zusammenfinden, ohne das zu sein, was wir rechtmäßig verheiratet nennen, ist man besser etwas zurückhaltend und fragt den Leuten kein Loch in den Bauch. Doch drei Töchter sind noch übrig, das hat mir Anchundia selbst erzählt, und sie haben oft am Strand gesessen, wenn das Zugnetz ausgeworfen wurde. Sowohl das Netz als auch das Boot – ein ziemlich grob gearbeiteter Kahn, schwer wie ein Unglück, der sich nur mit Mühe an Land ziehen lässt – gehören Anchundia.

Eines von Anchundias daheim gebliebenen Mädchen geriet in solche Umstände, dass er – jedenfalls für eine gewisse Zeit – einen Mund mehr zu stopfen hatte.

Eines Sonntagmorgens früh – es wird nun etwa anderthalb Jahre her sein – wurden wir durch lautes Klopfen an der Tür geweckt. Als ich öffnete, stand Anchundia mit dreien seiner Söhne vor der Tür. Sie waren sichtlich erregt und forderten mich auf, sofort mit ihnen auf die Polizeiwache zu kommen. Da es mir aber ratsam schien, mir Klarheit darüber zu verschaffen, um was es ging, bevor wir uns zur Polizei begaben, und ich selbst mir keiner Schuld bewusst war, bat ich sie, mir alles zu erzählen.

Hier muss ich kurz einflechten, dass mir bald ein Zusammenhang aufging; manchmal hatte ich eine Ahnung gehabt, dann aber nicht weiter daran gedacht, vielleicht hätte ich die Sache doch ernster nehmen und Einspruch erheben sollen, solange es noch nicht zu spät war. Aber das ist immer das Gleiche mit mir, immer bringe ich den Leuten Vertrauen entgegen und manchen mehr, als sie verdienen. Vielleicht irre ich mich ja, wenn ich meine, dass die meisten Verwicklungen dazu neigen, sich von selbst aufzulösen. Ich weiß es einfach nicht.

Eine knappe Achtelmeile östlich von dem Haus, in dem wir wohnen, bauen wir ein Gefrierhaus für den Fisch. Als Erstes errichteten wir eine Bambushütte für den Wachmann. Der hatte einen Hund, der furchtbar bissig war. Und weil es immer wieder vorkam, dass Wachmänner getötet wurden, sei es auf den Schiffen, die draußen vor Anker lagen, oder auch an Land, kauften wir ihm zusätzlich ein Gewehr und erwirkten für ihn die schriftliche Genehmigung zu dessen Benutzung, von der er selbst keinen Buchstaben lesen konnte. So ausgerüstet, würde er sich bei einem nächtlichen Angriff unter allen Umständen verteidigen können, dachten wir. Die Hütte lag nicht weiter als ein, zwei Seillängen von Anchundias Haus entfernt, und da die Straßenbeleuchtung nur bis zu unserem Haus reichte, war es in mondlosen Nächten dort draußen völlig finster.

Tagsüber, wenn ich die Arbeiten beaufsichtigte, damit alles wie angeordnet vonstatten ging, bemerkte ich manchmal eine von Anchundias Töchtern, die scheinbar mit den Küken beschäftigt war oder sich anderweitig außerhalb des Hauses zu schaffen machte. Mir war auch aufgefallen, dass sie ab und zu verstohlen zu uns herüberblickte und dass Vicente, so hieß der Wachmann, ihren Blick auffing und erwiderte. Ich kannte das Mädchen, hatte ihr morgens sehr oft zugesehen, wie sie unten am Strand den anderen half, das Netz an Land zu ziehen. Sie stand stets mit nackten Beinen im Wasser und zog am Netz, in einem dünnen, hellen Kleid, das bei jedem Zug am Körper spannte. Ich hatte sie auf etwa sechzehn Jahre geschätzt. Einmal sah ich, wie der Hund – ein großes, schwarzes Biest, dem ich mich nicht zu nähern wagte – wedelnd auf das Mädchen zulief, sanft wie ein Lamm. Da dachte ich mir meinen Teil, sagte aber nichts und vergaß es dann wieder.

»In welcher Angelegenheit wollen Sie sich an die Polizei wenden?«, frage ich Anchundia.

Einer seiner Söhne wollte etwas sagen, doch Anchundia unterbrach ihn. »Es wird am besten sein, wenn ich es selbst erzähle«, meinte er. Und nachdem er einen kurzen Moment nachgedacht hatte, sagte er: »Es geht um diesen Wachmann, den ihr habt, er hat einer meiner Töchter etwas angetan.«

Er sagte dies mit so großem Ernst, dass ich erschrak. Und weil ich ständig an den Hund und das Gewehr denken musste, drängte es mich zu erfahren, ob sie irgendwie zu Schaden gekommen sei.

»Hat er den Hund auf sie gehetzt?«, fragte ich.

»Nein«, erwiderte Anchundia, »hätte er das nur getan.«

»Was, er wird doch nicht zum Gewehr gegriffen haben?«

Als ich dies gefragt hatte, war Anchundia anzusehen, dass ich mich seiner Meinung nach entweder dümmer stellte, als ich war, oder ihn zum Besten hielt. Einen Augenblick lang herrschte Schweigen. Ich sah ihm an, dass er seine Worte so zu wählen versuchte, dass er das, was zu sagen war, in einem Schwung sagen konnte, ohne mir Gelegenheit zu weiteren Fragen zu geben.

»Als wir gestern Abend vom Strand zurückkamen, sagte mir

meine Frau, dass ihr unsere jüngste Tochter – sie heißt Esperanza – nicht gesund zu sein scheine. Ich hatte nichts davon bemerkt, doch als ich nach Hause kam, sah ich deutlich, dass meine Frau mit ihren Worten recht gehabt hatte. Esperanza war abgemagert und ungewohnt gelblich im Gesicht. Wir sprachen sie darauf an, doch sie reagierte gereizt und bestritt heftig, dass ihr etwas fehle. Es gab Tränen. Ich wollte dann nichts mehr sagen, aber später am Abend kam meine Frau zu mir und sagte, dass Esperanza schwanger sei. Das wäre nicht nötig gewesen«, fügte Anchundia hinzu, »ich hatte längst erraten, was los war.«

»Und dafür wollen Sie also den Wachmann verantwortlich machen?«

»Außer Vicente sehe ich niemanden, der dem Mädchen näher gekommen ist«, sagte Anchundia. »Heute Morgen haben wir sie so lange gedrängt, bis sie endlich damit herausgerückt ist.« Er hielt inne und räusperte sich. »Ja, ich sage es frei heraus. Wir beschuldigen Vicente, Esperanza vergewaltigt zu haben.«

Anchundia breitete die Arme aus, die Handflächen nach oben gedreht. Er schien mir mit dieser Geste zwei Dinge sagen zu wollen: einerseits, dass er, so wie die Dinge lägen, ruiniert sei, und andererseits, dass damit alles gesagt sei, was es zu sagen gab. Er blickte gekränkt zu Boden. »Sie ist fünfzehn«, fügte er hinzu und zog mit diesen drei kurzen Worten einen dicken, ernsten Strich unter das zuvor Gesagte.

»Seid ihr schon bei Vicente gewesen?«, fragte ich.

»Ja«, erwiderte Anchundia, »aber er behauptet, völlig unschuldig zu sein. Natürlich.«

»Und was wollt ihr dann bei der Polizei?«

Anchundia antwortete mir, ohne zu zögern: »Er soll bezahlen. Und wenn er das nicht will, soll er ins Gefängnis.«

Es schien mir nicht ratsam, für Vicente Abbitte zu leisten. Ich erbot mich, ihn zu feuern, sodass er Anchundia keinen weiteren Verdruss bereiten könnte. Doch das hätte ich nicht tun sollen, denn Anchundia meinte, mein Vorschlag sei noch schlimmer, als gar nichts zu tun.

»Entweder nimmt er das Mädchen zu sich, oder er muss bezahlen.«

Natürlich. Bei diesen Bedingungen war es nicht verwunderlich, dass Anchundia von einer Kündigung Vicentes nichts wissen wollte. Die Polizei sollte nur helfen, ihn zur Räson zu bringen. Es war leicht zu begreifen, was sich Anchundia und seine Söhne dachten: Wenn wir Vicente bei unserem ersten Vorstoß um seine bezahlte Arbeit bringen, stehen wir mit leeren Händen da.

Vor dem Haus trennte ich mich von Anchundia und seinen Söhnen. Sie setzten sich auf die Dünen oberhalb des Hauses, während ich den Strand entlangging, um wie versprochen mit Vicente zu reden.

Es herrschte schönster Sonnenschein. Zu meiner Linken lag das Meer, ruhig und spiegelglatt. Auf den Dünen zu meiner Rechten lagen verstreut die Bambushütten der Fischer, die zum Schutz vor Ratten und Ungeziefer alle auf mannshohen Pfählen standen. Zwischendrin war eine neue Hütte zu erkennen, strohfarben, die alten dagegen waren grau wie der Strand; doch der Sonnenschein verlieh Hütten und Strand einen silbernen Schimmer. Am Strand lagen überall Boote, einige mit dem Kiel nach oben. Unter einem schlief ein Fischer, der wohl am Abend zuvor auf einem Fest so viel gebechert hatte, dass er es nicht weiter an Land geschafft hatte, seinen Rausch aus. Ich sah auch ein, zwei eng umschlungene Liebespaare, die unter umgedrehten Booten Zuflucht gesucht hatten. Auch zwei tote Hunde bemerkte ich. Um sie herum Geier, diese großen, unheimlichen Vögel im Mönchsgewand, die überall dort zur Stelle sind, wo ein Geschöpf unter freiem Himmel stirbt.

Bevor ich die Düne hinaufging, die das Kühlhaus, das wir bauen, und das Haus des Wachmannes verdeckt, blieb ich einen Moment lang stehen und sah den Leuten zu, die zum Baden hinunter an den Strand gekommen waren. Die Frauen gingen in ihren Kleidern ins Wasser und nahmen bei den ersten Schritten in das große, so rätselhafte Meer etwas Salzwasser in die Hand, wuschen sich das Gesicht und bekreuzigten sich. Die jungen Mädchen bekreuzigten sich in aller Hast, während sie mit der anderen Hand ihr Kleid festhielten, damit es nicht hochrutschte. Ich musste an Esperanza denken. Ich hatte mehrmals gesehen, wie sie sich bekreuzigt hatte, wenn sie ins Wasser ging.

Vicente stand vor der Tür, als ich zum Haus kam. Er wirkte liebenswürdiger und freundlicher als sonst, aber das war mir gleich.

»Ist Anchundia hier gewesen, und hat er mit dir gesprochen?«, fragte ich.

»Ja«, antwortete Vicente, »er schaut oft vorbei.«

»Ist er heute Morgen hier gewesen?«

Vicente nahm die Zigarette aus dem Mund und betrachtete einen Moment lang interessiert die Glut an ihrer Spitze. Dann sah er mich an. Sein Gesicht war das eines unschuldigen Kindes. »Nein«, erwiderte er, »heute Morgen ist Anchundia nicht hier gewesen.«

»Und wie ist es mit Esperanza? Ich habe gehört, dass sie dich ab und zu besucht.«

Ich sah, wie Vicente verlegen wurde.

»Sag mir nun die ganze Wahrheit«, fuhr ich fort, »es nützt dir nichts, mich anzulügen. Anchundia ist heute Morgen vier Mann hoch bei mir gewesen, und ich weiß, dass sie direkt von dir kamen. Ich brauche dir nicht zu erzählen, dass sie dich bei der Polizei anzeigen wollen, weil du Esperanza vergewaltigt hast.«

»Vergewaltigt«, wiederholte Vicente. »Sie hat mich doch kaum in Ruhe gelassen.«

»Was du da sagst, wird wohl nur die halbe Wahrheit sein«, meinte ich. »Du weißt sicher besser als ich, dass sie ein Kind erwartet, und Anchundia ist nicht der Mann, der dich so einfach ohne Schadenersatz davonkommen lässt.«

Als ich Vicente fragte, was er zu tun gedenke, stand er bloß da und lächelte wie ein einfältiger Mensch, der weder aus noch ein weiß. Er tat mir leid. Es war mehr als deutlich, wie jung und unreif er war. Er zählte nicht mehr als achtzehn Jahre.

»Du hast zwei Möglichkeiten, entweder du nimmst Esperanza zu dir, oder du bezahlst, was Anchundia verlangt.«

Ich erhielt von Vicente keine klare Antwort. Er versprach nur, es sich bis zum Nachmittag zu überlegen.

Während ich mit Vicente sprach, hatte ich das Gefühl, dass wir nicht allein waren. Jemand beobachtete uns. Ich wusste, dass man im Haus von Anchundia durch die Ritzen zwischen den Bambusstangen herüberspähen konnte. Mir war auch aufgefallen, dass sich Anchundia und seine Söhne so auf die Düne gesetzt hatten, dass sie uns sehen konnten. Aber ich war mir nicht sicher. Um alle Zweifel auszuräumen, nahm ich den Weg zurück durch »el bosque«. So wurde das Waldstück hinter den Sanddünen genannt. Immer, wenn ich hindurchging, überkam mich die Lust, Verstecken zu spielen. Hier gab es vortreffliche Schlupfwinkel. Die Bäume waren niedrig und so dicht, dass, ohne Zweige abzubrechen, von der Straße her kein Durchkommen war. Doch wenn auf der Straße jemand ging, konnte man seinen Kopf sehen. Am Rand dieses Wäldchens lagen das Kühlhaus und die Hütte des Wachmannes, etwas weiter landeinwärts das Haus von Anchundia. Manchmal hatte ich Anchundia beim Brennholzschlagen im Wald gesehen; er benutzte dazu stets eine »macheta« – ein schwertähnliches Messer, anderthalb Ellen lang, das man wie eine Axt handhabte.

Ich hatte richtig vermutet. Als ich mich unserem Haus näherte, standen Anchundia und seine Söhne auf und kamen mir entgegen. Es gefiel ihnen nur wenig, dass ich keine andere Nachricht für sie hatte, als dass ich am Nachmittag noch einmal mit Vicente sprechen würde. Und Anchundia sagte, dass er eine Entscheidung erwartet hätte.

Als ich mich aufmachte, um nochmals mit Vicente zu sprechen, und mich dem Wachhäuschen näherte, wunderte es mich, dass die Tür zu war und ich den Hund nirgends entdecken konnte. Die Tür stand tagsüber normalerweise offen, und wenn der Hund nicht draußen war, kam er, sobald sich jemand näherte, herausgeschossen.

Vor der Tür angelangt, erschrak ich vollends. Die Tür war von außen verschlossen. Ich lugte zwischen den Bambusstangen hindurch und sah, dass der Hund drinnen war. Doch das Gewehr? Schnell blickte ich in die Ecke, wo es normalerweise hing. Es war verschwunden.

Anchundia, der sich völlig lautlos bewegen kann, hatte wohl auch schon einen Verdacht gehabt. Bevor ich michs versah, stand er jedenfalls neben mir. Mir war, als sähe ich die Spur eines Lächelns über sein Gesicht huschen. Mir schien, dass er ein weiteres Mal darin bestätigt wurde, dass »el gringo«, der Fremde, der mit Vicente bislang zu keiner Entscheidung gekommen war, dies auch kaum je erreichen werde. »Die Tür ist verschlossen«, sagte Anchundia und schaute zwischen den Bambusstangen hindurch in die Hütte hinein. Sicher fiel ihm dasselbe auf wie mir. Doch keiner von uns beiden sagte ein Wort.

Als wir auseinander gingen, hatte ich das Gefühl, Anchundia hätte es verdient, dass ich etwas sagte, das eine Lösung andeutete, einige glaubwürdige Worte darüber etwa, dass ich und Vicente ihn angemessen entschädigen würden. Aber ich fand keine Worte. »Ich komme morgen früh wieder«, war das Einzige, was ich herausbrachte. Es klang albern und inhaltslos.

Am nächsten Morgen machte ich mich bei Tagesanbruch auf, Vicente zu suchen. Von der Düne beim Wachhäuschen hatte ich einen guten Überblick über »el bosque«. Da sah ich die Köpfe einiger Männer, die mit einer Last die Straße entlangkamen. Zwei der Männer trugen eine dicke Bambusstange auf ihren Schultern, an der etwas befestigt war. Sie kamen direkt aufs Wachhäuschen zu. Jetzt erkannte ich sie. Es waren Anchundias Söhne.

Als sie aus dem Wald heraustraten, sah ich, dass das, was sie an der Stange trugen, ein Mensch war. Er war in Segeltuch eingewickelt. Ich hatte wiederholt Männer auf diese Weise Kranke zum Arzt bringen sehen. Doch jetzt bemerkte ich, dass das Segeltuch mit Blut getränkt war.

Sie gingen zum Haus, sie waren zu fünft. Und einer trug Vicentes Gewehr. – Sie lösten das Segeltuch von der Stange, trugen es mitsamt seinem Inhalt in das Wachhäuschen und legten es dort auf den Fußboden. Sie taten dies ruhig und ohne zu sprechen, als handle es sich um eine bestimmte Aufgabe, die es zu erledigen galt. Ihre Gesichter zeigten keine Spur des Bedauerns. Sie hatten das Schloss an der Tür aufgebrochen, um ins Haus zu gelangen, und verhielten sich so, als sei alles, was dort herumlag, ihr Eigentum. Der Hund bekam einen solchen Schlag mit der »macheta«, dass er auf der Stelle tot war.

Ich hatte wie betäubt dagestanden und kam erst wieder richtig zu mir, als ich die Stimme eines der Anchundia-Söhne hörte. »Er ist tot«, sagte er. »Wie?«, fragte ich. Einer der Söhne schwang eine »macheta«. »Damit«, sagte er. »Wir haben ihn nicht getötet, er ist verblutet. Ich musste zuschlagen, um uns zu verteidigen. Er hat zuerst geschossen, doch ohne zu treffen. Also blieb uns keine andere Wahl. Wir gehen jetzt zur Polizei, um alles zu erzählen.«

»Ihr werdet für das, was ihr getan habt, nicht ungestraft davonkommen«, sagte ich traurig und erregt zugleich.

»Wir haben dir doch gesagt, dass wir uns verteidigen mussten«, erwiderte derjenige, der Vicentes Gewehr trug. »Durfte er da draußen auf freier Wildbahn damit herumspazieren?«, fragte er und hielt mir das Gewehr vors Gesicht.

Anchundias Söhne hatten sich am Abend auf die Suche nach Vicente gemacht. Bei Tagesanbruch waren sie auf ihn gestoßen. Jemand hat mir später erzählt, dass Vicente so verängstigt war, dass er nicht schießen konnte. Doch einen Beweis dafür gibt es nicht. Er hatte das Gewehr bei sich, nur das stand fest.

Ich war mir ziemlich sicher, dass Anchundias Söhnen nichts

geschehen würde, denn ich wusste von mehreren Morden aus Rache, wo der Täter straffrei geblieben war.

Aber Vicente war so jung, so unreif. Er war sicher geflohen, weil er Angst vor der gewalttätigen Polizei hatte, die die jungen Männer fast zu Tode prügelte. Vicente hat das Ausmaß seiner Tat nicht erfassen und begreifen können. Und die Angst hatte ihn übermannt.

Ich war nicht dabei, als sie kamen, um ihn nach Hause zu tragen. Einige Tage später kam sein Vater, um seine Hinterlassenschaften abzuholen. Es gab nicht viel. Zwei Hemden und ein Paar Lederschuhe, die er von seinem ersten Lohn als Wachmann gekauft hatte. Es waren die ersten Schuhe seines Lebens gewesen, und sie hatten immer blitzblank geglänzt. Sein Vater sagte mir, dass Vicente einen starken Hieb auf die rechte Schulter bekommen hatte.

Es bekümmert mich, dass ich mich überhaupt auf so ungeschickte Weise in die Meinungsverschiedenheit zwischen Vicente und Anchundia eingemischt habe. Es hätte nicht schlimmer ausgehen können, wenn sie ihren Streit selbst zu schlichten versucht hätten. Doch Anchundia kam zu mir, und ich wollte Vicente ungern der Polizei in die Hände fallen lassen. –

Einen Tag vor Heiligabend kam Anchundia nachmittags mit vielen Helfern hinunter an den Strand, und in der Abenddämmerung wurde das Netz an Land gezogen, es war prall gefüllt mit kleinen Fischen, höchstens so groß wie einjährige Seelachse. Das Boot mit den Fischen wurde weiter heraufgezogen. Wenn wir den Kopf drehten, konnten wir es vom Wohnzimmerfenster aus am Landungsplatz liegen sehen. Die Luft war schwül und drückend, im Haus war es stickig.

Die See war völlig ruhig. Als es dunkel wurde, zündete Anchundia eine große Kerze an und stellte sie auf eine Ruderbank seines Bootes. Dann setzten sich alle – Alt und Jung, Kinder und Enkelkinder – um das Boot herum und warteten, bis die Fische an die Leute, die vorbeikamen, verkauft waren. Anchundia und seine Söhne saßen hinter dem Boot im Dunkeln und blickten umher. Anchundias Frau hatte sich ins Boot gesetzt, und wenn jemand etwas kaufte, reichte sie ihm den Fisch und nahm das Geld entgegen. Zwei Töchter halfen ihr. Auch Esperanza war da. Sie saß ein wenig von Anchundia entfernt, mit einem kleinen Jungen auf dem Schoß, im Licht, rein und schön, wie eine Madonna mit Kind. – Und wenn ein Gefühl der Andacht unter einem hohen Sternenhimmel auch die einzige Verbindung hierzu ist, so musste ich doch an ein Bild aus einem Buch Maxim Gorkis denken, *Meine Kindheit,* wo er beschreibt, wie er und seine Großmutter sich an einem sternenhellen Abend draußen im Garten schlafen legten.

Ich ging hinunter zum Boot, um zwei Fische zu kaufen. Anchundia stand auf, als er mich sah, und überreichte mir eigenhändig die Fische und nannte ihren Preis. Normalerweise handelte ich immer mit ihm, dieses Mal jedoch ließ ich es sein, obwohl der Preis mindestens doppelt so hoch war wie sonst. Und Anchundias Lächeln war übertrieben freundlich, als ich ihm das Geld gab.

*(1971)*

*Gunnar Hoydal*

# Liebeskummer

Ich war dreizehn, als ich beschloss, einen Roman über Liebeskummer zu schreiben. Er sollte so ergreifend und großartig werden, dass ich dachte, ich müsse ihn in einer Fremdsprache schreiben, damit er weit genug in die Welt hinausreiche. Außerdem gab es, soviel ich wusste, für einen Roman dieses Kalibers auf den Färöern viel zu wenig Liebeskummer.

Nun ging es freilich nicht um meinen eigenen Liebeskummer. Es war der meines Bruders. Gegen seinen Liebeskummer war meiner ganz unbedeutend, den ich gehabt hatte, als wir die Färöer verließen und ich Rannvá zwischen all den anderen Menschen auf dem Kai ganz allmählich verschwinden sah. Nichts blieb als der kleine, helle Fleck eines Gesichtes, den man in der Menge nur mit Mühe nicht aus den Augen verlor, und einen Augenblick lang war ich gerührt, denn wir wussten ja nicht, wann wir zurückkehren würden. Oder ob wir überhaupt jemals zurückkehren würden, und wenn, dann bei lebendigem Leibe! Und da würde Jógvan sie sich sicher längst geschnappt haben.

Nein, dachte ich später, mein eigener Liebeskummer war so klein, dass er höchstens für eine färöische Novelle reichte. Aber Egils! Gott weiß, ob es da genügen würde, auf Dänisch zu schreiben. Deutsch oder Englisch wären vielleicht besser, immerhin war in der Schule so viel bei mir hängen geblieben, dass ich auf dem Weg von der Stadt hinauf nach Hause in beiden Weltsprachen vor mich hin singen konnte. Spanisch wäre auch eine Möglichkeit, jetzt, wo wir nach Südamerika gekommen waren.

Nach Ecuador, einem kleinen Land im Westen am Pazifik,

wo die Sonne senkrecht am Himmel steht. Auf einem Foto ist Egil zu sehen, fünfzehn Jahre alt; ohne Schatten und breitbeinig steht er vor einem Königsdenkmal, das nördlich der Hauptstadt Quito genau auf dem Äquator errichtet wurde. Das linke Bein auf der nördlichen Halbkugel, das rechte auf der südlichen. Es scheint ein bedeutender Augenblick zu sein, sein Blick ist starr und sehr ernst, sein Kinn unnatürlich weit in die Höhe gereckt, breite Schultern hat er. Um ihn herum eine Schar neugieriger Kinder, denn Erwachsene in kurzen Hosen bekommen sie hier oben in den indianischen Bergen nicht oft zu sehen. Unsere kleine Schwester steht auch da, verglichen mit den anderen Kindern wirkt sie kreidebleich; ich und Kjartan sind nicht mit auf dem Bild, ich hatte ihm gesagt, diese kurzen Hosen seien einfach zu peinlich, und er machte immer, was ich für richtig hielt. Doch jetzt hatten die Dinge bereits angefangen, sich zu verändern. Ich hatte bemerkt, dass er mich beim Wachsen zu überholen begann, und das machte mir zu schaffen, denn die Viertelstunde, die ich älter war als er, hatte ich ihm immer vorausgehabt, und sie berechtigte mich dazu, ihm gegenüber den Ton anzugeben.

Auf einem anderen Foto steht Egil wieder so da, er hat sich für die Aufnahme richtig in Positur geworfen. Diesmal trägt er eine Badehose, denn wir sind vom Hochland an die Küste gezogen, in die Stadt Manta. Er hält seinen rechten Arm vor den Körper, umfasst mit seiner linken Hand das Handgelenk und zieht mit aller Kraft, sodass seine Arm- und Brustmuskeln deutlich hervortreten, sie sind ganz schön entwickelt, wie man sieht. Doch Espinales, der etwas weiter hinten steht, sieht noch besser aus. Von der Brust bis zur Hüfte reihen sich seine Muskeln wie Felsvorsprünge aneinander. Man sieht, wie sich Egil anstrengt und tief Luft geholt hat, während Espinales einfach nur lächelnd mit den Händen in den Seiten dasteht. Etwas weiter zum Rand hin stehe ich im Handstand; zu Kjartan habe ich gesagt, er brauche nicht mit aufs Bild, er kann ja bloß Purzelbäume schlagen, daher ist er es, der das Foto gemacht hat.

Espinales muss zwanzig, vielleicht einundzwanzig gewesen sein, er konnte manchmal etwas schroff wirken, war aber trotzdem freundlich und hilfsbereit. Wegen irgendeiner Blutkrankheit konnte er nicht mit den anderen zum Fischen hinausfahren; außer sonntags half er jeden Tag auf dem großen Markt, auf dem der Handel der Stadt sich überwiegend abspielte. Doch gab es auch einige gewöhnliche Geschäfte mit Ladentisch und Regalen wie in Tórshavn, die Inhaber waren meist Deutsche oder Italiener, die nach dem Krieg hierher gekommen waren, um, soweit wir das verstanden hatten, irgendwelchen Schwierigkeiten aus dem Weg zu gehen. Bei denen kauften wir ein, denn Vater hatte vor kurzem seinen Blinddarm verloren und war dadurch, was Lebensmittel anging, nicht weniger empfindlich geworden als früher. Bei Dosen wisse man, woran man sei, meinte er; was sie aber auf dem Markt alles verkauften, diese Waren direkt aus der Natur, das könnte doch wer weiß wie behandelt sein. Ständig stellte er sich vor, wie er vergiftet dalag, von seiner Witwe und den jetzt vaterlosen Kindern umgeben, einsam und vergessen in einem fremden Erdteil. Deshalb nahm er uns ab und zu beiseite und sagte uns, was wir in dem Fall zu tun hätten: wie wir wieder zurück nach Hause kämen und was wir mit seinem Leichnam machen sollten.

Wir wohnten im Armenviertel der Stadt. Irgendwie war da zwischen die armseligen Hütten ein vierstöckiges Betongebäude geraten. Unten hatte es eine Kolonnade, eine Art überdachten Bürgersteig mit Säulen zur Straße hin. Das war der meistbevölkerte Teil des Hauses, und wenn wir ins Haus wollten, mussten wir oft über die Leute steigen, die dort mittags und nachts lagen. Sonst wohnte niemand in dem großen Gebäude, nur ein Deutscher, der die Tür verriegelte, sobald er uns auf der Treppe hörte, sowie seine Frau, die Geschwulste hatte, die wie kleine Hörner aus ihrem Haar ragten, fast wie die Stirnzapfen eines Widderlamms. Mit seinen leeren Fenstern glotzte das Haus über die Hütten hinweg, bekam höchstens ein kleines Auge dazu, als Vater das UNO-Schild aus seinem Reisegepäck holte und anschraubte, im Übrigen aber schien es wenig geneigt, einen Blick auf das zu werfen, was draußen vor sich ging.

Oben hatte es ein Flachdach mit einem Wasserbehälter, den einige ältere Jungen jeden Morgen auffüllten, sie wuchteten die Wassertonnen von den Maultieren auf ihre Rücken, schleppten sie dann alle Treppen hoch und gossen das Wasser in den Tank, damit es bei uns unten aus den Hähnen fließen konnte. Das Wasser wimmelte vor Leben, seine Oberfläche war stets über und über mit Moskitos bedeckt, die um den Platz für das Ablegen ihrer Larven kämpften. Weiter hatte das Dach eine umlaufende Kante, hier konnten wir stehen und über die graue Stadt, den Strand und aufs Wasser blicken: Immer lag eine Art grauer Dunst über der Landschaft. Von hier aus sah man auch das weiße Zelt des Freiluftkinos; die Dunkelheit war zuverlässig und kam Abend für Abend zur gleichen Zeit, legte sich wie ein Deckel über die Häuser, bis der Projektor ein Loch in die Finsternis schnitt und galoppierende Sheriffs und Liebespaare aus Hollywood in die Nacht hinausschickte.

Es war uns nicht ausdrücklich verboten, allein auf den Marktplatz zu gehen, und wir wussten, dass Egil dort oft mit Espinales zusammen war. Etwa zwei Monate lang glaubten unsere Eltern, dass er nachmittags immer zum Baden ging. Meine Neugierde wuchs, und eines Tages beschloss ich, ihm nachzugehen und herauszufinden, was er wirklich machte. Kjartan sagte, er wolle mitkommen; ich war mir nicht sicher, ob das in Ordnung war, aber als er mich ansah, stellte ich fest, dass er inzwischen genauso groß war wie ich. Und was war schon dabei, ich würde schon auf ihn aufpassen.

Wir wollten Egil aufspüren, aber so, dass wir zwar ihn, er aber nicht uns sehen konnte. Wir wussten, dass Espinales' Mutter und seine Schwestern einen Marktstand hatten, wo sie die Fische verkauften, die ihnen sein Vater und die Brüder brachten. Oft sahen wir zu, wie sie ihren Fang anlandeten, kleine Fische, die sie mit einem Netz in der Nähe des Strandes fischten, und größere Fische, vor allem Tunfische, die man auf offener See von einem dieser Spielzeugboote aus fing, die mit dem Morgenwind hinaussegelten und gegen Mittag, wenn der Wind die Richtung wechselte und wieder vom Meer her blies, zurück an Land kamen.

Wir suchten überall, doch der Markt war ein einziges Durcheinander aus Geschrei, Lärm und Gerüchen. Es gab Obst, Gemüse, Fisch, verschiedene Sorten Wurst, Brot, gekochte Innereien, und Fliegen und Insekten, die alles Essbare bedeckten, während sich unten am Boden unterschiedliche Arten von Käfern und vereinzelte Skorpione tummelten. Kleine Jungen rannten laut rufend zwischen den Ständen umher, verkauften Bürsten oder Lose oder hausgemachtes Eis auf Holzkisten mit Deckeln, kleine, in aufgeweichtes Zeitungspapier eingepackte Eiswürfel in verschiedenen Farben. Ihre Rufe vermischten sich mit der Musik aus unzähligen Radiogeräten, so, als habe jeder Stand nicht nur seinen eigenen Geruch, seine eigene Farbe, sondern auch einen eigenen Klang.

Graue zottelige Schweine wälzten sich grunzend zwischen den Beinen der Leute und waren eine Plage für die Bettler. Kjartan warf etwas in die Blechschale eines kleinen Mädchens mit verdorrten Beinen, obwohl ich ihm sagte, dass uns dann die anderen nicht mehr in Ruhe lassen würden. Kaum hatte ich ausgesprochen, spürte ich einen stechenden Schmerz auf dem Fußrücken, erschrocken machte ich einen Satz und dachte, es hätte mich vielleicht jemand gehört. Doch es war nur ein Huhn, das die verdammte Warze an meinem Fuß entdeckt hatte, und mit einem Tritt beförderte ich es unter einen Tisch, sodass einige lose Federn in die Luft stoben. Meine Tat fand keinen Beifall, im Nu war ich von aufgeregt schreienden Leuten umringt, zum Glück war Kjartan so schlagfertig und erklärte ihnen, dass wir das Huhn zum Abendessen kaufen wollten, es sei deswegen. Eine zornige Frau langte unter den Tisch, hackte dem Huhn den

Kopf ab und warf es uns zu, es zappelte noch, und hier war an Feilschen nicht zu denken – es kostete uns alles, was wir bei uns hatten.

»Los, weg hier!«, sagte ich wütend und beschloss, das Huhn irgendwo im Sand zu verscharren, auf keinen Fall würde ich es mit nach Hause nehmen und dann Erklärungen abgeben müssen. Aber Kjartan wollte nicht mit, er versprach, auf mich zu warten. Etwas abseits vom Getöse des Marktes warf ich den Kadaver einigen Geiern zu, die sich gerade über eine Ratte hermachten. Und kaum hatte ich mich umgedreht, stießen noch mehr dieser hässlichen Vögel vom Himmel. So hatte ich doch eine gute Tat vollbracht.

Als ich zurückkam, war Kjartan nirgends zu sehen, vielleicht war ich auch an der falschen Stelle. Aber ich stieß zufällig auf den Stand von Espinales, der mit seinem Vater Kisten ins dahinter gelegene Zelt trug. Ich fragte nach Egil. Nein, er sei nicht da. Ob er sonst nicht immer hier sei? Espinales machte irgendwelche Zeichen, dass ich den Mund halten solle, aber ich verstand nicht richtig, was er meinte. Sein Vater blickte mich ganz finster an, als ich meine Frage wiederholte. Espinales stand hinter ihm, und ich begriff, dass er wollte, dass ich verschwinde.

So schlenderte ich auf dem Markt umher, entdeckte aber weder Egil noch Kjartan. Ich nahm mir eine Mango und biss hinein, doch dann fiel mir ein, dass ich überhaupt kein Geld mehr bei mir hatte, ich legte sie zurück, aber ein älterer Junge hatte mich gesehen und hielt mich fest, Leute kamen hinzu, ich musste mich losreißen, rannte weg und kam mit heiler Haut davon, nur irgendwas Klebriges traf mich noch unterm Ohr; ich hatte nicht die Zeit herauszufinden, ob es die Frucht war, die ich angebissen hatte.

Ich kam mit einem unguten Gefühl nach Hause, und alle meinten, dass ich mich nicht gerade mit Ruhm bekleckert hätte. Ob ich jetzt auch schon auf dem Markt den Mädchen nachlaufe, fragte meine kleine Schwester. Ich begriff nicht, warum

Kjartan sie unsanft anstieß und Egil auf einmal so angespannt wirkte. Mutter blickte von einem zum anderen, während unser Vater, wie so oft, seinen eigenen Gedanken nachhing, er hörte und sah nichts.

Als wir drei dann unter uns waren, bekamen sie was zu hören, besonders meine kleine Schwester, was ihnen eigentlich einfalle, fragte ich sie.

»Bist du denn blind?«, fragte Kjartan. »Fällt dir nichts auf?«

»Was denn?« Mein Blick war noch schärfer als sonst, ich dachte an meine Viertelstunde, was bildete er sich ein.

»Siehst du nicht, dass Egil verlobt ist?«, sagte meine kleine Schwester, »Egil und Gracia!«, fügte sie ein wenig spitz hinzu.

Ich musste laut lachen. Was wussten diese beiden Kleinkinder von solchen Dingen? Ich dagegen hatte meine Erfahrungen, ich war in Tórshavn in der »Plantage« Hand in Hand mit Rannvá spazieren gegangen und hatte dem Schnattern der Enten und dem Sausen in den Bäumen in der Dunkelheit gelauscht, *ich* wusste Bescheid, sie aber, was wussten sie schon vom Leben?

»Er hat auch Angst«, sagte Kjartan.

»Er traut sich nicht, es Mama und Papa zu sagen«, fügte meine kleine Schwester hinzu, fast klang es so, als ob dieser Zwerg mir etwas beibringen wolle.

»Er schleicht sich jetzt nachts aus dem Haus«, sagte Kjartan. Wieder musste ich lachen. Ich lag schließlich jede Nacht neben ihm, Kjartan auf der einen, Egil auf der anderen Seite, er konnte nirgends hin, ohne dass ich es mitbekam.

»Er tut mir leid!«, sagte meine kleine Schwester. »Er weint!«

Er weint? Mir war aufgefallen, dass seine Augen in letzter Zeit rot und verschwollen waren. Und neulich war ich nachts durch ihn wach geworden, obwohl ich normalerweise einen tiefen und festen Schlaf hatte.

»Er hat Husten«, sagte ich, »er ist nur erkältet!« Und plötzlich fühlte ich mich selbst auch nicht mehr ganz gesund.

Ich hatte einigen Stoff zum Nachdenken bekommen. So viel war klar, irgendetwas stimmte nicht, und als der Älteste nach Egil hatte ich die Verantwortung, jetzt, wo er so abwesend und ganz in Gedanken versunken zu sein schien. Ich beobachtete ihn, wenn wir am Vormittag gemeinsam zur Schule gingen; er hatte die ganze Zeit den Blick auf den Sandweg gerichtet, auf dem man nur mühsam vorwärts kam, und sah nur auf, wenn uns irgendetwas entgegenkam, ein Mensch oder ein Esel. Und in unserem Klassenzimmer, das eine Bambushütte war, schrieb er das, was uns auf Spanisch vorgelesen wurde, nur sehr unzureichend mit:

El aire està formada principalmente de oxigeno y de nitrogeno en la porción de veintiún partes de oxigeno y sesentaynueve partes de nitrogeno. Die Luft besteht hauptsächlich aus Sauerstoff und Stickstoff, und zwar aus 21 Anteilen Sauerstoff und 69 Anteilen Stickstoff.

Auch die Nationalhymne konnte er nicht richtig: »¡Salve oh Patria, mil veces! ¡Oh Patria!« Das Licht fiel durch die Ritzen zwischen den Bambusstangen, und der Lehrer, der uns getrennt von den anderen unterrichtete, weil wir so weit zurück waren, schnäuzte sich, wedelte die Fliegen fort und war unzufrieden.

Das ging so eine ganze Weile. Ich dachte an Rannvá und kam zu dem Ergebnis, dass die Sache ernst sei. Mutter und Vater hatten einen ähnlichen Schluss gezogen und mit ihm zu reden versucht, aber er wollte nichts sagen. Ich hörte, wie Mutter im Wohnzimmer sagte, dass etwas geschehen müsse, doch Vater meinte, ach was! Er kenne das, das sei eben so in diesem Alter, ihm sei es mit fünfzehn mit einer aus Hvítanes genauso ergangen, das gehöre einfach dazu und habe wenig zu bedeuten, es sei wie eine Erkältung. Für meinen Teil musste ich ihm wohl oder übel recht geben – abgesehen von seiner letzten Behauptung, dass es wenig zu bedeuten habe. Denn ich dachte daran, was Jógvan jetzt wohl trieb; sein Glück, dass ich das Land hatte verlassen müssen, doch eines Tages würde ich wiederkommen!

Die Fastenzeit stand bevor, und die Stadt hatte ihre Vorbereitungen für den großen Karneval getroffen. Auf dem Markt waren zusätzliche Buden für Zauberer, Missgeburten und Wahrsagerinnen aufgestellt worden, und vor einem neu dazugekommenen Zelt, hinter dem fünf kleinere Zelte aufgebaut waren, stand eine Reihe von Männern vor einem Tisch, an dem eine aufgeputzte, aber ziemlich verlebt aussehende Frau mit Strickzeug saß und Geld entgegennahm. Oben trugen die Zelte schöne, handgemalte Schilder mit Mädchennamen; ich begriff gut, was das zu bedeuten hatte, aber der Gedanke, dass Kjartan es ebenfalls begreifen könnte, war mir ein wenig unangenehm.

Ich beobachtete Gracia, Espinales' Schwester, sie stand ganz in der Nähe und verkaufte Fisch, den sie aufschnitt und in der Hand wog, bevor sie einen Preis festsetzte. Wie ein Mädchen, das auf einmal unversehens erwachsen geworden ist. Sie stand im Licht, goldene Härchen wuchsen auf ihren Armen, unter ihren Achseln aber waren die Haare weicher und dunkler. Wie ihre Schwestern war sie dunkelhaarig und hatte schwarze Augen, doch ihre Haut wirkte goldener, schien von innen zu glühen, ich sah ein Leuchten von ihr ausgehen. Von Zeit zu Zeit sah sie mich an, als ob ich irgendwie wichtiger wäre als die anderen, aber sie wusste nicht genau, ob sie mir zulächeln sollte, sie versuchte es, aber die Falte zwischen ihren Augenbrauen ging nicht ganz weg.

In diesen Tagen herrschte ein heilloses Durcheinander. Die Männer waren betrunken, und Mutter wollte uns nicht aus dem Haus lassen. Aber die Frau mit den Widderlammbeulen hatte sich neues Haar gekauft und war außerordentlich zufrieden mit sich. »For the twins!«, sagte sie auf Englisch, »für die Zwillinge«, und gab uns eine große Schachtel mit Luftballons. Kjartan blies die Ballons auf und ließ sie dann los, das war nichts Besonderes, also hielt ich meine unter den Wasserhahn, sie schwollen an wie übergroße Tropfen. Dann nahmen wir sie mit aufs Dach, und ich brachte Kjartan und meine kleine Schwester dazu, sie auf die Leute zu werfen, die unten vorbeigingen.

Noch am selben Abend wurden wir erwischt. Ich wollte wahrheitsgemäß sagen, dass ich es nicht gewesen sei, aber sie streuten uns beiden Juckpulver unters Hemd, und die Leute riefen uns nach, wir hätten hier nichts verloren und sollten uns lieber nach Hause in die USA verziehen, wir lausigen Amerikaner, statt anständige Leute zu belästigen. Kjartan, den jemand beim Werfen gesehen hatte, wurden die Hosen ausgezogen, und er landete mitten auf der Straße. Mir gelang es zu entkommen, indem ich unter den Tischen auf allen vieren zwischen Kisten und Abfall davonkroch. Bis ich mich plötzlich im Stand von Espinales wiederfand!

»Na los!«, sagte Espinales, »komm raus, du kleiner Schnüffler!« Aber Gracia stand neben ihm, sie nahm mich mit hinein zu ihren Schwestern, und ich brachte kein Wort heraus, denn alles an mir brannte wie Feuer. Sie zogen mich aus, gossen mehrere Eimer Wasser über mir aus und legten mich auf eine Pritsche, die nach Sommerlachs roch. Sofort schlief ich tief und fest wie ein Stein.

Als ich aufwachte, saß Gracia bei mir. Sie schien mir Rannvá ähnlich zu sein. Um ihre Augen lag etwas Weiches, Anmutiges, sie saß da, blickte vor sich hin und wiegte ihren Oberkörper ein wenig vor und zurück, so als singe sie eine innere Melodie vor sich hin. Als sie sah, dass ich wach war, beugte sie sich über mich, lächelte und legte ihre Wange an meine. Gefühle und Tränen überwältigten mich.

Mit der Zeit wurde das Ganze offensichtlicher. Mutter hatte Vater dazu gebracht, die Angelegenheit mit größerem Ernst zu betrachten, für mich aber hatte eine qualvolle Zeit begonnen. Sie gingen jetzt ab und zu zusammen am Strand spazieren, Egil stand mit angespannten Muskeln da und hielt Gracia in die Höhe, während mir nichts anderes übrig blieb, als in einiger Entfernung einen Handstand zu machen. Vor uns saß Kjartan, lächelte mild und hing seinen Gedanken nach; ich sah, dass er selbst im Sitzen schon genauso groß war wie ich.

Egil fühlte sich nun sicherer, doch wenn ich in ihrer Nähe badete oder sie insgeheim beobachtete, wirkte Gracia auf mich mitunter ganz bleich, und das Licht, das ich um sie herum gesehen hatte, schien allmählich zu erlöschen, ich konnte meinen Blick nicht abwenden und litt, denn ich konnte nichts tun; das Sausen aus der »Plantage« strömte durch mich hindurch, und ich wusste jetzt über das Leben, dass die Hoffnung mit großer Furcht einhergeht. Gracia war scheu und kam nie zu uns nach Hause, aber sie freundete sich mit meiner kleinen Schwester an, vielleicht weil diese die Sprache am schnellsten gelernt hatte. Und wenn meine Schwester dann wieder nach Hause kam, fragten wir sie aus, was Gracia gesagt habe, wo sie gewesen sei und was sie getan habe.

Doch plötzlich wurde alles anders. Vater war mit dem Aufbau einer Fischfabrik im Wald nördlich der Stadt beschäftigt. Bald war so viel in Gebäude und Maschinen investiert worden, dass man einen jungen Wachmann anstellte. Eines Morgens war er tot. Aus dem, was die Erwachsenen erzählten, konnten wir uns zusammenreimen, dass er mit einem Mädchen zusammen gewesen war, obwohl deren Vater Nein gesagt hatte, und ihre Brüder hatten ihn dann mit einem Sensenmesser erschlagen.

Da wurde Vater wach. Und einige Tage später kam aus heiterem Himmel die Nachricht, dass wir Kinder möglichst bald von hier fortsollten, um in die Schule zu gehen. Flugtickets wurden gekauft, sie würden uns bis Quito begleiten, und es wurde mit der dortigen Botschaft vereinbart, uns quer durch die ganze Welt wieder nach Hause zu bringen.

Die Entscheidung war gefallen, alle waren aufgeregt, alle fühlten sich schlecht. Aber ich hatte jetzt, da man auf Egil nicht zählen konnte, die Verantwortung und verstand gut, dass es keine andere Möglichkeit gab. Mach es kurz und schmerzlos. Ich versuchte, mit Egil darüber zu sprechen, aber er hörte mir nicht zu, ging nur im Zimmer auf und ab, und nun war es Kjartan, der die entzündeten Augen hatte.

Eines Nachts schreckte ich plötzlich auf und sah, dass Egil weg war. Meine kleine Schwester und Kjartan standen am Fenster und flüsterten miteinander, und als ich mich bemerkbar machen wollte, stürzten sie sich auf mich und hatten mich, eh ich mich versah, gefesselt und mir eine Decke über den Kopf geworfen. Ich wurde fuchsteufelswild, und es gelang mir, so viel Krach zu machen, dass die Erwachsenen wach wurden und ins Zimmer stürmten.

Wir wurden einem Verhör unterzogen, aber die beiden sagten kein Wort. Vater war außer sich und wollte sich sofort auf die Suche machen. Ich begriff den Ernst der Lage, zog mich rasch an und lief ihm nach. Wir gingen durch die dunkle Stadt, der Markt war wie ausgestorben, nur die Gerüche hingen noch in der Luft, man hörte irgendein Nachttier im Abfall scharren, sonst war es totenstill. Wir gingen am Strand entlang und leuchteten mit der Taschenlampe die Dünen und das niedrige Buschwerk ab. Doch ohne Erfolg.

Vater meinte, wir dürften keine Zeit verlieren, und am anderen Morgen ging er in aller Frühe zu Espinales und seinen Eltern, um mit ihnen zu sprechen. Weder Espinales noch seine Schwestern wussten irgendetwas, sein Vater war wütend und schimpfte über die Amerikaner, die sich nicht damit zufrieden geben konnten, andere für Geld und Gut auszuplündern und zu quälen. Doch die Brüder kamen trotzdem mit, um beim Suchen zu helfen, und überall lief ein Trupp Kinder den Männern hinterher. Vater war schweißgebadet, er litt unter der Hitze und seiner Angst und der Neugierde, die die ganze Nachbarschaft vor die Türen trieb.

Mir war auch nicht wohl zumute, ich ging weg und begann, auf eigene Faust zu suchen. Und am Nachmittag fand ich sie. Mir war das Wachhäuschen eingefallen, das jetzt einige Zeit leer gestanden hatte. Die Tür war verschlossen, doch als ich dagegen drückte, gab sie ein wenig nach, so als hätte man sie mit Holzstützen verkeilt. Der Spalt reichte aus, um zu sehen, dass sich drinnen etwas bewegte. Als ich rief, dass ich sie gesehen hätte, sprang die Tür auf, und im nächsten Augenblick bekam ich einen solchen Schlag ins Gesicht, dass ich rückwärts in den Sand fiel. Über mir stand Kjartan.

Egil rührte sich nicht. Er stand nur da und hielt das lange Brot in der Hand, das Kjartan ihnen mitgebracht hatte, fast wie eine Waffe, doch jetzt verließ ihn der Mut, und er begriff, wie sinnlos das Ganze war. Gracia sah ich nicht, ganz benommen stolperte ich davon, und mein Herz klopfte so stark, dass mir schier das Blut aus den Ohren sprang. Eine große Welle schien über mir zusammenzuschlagen und mich in einem Wirbel aus Sand, Licht und Lärm auf den Grund des Meeres zu ziehen, und während sich meine Lungen mit Salzwasser füllten, wusste ich, dass nur Gracia mich wieder an Land bringen konnte.

Doch ich sah sie nie wieder. Am nächsten Tag reisten wir ab. Ein grauer Tag nach starken Regenfällen. Es war nicht sicher, ob die beiden kleinen Flugzeuge auf der aufgeweichten, schweren Piste überhaupt würden starten können, das Fahrwerk sank tief ein im Sand. Mein Vater, meine kleine Schwester und Kjartan saßen in der vorderen Maschine; aus der hinteren sahen wir sie über die Piste schlingern und abheben.

Egil blickte starr vor sich hin, als wir ebenfalls starteten; Mutter hielt seine Hand, die ohne Leben zu sein schien. Ich blickte auf den kleinen Fleck vor uns, wo die anderen schwebten, eine kleine Mücke über den Regenwäldern auf dem Weg einmal quer durch die ganze Welt nach Hause. Ich dachte an Rannvá, aber ich wusste, dass ich Jógvan verzeihen würde. Denn jetzt hatte ich so viel zu tun bekommen. Ich wusste alles über das Leben und würde einen Roman schreiben über Liebeskummer. Vielleicht auf Spanisch, damit er weit genug herumkäme. Und während die Anden näher kamen und sich allmählich am Horizont erhoben, entschied ich, wie er heißen sollte: »Heimliche Tränen«.

*(1982)*

*Gunnar Hoydal*

# Weit weg und blass

Deine Briefe nach Hause sprachen von Ratlosigkeit. Zwischen den Zeilen stand, dass dir alle Wege versperrt seien und du nicht wüsstest, was aus dir werden sollte.

Dein Vater antwortete, die Stürme seien nun zurück und das Heu noch nicht ganz eingebracht.

Du schriebst von der dänischen Hauptstadt, die für dich nicht länger der Ort der Sommerferien war, sondern Alltag, nicht länger ein einziges Fest mit viel Sonnenschein, sondern voller Lärm und Ungewissheit.

Der Vater schrieb zurück, dass er vielleicht die Kuh abschaffe, jetzt, wo er der Landesregierung angehöre, könnte es mühsam sein, sich nach einer zähen Sitzung noch auf den Melkschemel zu hocken.

Wie sollte es weitergehen? Früher hatte sich alles in festen Bahnen bewegt, jetzt solltest du für dich selbst verantwortlich sein und deine eigenen Entscheidungen treffen.

Du schriebst, du wüsstest vielleicht schon, was du tun wolltest, doch du seist dir nicht sicher, vielleicht solltest du besser etwas anderes in Betracht ziehen, denn es sei ja auch so, dass jede Entscheidung für etwas eine Entscheidung gegen das andere bedeute, das sicher das Richtige für dich gewesen wäre, wenn du vorher besser Bescheid gewusst hättest.

Der Vater antwortete, die Sonne komme kaum noch über den Hálsur und er habe immer weniger Lust, sich an die Herbstschlachtung zu machen; kaum schaffe er es noch, das Messer in die Hand zu nehmen.

»Mach, was du willst«, sagte die Großmutter, »Hauptsache, du wirst nicht Pfarrer.« Das habe sie deinem Großvater nach dessen Theologieexamen auch gesagt: Wenn er es wagen sollte, sich eine Halskrause umzubinden, sei er sie los. Sie habe sich ihr Leben anders vorgestellt als für die Mitglieder irgendeines Gemeinderates in der Provinz Kaffee zu kochen und Kuchen zu backen.

Nach Hause schriebst du, dass du nicht wüsstest, wozu du Lust hast. Du würdest hier eine Vorlesung, dort einen Kurs besuchen und jetzt Unterricht in alten Sprachen nehmen; davon würdest du der Großmutter aber nichts erzählen. Auch Stunden in Mathematik und Chemie und Physik, denn mit einem humanistischen Abitur sei man in dieser kalten Welt zu nichts nütze. Und überall seien Türen: Die Türen vor einem müsse man öffnen, die hinter einem dürften aber nicht zufallen, es müsse alles offen bleiben.

»Hauptsache, du wirst nicht Kaufmann«, sagte die Großmutter, »Hauptsache, du hast nichts damit zu tun, Dinge zu kaufen und zu verkaufen, den Leuten Rechnungen zu schicken und Geld zu zählen.« Und dann erzählte sie von ihrem Vater, einem kleinen Bankdirektor im Provinzloch Løgstør, wie sie sich ausdrückte. Es gehörte einiges dazu, bis sie von ihrer Herkunft erzählte, und sie wollte dich jetzt wohl abschrecken: Beinahe fluchtartig sei sie mit siebzehn in die Hauptstadt abgehauen und habe ihren Lebensunterhalt damit verdient, im Kino Klavier zu spielen; das war, bevor die Filme Ton hatten.

Du schriebst nach Hause, dass man sich nur schwer für etwas entscheiden könne, wenn man von nichts eine Ahnung habe. Du schriebst, dass du krank warst, aber nichts davon, dass du mehrere Tage lang mit Fieber ziellos durch die Straßen gelaufen bist. Zwischen den Zeilen stand, dass die Vorlesungen, die Integralrechnung, die griechischen Aoriststämme und alles andere, womit du dich beschäftigtest, überhaupt keinen Sinn ergaben, dass sie nur alles verdüsterten und dich erstickten.

»Pass bloß auf, dass du nicht in irgendeinem Büro landest«,

sagte die Großmutter und fegte dabei etwas Zigarettenasche vom Tisch in ihren Schoß; ihre Augen waren nicht mehr die besten.

Der Vater schrieb, das Wetter sei in der letzten Zeit nicht schlecht gewesen und man habe reichlich Fisch gefangen.

»Hauptsache, du versprichst, nie in die Politik zu gehen«, sagte die Großmutter, »selbst anständige Leute werden zu Verbrechern, sobald sie an die Macht kommen.«

Dass du immer seltener zum Unterricht gingst, dass du morgens nicht aus dem Bett kamst und nachmittags oft von Kino zu Kino zogst, ohne dich hinterher an die gezeigten Filme erinnern zu können, davon hast du nichts geschrieben.

»Es geht darum, selbst etwas zu tun, man darf nicht nur auf andere hören«, sagte die Großmutter. Es wurde Zeit, dass sie ihre alljährliche Weihnachtsgeschichte ablieferte, und sie durchsuchte die Schubladen nach einer, die so alt war, dass der Verleger und die Leser sich nicht mehr daran erinnerten. »Es geht darum, schöpferisch tätig zu sein«, sagte sie.

Du schriebst nach Hause von den bedrückenden, dunklen Morgen auf dem Fahrrad in der nassen Großstadt inmitten anderer Fahrradfahrer. Reihe um Reihe kamen dir Scheinwerferlichter entgegen, spiegelten sich im Asphalt und in der Karosserie der Autos, die dich von hinten überholten, so dicht, dass du die Oberschenkel an die Stange pressen musstest. Durch die kohlrabenschwarze, nur von einzelnen Lichtern durchbrochene Dunkelheit ein Strom ganz unten auf dem Grund endloser Häuserschluchten. Wer hatte dich in diesen Strom geworfen, was führte dich gerade an diese Straßenecke und auf diesen Platz, unter dieser Brücke hindurch und hin zu den flackernden Leuchtschildern gerade jener Geschäfte? Warum hattest du nun deinen kleinen Anteil an diesem Strudel und folgtest ihm, bewegtest deine Beine unablässig im Kreis, ohnmächtig und willenlos, sodass du am Ende nicht mehr wusstest, wohin du fuhrst, und allein den Strom die Richtung bestimmen ließest, während du krampfhaft versuchtest, dir deine Absicht und den eigenen Namen wieder in Erinnerung zu rufen.

Später schriebst du auch, wie schockierend die klaren Meinungen der anderen für dich waren. Sich anzueignen, was Wissenschaftler und Forscher herausgefunden und aufgeschrieben hatten, das war das eine, dies fiel dir nicht schwer, ans Zuhören und Lernen warst du gewöhnt. Doch hier trafst du plötzlich auf Gleichaltrige, die selbstständig mit diesem Wissen umgingen, die Fragen stellten und eigene Standpunkte vertraten! Das durchfuhr dich jedes Mal wie ein Schock, es ging geradezu ein Leuchten von ihnen aus, und deine scharfsinnigen Mitschüler würden sich nie in einem Verkehrsstrom zwischen dunklen Häuserwänden verlieren, das wusstest du, und du wünschtest dir nichts sehnlicher, als auch einen Standpunkt zu haben, den du begeistert, kühn und scharfsinnig darlegen und verteidigen konntest.

»Gib nichts auf Beruf und Auskommen«, sagte die Großmutter, »überleg dir lieber, wozu du Lust hast.«

Doch du wusstest nicht, wozu du Lust hattest. Du hattest den Eindruck, alles, womit du zu tun bekamst, geschah dir einfach, kreuzte aus unerfindlichen Gründen deinen Weg, ohne dass du danach gefragt, irgendetwas dazu beigetragen oder es gar selbst gewollt hattest. Deshalb musste alles in kleinen Brocken aufgenommen und unterteilt werden in Lektionen, Mahlzeiten, Schlaf, einzelne Tage. Du musstest mit Bedacht vorgehen und dir einen Platz am Rand suchen, dann duldete man dich bestimmt, selbst wenn sich natürlich keiner auch nur im Geringsten für dich interessierte.

Es war ein öder Winter mit schwarzem Schneematsch, deine Hosen klebten an den Oberschenkeln, ständig nass von Regenschauern und dem Spritzwasser der Autos. Lernen und Unterrichtsvorbereitung bis spät in die Nacht, mitunter Zusammenkünfte und lärmende Feste, wo du nirgends warst und nichts als nur ein Blick aus tiefen, dunklen Augen auf talentierte Redner, selbstsichere Mädchen und schwebende Paare, auf die grenzenlose Freiheit der anderen.

Dein Vater schrieb, die Tage würden nun wieder heller, die Sonne habe aber noch keine Kraft. Er legte eine Kantate in fünf Sätzen bei, an der er seit längerem gearbeitet hatte; die Mutter lasse fragen, wie es mit der Kleidung aussehe.

Morgens fuhren die Autos nun nicht mehr mit Licht, die Straßen waren nicht mehr so nass, und eines Morgens strahlten plötzlich alle Häuser blitzblank in der Sonne, jede Regenrinne, jeder Fensterrahmen, jeder Erker, jedes noch so kleine Detail an Hunderten von Häusern leuchtete in der klaren Luft und verkündete, dass etwas Neues geschehen war, oder vielmehr, dass etwas von neuem geschehen war. Die Abgase von der Straße konnten das Licht nicht trüben, kein Verkehrslärm vermochte diesen neuen Frieden, der sich über die Fassaden gelegt hatte, zu stören. Man sah, die Häuser waren Menschenwerk, und in ihnen zeigte sich große Schöpferkraft.

Du schriebst nach Hause, du seist mit deiner Kraft am Ende, das Treppensteigen sei so mühsam geworden, du könnest die Füße kaum heben und deine Knie seien ganz weich, alles Lernen sei umsonst, ein weißer Film liege über deinen Augen, das Essen schmecke nicht, in den Gaststätten bekomme man nichts als Kartoffeln auf den Teller, kaum dass sich in der Soße noch ein Stück Fleisch entdecken ließe, und das meiste schmecke wie wässrige Milch.

Die Großmutter sagte, du solltest die Bücher beiseite legen, sonst würdest du noch als Anwalt inmitten von Regalen voller schwarzer Gesetzbücher enden. Dann mischte sie die Karten, legte sie auf den Tisch und bat dich, abzuheben.

Der Vater schrieb, es mache mehr Spaß, Kartoffelschalen und Brotkrumen zu Hühnerfutter zu verkneten als Mitglied der Landesregierung zu sein. Zum Glück aber niste das Austernfischerpaar wieder in der Nähe des Hauses, da falle einem alles leichter, und der Tag fange gut an.

Plötzlich kamen dir in der Stadt die Bäume entgegen, so viele Tage warst du mit dem Fahrrad unter ihnen entlanggefahren, doch erst jetzt, wo sie Blätter bekamen und ihre Samen auf dich zu segelten, nahmst du sie wahr. Du schriebst nach Hause, dass das Licht dir den Appetit genommen habe.

»Es ist die Pflicht, die die Welt verdirbt«, sagte die Großmutter, »überall hetzen gequälte Krüppel der Uhr hinterher, erfüllen ihre Pflicht und haben ein schlechtes Gewissen.« Sie zündete sich wieder eine Zigarette an und goss sich Kaffee nach. »Überall bedauernswerte Sklaven«, sagte sie.

Du wusstest nicht, wie du zu den Papieren gekommen warst, die besagten, dass dir nun alle Wege offen standen, dass du nun werden konntest, was immer du wolltest. Ingenieur oder Gelehrter, Arzt oder Pfarrer. Du schriebst nach Hause, du hättest noch nie so viel gekonnt und noch nie so wenig gewusst. Du hättest vor, alles möglichst schnell wieder zu vergessen, eine Lehre als Zimmermann zu beginnen und mit den Händen zu arbeiten. Etwas Nützliches zu tun.

Die Großmutter brummte überrascht vor sich hin. Von eingeklemmten Fingern einmal abgesehen habe man in ihrer Familie bisher nichts mit Handwerk zu tun gehabt, meinte sie. Aber warum nicht.

Der Vater antwortete, die Gräben seien jetzt voller Sumpfdotterblumen.

*(1982)*

*Oddvør Johansen*

# Es ist gut, stark zu sein, Maria!

»Wir müssen von dieser Fixierung auf die Vergangenheit wegkommen und über die Gegenwart schreiben.«

Die dunklen Augen blickten eindringlich über die Menge der Zuschauer hinweg, und dann begann der junge Dichter, aus seinem neuen Buch zu lesen. Die Gedichte waren originell und amüsant dazu, und ich stellte fest, dass Hugo Borðan, wie er hieß, Sinn für Mode hatte. Er hatte helle Strähnen im Haar, und an seinem linken Ohr baumelte ein blanker Ohrring.

Er war draußen auf Borðan geboren und aufgewachsen, beim großen Nólsoy-Leuchtturm, der die größte Linse der Welt hat, und seine Mutter war eine gute Bekannte von mir.

Einmal hatte sie mir davon erzählt, wie es war, dort draußen auf dem Leuchtturm zu leben.

Was sie mir erzählte, war so eigentümlich und fesselnd, dass ich meinte, das sei Stoff für einen ganzen Roman. Doch so manches Menschenleben gibt ja, aus der Nähe betrachtet, Stoff für ganze Romane ab.

»Ja«, sagte sie und lachte, »schreib du ihn, sonst macht es keiner.«

Sie hatten lange gewusst, dass sie Borðan verlassen mussten. Trotzdem tat es weh.

»Ein Umzug hat doch immer etwas Trauriges«, sagte ich.

»Das kann schon sein«, sagte sie, »aber dieser war etwas Besonderes.«

Über hundert Jahre lang – seit 1893 – hatte es immer einen

Leuchtturmwärter gegeben. Mehrere kinderreiche Familien hatten dort draußen gewohnt. Jetzt sollte das Ganze allein von einem herzlosen kleinen ferngesteuerten Kasten besorgt werden. Der würde seine Signale irgendeinem blinden Roboter auf der Hauptinsel zuhicksen, der die Botschaften dann weitergab.

»Die Kuh haben wir verkauft«, sagte sie, »die Kartoffeln vom letzten Herbst in Säcke gefüllt und die Wiesen gemäht wie sonst auch. Alexandur wollte es so, alles sollte so sein wie immer. Er war ganz unruhig die letzten Tage. Alles wurde frisch gestrichen und blank poliert. Alles war an jenem letzten Tag in tadellosem Zustand.«

Ich sah ihn vor mir. Alexandur, den Leuchtturmwärter mit den schwarzen Haaren, der in seiner Freizeit Gedichte schrieb.

Ich sah die Liebesgeschichte vorbeiziehen. Die Krankenschwester mit den hellen Haaren, die mit dem Arzt hinaus zum Turm am Ende der Welt kam, um die Leute gegen Tuberkulose zu impfen. Es war an einem grauen Wintertag auf einer kleinen Insel. Da begegneten sie sich zum ersten Mal.

Sie bekamen sechs Kinder, und der Dichter Hugo Borðan war das jüngste.

Nun saß ich in diesem Saal und hörte ihm zu; doch in Gedanken war ich weit weg – ich war draußen auf dem Leuchtturm.

Der Sommer war grasgrün, und wie ein Schloss ragte das weiße Haus aus Felsgestein vor dem Berg auf.

Hier wohnten drei Familien – reichlich viel Volk für einen, der liebt.

»Wir müssen von der Fixierung auf die Vergangenheit wegkommen und über die Gegenwart schreiben«, sagte Hugo Borðan. »Ja, ich denke nicht daran, mit meiner Meinung hinter dem Berg zu halten, das ist mir so was von egal, eine interessante Familie allein macht noch keinen guten Schriftsteller. Die färöischen

Schriftsteller lesen keine Weltliteratur, sie lesen nur, was im heimischen Hinterhof geschrieben wird. Vielleicht lesen sie auch gar nicht.«

Alle Achtung, die jungen Leute trauten sich was. Doch wenn sich die Jungen nicht trauten, wer dann?

Hugo Borðan studierte unten in Dänemark Literatur. Er hatte das große Glück, das große Privileg, die bedeutendsten Literaturen der Welt in Ruhe und Frieden studieren und lesen zu dürfen.

Das ist wohl der größte Wunschtraum für jeden Schriftsteller, in jedem Fall für eine alte Schriftstellerin wie mich.

Hier saß ich, eine färöische Schriftstellerin fortgeschrittenen Alters, die alle zehn Plagen, wie ich die Probleme schreibender Menschen scherzhaft zu nennen pflegte, durchlebt hatte: auf dem Dorf Anfang der Dreißigerjahre geboren, als die färöische Sprache in den Schulen noch nicht fest etabliert war; billiges Papier im Selbstverlag, triste Umschläge, wenige Kollegen, kaum Kritik, kein Interessenverband, und dann die Arbeit als Hausfrau und Mutter von fünf Kindern. Trotzdem machte ich weiter, mühte mich weiter ab, denn ich hatte ein Ziel und eine flammende Vision. Ich wollte dem Leser auf meine Weise vom Leben erzählen, ihm seine eigene Geschichte erzählen.

Und ich liebte es. Das Allerbeste war, dass die Leute es lasen. Sie lasen, was ich geschrieben hatte, und mochten meine Bücher. Später wurden sie im Schulunterricht benutzt, die Studenten der Universität benutzten sie, ihre Lehrer schrieben darüber. Ich wage die Behauptung, dass manche Menschen zum Teil von meinen Büchern lebten. Das machte auch nichts. Ich hatte sie für das ganze Land geschrieben und bildete mir ein, dass sie irgendwie zur Stärkung der färöischen Identität beitrugen.

Oben auf dem Podium nahm Hugo Borðan sein neuestes Buch hervor und begann zu lesen. Ein Gedicht über die Dunkelheit. Die Große Dunkelheit.

Ich war nicht bei der Sache. Seltsamerweise gelang es meinen Gedanken nicht recht, sich auf diese große Dunkelheit zu konzentrieren. Sie flogen davon – wieder hinaus zum Leuchtturm, nach Borðan. Hinein in die blaue Küche mit dem AGA-Herd, wo Hugos Mutter mit einer Garnwinde saß und ein großes graues Knäuel aufwickelte.

Alexandur kam herein, eine Laterne in der Hand. Sein Gesicht war vom Wetter gegerbt, seine Zähne strahlend weiß.

»Das hat aber lange gedauert«, sagte sie.

»Es ist gut, stark zu sein, Maria«, sagte er und küsste sie aufs Kinn.

»Die Fixierung auf die Vergangenheit bedeutet geradezu den Untergang der färöischen Literatur«, ertönte es nun wieder vom Podium.

Hugo Borðan zog an einer Silberkette unter seinem T-Shirt, und als angelte er einen winzigen Seelachs, kam ein kleines Herz zum Vorschein.

»Ich habe einen Wunschtraum«, sagte er, »einen Wunschtraum, ja. Ich träume von einem literarischen Forum, einem literarischen Milieu, wo wir uns gegenseitig sachlich kritisieren können. Knallhart kritisieren, so wie sie es unten in Dänemark tun. Da schütten sie einander mit Kritik nur so zu.«

Er hatte völlig recht. Seine ernsthaften Wunschträume waren dieselben wie die von uns Alten, und seine Wunschträume waren genauso wichtig wie meine.

Hier saß ich – und was waren es im Grunde für Bagatellen, um die meine Gedanken kreisten? Um etwas so Unliterarisches und Nichtssagendes wie Geld. Vielleicht einen Betrag in Höhe der Unterstützung, welche die Studenten monatlich erhielten. Um für das ganze Land zu schreiben. Als eine Art Anerkennung für die sechzehn Bücher, die ich dem färöischen Volk geschenkt hatte. So sahen meine erbärmlichen Wunschträume aus.

Hugo Borðan nahm seine Stahlbrille ab und blickte über die

lauschende Menschenmenge hinweg. Er machte eine lange Pause, während sein Blick zu der Loge hinaufschweifte, wo eine weibliche Abordnung der sprach- und literaturwissenschaftlichen Fakultät dicht gegen die Brüstung gedrängt saß. Dann sagte er: »Mit dem ewigen Gefasel über Großmütter und Großväter, gefährliche Fahrten auf See und abgehangenen Fisch muss Schluss sein, sonst hat die färöische Literatur in der Welt draußen keine Chance.«

Gefasel!

Es war sein gutes Recht, dieser Ansicht zu sein, auch zweifelt niemand daran, dass junge Augen schärfer und besser sehen als alte. Und er schreckte kein bisschen davor zurück, sich hart auszudrücken. Knallhart. Ein weiterer Pluspunkt für die junge Generation.

Gefasel!

Hatte ich wirklich jahrein, jahraus nur gefaselt? Allzu viel über Großmütter und Großväter, gefährliche Fahrten und abgehangenen Fisch gefaselt? Ich musste schmunzeln, das hatte etwas Tragikomisches.

Mein Schriftstellerleben, die zehn Plagen, die Einsamkeit, das Suchen in der Wüste – war all das nur endloses langweiliges Gefasel gewesen?

Irgendwie fühlte ich mich getroffen, denn Kinder und Betrunkene sagen bekanntlich die Wahrheit.

Und schon regte sich der alte Zweifel wieder. Der Zweifel an meinem Können, an meiner Fähigkeit zu denken, an meiner Fähigkeit zu schreiben. Die alten Fragen prasselten auf mich nieder. War ich der Kunst gegenüber demütig genug? War ich gebührend selbstkritisch? Waren meine Bücher mehr als bloße Versuche?

Das Gefasel über Großmütter und Großväter, gefährliche Fahrten und abgehangenen Fisch. Das klang wie ein Gedicht, aber es waren ja auch die Worte eines Dichters.

Doch kann und muss man sich dessen, was man die Welt des Ursprungs nennt, einfach wie eines überflüssigen Gepäckstücks entledigen? Bedeutete das nicht eine Art Amputation?

Hugo Borðan wurde geboren, als der Kalte Krieg seine eisige Hand auf die mächtigsten Länder der Welt legte, er spielte mit Seifenkisten, als kluge Herren das erste Retortenbaby machten und damit anfingen, hirntoten Menschen Organe zu entnehmen. Als die Computer zu flimmern begannen, war er noch nicht erwachsen, und unter seinen Freunden dürfte kaum einer gewesen sein, der hungrig zu Bett gehen musste.

Ich dagegen war ein spindeldürres Margarinekind mit klapprigen Großmüttern und Großvätern, gefährlichen Fahrten und viel abgehangenem Fisch. Ich erinnere mich an die erste Banane bei uns zu Hause und den ersten Kaugummi auf den Färöern. Ich erinnere mich an den ersten Steuerschlitten der Insel und den ersten Gasballon des Landes. Ich war schwanger, als ich heiratete, bekam fünf Kinder in zehn Jahren und schrieb nur, wenn gerade etwas Zeit war.

Gefasel!

Hugo Borðans Worte kamen von Herzen, und es war ihm so was von egal. Das hatte er ja vorhin vom Podium herab gesagt.

Was ist Zeit? Und was die Gegenwart? Ist die Gegenwart nicht bereits Vergangenheit, wenn du diesen Gedanken zu Ende gedacht hast? Was heißt auf die Vergangenheit fixiert? Meint das gestern oder gerade eben oder die Zeit vor hundert Jahren?

Der junge, talentierte Hugo hätte eine bessere Zuhörerin verdient als mich, die ich in einer Art Abwehrhaltung mit meinen Gedanken ganz woanders war.

Er fing an, verschiedene Gedichtmotive zu benennen. Alles in der Gegenwart war brauchbar. Ein Schluck Kaffee im ›Café Natúr‹, Karsten Hansens Gummibonbons in der Albert Hall, Eddie Vedder auf der orangefarbenen Bühne in Roskilde. Er erwähnte Óli Breckmanns Cholesterinspiegel, Kallsbergs Abmagerungskur und die Scheidung der Pastorin von Klaksvík und las ein Gedicht über die Befindlichkeit seines Bauchnabels in diesen Zeiten nationaler Autonomie.

Er ist o.k., dachte ich. Er ist feinsinnig und amüsant. Wir Färinger neigen ja zu einer gewissen Schwerfälligkeit.

Was machen die Schriftsteller draußen in der Welt heutzutage? Ich denke an Länder wie Irland und Nigeria, Island, Norwegen, Schweden, Chile oder Dänemark. Und plötzlich fiel mir der Gedanke wie ein Fünfzig-Öre-Stück in den Schoß: Anderswo schreiben die Schriftsteller unaufhörlich über Großmütter und Großväter, gefährliche Fahrten und abgehangenen Fisch. Sie manipulieren die Zeit, vorwärts und rückwärts, und in Wirklichkeit schreiben sie über die Befindlichkeit ihres Bauchnabels in diesen Zeiten nationaler Autonomie.

Es ist gut, stark zu sein, Maria.

Lieber Alexandur. Du hättest deinen Sohn erleben sollen. Du warst ihm ein guter Vater.

Wo deine Gedichte jetzt wohl sind? Liegen sie in einer Pappschachtel auf irgendeinem Dachboden, oder hält sie eine rote Seidenschleife zusammen?

Die ganzen Jahre habe ich darauf gewartet, dass unser großer Dichter Hugo Borðan uns mit einem Werk – vielleicht in Form eines Romans – über die unverfälschte Welt seines Ursprungs dort draußen im Turm am Ende der Welt erfreuen würde.

Wir Färinger mögen es, wenn Geschichten erzählt werden, und wir schreiben erst seit rund hundert Jahren schöne Literatur. Die Begegnung mit diesen schönen Künsten ist eine Labsal für uns.

Aber Hugo Borðan will nicht. In einem Interview im Färöischen Fernsehen sagt er, er werde niemals über die Welt seines Ursprungs schreiben. Das habe er fest beschlossen. Nie wird er über die weißen Steinhäuser schreiben oder die schönen Ortsnamen Pollareygað, Tumbin oder Øksnatangi erwähnen. Sie sind pure Nostalgie. Die junge rothaarige Lehrerin auf Borðan, die, so unglaublich das klingt, einen afrikanischen Politiker geheiratet hat, das zahme Seehundjunge auf Stallurin ... schöne Erinnerungen, weiter nichts.

Hugo Borðans Gedichte aber sind nun Allgemeingut geworden und werden in fremde Sprachen übersetzt, er debütiert auch als Prosaschriftsteller.

Und der Kritiker Carl Jóhan Jensen spricht von einem gewaltigen Fortschritt in der färöischen Literatur, einem neuen, ungemein originellen Stil, dem modernen Borðan-Stil.

Und Hugo Borðan geht es finanziell gut, er kann es sich leisten, in maßgeschneiderten Lederhosen herumzulaufen und in einer gewalkten Lodenjacke aus Suðuroy.

Das ist o.k. Das alles ist völlig in Ordnung. Die Kunst braucht ihre Erneuerer und soll sie haben. Und ich, die ich jetzt vielleicht nichts weiter bin als ein alter Griesgram, der durch alle zehn Plagen, durch fünf schwere Geburten und Geldnot, all diese entschuldigenden Umstände hindurchgegangen ist, ich, die ich mich abgemüht habe, die färöische Prosa so geschmeidig zu machen, dass der Leser meint, mein Stift fliege fast wie von selbst nur so dahin – ha, ha, ha, ja, ich habe nur den einen Wunsch, dass das Glück Marias und Alexandurs Sohn hold ist. Er ist die Zukunft, und was uns beide unterscheidet, ist im Grunde genommen vielleicht nur, dass für ihn das Motiv alles bedeutet, während für mich auch die Geschichte um das Motiv herum ihren Wert hat.

An einem Sommertag raffe ich mich auf und mache mit der *Nordlicht* eine Fahrt um die Insel Nólsoy. An Bord sind mehrere ausländische Touristen, und sie sind begeistert. Begeistert von den Eissturmvögeln und den schwarzen Vogelfelsen, von den Kolonien der Papageitaucher und der klaren Meeresluft. Das ist ein anderes Leben, als in Pantoffeln vor dem Fernseher zu hocken und sich Naturfilme anzuschauen.

Dann sehen wir den Leuchtturm.

»Wohnt da jemand?«, fragt einer der Touristen.

Ich antworte nicht gleich. Meine Gedanken sind bei der stärksten Linse der Welt.

Dann sage ich: »Das ist der Nólsoy-Leuchtturm. Er ist über hundert Jahre alt und hat die größte Linse der Welt. Von hier aus hat er seine Signale mehr als ein ganzes Jahrhundert lang in die Luft gesendet, von den wechselnden Leuchtturmwärtern bestens gewartet, blank poliert und mit frischem Anstrich versehen.«

»Seht ihr nicht den Leuchtturmwärter Alexandur?«, fahre ich fort. »Er steht oben im Turm und winkt uns zu.«

»Ich sehe niemanden«, sagt der Tourist, während ich winke und mich in Vergangenheit und Gegenwart zugleich befinde.

»Schau, da unten geht sein Sohn, der kleine Hugo, mit einer langen Bambusangel und einer Blechbüchse voll Würmer.«

»Der kleine Hugo?«, fragt der Tourist und nimmt die Brille ab, damit er den Kleinen besser sehen kann.

»Ja«, sage ich, »Hugo Borðan, der große Dichter. Er ist hier draußen geboren.«

Der Tourist denkt sicher, dass ich unter Halluzinationen leide, aber auch egal …

»Der kleine Hugo war, bereits bevor er auf die Welt kam, Mittelpunkt eines emotionalen Dreieckdramas«, sage ich. »Seine Mutter wurde von einem Ornithologen schwanger, der hier draußen einen Sommer verbrachte.«

Ich halte inne. Ist es gut, wenn ich weitererzähle? Ich zögere ein wenig, doch dann entscheide ich mich dafür, es nicht zu tun. Das würde zu weit führen, und welcher von diesen Touristen hätte schon die Geduld, sich von einem Wirrkopf wie mir eine so lange Geschichte erzählen zu lassen?

Ich deute auf das weiße Haus. »Da! Hinter dem Küchenfenster seht ihr Alexandurs Frau Maria, sie scheint Rhabarber einzumachen. Sie füllt ihn in gut ausgespülte Weckgläser, die sie mit nassem Pergamentpapier verschließt.«

Jetzt versucht der Tourist, mich zum Weiterreden zu animieren.

»Eine interessante Familie. Richtig exotisch.«

»Ja«, sage ich. »Aber wenn Sie genauer hinsehen, dann merken Sie, dass alle Familien richtig exotisch sind, Ihre eigene auch.«

Die Sonne scheint und bringt den Rosenwurz dazu, sich zu strecken, er öffnet gleichsam die Handflächen zum Licht hin.

Die *Nordlicht* unterbricht für einen Moment ihre Fahrt, und die Touristen filmen und fotografieren wie wild.

Für mich war und ist die Vergangenheit immer gegenwärtig, ich spüre, wie ich mitten in ihr bin. Ich befinde mich draußen auf dem Leuchtturm in jenem heißen Sommer, als der junge Ornithologe mit dem Silberblick und dem hellen sexy Schnurrbart hinaus nach Borðan kommt und auf geheimnisvolle Weise Maria, die Frau des Leuchtturmwärters, verführt und schwängert.

Wird keiner je diese Geschichte erzählen? Ist es nicht mehr »in«, von Alexandurs Rachegelüsten zu schreiben, als der Ornithologe an der Steilküste nahe des Dorfes einen Fehltritt machte und abstürzte? Er landete auf einem Felsvorsprung, kam von hier aus aber nicht wieder nach oben.

Alexandur hasste diesen jungen Ornithologen, der hergekommen war und sich anschickte, seine ganze Existenz zu zerstören.

Die beiden sind allein, was hier geschieht, würde nie Argwohn erwecken. Ein Unfall ohne einen Schuldigen.

Kaltblütig blickt Alexandur in die Tiefe.

Wenn er den Mann zu retten versucht und ihn zurück auf sicheren Boden bekommt, verschwindet der vielleicht übermorgen mit seiner Frau.

Wenn er es nicht versucht, wird er den Rest seines Lebens mit seiner Tat leben müssen.

Hass und Rache!

»Hass trifft nur den, der hasst«, hat er einmal im Frühling der Jugend gedichtet.

Aber Maria! Alexandur hat in seinem Leben nur eine einzige Frau geliebt. Sie.

Ist es unzeitgemäß, so etwas im Jahr 2001 zu schreiben, wo die Dekadenz so prächtig gedeiht?

Hass und Rache. Haben Hass oder Rache in der Weltgeschichte je irgendein Problem gelöst?

Alexandur kämpft schwer. Er kämpft mit seinem inneren Schweinehund. Was geht ihn dieser Ornithologe an? Dieser fremde Stadtmensch, der in seiner Not versucht, sich durch Herumzappeln nach oben zu ziehen. Völlig sinnlos. Was die färöischen Steilklippen und die färöischen Berge betrifft, ist und bleibt er ein Amateur.

»Hilf mir!« Die Stimme klingt kläglich. So klingt die Stimme eines Verlierers.

Alexandur legt sich flach auf den Boden und streckt sich nach vorne. Ihre Blicke begegnen sich; wenige Sekunden sind vergangen, Minuten vielleicht, er weiß es nicht, und in dieser kurzen Zeitspanne läuft in seinem Kopf ein Leben ab. Ein ganzes Leben voller Glück und schöner Momente, Höhen und Tiefen.

Sachte rinnt er aus ihm heraus. Der Hass. Fällt wie Schweißtropfen in das grüne Gras, das ihn aufnimmt.

Während er die Zehen in den Boden bohrt, robbt er auf dem Bauch auf die Felskante zu, um den Abstand zwischen ihrer beider Händen zu verringern.

Und plötzlich spürt er eine ungeheure Kraft in sich. Eine übernatürliche Stärke und eine unglaubliche Freude.

Es ist gut, stark zu sein, Maria. Deinetwegen, Geliebte.

Stück für Stück.

Die Hände berühren sich, und vorsichtig zieht er. Jede Faser seines Körpers ist aufs Äußerste gespannt. Er muss, er wird diesen Mann wieder nach oben bekommen.

Es ist ein übermenschlicher Kraftakt. Die Zehen in die Erde gerammt, robbt er zurück, immer weiter zurück und brüllt vor Schmerz wie ein Stier.

Und mit allerletzter Kraft rettet er den Mann vor dem sicheren Tod. Zieht ihn zurück auf den ebenen Boden.

Niemand wird je über diese Tat schreiben. Über den Ornithologen, der seinen Meister fand und wie ein geprügelter Hund von der Insel verschwand.

Niemand wird über die Krankenschwester mit den hellen Haaren schreiben, die begriff, dass kein Herz auf der ganzen Welt heißer schlug als Alexandurs Herz. Oder über den kleinen Hugo mit dem Silberblick. Keiner wird darüber schreiben, wenn es nicht Hugo Borðan tut, aber er will nicht. Denn es geht um Mütter und Väter, gefährliche Fahrten an der Steilküste nahe des Dorfes und Hass, der sich in nichts auflöst, wenn du liebst.

Das ist unzeitgemäß, absolut nicht angesagt!

Tag für Tag steht der Leuchtturm da und sendet seine Signale hinaus in die Welt, doch auf Borðan schlägt kein Herz mehr. Stattdessen steht da ein kleiner ferngesteuerter Kasten und hickst seine Botschaften in die exotische Gegenwart.

*(2001)*

*Hanus Kamban*

# Unter Deinen Fittichen

Meistens geschah es, wenn er lange krank gewesen war. Wenn sie am Mittagstisch saßen, überkam ihn ein seltsames Gefühl, es war, als seien alle da außer ihm, er war weit weg, auf der anderen Seite einer Schlucht, und all das Alltägliche, die Papageitaucher, die Kartoffeln, die Füllung der Vögel, die Messer, ja sogar seine eigenen Hände, die das Fleisch von den Knochen lösten, rückten immer weiter weg, und er schrak zusammen, die Knie wurden ihm weich, sein ganzer Körper wurde kraftlos, ein Abgrund des Entsetzens tat sich vor ihm auf, er wollte nach ihnen greifen, den Eltern und den Geschwistern, er hatte Lust zu schreien, um Hilfe zu rufen, laut »Hilfe« zu schreien, doch er wusste in diesem kurzen Moment, den es dauerte, *wusste* es mit einer unheimlichen Gewissheit, die ihn zu Stein erstarren ließ, dass er sich jenseits jeglicher Hilfe befand, jeglicher Hilfeschreie und aller Hände, die ihn halten könnten.

Aber dann war der Alltag wieder da, und das Grauen war weg, und sie waren wieder zusammen. Doch den ganzen Tag hindurch suchte es ihn wieder heim in kurzen, schauerlichen Augenblicken, bis zwei, drei Tage vergangen waren und er sich wieder erholt hatte und wie ein normaler Junge unter normalen Kindern spielte, und es war ganz weg.

Er wohnte in einem kleinen Dorf, das geborgen unten am Meeresufer lag, als verstecke es sich in der kleinen Bucht, mit Häusern in starken schönen Farben und mit Gärten, die verwildert dalagen und deswegen so üppig und einladend wirkten. Einmal im Monat kam der Pfarrer ins Dorf und säte die Saat der

Liebe und des Christentums in die Dorfbewohner, und noch öfter kamen die Prediger und Missionare der vielen Sekten des Landes, gewaltiger, erleuchteter und spannender als der fade, ein wenig melancholische Pfarrer, und sie sprachen hauptsächlich von der *Sünde,* und das, was der Pfarrer nicht getan hatte, das taten die Prediger, sie schrubbten die Seelen sauber, jäteten jeden Keim der Sünde, und diese Jäter des Herrn kamen so oft und waren so eifrig, konnte da überhaupt noch irgendeine Sünde in der Gegend zu finden sein? Der Lehrer brachte den Kindern die Zehn Gebote bei, und zweimal in der Woche war Versammlung im Missionshaus, und einmal in der Woche Sonntagsschule, konnte da noch irgendeine Seele am Ort in Not sein? Und Leute von außerhalb, die hin und wieder vorbeikamen, staunten; denn hinter den frisch gestrichenen Häusern und den soeben gefegten Höfen ahnten sie die Reinheit des Geistes, einfältige, schneeweiße Seelen, und Sehnsucht überfiel sie, die verrußten und von Neurosen zerfressenen Stadtmenschen, und sie dachten, hier müsse gut leben sein, in solcher Idylle und *Reinheit,* weit weg von Hektik und seelischen Wirren, weit weg von allem Krach und Lärm und Zank und Streit, in Unschuld, ein wenig schal zwar, dieses Leben, und einfältig vielleicht, aber wer nähme das nicht in Kauf? Und Kaistens Mutter fand auch, dass dies ein guter Ort für einen Jungen war, um zum Mann zu werden, und Kaisten, kam er nicht ganz nach dem Großvater, die Stupsnase, die breite, niedrige Stirn und das leichte Vorneigen des Kopfes? Und jedes Mal, wenn sie in der Schule die Zeile sangen »Ein Mann mit rechtem Sinn«, dachte Kaisten an den Großvater, den Opa, nach dem er hieß, den Opa, von dem alle immer redeten, den Opa, der ein rechter Mann gewesen war, kräftig, mutig, sportlich, gerecht, zuverlässig auf See und im Gebirge, stark, wenn auch nicht groß (das war weniger wichtig), doch Kaisten bekam nie Zeit, auf den Opa stolz zu sein, denn in seinem jungen, aber bereits verworrenen und auf seltsame Weise zweifelnden Sinn fanden ganz andere, viel gewaltigere Fragen schon kaum Platz und ließen ihn einsame Spaziergänge am Meer machen und warfen bisweilen dunkle Schatten über sein Gesicht: Würde *er* einmal ein rechter Mann werden, und *käme* er wohl tatsächlich nach seinem Großvater?

Heute war Sonntag, und wie gewöhnlich war er mit seinem Vater und den Geschwistern in der Kirche, und während der Pfarrer predigte und das Abendmahl eingenommen wurde, betrachtete er die geschnitzten Bilder am Altar, die Muster hatten, welche an Kerzenleuchter, Kleeblatt oder Seesterne erinnerten, doch die meiste Zeit saß er da und betrachtete die Hinterköpfe der alten Männer in den Reihen vor ihm, große und kleine Hinterköpfe, manche ganz glatzköpfig, manche mit zwei nassen, klebrigen Haarsträhnen quer darüber gekämmt, runde und flache Hinterköpfe, glänzende und matte, und genau vor ihm ein seltsam spitzer und verschrumpelter und hässlicher Hinterkopf, der vom alten Jóhan, dem Bruder des Opas, der in einer Lodenjacke dasaß, die einen ganz speziellen Geruch hatte, der ihn an irgendetwas erinnerte … ja, er wusste nicht, woran, es war kein schlechter Geruch, aber es war auch kein guter Geruch, sondern einer, der ihn unsicher und bange machte und Unruhe in seine Seele säte, dieselbe Unruhe, wie wenn er die Männer aus dem Dorf betrachtete, die in diesem Augenblick den Alltag hinter sich gelassen hatten, die Flüche und Schwüre, Hohn und Spott, und die jetzt eine Weile gleichsam erstarrt waren, einen Augenblick lang von der Feierlichkeit des Sonntags gefangen, Standbilder all dessen, was sie repräsentierten, Standbilder jedoch, die jeden Moment wieder zum Leben erwachen und zuschnappen konnten. Und Kaisten erinnerte sich daran, wie sie immer auf ihn zukamen und ihm auf die Schulter hauten, sodass er in die Knie ging und ihm die Schulter den ganzen Tag lang wehtat, und wie sie »*Alllter* Knabe« sagten und wie sie immer dastanden und ihn betrachteten, abschätzten, so wie sie Schafe im Pferch abschätzten, ihn mit den Augen taxierten (und manchmal auch mit den Händen) und dann sagten: »Der kommt ganz nach seinem Großvater.« Und wieder wurde gesagt, dass der Großvater ein rechter Mann gewesen war. Aber er wusste nie, ob es nun ein gutes oder ein schlechtes Zeichen war, dass sie sagten, er komme nach seinem Großvater. Es war der *Tonfall.* Meinten sie, dass er genauso tüchtig werden würde wie der Opa? Oder meinten sie, dass er *nicht* genauso tüchtig wie der Opa werden würde? Das war nicht leicht zu wissen, es war nicht immer einfach, sie zu verstehen, es erforderte Gespür und die Gabe, ihre Worte richtig zu deuten, aber er hatte den Eindruck, Worte zu hören, die nicht gesagt wurden, und Bedeutungen, die sich mit einer Geste oder einem Blick einschlichen und ihn verunsicherten, Lob, das sich wie Spott anhörte, Hochachtung, die sich wie Hass anhörte, und Ermunterung, die tödlich war, eine Sprache jenseits der Sprache, Wörter hinter den Wörtern, ein Schweigen, das Stiche versetzte, und Freundlichkeit, in der man fror ... »Gut gemacht, *alllter* Knabe!«, sagten sie, wenn er am Strand hinfiel und sich das Knie aufschlug und weinend nach Hause lief. Die Männer deuten zu können, Gespür zu haben, das konnte verhängnisvoll sein, es war eine zweifelhafte Gabe, und wenn er irgendwann in dreißig Jahren wieder hinfiel, war es vielleicht nur eine Wiederholung vom Krachen und Knacksen und der Verletzung unter friedlichen, gottesfürchtigen, unschuldigen und reinen und so *herzensguten* Männern aus dem Dorf in einer urtümlichen Heimat. Aber freilich war alles manchmal leichter und klarer, etwa wenn Sören, der gerade jetzt das Abendmahl einnahm und von neuem erstand wie ein Geißbock des Gottes Thor, ihm sagte, dass er abhauen solle, »zurück in die Fotze deiner Mutter«, oder »zur Hölle« gehen. Das war so nett und anständig gesagt, und auf das Zweite konnte er auch antworten – ein wenig hilflos allerdings –, dass er keinen Schlüssel habe. Das war ein Lichtblick.

Nach der Kirche kam der alte Jóannes á Lag auf Besuch, und die Mutter gab ihm ein Tellerchen Pudding, und dann tranken sie Kaffee und Jóannes und die Eltern saßen beisammen und sprachen über die Predigt, gaben ihr Urteil ab, und sie ereiferten sich, gestikulierten und wurden uneins, aber letztendlich einigten sie sich immer darauf, dass die *kleinen* Sünden die schlimmsten seien. Kaisten wusste noch nicht richtig, was Sünde war, aber er hatte schon jetzt den Verdacht, dass er selbst ein Sünder war, vielleicht ein fürchterlicher Sünder, er hatte nämlich zweimal geraucht und oft schmiss er die Schuhe einfach unter die Treppe, wenn er nach Hause kam, statt sie schön hinzustellen, wie die Mutter ihn bat, und oft vergaß er, die Tür hinter sich zuzumachen. Ob *das* wohl die kleinen Sünden waren? Und Kaisten erinnerte sich an den Missionar, der da gewesen war und die Kinder gefragt hatte, was passieren würde, wenn man einen Nagel mehrmals biegt. Sie hatten geschwiegen, aus Schüchternheit oder weil sie es nicht wussten, aber dann hatte ein schlauer Junge geantwortet, dass der Nagel *zerbrechen* würde. »Ganz genau«, hatte der Missionar gesagt, und so würde es auch den kleinen Kindern ergehen, wenn sie mehrere Male den Versuchungen erlägen, und das konnte plötzlich geschehen, und dann gab es kein Zurück, dann wären sie für immer verloren. Und dann hatte er von der Gnade geredet, und was das war, verstand Kaisten auch nicht, aber so viel verstand er, dass sie etwas Seltsames war, etwas für die ganz wenigen und auf jeden Fall nichts für ihn, und aller Wahrscheinlichkeit nach würde er ziemlich bald zerbrechen, ja vielleicht war er sogar schon zerbrochen.

Die Kinder sprachen auch von der Sünde, waren sich nicht einig, wägten ab, verglichen, stritten darum, wer wenig sündigte, wer viel sündigte und wer am meisten sündigte, aber alle waren sich einig, dass Stalin ein großer Sünder war und ebenfalls Kaistens Mutter, denn sie las nicht die Sonntagszeitung. Und dann sprachen sie vom *Teufel.* Sie sprachen von allem möglichen, der Zeit, der Ewigkeit, dem Storch, der den Magnus auf das Dach von Elin Sofía geworfen hatte und Janus im Misthaufen von Antenis hatte liegen lassen, und immer, wenn Vollmond war und sternklare Nacht und sie in den langen Schneenächten

»Fangen zwischen den Häusern« spielten, endete es damit, dass alle beieinander saßen im Hof vom Teigahaus, und Friede überkam sie, die Großen führten das Wort, die Kleineren hörten zu oder fragten ab und zu etwas, und mit der Zeit sprachen alle immer leiser; und während das Nordlicht über sie hinzog und immer neue Muster bildete und sich in zitternden Farbtönen bewegte wie ein geschütteltes Kaleidoskop, legten sich ein Schimmer Ewigkeit und ein Hauch Feierlichkeit über diese Kleinen, die mit großen Augen verwundert versuchten, die Sonne und den Mond und das Weltall und mögliche Raumfahrten zu ergründen, und sich an die Jetflugzeuge erinnerten, die um diese Zeit auftauchten und weiße Streifen über den Himmel zogen, und sie bebten, beunruhigt, obwohl noch so klein, durchschauert von einer Vorahnung der Nemesis des Menschengeschlechts. Und plötzlich platzte einer heraus: »Aber ins Himmelreich kommen sie jedenfalls niemals!« Und das half ein wenig.

Aber am meisten redeten die Kinder vom Teufel. Immer gab es jemanden, der am Morgen in die Schule gerannt kam, völlig außer Atem, weil er geträumt hatte, der Teufel sei hinter ihm her, behaart am ganzen Körper, kohlrabenschwarz, mit Hörnern und Schwanz und sämtlichen fürchterlichen Kennzeichen der Bosheit.

Kaisten hatte keine Angst vor dem Teufel. Kaisten träumte nicht vom Teufel. Der Teufel war wie die Trolle, er konnte einfach nicht an ihn glauben. Der Teufel war eine Geschichte, eine Karnevalsfigur, abgedroschen und lächerlich.

Da war Gott schlimmer.

Gott, das war der Geruch nach Seife und Sonntag, schwarze Gestalten und ernste Gesichter, kümmerliche Missionare mit Fistelstimmen, die von der Gnade redeten und der Liebe Gottes und der Freude im »Herrn Jesus Christus«, sodass sich die Stirnen der Kinder runzelten und eine Eisschicht ihre kleinen Herzen überzog …

Kaisten träumte nicht vom Teufel. Kaisten träumte von Gott.

Von Gott und von Jesus und vom Jüngsten Gericht (welche Angst er vor dem Jüngsten Gericht hatte! Und wie er immer in die Luft schaute, aus Angst vor dem Jüngsten Gericht, das jederzeit kommen konnte, wie ein Dieb in der Nacht, *Jetzt,* und was konnte ein kleiner, aber schlimmer Sünder dann tun?) und von der Ewigkeit. Einmal träumte er, dass die Kinder Fangen spielten auf der Wiese, und plötzlich war es, als zöge ein Schatten vor die Sonne, alles wurde schwarz, es war das Jüngste Gericht, und plötzlich stand Jesus da, mitten unter den Kindern, und er sah gar nicht freundlich aus; er fing an, die Kinder zu richten, und teilte sie auf in zwei Gruppen, die, die in den Himmel kamen, und die, die in die Hölle kamen. Und als er zu Kaisten kam, schaute er ihn an, und man konnte sehen, dass Jesus böse war, und man konnte sehen, dass das Urteil schon gefällt war, da war nichts mehr zu machen, es gab keine Gnade, *gar keine,* und Jesus schimpfte ihn lange aus, zählte all seine Sünden auf und verdammte ihn zur Hölle. Und das Schlimmste war, dass er sich von Vígdis trennen musste, seiner besten Freundin, mit der er jeden Tag zusammen war und von früh bis spät spielte. Sie kam in den Himmel.

Natürlich machte es keinen Spaß, in die Hölle zu kommen. Dort loderte das ewige Feuer, und dort mussten die Kinder dann brennen, während der Leibhaftige das Feuer schürte, zusammen mit einer ganzen Schar von kleinen Helfern, den Teufeln. Und das Gemeine an diesem Feuer war: Egal, wie lange man schmorte, und egal, wie lange das Feuer brannte, so verbrannte man doch nie ganz, starb man doch niemals.

Aber das Merkwürdige war, dass wenn die anderen Kinder und die Missionare und der Pfarrer von der Ewigkeit und der Erlösung als dem großen Wunder sprachen und der einzigen Rettung von diesem fürchterlichen Schicksal, dann konnte Kaisten sich nicht entscheiden. Die Hölle war zwar unvorstellbar schrecklich, aber die Ewigkeit war auf eine andere Art unheimlich, und wenn Kaisten am Strand spielte oder auf den Seen mit dem Boot fuhr oder bei den Klippen nach Treibholz suchte, dann fuhr ihm ein Gedanke wie ein Blitz durch den Kopf, der Gedanke an die Endlosigkeit, Endlosigkeit der Zeit und Endlosigkeit des Raums, und eine Flamme der Angst loderte durch sein Gehirn und durch seinen Körper, sodass er zusammenschrak und am ganzen Körper erglühte, weil er sich so allein und verlassen fühlte, allein, weil er als Einziger das Grauenhafte dieser Seligkeit erfasste, von der alle die anderen, Kinder und Erwachsene, predigten und die sie besangen und auf die sie sich zu freuen schienen.

Einmal träumte er, dass er tot sei, und dieses Mal war er in den Himmel gekommen, und der Himmel war ein kleines, längliches Zimmer, grau und weiß und merkwürdig leer, der Inbegriff des Grauens der Endlosigkeit und der Ewigkeit, und die einzigen Bewohner im Himmel waren Gott und Jesus und der Heilige Geist und dann noch Kaisten und sein Bruder, und in diesem engen Raum flogen sie dann für alle Ewigkeit hin und her. Niemand sagte etwas, niemand tat etwas, und dieser endlose, *endlose* lebendige Tod, diese graue, schweigende, immerwährende Leere war das Unheimlichste, das Kaisten je geträumt oder erlebt hatte – die Hoffnungslosigkeit derer, die gezwungen sind zu existieren, ohne zu leben, ohne zu sterben, für ewige Zeiten. Grau, weiß, leer und ohne Ende …

Wie er älter und verständiger wird, kommen die schlaflosen Nächte voll Zweifel und Entsetzen, Nächte, in denen ein empfindsamer Sinn von vierbeinigen Gerechten niedergetrampelt wird, Nächte, in denen ein wehrloser Geist zerfetzt wird von ganz und gar heidnischen Gedanken von Verlorenheit und Feuer und Schuld, Nächte, in denen ein wissbegieriges Hirn zerrissen wird von tausend einander durchkreuzenden Versuchen, ein Rätsel zu lösen, das ein Hirngespinst verrückter Missionare ist.

… und siehe, jetzt legt sich die Nacht über das kleine Dorf, zwischen den Wegen wird es dunkel, und die Gebirgskämme kann man nicht mehr erkennen, und jetzt hat die Mutter ihn gesegnet und Gute Nacht gesagt und die Petroleumlampe gelöscht. Und hier liegt Kaisten im Dunkeln, seine Gedanken schweifen weit umher, in dieselbe Richtung wie schon so oft. Er ist ganz allein oben am Gebirgskamm, es ist stockfinster, Menschen und Tiere sind weit weg. Auf der einen Seite ist die Bergwand, senkrecht abfallend, und auf der anderen Seite ist die Finsternis, trächtig, bis zum Rand angefüllt mit vorstellbaren und unvorstellbaren Geschöpfen, die jeden Moment erscheinen können. Er kann weder vorwärts noch rückwärts auf dem schmalen Streifen zwischen Abgrund und Finsternis, kann nirgendwo hin …

… und mitten in der Nacht wird er wach und versucht, sich umzuschauen, aber es ist dunkel im Zimmer und kalt. Was will Gott wohl diese Nacht von ihm? Er muss aufstehen. Gott greift nach ihm, wie er es schon so manche Nacht getan hat, ja sozusagen jede Nacht die letzten zwei Jahre lang, Gott will, dass er aufsteht, Gott will, dass er Seine Gebote befolgt. Aber das ist so schwer. Gott ist nicht immer so leicht zu verstehen. Und was Gott wohl diese Nacht von ihm will? Sind alle Türen zu? Sind alle Fenster zu? Vielleicht tropft ein Wasserhahn in der Küche? Vielleicht steht die Luke vom Hühnerhaus offen? Und was ist mit den Schuhen und den Fußmatten, den Schranktüren und Nachttischchen? Er steht auf, geht barfuß und ohne sich anzuziehen auf den Flur. Es ist kalt, er zittert. Zuerst die Türen. Er geht langsam, versucht, die dunklen Dachschrägen zu vergessen, die ihre Mäuler weit aufreißen, beunruhigend und unheimlich, er schleicht sich barfuß zu den Türen, macht sie einen Spalt weit auf und wieder zu, manchmal zweimal, damit es keinen Zweifel gibt, die Türen oben, die Türen unten, die Schranktüren. Ob Gott diese Nacht wohl noch mehr von ihm will? Die Schuhe! Aber es ist so kalt, mitten in der Nacht halb nackt herumzulaufen, er muss sich anziehen, er muss ins Zimmer gehen, aber er bleibt auf der Schwelle stehen, überlegt einen Augenblick, nein, Gott will, dass er so nach unten geht, nur in der Unterhose – kein

Zweifel. Er geht die Treppe hinunter in die Diele, zögert, traut sich nicht unter die Treppe (er hat schon immer Angst vor der Dunkelheit unter der Treppe gehabt und umso mehr jetzt, wo alle schlafen), aber nein, Gott fordert es, er nimmt sich zusammen, tappt unsicher ins Dunkel, findet die Schuhe, die alle dort auf einem Haufen liegen, und fängt an, sie zu sortieren, versucht, ihre Größe und Form zu erfühlen, setzt Paare zusammen und stellt sie an ihren Platz, alle nebeneinander. So! Er steht eine Weile da, als er fertig ist, zitternd, mit Gänsehaut, das Herz klopft laut vor Angst. Er hüpft ein bisschen, um wieder warm zu werden. Eine neue Unruhe überfällt ihn. Wollte Gott das wirklich so haben? Es war nicht immer so leicht zu ergründen, was Gott wollte. Aber gleichzeitig war es unglaublich wichtig, es zu wissen. Ein falscher Schritt, und die Hölle tut sich vor einem auf, der Gedanke ist zu grauenhaft, als dass ein Kindergehirn ihn länger als den Bruchteil einer Sekunde ertragen kann, einer Sekunde, die ihn bis in den Haarwirbel erschaudern lässt und grenzenloses Entsetzen durch sein Hirn jagt. Wer weiß, vielleicht will Gott dieses Mal *nicht,* dass die Schuhe schön dastehen, vielleicht will er diesmal, dass sie alle auf einem Haufen liegen sollen, wie sie vorher lagen, er steht unentschlossen da, zögert, will erst das eine, dann das andere, tritt näher heran, geht wieder zurück, wieder näher, dann wieder zurück, zittert, schlägt vorwärts und rückwärts aus wie eine verwirrte Kompassnadel …

… und so ist schon manche Nacht vergangen, und so wird noch manche Nacht vergehen …

Doch noch war erst Nachmittag und das, was in der Nacht zuvor geschehen war und was in der kommenden Nacht geschehen würde, suchte ihn nur in kurzen Augenblicken heim, zusammen mit einer Reihe von anderen Fragen, die ihn bedrängten und in denen er sich verhedderte. Der Opa, Gott und Vígdis. Und die Männer im Dorf. Warum ließen die ihn nie in Ruhe? Warum mussten sie ihn ständig damit aufziehen, dass er immer mit Vígdis spielte? Was meinten sie, wenn sie ihn fragten, was er mit Vígdis mache? Was wollte Einar, der sie beide immer mit auf den Speicher des Heuschobers mitnehmen wollte? Eine Reihe von Fragen, immer drängender, ein Labyrinth, in das er hineingeriet, ohne zu wissen, dass es ein Labyrinth war, ein Spiel, das er mitspielen musste, von dessen Regeln er aber nicht die leiseste Ahnung hatte.

Die Kinder waren bei den Bergseen gewesen und mit ihren selbst geschnitzten Booten herumgefahren, dann waren sie am Strand gewesen, und jetzt gingen sie nur so zwischen den Häusern herum, wo die Halbwüchsigen standen und die Zeit totschlugen, in ihren Gummischuhen hin und her rutschten, über Motoren diskutierten oder sich vor dem Haus der Elspa sammelten, die bei schönem Wetter manchmal das Fenster aufmachte und eine Platte mit Seemannsliedern auflegte auf dem einzigen Grammofon, das es im Dorf gab, ein vorsintflutliches Gerät mit riesigem Trichter. Aber dann wollte Kaisten plötzlich alleine sein, er hatte nicht mal Lust, mit Vígdis zu spielen (das kam selten vor), und wie immer, wenn er so vor sich hin ging, tauchte Einar aus irgendeiner Ecke auf. Einar war unscheinbarer und schweigsamer als die anderen Männer, er zog einen nie auf, fluchte und schimpfte nicht, aber er war auch nicht nett oder freundlich, lachte nie und lächelte nur selten, irgendwie war er seltsam zwielichtig, als wäre seine Seele am Verfaulen, und wenn er zu Kaisten kam, wollte er immer dasselbe von ihm: ob er nicht mit ihm auf den Heuboden komme (Einar war Bauer und ein alter Junggeselle), zusammen mit Vígdis. »Warum denn?«, fragte Kaisten. »Na, um es zu machen«, antwortete Einar. »Was zu machen?«, fragte Kaisten. Das, was er immer mit Vígdis mache, antwortete Einar. Sie könnten ruhig auf seinen Heuboden gehen, das sei ganz in Ordnung, er passe schon auf, dass keiner komme. Einar sah dabei so merkwürdig aus, trockene Lippen, schuppige Haut, so *sonderbar.* Und Kaisten verstand nicht, was er meinte (das verstand er erst ein oder zwei Jahre später), aber trotzdem verstand er, dass das etwas Merkwürdiges und Heimliches war und etwas, das Einar sehr wichtig war. Aber er sprach nie zu irgendjemandem darüber. Und zu Einar sagte er nur, dass das bis auf ein anderes Mal warten konnte oder dass er gerade etwas vorhatte, und er fühlte sich seltsam schuldig, als hätte er ihm etwas zuleide getan. Und dann ging er schnell weg.

Jetzt war es Zeit, in die Sonntagsschule zu gehen, und dort sangen sie das Lied »Unter Deinen Fittichen«, und bevor sie anfingen zu singen, sprach der Sonntagsschullehrer über das Lied und sagte, Gott sei wie ein Adlerweibchen, das seine wärmenden Flügel über unsere Inseln breite und jedes Lebewesen behüte und das Land schütze und das Volk wärme, und »unter Deinen Fittichen«, dachte Kaisten, aber er sah die Wärme und den Schutz von Gottes Fittichen nicht, er sah nur den alten Jóannes, der Pudding löffelte, während er von den kleinen Sünden redete, und er sah die zweifelnden und hungrigen und triefenden Augen von Einar und seine schuppige Haut, und er sah den Missionar, der mit seiner dünnen, kalten Stimme vom Nagel sprach, der brach, und er sah gottesfürchtige, ordentliche Leute, die unfassbare Taten in dunklen Bootshäusern begingen, und er sah das Jüngste Gericht und die Hölle und Endlosigkeit und Ewigkeit, und er sah Kinder, die unablässig geröstet werden bis ans Ende der Zeiten, und er sah das Feuer, das bis in alle Ewigkeit brannte, und dennoch war dies nur ein schwacher Abglanz dessen, was noch kommen würde, denn bald würde sich etwas in ihm rühren, seltsame Gefühle würden erwachen, eine ganze Welt von Bedürfnissen würde in ihm auflodern, und er würde den ganzen Himmel als Gottes Auge sehen, und Gottes Auge würde ihm folgen, wohin auch immer er ginge, und Gottes Finger würde auf ihn zeigen, wo er auch stünde, denn dies waren nicht mehr die kleinen Sünden, dies war die fürchterliche, bodenlose Sünde, und Gott würde ihn jagen und schließlich finden, in einem Graben vielleicht, zitternd und zerschmettert von unfassbarer Schuld über unfassbare Taten, vielleicht hinter einem Misthaufen oder auf einem Klo oder unter einem Felshang, und er würde sich in einem Rätsel verrennen, das niemals gelöst werden konnte, und sich verheddern in einem Gewirr aus bösem, eiskaltem Gottesglauben, der versetzt war mit einem Schuss miefiger Dorferotik, und von diesem Gewirr würde er an diesem Abend die erste Vorahnung verspüren und den ersten verheißungsvollen Bissen kosten.

Denn gegen acht kam das Boot zurück, mit dem man den Pfarrer zurückgebracht hatte, und alle Kinder waren am Ufer und schauten neugierig zu und riefen und halfen, das Boot an Land zu ziehen.

»Komm jetzt nach Hause«, sagte der Vater zu Kaisten, als sie das Boot an Land gezogen hatten. Es fing an zu dämmern. Starker Wind. Trübes Wetter. Es würde wohl Regen geben.

»Kann ich nicht noch spielen, nur noch ein kleines bisschen?«

»Nein, es ist schon spät. Deine Mutter hat gesagt, ich soll dich mit nach Hause bringen.«

»Bitte, nur noch ganz kurz. Die anderen wollen Verstecken spielen. Nur eine Stunde.«

»Na schön, dann geh schon. Aber dann *musst* du auch in einer Stunde zu Hause sein.«

Und dann spielten sie Verstecken, und anfangs machten alle Kinder mit, auch die kleinen, und sie rangelten und rannten und sangen, und alles war Spielen und Vergessen, und auch Kaisten, ja vielleicht er am meisten, vergaß sich im Spiel, außer in den wenigen kurzen Augenblicken, wo das, was er kannte und worum er wusste und was er schon einmal erlebt hatte, sich ihm aufdrängte mit einer Vorahnung verborgener Gefühle, verdrängter Bedürfnisse, heimlicher Wünsche, die ihn beunruhigten und einen nachdenklichen Schatten über sein Gesicht warfen, der dann verschwand, wenn er sich wieder beim Spielen vergaß. Aber jetzt dämmerte es immer mehr, die Mütter traten in die Türen und riefen ihre Kinder nach Hause, manche hatten auch keine Lust mehr und gingen von selbst heim, und bald waren nur ein paar Jungen noch da und Kaisten.

»Komm mit auf den Speicher vom Lagerschuppen spielen«, sagte einer der Jungen.

Sie gingen. Kaisten war noch nie dort gewesen, der Speicher des Lagerschuppens war für ihn eines der Rätsel im Dorf, ein Mysterium, für das er bislang zu klein und zu unerfahren gewesen war, als dass er etwas davon hätte sehen dürfen, so ähnlich wie das Uferhaus, das so vornehm war, dass er Angst davor hatte und meinte, dass er gar kein *Recht* hatte, es von innen zu sehen. Sie kletterten eine Leiter hoch und durch eine Luke im Giebel. Auf dem Speicher war es ganz dunkel, aber er konnte trotzdem hinten unter der Dachschräge Bojen und Angelschnüre erkennen, leere Teekisten, Haken und Fischereigeräte, und am anderen Ende ganz hinten etwas wie einen Heuhaufen. Und nun wurde Kaisten in das Rätsel eingeweiht und gelangte eine Stufe höher in der Kinderhierarchie, und er war stolz, aber auch ein bisschen ängstlich. Die Jungen saßen da und redeten und machten es sich gemütlich, erzählten lustige Geschichten, und dann wurden sie ausgelassen, und plötzlich zwangen sie Kaisten zu Boden, das war ja nur aus Spaß, und zwar kam er zweifelsohne nach seinem Großvater, aber die waren ja zu fünft, und es hatte sowieso keinen Zweck, da war Karmal, schon ausgewachsen, obwohl er erst elf war, groß und stark, wenn auch ein bisschen schwerfällig, und Asbjörn, der Älteste, mit hängenden Schultern, klein und dünn, ein kleines hinterhältiges Biest, der nicht davor zurückschreckte, zu kneifen und zu beißen, wenn er es für nötig hielt, und dann war da noch Olivar mit der seltsam bleichen Haut, der immer so still war und friedlich wirkte, aber irgendwie über einer scheußlichen, verborgenen Gewalttätigkeit zu brüten schien, eine unheimliche Stärke besaß und ab und zu ein regelrechter Teufel sein konnte und immer den Kleinen den Arm ausrenkte, wenn er sie zwingen wollte, zu tun, was er verlangte, und dann waren da noch Heini und Nils Jákup, und alle waren älter als Kaisten. »Es war ja nur Spaß«, sagten sie zu ihm, als die Tränen in ihm hochstiegen, »meine Güte noch mal, das *war* doch bloß Spaß«, ein Spiel, Jungenstreiche, aber dann kam Asbjörn (natürlich er, wer sonst!) mit einem ernsthafteren Vorschlag, und alle anderen schlossen sich ihm an und sagten: »Ja, komm! Ja, komm!«, und jetzt war es gar nicht mehr lustig, er versuchte sich mit aller Kraft zu wehren, zappelte jedenfalls, trat um sich, aber da hatten sie seine Beine schon, zwei hielten sie fest, jeder eins, da biss er einen von ihnen in den Arm und – »Beißt du, du Satansbraten!«, sagten sie, und jetzt gab es keine Gnade mehr, sie hielten ihn fest, zwei oben, zwei unten, und Asbjörn (natürlich) knöpfte ihm die Hose auf. Und dann redeten sie miteinander, diskutierten, gaben Beurteilungen ab, fanden es lustig. Aber auf einmal kam ein Kopf durch die Lagerschuppenluke, das war der Kaufmann, Jákup, und da ließen sie ihn los und liefen weg, und Kaisten lag da, halb nackt, auf dem Rücken, Kaisten, der nach seinem Großvater kam, der Held seiner Mutter, der Stolz der Familie. Jákup, ein stiller, älterer Mann, träge und bedächtig, aber als ordentlicher und gottesfürchtiger Mann bekannt und als jemand, auf den man sich verlassen konnte, lächelte erst ein bisschen, aber dann fing sein Gesicht an zu zittern, er lachte auf seine eigene bedächtige, stille Art, fast innerlich, nicht viel, aber es war deutlich, dass sein ganzer Körper vor Lachen bebte, und während Kaisten versuchte, im Heu auf die Füße zu kommen und seine Hose hochzuziehen, kam außer der Scham wieder dieses merkwürdige Gefühl in ihm hoch, das er an diesem Tag beim Mittagessen gehabt hatte, die Schlucht, die Mauer, und noch einmal musste er erfahren, dass, egal ob einem jemand half oder nicht, von den Erwachsenen keine wirkliche Hilfe zu bekommen war und kein Verständnis.

Er stand auf wie ein geprügelter Hund, knöpfte seine Hose zu und wollte seine Kleider in Ordnung bringen, bevor er ging, aber dazu bekam er gar keine Zeit, denn nicht alle Jungen waren vom Speicher verschwunden. Asbjörn und Nils Jákup waren noch da, sie hatten sich nur unter der Dachschräge versteckt, und als der alte Jákup wieder aus der Luke verschwunden war (innerlich lachend, bedächtig quakend wie ein Frosch), kamen sie aus dem Dunkel hervor, und dann warfen sie ihn noch mal um, und jetzt kam Asbjörn mit einem neuen Vorschlag, der sicher noch besser war, und dann schleuderten sie ihn gegen den Heuhaufen und Nils Jákup hielt ihn fest, während Asbjörn ihm die Hose aufknöpfte, und dann hielten sie ihn abwechselnd fest, und zuerst machte es der eine mit ihm und dann der andere, und danach musste er immerzu an das Keuchen denken und an den Geruch von monatelang nicht gewaschenem Haar, an den Geruch von Meer und verdreckten Pullovern und dann an den penetranten Gestank von Schweißfüßen oder geilen Hunden.

Als er sich an jenem Abend nach Hause schlich, war es dunkel, und in den meisten Häusern brannte Licht. Es hatte geregnet, die Wege waren nass, in den Pfützen spiegelte sich das Licht. Alle Leute waren zu Hause. Irgendwo knarrte die Tür eines Vorratsschuppens, und weiter vorne im Dorf stand ein alter Mann und versuchte, seine Kuh über die Schwelle der Stalltür zu treiben. »Geh nach Hause ins Bett, du armer Kleiner, es ist schon dunkel.« Aber Kaisten mochte ihm nicht antworten, die Erwachsenen, dachte er, so dumm, so gutgläubig, so unschuldig, der alte Mann tat ihm leid, der mit ihm sprach, als sei er ein Mensch genau wie die anderen, als sei er etwas wert. So arglos und voller Vertrauen, diese Erwachsenen, die Armen! Sein Weinen war erstarrt, er versuchte, die Hose höher zu ziehen und, so gut es ging, Mist und Teer von den Knien zu schaben, die waren am Morgen blitzsauber gewesen. Im Missionshaus war Licht, er hörte, dass sie »Ich weiß einen guten Hirten« sangen, und spähte durch ein Fenster, ging aber schnell weiter, das schlechte Gewissen plagte ihn, das Lied, das Licht und die Geborgenheit waren eine Qual und mahnten ihn nur daran, dass er auf ewig verstoßen war. Zu Hause war auch Licht, als er hereinkam, die Lampe stand mitten auf dem Tisch, es roch nach Seife und frisch gebackenen Brötchen, und er kam aus dem Dunkel und schleuderte seine Schuhe in die Ecke, und das Licht war so hell, dass er die Augen zukneifen musste. Da saßen alle um den Tisch, Eltern und Geschwister, eine andere Welt, eine fremde, geborgene. Die Mutter sah ihn an, *ihren* Jungen, der die Nase und die Stirn und die Kopfhaltung des Großvaters hatte, jetzt noch so klein, aber dennoch schon ein Prachtjunge, der Keim zu etwas Großem, ein bisschen schmutzig heute Abend, er hatte gerauft, aber was machte das, das taten alle Jungen, er würde ein richtiger Mann werden, der beste in der Familie. »Jetzt bist du sicher müde, mein armer Schatz«, sagte sie. Und er fing an, seinen Pullover auszuziehen, einsam, ausgeschlossen, jenseits eines Abgrundes von Scham, Schmutz und zerschmettertem Stolz, diesmal nicht wieder gutzumachen und in alle Ewigkeit.

*(1976)*

*Ebba Hentze*

# Juli

Schon im Juli reden sie von der Dunkelheit.

Oje, oje, jetzt geht es bergab, und bald haben wir Herbst, und dann kommt sie wieder, die dunkle Zeit. So seufzen die Leute, und sie tun dir leid, denn die Sonne steht hoch, und du kannst dich in Rainfarn und Mädesüß verstecken, und es riecht nach warmem Tang vom endlosen Strand, denn du bist aufs Land geschickt worden.

Großmutters Schwestern, die in den Häusern an der Lóm wohnen, sehnen sich nach Besuch und Aufmunterung. Cora, die wunderlich ist und unverheiratet, und Kata, die nur unverheiratet ist und auf Magd und Knecht angewiesen. Ihn hast du noch nicht gesehen, denn er ist draußen auf der Insel und fängt Papageitaucher zusammen mit drei anderen Männern aus dem Dorf; auf den Felsvorsprüngen haben nicht mehr als vier auf einmal Platz. Vergangenen Sommer kam er mit achthundert Vögeln nach Hause – und alle müssen dann mit anpacken, wenn die gerupft werden sollen, die er jetzt mitbringt ..., seufzt Kata.

Letzten Sommer warst du beim Rupfen dabei. Fünf alte Frauen in einer Federwolke im Steinkeller. Aber das ist gut an diesen modernen Zeiten, sagt Kata, die alle mit zitternder Hand regiert, denn wer kann sich nicht an die Zeit erinnern, als wir noch alles in Tonnen einsalzen mussten, und sieh dir jetzt die Gefriertruhe an, du kannst alles einfach hineintun, und wir haben frischen Vogel zu Weihnachten, wenn wir nur wollen – oje, es dauert nicht lange, dann wird er uns zusetzen, der Winter.

Aber zuerst muss das Gras gemäht, getrocknet und das Heu eingefahren werden. Wenn es bloß keinen Regen gibt, sonst verrottet alles, stöhnt das ganze Dorf im Sonnenschein.

Am Tag des Alexius, dem 17. Juli im Almanach, läufst du mehrere Meilen die Brandung entlang, findest Quallen, denen du mit einem Stück Holz wieder ins Meer zurückhilfst, und Astartemuscheln, die du mit nach Hause nimmst, und über Astarte steht etwas im alten Lexikon im Zimmer oben, und du bist schon fast an der Lóm, als du den Julinebel herantreiben siehst.

Kreideweiß wie Basstölpelflügel kommt er langsam übers spiegelglatte Meer.

Jetzt hat Niklas die Sense geholt für das, was die Maschine nicht schafft, sagt Kata von der Küche her, und du siehst ihn an der Lóm entlang hochkommen, und genau da, wo die süß riechenden blauen Blumen wachsen, macht er Halt und dengelt, dass der Stahl singt, und scharf schneidet die Sense durch das saftige Gras, und am Abend siehst du die herbstfarbene Grasnarbe und die langen grünen Graswellen mit vielfarbigen Blütenflocken die steinigen Hänge hinauf bis zu den Steilwänden unterhalb von Lambadalur.

So ist der Tod, lacht Cora bitter in sich hinein, und dir wird bange vor Cora mit ihrem wunderlichen Lachen, und du spürst, alles ist noch nicht gesagt.

Du musst auch einmal sterben, sagt Cora, während sie vom Torfkasten aufsteht und mit der Krücke die Ofentür zumacht.

Der Julinebel hüllt die Häuser ein, aber alle Laute sind klar zu hören, und du hörst Lachen von der Brücke, du entfliehst Cora und läufst auf das Lachen zu: Da stehen die großen Jungen von Steiná und angeln einjährigen Seelachs für die jungen Dreizehenmöwen, die sie vom Berg heruntergeholt haben, und drinnen in der Lattenkiste sperren die kleinen Möwen den Schnabel auf und gieren nach mehr. Du hast das schon oft gesehen, und wenn ein Küken groß und zahm geworden ist, ist es anhänglich wie ein Hund – aber eines schönen Tages fliegt die Möwe doch wieder hinaus und ist ein freier Vogel.

Jetzt kommt Hjalti, der größte der Jungen, auf dich zu und sagt: Willst du kein Junges haben? Da stehst du schon mit einer warmen, schweren, lebendigen Kugel in den Händen und zitterst vor Glück, du stürmst nach Hause, und Kata hilft dir und findet ein Kistchen im Heuschober, und du bekommst einen alten Wollpullover und trockenes Heu, und Kata gibt dir Fisch, und das Möwenküken schlingt, und du rennst wieder zur Brücke hinunter, um dich noch einmal zu bedanken. Hjalti grinst dich an, als du sagst, dass du auch eine Angelrute hast und dass du hier schon oft ganz junge Seelachsschwänzchen geangelt hast, denn die Brücke ist nur fünfzehn Meter vom Haus an der Lóm weg.

Aber denk daran, es zu baden, sagt er, und die anderen Jungen drängen sich um euch und grinsen und nicken. Vergiss es nicht, du musst es schon heute Abend tun. Und du vergisst es nicht, denn Hjalti ist sechzehn und hat schon viele Möwenjunge gehabt, und du hast dein erstes und bist erst zehn.

Du badest es in der Wassertonne im Kuhstall, und es piepst, du nimmst es heraus und es ist ganz klein, denn jetzt kleben die Daunen an seinem Körper, und du packst es in Wolle und Heu, und in der Nacht darf es dicht neben dem noch warmen Ofen liegen.

Und du liegst lange wach und freust dich darauf, den Vogel fliegen zu sehen, und du singst: Der Vogel ist frei, du bist es, die wartet. Ich warte. Ich sehne mich nach dem Vogel, der fliegt, und er fliegt, wenn er flügge ist. Dieses Lied hast du zu Hause in einem Buch gefunden.

Du weinst nicht am nächsten Morgen, aber du spürst etwas Neues und Wildes in dir. Später war dir klar, dass es Hass war, und während du und Kata das Möwenjunge in einer Grube zwischen dem Rhabarber und den Kaiserkronen begraben, hört ihr Hjaltis höhnisches Lachen hinter der Steinmauer. Du hast es also wirklich gebadet, du Gans!

Weder du noch Kata antworten darauf. Und keiner sieht dich weinen, aber am nächsten Morgen kommt Kata wieder bis hinauf in die Dachkammer und trägt ein Tablett mit selbst gebackenem Schwarzbrot und Rhabarberkompott und setzt sich auf die Bettkante, und während sie auf das Tosen der Lóm horcht, denn es hat die ganze Nacht geregnet und jetzt verrottet das Heu tatsächlich, sagt sie: Der Tod kommt oft im Juli vorbei, denn das ist ein sonderbarer Monat. Ich kann ihn nicht leiden, und am dreiundzwanzigsten, weißt du, zu Apollinaris, sind sie dann da, die Hundstage.

Sie ist alt und müde, also lächle ich sie an, aber ich weiß, dass ich mein Leben lang den Vogel nicht vergessen werde, der seine Flügel nie gebrauchen durfte.

*(1978)*

*Lydia Didriksen*

# Die Eisblume

Sie starrte hinaus, aufmerksam horchend. Doch die Finsternis verschluckte alles um sie herum, sie sah nur das gewaltige Haifischmaul, das über die Mole geschossen kam und sie zu verschlingen drohte. Die aufspritzende Gischt brannte ihr in den Augen. Sie kniff sie so fest zu, wie sie nur konnte, doch es half nicht – das Brennen wurde nur noch schlimmer.

Die Brandung tobte wie irrsinnig, und sie hatte das Gefühl, sie würde sie in tausend Stücke reißen.

Da, jetzt hörte sie es wieder. Diesmal klang es wie ein weit, weit entferntes Stöhnen. Jemand *musste* da draußen sein, auch wenn sie nichts erkennen konnte.

Sie blickte den Kai entlang, ob da jemand wäre, der ihr helfen könnte. Aber nein, heute Nacht war sie allein. Mutterseelenallein. Umgeben von Sturm und Finsternis. Und nie zuvor hatte sie Hilfe so nötig gehabt.

Sie stand draußen auf dem Kai beim Lagerhaus, und es gelang ihr nur mit Mühe, sich auf den Beinen zu halten. Sie klammerte sich mit beiden Händen an die Klinke einer Tür, die zu einem Lagerraum führte, doch ihr war klar, dass sie sich nicht mehr lange würde festhalten können.

Selbst hier, im Schutz der Gebäudewand, packte der Wind sie immer wieder und warf sie hin und her. Ach, wenn er sie nur ganz ins Lagerhaus hineinschleudern könnte, das wäre die Rettung.

Die Brandungswellen, diese furchtbaren Haifischmäuler,

donnerten weiter auf sie zu und pressten ihr schier die Luft ab. Um Ruhe zu finden, hätte sie sich am liebsten in das aufgerissene Maul einer Welle sinken lassen. Dieses Chaos überstieg ihre Kräfte.

Sie war durchnässt und erschöpft. Wie lange sie schon vor dem Lagerhaus stand, wusste sie nicht, die Zeit schien stillzustehen, der Sturm kein Ende zu nehmen – so wie er auch keinen Anfang gehabt hatte. Und nie zuvor hatte sie sich so hilflos gefühlt, so allein und so eingesperrt.

Der Sturm war ganz überraschend über sie hereingebrochen. Sie hatte ihn erst bemerkt, als es zu spät war. An einem Frühlingstag hatte sie ein solches Unwetter noch nie erlebt. Oder vielleicht hatte sie es bloß vergessen. Stürme gehörten zum Winter, meinte sie zu wissen. Doch vielleicht stimmte das nicht, denn zum Winter gehörte ja der Schnee. Reiner, weißer Schnee, der alles Grau zudeckte und die Sonne zum Lachen bringen konnte, sodass die Wassertropfen wie Edelsteine im Schnee funkelten.

Sie musste auf den Kai hinaus, da draußen war jemand. Immer wieder hatte sie ein Rufen, ein Klagen gehört, da musste jemand sein, jemand, der um sein Leben kämpfte und ihre Hilfe brauchte.

Sie blickte die Mole entlang, doch außer den aufgewühlten Schaumkronen war nichts zu erkennen. In diesen wahnsinnigen Brandungswellen würde sie sich auch nicht auf den Beinen halten können. Und niemand war da, ihr zu helfen. Das Maul würde sich um sie schließen und sie mit sich fortreißen. Es war hoffnungslos. Dort draußen gab es weder Halt noch Schutz. Wie nichts schluckten die weit aufgerissenen Haifischmäuler die himmelhohe Mole. Und der Wind ließ nicht nach, er war so stark, dass er sie ins Meer schleudern würde. Nein, sie konnte nichts tun. Sie musste sich in ihr Schicksal ergeben.

Vielleicht war da ja doch keiner. Vielleicht waren es nur die mahlenden Mäuler der Wellen. Vielleicht hatte sie sich das Rufen in ihrer Angst auch nur eingebildet – gesehen hatte sie ja nichts.

Der Wind wurde ein wenig schwächer, und sie beobachtete, wie die zunehmende Strömung das aufgewühlte Wasser im nächtlichen Dunkel weiß färbte. Sie sah ein Licht die Felswand hinabzucken. Nun nahm sie auch wahr, dass die Wolken mit rasender Geschwindigkeit im Wind trieben. Dunkel und bedrohlich jagten sie über den Himmel.

In ihr erwachte neue Hoffnung. Vielleicht flaute der Sturm ja ab. Vielleicht wurde es bald Tag. Die Finsternis und die Haifischmäuler hatten ein Chaos in ihrem Inneren hervorgerufen, das ihr alle Lebenskraft nahm und sie zu ersticken drohte.

Nun spürte sie erst, wie müde sie war. Die Augen fielen ihr zu, und alles wurde schwarz. Ihr Körper fühlte sich so seltsam schwer und tot an, so als sei er gar nicht mehr vorhanden. Sie spürte den brennenden Schmerz nicht mehr. Ihr Inneres war vollkommen erstarrt. Alles pechschwarz und still.

Da schreckte sie plötzlich auf. Ein schriller Schrei durchfuhr sie. Und sie hörte, wie sie zurückschrie. Mein Gott, es war also doch jemand da draußen. Und die Stimme kam ihr auch bekannt vor. Sie musste dort hinaus. Sie *musste.*

Sie spähte in die Finsternis, doch sie konnte niemanden erkennen. Alles war ein einziges ununterscheidbares Dunkel – die Brandungswellen waren nur noch größer, noch Furcht erregender geworden. Es *war* einfach hoffnungslos. Wenn sie die Klinke losließ, war das ihr Tod. Wenn doch nur Hilfe käme.

Ein Windstoß kam und packte sie und schleuderte sie um die Hausecke.

Sie hörte Orgelmusik. Sie blickte sich um. Wo war sie – und was war los? Sie saß in einer Kirche, auf der hintersten Bank. Der Platz neben ihr war leer. Und sie sah, dass die Kirche voller

Frauen war. Sie waren alle in Schwarz und wandten ihr den Rücken zu.

Dann fiel ihr Blick auf den Sarg. Dort vorne stand er und sah sehr klein aus. Es musste jemand gestorben sein, aber warum war sie hier? Sie war noch nie auf einer Beerdigung gewesen.

Plötzlich bemerkte sie, dass sich die Frauen zu ihr umgedreht hatten und sie anstarrten. Sie blickte fragend zurück, bekam jedoch keine Antwort. Sie wirkten so seltsam, so alt. Ihre Augen waren ausdruckslos und glasig. Sie wusste nicht, ob sie tot oder lebendig waren. Ihre Gesichter schienen völlig leblos, als seien sie nur Bilder oder Schatten. Sie waren ganz bleich und zeigten keinerlei Regung. Auch wirkten sie auf unheimliche Weise gleich, so als hätten alle dasselbe Alter, dasselbe Schicksal. Es spiegelte sich kein Leben in ihnen.

Dann sah sie, dass auch sie wie die Frauen gekleidet war. Sie verstand jetzt nichts mehr. Doch vielleicht hatte auch sie ja die Frau gekannt, die im Sarg lag. Sie musste nachsehen. Sie wollte aufstehen, doch ihr Körper war wie tot, er rührte sich nicht. Sie blickte auf ihre Füße und versuchte, sie zu bewegen, doch ohne Erfolg. Sie hatte keine Verbindung mehr zu ihnen – sie spürte sie nicht. So blieb ihr nichts anderes übrig, als die Frauen vor ihr zu fragen, wer in dem Sarg liege. Sie *musste* es wissen. Doch sie brachte keinen Laut hervor. Entsetzen befiel sie …

Und genau in diesem Augenblick verstummte die Orgel, und der Pfarrer begann zu sprechen. Mit feierlicher Stimme und strenger Miene lobte er den Herrn, weil wieder ein Kind den Weg nach Hause gefunden hatte.

Als sie nach Hause kam, stand die Mutter da. Wie gern hätte sie sich in ihre Arme geworfen, ihre Wärme gefühlt, sich in den weichen tiefen Tälern ihres Körpers verkrochen. Einfach die Augen geschlossen und sich geborgen gefühlt. Doch etwas hielt sie zurück. Sie konnte es nicht tun.

Verwundert blickte sie der Mutter in die Augen, und darin sah sie etwas, was sie vorher nicht wahrgenommen hatte. Etwas Fremdes, Unbekanntes. Etwas, das sie an die Frauen in der Kirche denken ließ.

Sie musste sehen, dass sie wegkam.

*(1986)*

*Jóanes Nielsen*

# Der Proviantmeister

Als ich Tórbjørns Vater zum ersten Mal begegnete, musste ich gleich an diese französischen Weinverkoster denken. Die Nase lang und schmal, der Oberlippenbart mit dem Rasiermesser gestutzt. Er hatte eine Schürze umgebunden und trug Ärmelhalter um die Ellbogen. Nur die wollenen Hausschuhe verrieten den Färinger. Lächelnd begrüßte er uns, und Tórbjørn trat auf ihn zu und gab ihm einen Kuss.

Es war zwar mein erster Besuch, aber bereits im Wohnzimmer hatte ich das Gefühl, schon einmal hier gewesen zu sein. Wie daheim in älteren Häusern üblich, waren die Wände mit alten Fotografien übersät. Da hingen Großmütter und Großväter. Brautpaare. Bilder von Schiffen. Kinder im Taufkleid. Ölgemälde mit heimischen Landschaften. Und besonders eine Morgenansicht des Djúpini-Sundes nach Süden hin zeigte die ganze Schönheit, die ein färöischer Sommermorgen haben kann. Neben dem Wohnzimmerfenster hing ein mit Schnitzereien verziertes Bücherregal, auf dem links und rechts von einer alten Varðin-Ausgabe Eyvind Dalsgaards *Torfträger* und *Melkerin* als Buchstützen standen. Auf einer Truhe aus Kampferholz, die mit Darstellungen fremder Gottheiten geschmückt war, stand die Statue eines nackten Jünglings. Und die Wohnzimmertür umrahmten die gewaltigen Kieferknochen eines Wales. Man konnte sehen, dass der Mann weit herumgekommen war. Überall standen die seltsamsten Dinge, die er von langen Reisen mit nach Hause gebracht hatte. Ausgestopfte Vögel. Ein tiefrot gefärbter Stein. Wellhornschnecken, in denen der Herzschlag des Meeres pulsierte.

Tórbjørn hatte zwar gesagt, dass sein Vater ein abgemusterter Proviantmeister war, aber beim Anblick des Wohnzimmertischs musste ich doch zweimal hinsehen. Nie zuvor hatte ich einen gedeckten Tisch wie diesen gesehen. Allein das zur Dekoration dienende Gemüse hätte sicher für fünf bis sechs Vegetarier gereicht. Schalen. Schüsseln. Körbe. Krüge. In allem verbarg sich etwas Essbares. Als ich den ersten Schnaps getrunken hatte, fragte er nach meiner Familie. Nachdem ich seine Frage, so gut ich konnte, beantwortet hatte, stand er eine Weile nachdenklich da. Strich sich übers Kinn. Sah mich an. Blickte wieder zu Boden. Und plötzlich zwinkerte er mit den Augen.

»Na so was, dann sind wir ja miteinander verwandt.« Wie sich herausstellte, hatte es zwischen seiner und meiner weitläufigen Verwandtschaft irgendwann eine Liebesbeziehung gegeben. Dann schenkte er dem neuen Familienmitglied und seinem Sohn den nächsten Schnaps ein und bat uns zu Tisch. Ich muss nicht betonen, wie gut das Essen war. Tatsächlich habe ich nie besser gegessen. Das Mahl dauerte geschlagene drei Stunden. Jeder einzelne Happen musste probiert werden.

»Meine Proviantmeisterehre«, ermahnte er uns, »steht und fällt mit eurem Appetit.«

Nachdem wir eine gute Stunde beim Essen gesessen hatten, kam er mit einem Burgunder Jahrgang 1935. Doch der fünfundvierzig Jahre alte Trank war nicht allein dazu da, das Essen zu begleiten. Er sollte auch unsere Kehlen befeuchten, denn jetzt sollten wir singen. Und zwar keine Tralala-Lieder, sondern Perlen färöischer Dichtkunst.

Irgendwie jedoch wirkte dieses Beisammensein wie ein uraltes Ritual mit festen ungeschriebenen Regeln. Ich vermutete, dass seine Bekannten ein-, zweimal im Jahr hier so zusammenkamen. Eine gewisse Anzahl erlesener Weine tranken. Augenblicke der Leere mit edlem Branntwein füllten. Aßen, wie es sich für gebildete Leute gehörte. Und dass jedes Mal auch dieselben Lieder auf dem Programm standen.

Nachdem wir *Im Käfig* gesungen hatten, stand er feierlich auf, trat ans Wohnzimmerfenster und deutete hinaus in den Kopenhagener Abend.

»Dort saß Janus ein, als er dieses Lied schrieb.« Und düster fügte er hinzu: »Während die Memmen zu Hause auf den Färöern auf einem Mann herumtrampelten, der schon am Boden war.«

Das Gebäude, auf das er wies, war das Gefängnis Vestre Fængsel.

Einen Augenblick blieb er vor dem Bücherregal stehen, zog einige Bücher heraus, kam zu uns zurück und zeigte sie uns.

»Durch diese Bücher ist meine Bindung an die Färöer in den letzten Jahren immer enger geworden. Diese Bücher bewahren den innersten Kern unseres Heimatlandes. Einen unbezähmbaren Willen. Einen Liebreiz, wie er die echte Kulturnation auszeichnet. Meine Sehnsucht nach den Färöern hat in ihnen Trost gefunden, damals, als ich noch zur See fuhr, und jetzt im Ruhestand.« Plötzlich zwinkerte er uns zu, seine Augen begannen zu lächeln.

»Seht ihr die Namen.«

Dichter wie Janus Djurhuus, Christian Matras, Regin Dahl, Jóannes Patursson, alle hatten ihre mehr oder weniger unsterblichen Namen in den Büchern verewigt.

Nach dem Essen bat er uns zu Kaffee und Kognak in die Sitzecke. In den bequemen Sesseln, auf denen wir Platz nahmen, fühlten wir uns wie Seehunde auf einer warmen Klippe. Höchstwahrscheinlich würde er es als billige Schmeichelei auffassen, wenn ich seine Kochkünste zu loben anfinge. Irgendetwas Anerkennendes aber musste ich sagen.

»Ach ja«, seufzte er mit einem versunkenen Lächeln, »Köche und Hexenmeister sind nicht umsonst miteinander verwandt.«

Von Tórbjørn wusste ich, dass sein Vater allein lebte. Kurz nach dem Krieg hatte er Frau und Kinder auf den Färöern zurückgelassen. Da gab es einen dunklen Punkt in seinem Leben.

Wir hatten eine Flasche Royal Dimple für ihn gekauft, und diese überreichte ihm Tórbjørn, während er zugleich die Frage an mich richtete, ob das nicht die gleiche Sorte sei, die Beethoven und Nólsoyar Páll getrunken hätten.

»Nein«, antwortete ich, »das war gewöhnlicher Schiffsrum.«

»Moment mal, da komme ich nicht mit.« Tórbjørns Vater war aufgestanden und blickte uns zweifelnd an. »Beethoven und Nólsoyar Páll?«

»Ja«, erwiderte ich. »Das war 1794 oder 95, als Nólsoyar Páll als Steuermann auf einer Bark zwischen London und Calais segelte. An jenem Morgen hatten sie das Großsegel gehisst und waren gerade dabei, den Anker zu lichten, als ein Ruderboot auf das Schiff zukam. Sechs Mann saßen an den Rudern, und am Vordersteven stand ein siebter, er trug einen Umhang und winkte dem Schiff zu. In den Händen hielt er einen großen Umschlag, sodass er wie eine Fahne aussah. Dass der Mann tatsächlich eine Fahne war, ja eine der prächtigsten Europas, war klar, als kein Geringerer als Ludwig van Beethoven an Bord ging. Nólsoyar Páll empfing ihn persönlich. Und einen Augenblick später war die Bark schon auf dem Weg aus der Bucht Richtung London.«

Der Proviantmeister hatte sich im Sessel zurechtgesetzt, er legte die Beine übereinander, fuhr sich nachdenklich übers Kinn. Ich bemerkte, dass Tórbjørn seinen Vater aufmerksam betrachtete. Etwas Verächtliches schien in seinem Blick zu liegen.

»Ein frischer Ostwind«, fuhr ich fort, »blähte die Segel mit seiner unsichtbaren Kraft. Heulte in den Wanten, hinterließ einen leichten Salzgeschmack auf den Lippen des Komponisten, der hinten im Heck einen Sitzplatz gefunden hatte. Er sah die französische Küste langsam am Horizont verschwinden und große Heringsmöwen, die ruhig hinter dem Schiff im Kielwasser segelten. Er fühlte sich diesem Steuermann in der halblangen dunkelbraunen Jacke auf ganz seltsame Weise verwandt. Und

Nólsoyar Páll empfand dasselbe für den gleichaltrigen Mann, der so versunken übers Meer blickte.

Doch der Wind war kalt, und deshalb bat Nólsoyar Páll den Reisenden hinunter in seine Kajüte. Dort stellte er einen Viertelliter Rum und zwei Becher auf den Tisch.

›Sind Sie Musiker?‹, fragte Beethoven und deutete auf ein Harmonium, das am Schott stand.

›Nein‹, erwiderte der Mann von der Insel Nólsoy. ›Das Harmonium war schon da, als ich an Bord kam. Aber wenn es Sie interessiert: Ich schreibe.‹

›Ich wusste es. Sofort als ich Sie sah, dachte ich, dieser Mann weiß, woher der Wind weht.‹

Der Mann von Nólsoy lächelte. ›Und Sie?‹

›Ich bin Komponist‹, erwiderte Beethoven leise und fügte hinzu: ›Einer von diesen Verstoßenen, die nirgends eine Heimat haben. Aber in welcher Sprache schreiben Sie? Ich frage, da ich zu hören meine, dass Sie kein Brite sind.‹

Páll stand auf und kam mit einer Karte vom Nordatlantik zurück.

›Da‹, er deutete auf die Karte, ›von hier stamme ich. Und die Sprache, die meine Dichterfeder schreibt, ist eine vergewaltigte Sprache namens Färöisch.‹ Der zornige Klang seiner Stimme veranlasste Beethoven nachzufragen, was er mit ›vergewaltigt‹ meine.

Nachdem er die Becher von neuem gefüllt hatte, begann Páll, von seinem Land zu erzählen. Beethoven runzelte die Stirn, als er von den elenden Zuständen hörte.

›In diesem Augenblick stillen meine Landsleute ihren Hunger unten am Wasser mit Seetang. Eine unverschämte Bande von Beamten, Pfarrern und Bauern schneidet ihnen alle Selbstachtung aus dem Leib. Jeder Versuch, das Überleben aus eigener Kraft zu sichern, wird niedergeknüppelt. Den Armen ist sogar das Heiraten verboten.‹

›Und Sie haben dem Land den Rücken gekehrt, erlaube ich mir zu vermuten.‹

›Was heißt schon den Rücken gekehrt‹, erwiderte Páll. ›Nein, das habe ich nicht. Man kann seiner Garderobe oder einem Viertelliter Rum den Rücken zukehren, nicht aber einem ausgebluteten Volk. Selbst wenn man gen Süden bis nach Afrika fährt, das Gewissen folgt einem überallhin. Aber wenn meine Landsleute auch zu Bettlern im eigenen Land gemacht wurden‹, sagte Páll mit einem trotzigen Lächeln, ›eine Kostbarkeit ist uns doch geblieben, deren Funkeln uns zur Tat ruft und den Traum von Freiheit und Größe in uns entzündet – der Tanz. Diese wogende Kette, die Generation für Generation über Jahrhunderte hinweg miteinander verbindet.‹ Und als hätte ihm jemand glühende Kohlen in die Lederstiefel gesteckt, sprang er auf und begann, den *Høgna táttur* zu tanzen.

Der völlig überraschte Beethoven sah seinem Gastgeber fasziniert zu. Ein einziges Mal nur hatte er zuvor etwas Vergleichbares erlebt. Damals, als der Afrikaner Moshe Gahili einen dieser tiefen Rhythmen aus dem afrikanischen Urwald vorführte. Möglich, dass diese Verrücktheit heiliger Natur war. Jedenfalls brannte in der ehrwürdigen Ballade ein Geist, der Beethoven dazu veranlasste, aus dem Sessel aufzuspringen und so laut ›Zum Wohl!‹ zu rufen, dass es im ganzen Achterschiff zu hören war.

›Was fehlt‹, rief er, ›ist das französische Vorbild. Keine Macht, wie immer sie auch heißen mag, kann uns daran hindern, jene goldenen Städte zu erobern.‹ Und nun war es an Páll, sich zu wundern. Mit einem Ruck warf Beethoven seinen Umhang zurück und setzte sich ans Harmonium. Seine Finger eilten wie ausgelassene Krabben von einem Ende der Tastatur zum anderen. Es war das erste Mal, dass Páll meinte, aus einem Harmonium Funken sprühen zu sehen. Und vielleicht waren es tatsächlich Funken. Von einer Art, welche dem Zuhörer die merkwürdigsten Klangbilder zu sehen gibt.

Als Beethoven etwas später den Deckel zuklappte, hatte der Mann von Nólsoy Tränen in den Augen. Die Harmoniummusik hatte eine Sehnsucht in ihm wachgerufen, ihn die Kajüte wie ein Gefängnis aus Eichenholz empfinden lassen. Und Beethoven, der nicht zum ersten Mal einen Mann, der auf der Flucht war, weinen sah, griff nach der Flasche, füllte den Becher mit dem stärkenden Getränk und stellte ihn Páll hin.

›Ja, alter Freund. Auf jeden von uns wartet ein bitterer Kelch.‹

Páll war hinten am Heck mit einer Taurolle beschäftigt, als Beethoven auf ihn zutrat. Er hatte die Arme hinter dem Rücken verschränkt, und in einer Hand hielt er den großen Umschlag. Die letzte Stunde hatte er vorne am Bug gestanden. Vollkommen regungslos. Er erinnerte ein wenig an einen Bauern, der traurig sein abgebranntes Feld betrachtet. Die hängenden Schultern. Der breite Hals, dessen Kraft auf wundersame Weise in der Musik ihren Platz gefunden hatte.

›Páll Nólsoy‹, begann er. ›Es gibt Kunstwerke, die der Künstler nur für sich selbst schafft. Werke, die seine Kraft, seine Genialität beweisen sollen. Bei denen er nicht an die Zuhörer denkt, sondern nur den aufgewühlten Gefühlen der eigenen Seele gehorcht. Was ich hier in diesem Umschlag habe, ist ein solches Werk. Oder genauer gesagt, ein Kreuz, das ich nicht länger tragen kann und will. Ich hatte die Absicht, es zu vernichten. Es einem Kloster in Verwahrung zu geben. Oder …, nun, ich weiß nicht recht. Aber nachdem ich Sie getroffen habe, ist mir klar, dass dieser Umschlag in Ihrem abgelegenen Heimatland und nirgendwo sonst verwahrt werden soll.‹ Dann hielt er inne, und die beiden gleichaltrigen Männer standen eine ganze Weile schweigend da. Spürten tief in ihrem Inneren, dass ihre Reise zwischen Frankreich und England eine Art Kreuzzug gewesen war, bei dem die Kunst über das Schwert gesiegt hatte. Dann reichte Páll Beethoven die Hände. Und die Sonne segnete ihre Freundschaft.

Was dann geschah, ist schnell erzählt. Páll kam auf die Färöer. Verheiratete sich nach Norden, nach Vágur, dem heutigen Klaksvík. Und Beethovens Umschlag lag in einem mit Schnitzereien verzierten Kästchen. Dieses Kästchen ist als Erbstück in der Familie geblieben, heute besitzt es ein alter Bauer im Norden am Hvannasund. In der gleichen Familie gibt es noch ein anderes Erbstück, eine norwegische Hardangergeige. Wenn man also einmal abends in den Norden an den Hvannasund fährt und zu einem alten Bauernhaus kommt, kann man Zeuge eines der merkwürdigsten Rätsel in der Welt der Musik werden. Gespielt auf einer norwegischen Hardangergeige, erklingt da jene Zehnte Sinfonie Ludwig van Beethovens, von der die Welt nichts weiß.«

Eine gute Weile herrschte Schweigen im Wohnzimmer des abgemusterten Proviantmeisters. Nur das Ticken der Uhr an der Wand war zu hören. Ruhig stand er auf, ging zur Truhe aus Kampferholz, stellte den nackten Jüngling beiseite, hob den Deckel und nahm drei Zinnbecher heraus. Einen stellte er vor mich hin, einen vor Tórbjørn, seinen eigenen stellte er auf die Fensterbank. Dann nahm er die Royal-Dimple-Flasche, drehte den Korken heraus und füllte die Becher bis zum Rand. Feierlich hob er seinen Becher, dann aber zwinkerte er mit den Augen, seine Wangen röteten sich, und er brach in Gelächter aus.

»Lasst uns auf alle Verstoßenen trinken, die ohne Heimat sind. Und auf die beiden Alten.«

»Ja«, erwiderte Tórbjørn, seine Stimme klang plötzlich gehässig. »Trinken wir auf alle Verstoßenen. Auf alle Snobs. Und auf alle Schwachherzigen, die sich Dichter und eine alte Familie wie Orden an die Brust heften. Zum Wohl!«

Von diesen bissigen Worten unangenehm berührt, führte ich den Becher zum Mund und sah, dass sein Vater plötzlich blass geworden war.

»Tórbjørn«, sagte er mit bittendem Blick.

»Verträgt deine zarte Proviantmeisterseele also kein wahres Wort. Schönen Gruß auch von Mutter. Sie hasst dich noch wie früher.«

»Tórbjørn, nicht heute Abend. Bitte.«

Und um das Thema zu wechseln, wandte er sich mir zu. »Das war eine sonderbare Geschichte. Ist sie wahr oder erfunden?«

Ein wenig irritiert wollte ich antworten, als Tórbjørn mich unterbrach.

»Ja, alter Freund. Sie ist erfunden, wie alles andere auch. Eine kleine Lüge, erdacht, um sich einen Moment lang an ihr festzuhalten. Damit man das Leben aushält. Ist es nicht das, wozu wir die Kunst haben?«

»Zum Teil«, versuchte ich diplomatisch zu antworten. »Aber historisch gesehen könnten sie sich gekannt haben.«

»Auch die Geschichte kann man behandeln wie ein uneheliches Kind. Ab und zu schickt man ein bisschen Geld. Beruhigt sein Gewissen. Ruft sich das in Erinnerung, was das Gemüt nicht stört.«

Ich befand mich in einer unangenehmen Zwickmühle. Nicht, dass giftige Worte mir fremd gewesen wären. Aber ich fühlte mich, als würde ich sie belauschen und Dinge mit anhören, die mich nichts angingen. Vielleicht spürte der Proviantmeister, was in mir vorging, denn plötzlich sagte er mit lauter Stimme:

»Ich habe verdammt noch mal das Recht, mein Leben so zu leben, wie es mir passt. Und eines will ich dir sagen, Tórbjørn. Wenn ich damals nicht abgehauen wäre, würde ich heute in meinem Grab verfaulen.«

Tórbjørn saß da und sah auf seine Hände. In ihm arbeitete etwas, das er lange mit sich herumgetragen hatte. Dann blickte er auf und fragte mit leiser Stimme: »Papa, stimmt es, dass du homosexuell bist?«

Der Proviantmeister antwortete trocken: »Deshalb bin ich ja weggegangen.« Er nahm sein Taschentuch, wischte sich über die Augen und schnäuzte sich. »Und jetzt bin ich ein alter Mann. Und mache mir manchmal auch Gedanken über Gott.« Plötzlich begann er zu lachen.

»Aber eines sollst du wissen, Tórbjørn.« Er hatte die Stimme wieder erhoben und sah seinem Sohn in die Augen. »Ich war nie einer, der sich einschmeichelt. Nennt mich, wie ihr wollt. Aber Schmeichler: never in my life!«

Es wird gegen zwei gewesen sein, als Tórbjørn und ich uns verabschiedeten. Und ich kann wohl sagen, dass Vater und Sohn an jenem Abend zueinander gefunden hatten, zum ersten Mal seit vierunddreißig Jahren.

Kaum standen wir aber auf der Straße, als wir überrascht stehen blieben. Aus dem Wohnzimmerfenster des Proviantmeisters drang Musik. Und Gott soll mich strafen, wenn es nicht der Tofta-Chor war, der das schöne färöische Lied *Von Inseln weiß ich* sang.

*(1986)*

*Carl Jóhan Jensen*

# Moriæ Encomium

Mir lag auf der Zunge zu erzählen, als ich eben den Stift aufs Blatt setzte und diese Epistel beginnen wollte, entweder mir selbst oder dir, meinem künftigen Hörer, von einer Diskussion, einer Erörterung, ja einem Wortwechsel, und zwar zu einem Thema, das die Menschen in Stadt und Land stark beschäftigt hat, seit es im Frühling aufkam, allerdings so spät, dass in den Gärten und auf den Friedhöfen die Narzissen bereits verwelkt waren. Und zwar nicht, obschon das sicher gut zu der Art gepasst hätte, wie wir uns alter Gewohnheit entsprechend hierzulande auszudrücken pflegen, zurückhaltend und im Zweifel, ob wir miteinander über das sprechen sollen oder dürfen, was wir vielleicht und in aller Demut meinen – manchmal.

Und fast hätte ich, wie gesagt, es sogar vorschnell Diskussion, Erörterung oder Wortwechsel genannt, das war knapp, verdammt knapp war das, doch das ist egal, denn der Anlass für das, was ich nichtsdestotrotz sagen wollte, war ein schwarzer Anzug.

Doch, doch, du hast recht gehört, ein schwarzer Anzug.

Es ist nun etwa einen Monat her, dass dieser schwarze Anzug aus den Wolken herabgestiegen ist, herab zu uns hier auf diese felsigen Inseln. Wir sahen ihn im Fernsehen auf einer Pressekonferenz. Wir sahen ihn im Norden bei Gjógv und auf einer Kunstausstellung. Wir sahen ihn auch auf einem Landesparteitag. Er hielt eine Rede, und es war wie bei einer religiösen Zusammenkunft. Der Anzug redete, seine Stimme war sanft, er wirkte fast gerührt. Er beugte sich über das Rednerpult, stützte die Ellbogen auf. Er sagte, irgendetwas sei geglückt, und er sagte es ziemlich leise. Irgendetwas sei geglückt. Er sprach dänisch, und auf dem Landesparteitag machte keiner einen Mucks. Etwas ist geglückt, flüsterte der Anzug ins Mikrofon und wiederholte es pausenlos. Immer und immer wieder.

Aber egal.

Der Anzug fuhr wieder hinauf in die Wolken, und bei uns war alles wieder wie zuvor. Und trotzdem, das, was der Anzug auf dem Landesparteitag gesagt hatte, diese Behauptung, dass etwas geglückt sei, ließ mir keine Ruhe. Was hatte der Anzug damit gemeint?

Ja, das war gar nicht so leicht in Erfahrung zu bringen.

Keiner, mit dem ich sprach, kein Nachbar, kein Bekannter, schien irgendwas zu wissen. Nicht das Geringste. Also fragte ich einen Ökonomen. Ich fragte einen Soziologen. Einen Pfarrer. Aber nein. Genauso gut hätte ich ein blindes Pferd fragen können.

Keiner wusste etwas.

Keiner außer meinem Freund Malakoffur. Er allein, ein dem Suff ergebener Archäologe aus Island, der seit vielen Jahren oben am Hvannasund wohnte und von Nebeneinkünften und den Zuwendungen guter Menschen lebte, er wusste Bescheid.

Den Malakoffur hat, wie er selbst immer sagt, die Einfalt des Herzens auf die Färöer geführt, fort von der Dummheit, die leider, wie er dann feststellen musste, überall auf der Welt die Quersumme jeder Gesellschaft bildete.

Der Malakoffur oder Koffur, wie ich ihn zu nennen pflege, kann, so pessimistisch und misstrauisch er sonst ist, mitunter ausgesprochen klar im Kopf sein, besonders an jenen Tagen, die direkt auf eine Suffperiode folgen; dann hat er die besondere Gabe, sich hellsichtig über Dinge zu äußern, die oft nur schwer in Worte zu fassen sind.

Nun lief ich ihm eines Tages auf dem Áarvegur draußen vor Lyngsøes Frisörgeschäft über den Weg, er war unrasiert und wirkte ungepflegt, und sogleich fragte ich ihn, was der Anzug seiner Ansicht nach auf dem Landesparteitag mit seiner Äußerung, etwas sei geglückt, habe andeuten wollen.

Konsens, antwortete der Koffur, er sagte es schnell und ungeduldig, als sei das allgemein bekannt. Ich war so klug wie vorher.

Der Große Konsens, wiederholte er eine Spur ungeduldiger. Resignierter. Ich schaute ihn fragend an. Doch er schüttelte den Kopf und sagte, dass er keine Zeit habe. Er müsse zum Haareschneiden, sagte er und ging in das Frisörgeschäft hinein. Ich blieb draußen zurück. Ich dachte, egal, dachte ich, doch dann ging ich ihm nach, für alle Fälle.

Es würde eine Weile dauern, bis er an die Reihe kam, also drängte ich ihn, mir zu verraten, was das für ein Konsens sei, dieser Große Konsens, den er angedeutet habe. Er seufzte. Er blätterte ein wenig in einer dänischen Illustrierten, sagte zweimal Nein. Seufzte wieder und begann dann doch zu erzählen.

Angefangen habe es mit Dam, sagte er, und zwar bereits im Krieg, im Zusammenhang mit der ganzen Debatte damals um unsere staatsrechtliche Stellung. Dam hatte eine vage Idee, sagte der Koffur, und diese vage Idee prägte alles, was er geschrieben und bei der Volksabstimmung 1946 und später gesagt hat. Sie wurde fixer. Diese Idee. Nahm in Dams Denken immer mehr Raum ein und hakte sich mit der Zeit an jedem Gedanken fest, der ihm durch den Kopf ging. Wie das Thema einer Sinfonie sozusagen. Erst ist es nur eine Andeutung, scheu und geheimnisvoll, dann greift es um sich und wird langsam lauter, wagt sich hervor und dominiert dann plötzlich alle anderen Klangbilder und ertönt vollendet. In seiner ganzen Klangfülle.

Und in einer schlaflosen stürmischen Herbstnacht irgendwann in den Fünfzigerjahren, zu einer Zeit, da die Gesellschaft noch im Kielwasser der Krise der Sjóvinna-Bank dahinschlingerte, als Streiks, Unruhe und Abwanderung drohten und Betriebe und Unternehmen den Bach runtergingen, unter anderem auch seine eigene Herzensangelegenheit in Tvøroyri, verwandelte sich die Idee in Dams Kopf auf einmal in ein Licht.

Und es war kein kleines Licht. Er sprang im Bett auf. Schlagartig sah er mehrere Jahrzehnte in die Zukunft. Er stand im Bett und leuchtete so stark, dass seine Frau, die davon wach geworden war, vor Angst das Gesicht im Kopfkissen vergrub.

Aber egal.

Dam warf seine Kleider über, fuhr in die Schuhe und lief, den Mantel unterm Arm und den Hut in der Hand, aus der Tür. So stark fühlte er den Ruf. Gen Norden nach Tórshavn. Gen Norden ins Parlament. Es galt, jede Seele im Parlament wissen zu lassen, was dem Vorsitzenden der Sozialdemokratischen Partei klar geworden war, und heute noch schwören viele auf Skúvoy und Sandoy einen heiligen Eid, dass sie ihn in jener Nacht in den Fünfzigern zu Fuß nach Norden über den Fjord gehen sahen, wie er stolz und stattlich, mit wehendem Mantel, den Hut auf dem Kopf, über die unruhige See trippelte, über Wellenkämme hüpfte und durch die Gischt tanzte.

(Hier lacht der Frisör laut auf und schneidet einem Mann fast das Ohr ab, aber egal.)

Dam kam nach Tórshavn.

Er ging ins Parlament. Er hielt eine Rede. Ein Konsens sollte bestehen, sagte er, Frieden und gütige Fürsorge, denn, sagte er, wenn man all das zusammenzählte, was man an Unterstützung aus der dänischen Staatskasse bekommen könnte, so würden auf den Färöern kaum noch strittige Themen übrig bleiben.

Das Einzige, was zähle, sagte Dam den Abgeordneten, sei, dass sie begriffen, dass Verantwortung in dänischen Kronen zu kalkulieren war und dass in allen Bereichen der färöischen Gesellschaft Verantwortung übernommen werden müsse. Dann würde Arbeitern wie Fischern das Ihre zuteil. Die Wirtschaft erhielte Freiraum und günstige Rahmenbedingungen. Öffentlicher Dienst und öffentliche Verwaltung könnten ausgebaut werden. Dann sei jeder Klassenkampf überflüssig, sagte Dam.

Dann müsse sich keiner mehr unter Lasten winden, geschweige denn Lasten auf andere abwälzen.

Und nun geschahen Zeichen und große Wunder.

Denn kaum hatte Dam seine Rede beendet, ließ der Sturm draußen nach.

Die Berge zogen die Regenwolken und den Nebel zu sich hinauf, die Sonne schien aufs Prächtigste, und drinnen wurden die Abgeordneten langsam von Verwunderung und Dams Licht ergriffen.

Jedenfalls die Mehrzahl von ihnen.

Und das Licht nahm noch zu.

Blinde wurden sehend und sahen neue Schiffe in die Fjorde einfahren und in neu errichteten Häfen anlegen. Lahme standen auf und wandelten auf neu angelegten Straßen. Alte wurden in ihren elektrisch beleuchteten Stuben wieder jung und hatten wieder andere Dinge im Kopf als das Geld für die Sargbretter.

Wahrlich. Wahrlich.

Und keiner verspürte noch Lust zu streiten, ganz im Gegenteil. Jeder Störenfried und jede Meckerziege verstummte. Zeitungsredakteure, die ein schweres Bündel von überkritischen, sorgenvollen Leitartikeln auf dem Rücken trugen, befreiten sich von ihrer Last und fühlten sich erlöst.

Klein und Groß verbrüderten sich. Ungelernte und Gelehrte. Unabhängigkeitsbefürworter und Unionisten fielen einander um den Hals.

Eine neue Zeit brach an.

Eine neue Epoche.

Ein Großer Konsens erfasste das Land.

Nun musste man nur noch die Hand ausstrecken, um an das dänische Gold zu kommen, und das gelang bestens, in allen Bereichen konnte man die Verantwortung sehen.

Und Jahr für Jahr nahm sie zu. Der Konsens schlug tiefe Wurzeln im Denken aller, die er mit Verantwortung bedachte, und diese stützten ihrerseits die Gesellschaft: Politik, Wirtschaft, Kultur. Öffentliche Verlautbarungen waren in erster Linie durch den Großen, Ruhe und Frieden umfassenden Konsens zwischen Regierenden und Oppositionsmehrheit gekennzeichnet.

Nun wurde geplant, beschlossen und zugestimmt hinter so verschlossenen Türen, dass die Ehrenmänner gar nicht auf die Idee kamen, noch zu widersprechen. Jedenfalls gab es manche, die mit der Zeit lieber den Mund als das Hirn gebrauchten.

Aber auch solche muss es geben.

Also egal.

Der Große Konsens hatte die Leute so fest im Griff, dass sie unerschütterlich an ihrem Glauben festhielten, dass er, nur er allein, den Weg zu jener Freiheit und Freigeistigkeit wies, die er seiner Natur nach versprach.

Sogar mit jedem Wort, das gegen ihn vorgebracht wurde, wuchs der Große Konsens.

Zum Schluss ließ er sich weder anzweifeln noch kritisieren.

Und er hielt die ganzen Sechzigerjahre hindurch. Felsenfest.

Die ganzen Siebziger und Achtziger. Wuchs weiter. Wurde fester und härter, bis er, wie du sicher weißt, an einem Dienstagmorgen im Oktober vor sechs Jahren plötzlich und unerwartet zu Bruch ging, sagte der Koffur und fuhr sich mit zwei langen, vom Nikotin verfärbten Fingern übers Kinn.

Ich sagte, das könne es wohl trotz allem nicht gewesen sein, was der Anzug gemeint habe, sagte ich zu ihm.

Nein, antwortete der Koffur, aber siehst du, sagte er, als der Große Konsens in sich zusammenfiel, stürzte auch, wie du dich zweifellos entsinnst, ein erklecklicher Teil der Sozialdemokratischen Partei, und da begann sich in einem Mann aus Tvøroyri eine Sorge zu regen, in Øgilsgaard, oder wie er verdammt noch mal heißt, einem machtgeilen Typen, doch egal, sagte der Koffur.

Eidesgaard, korrigierte ich ihn, du meinst wohl Jóannes Eidesgaard, sage ich.

Nicht der Name verdirbt den Mann, sagt der Koffur, jedenfalls gehört er zu dieser neuen Generation von Sozialdemokraten mittleren Alters. Doch wie dem auch sei, seine zarte Seele litt Qualen, und sein Körper war nass von kaltem Schweiß. Er fand weder Rast noch Ruh, und die Qual ließ erst etwas nach, als ihn der parlamentarische Rat in die Regierung und dann ins Parlament wählte.

Doch sein Leiden war damit noch nicht vorbei.

Ein tückischer Schmerz befiel jeden Gedanken, der ihm durch den Kopf ging, und schließlich musste ihn der parlamentarische Rat zum Parteivorsitzenden und künftigen Regierungschef salben.

Da hellte sich sein Gemüt auf, und sein Leben bekam eine ruhige Gewissheit.

Doch ach.

In jenen Tagen geschah es, dass er Nachricht von einer Wahl bekam, und kurz darauf schreckt Eidesgaard in einer stürmischen, regnerischen Nacht aus dem Schlaf. Er setzt sich im Bett auf. Er zittert. Ein bisschen. Er leuchtet nicht. Er ist nicht Regierungschef geworden, doch immerhin noch Parteivorsitzender. Das ist ein Trost, und während er im Bett steht und darauf lauscht, wie der Wind ums Haus saust und braust, ist es, als ob sich in seinem Kopf ein Licht ausbreitet.

Ein schwacher Schimmer.

Ja, Teufel auch, denkt er, hat auch er jetzt seherische Fähigkeiten. Wohl sieht er keine Jahrzehnte in die Zukunft, aber doch bis über den Jahreswechsel hinaus. Eine Spanne weit. Oder zwei. Er hat wieder festen Boden unter den Füßen. So einigermaßen wenigstens. Sicheren Halt.

Und er, Eidesgaard, steigt aus dem Bett und beginnt gemächlich, sich anzuziehen.

Etwas später tritt er aus der Tür in kniehohen Gummistiefeln. Grünen. Denn es ist schon etwas anderes, bei stürmischem Wetter von Tvøroyri aus mit ernsten Neuigkeiten zum Parlament zu gehen. In diesen Zeiten. Heute.

Das ist sicher.

Eidesgaard steht mit leicht hängenden Schultern da und blickt hinaus auf den Fjord. Ein bisschen ängstlich sieht er aus, so als habe ihn seine Frau, als er sich im Bett aufrichtete, gebeten, nicht albern zu sein und sich wieder hinzulegen. Doch Eidesgaard ist nicht der Mann, der sich von seinen Vorhaben abbringen ließe. Oder erschüttern.

Nie im Leben.

Er geht los.

Er wagt sich auf die aufgewühlte See.

Zunächst geht es gut, doch als er aus dem Trongisvágsfjørður herauskommt und in nördlicher Richtung weitergehen will, da rutscht ihm plötzlich der eine Stiefel weg. Läuft voll Wasser, und Eidesgaard sinkt mit dem einen Bein bis zum Schritt in die Tiefe.

Und mit einem Mal erscheint der Parteitag unter den Wolken. Der Parteitag ruft Amen und singt *Dyrd á vík og vág,* Friede in Bucht und Wiek. Und siehe, jetzt steigt auch der Anzug vom Himmel herab und beginnt über Eidesgaards Kopf mit einer Lesung. Der Parteitag singt, der Anzug liest, und es hilft.

Es hilft.

Das Bein kommt wieder an die Oberfläche, der grüne Stiefel auch. Es blubbert und gluckst, als er seinen Fuß hochzieht. Zurück an die Wasseroberfläche. Im Stiefel gluckert es. Doch was ist das, jetzt verheddert sich der andere Fuß in etwas. Es ist ein Netz, Eidesgaard wird wütend und bedenkt diejenigen, die es an dieser Stelle ausgebracht haben, mit bösen Worten. Ausgerechnet hier, mitten im Weg. Er ruckt und zerrt, da wickelt es sich ihm um Hände und Arme. Netz, Leinen und Schwimmer, und es bedeutet eher Verdruss als Trost für ihn, als er begreift, woraus es besteht, dass die Maschen nämlich aus seinen eigenen Worten geknüpft sind. Längs Selbstbestimmungsrecht. Quer Union mit Dänemark.

Er flucht und flucht und stößt wüste Beschimpfungen aus.

Aber der Parteitag singt mit aller Kraft. Und der Anzug liest. Liest die Messe und ermahnt.

Und wie dem auch immer sein mag, die Leute auf Skúvoy und Sandoy sehen jedenfalls in jener Nacht etwas, das auf einem Bein durch Gischt und starken Nordwest über den Fjord nach Norden hüpft. Und nach unendlichen Mühen erreicht Eidesgaard Tórshavn. Vollkommen erschöpft und klitschnass. Das Parlament.

Er hält seine Rede.

Er sagt, dass Aussicht auf einen Großen Konsens besteht, sagt er, der nicht misslingen darf. Das können wir uns nicht leisten, sagt er. Ein Großer Konsens: Blinde sollen kurzsichtig sein. Lahme aufstehen und hinken. Alte so viel besitzen, dass es auch für andere Fahrten reicht als nur für die zum Friedhof. Einmal Dänemark und zurück. Fahrt um Fahrt.

Er sagt, eine Zukunft sei zum Greifen nahe.

Eine Zukunft mit Verantwortung in allen Bereichen, sagt Eidesgaard. Verantwortung, die in dänischen Kronen beziffert werden kann. Und Öre. Oder Euro, wenn nötig. Denn wir sehen die Schrift an der Wand, sagt er, und mit dänischer Hilfe und einer Brille werden wir sie mit der Zeit sogar lesen lernen.

Aber Teufel auch, das Parlament stützt ihn nicht einhellig, während Eidesgaards Stimme immer erregter wird, wie er da am Rednerpult steht, mit ein wenig hängenden Schultern. Ein wenig ängstlich. Verwunderung ergreift lediglich einige Abgeordnete. Über den Lichtstrahl in Eidesgaards Kopf, denn draußen herrscht noch immer dasselbe ungemütliche Tag-des-heiligen-Halbard-Wetter, sagt der Koffur und streicht sich mit seiner langen, schmutzigen Hand übers Kinn.

Lyngsøe sagt, bitte sehr, sagt er zum Koffur und bittet ihn, auf dem Frisörstuhl Platz zu nehmen.

Aber war es wirklich das, was der Anzug gemeint hat, frage ich, nur halb überzeugt. Der Koffur lächelt mir ein wenig spöttisch aus dem Spiegel an der Wand entgegen, während er sich hinsetzt.

Vielleicht, sagt er, vielleicht war er, der Anzug, einfach ein wenig zu ungestüm, ein wenig zu voreilig, aber egal, sagt der Koffur, und da bin ich mit ihm, dem Koffur, einer Meinung, wenn ich ganz ehrlich bin, aber egal.

*(2000)*

*Tóroddur Poulsen*

# Regelwerk

Es ist Winter heute Morgen, und ich bin glücklich. Wollte etwas über Augen schreiben. Weiß aber nicht wie.

Dann bekam ich einen Schneeball an den Kopf. Das war die Rache aus Kindheitstagen, dachte ich. Die Einheit, die nicht bis in alle Ewigkeit hielt. Und jetzt bist du ein Nichtdichter.

Binde mir die Schuhe zu und mache mich auf den Weg. In der Tüte ein Sandwich mit irgendwas drauf. Nehme die Varðagøta. Der erste Windstoß erwischt mich drüben bei Heinesens Haus. Der zweite, auf Höhe der Franziskanerinnen, haut mich fast um. Auch der dritte unten bei der Heilsarmee spielt mir übel mit. Als sei ich der Leibhaftige höchstpersönlich. Die Augen haben beim Gehen nicht nur die Insel Nólsoy und die Wolken fest im Blick, sondern auch das, in das man nur ungern hineintritt. Was ein Schäferhundehaufen wohl wiegt? Wenn viel Verkehr ist, nehme ich den Weg zwischen gekenterten Bäumen, künstlichen Teichen und der Hoffnung, dass alles wieder schön wird.

DIE Gefahrenzone für den Fußgänger ist die Fußgängerzone. Vielleicht liegt unter ihrem Pflaster die Einfalt begraben.

Bin auf dem Áarvegur. Immer gerade so dicht an der automatischen Tür des Hafnia-Hotels vorbei, dass sie aufgeht und keiner zum Schlafen oder Essen – z. B. färöisch – hineingeht. Der Talg ist der Geist in den Fischfrikadellen, den der Held aus ihnen herauspult. Und was ist der Durst. Was hat uns die Milchpackung heute Morgen zu sagen. Da sitzt das Kind seit einem Menschenalter. Du bist ein eiserner Angelhaken. Und ich stand im Du-Stand.

Schon als kleiner Junge hast du angefangen, die Sprache weicher zu machen. Unterm Weihnachtsbaum hast du vom Kind in der Schrippe gesungen, bei Sjeddik ein halbes Pfund Reizenmehl, in Allis Bäckerei sechs Grundstücke gekauft.

Bin am Ziel. Die Kongabrúgv liegt hinter mir. Der Erste fragt nicht, ob wir nur färöisches Eis führen, sondern will den Preis wissen für ein Päckchen Schwarztabak so und so viele Tage nach MwSt.

Und die Zeichen verscheuchen den Tanzrhythmus.

NICHT!G N!CHT!G N!CHTIG
N!ICHT!G NICHTIG N!CHTIG
N!CHTIG N!CHTIG NICHT!G

Die Sprache ist nicht eine gerissene Perlenkette. Die Sprache ist eine Fahrradkette, die immer abspringt, wenns bergab geht.

Laufe zum Telefon. Sie verstehen nicht, was ich schreibe. Und ich laufe, um einen Stift zu holen. Der Stift glüht vor Wut. Weil ich ans Telefon gehe.

Wasser ist gut. Das Leben besser. Ich bin ein Feuer, sagte der Löscher. Ich möchte dein Bücherregalschmuck sein, sagt der, der den Literaturofen mit Brennmaterial versorgt.

Die Dichter sind die weniger edlen Fleischstücke der Gesellschaft, man wirft sie in die Müllcontainer, die es beim Bingo des Parlaments zugunsten der Leute auf den Vordersitzen des Narrenautos Tinganes zu gewinnen gibt.

Ach, missbrauchter Name, missbrauchter Ort. Heute ist er als Gedicht eine magere Kuh an der Seite eines Hasen, die aus verborgenem Auge ihre Minderwertigkeitsgefühle herausbrüllt. Statt regelrechter Prosa schreibt Reime! Die zu seiner Beschränkung passenden findet jeder Dummkopf. Vergebt mir meine prosaische Unsitte, bitte. Arge Bitten, nein, arge Sitten sind karge Riten. Auch die herkömmliche Vorstellung vom Spannungsbogen reimloser Prosa, wo Komma und Punkt immer da stehen, wo sie hingehören, wie die Zeilenwechsel behaupten.

Weiter, weiter. Doch der Zufall kann nicht allen gefällig sein. Z. B. wenn deine Liebe zu sehen ist, und du den lieben langen Tag am Dichten bist. Erst wenn du sitzt, Ruhe ist. Dann kannst du partiell pathetisch sein: Mit Zahlen bedruckte Scheine schweben im armen Wind. Du kannst auch ein Stück weit sorglos sein: Die Worte kennen sich selbst nicht mehr, denn sie sind kindisch geworden.

Jetzt fragt der Nachbar: Ist das alles?

Und ich leiste Abbitte für den Preiskrieg um Schnupftabak. Krankheitsberatungen. Wer kann am weitesten spucken. Lässt sich Spucke wiederverwenden. Ja, man kann im Trockenen waten, sagt der Fischer, während die Unterlippe den Preis zurück in die Packung legt.

Nachmittags. Nebenan: Können Sie es mir einpacken? Ich reiche ein Lied über den Ladentisch. Es handelt vom Mond. Man fragt, was es kostet. Sieben Stück Schlaf, antworte ich auf der Rechnung, die ein unsichtbarer Haiku ist. Und dann können Sie weiterarbeiten, Visite abhalten und ein Wort wie Grindwalalarm zusammenstricken, um das die Fürsprecher der kulturellen Beilage Seeschlachten austrugen. Da sagte jemand, es könnte aufklaren. Und den Familienunterhalt sichert, wer sich stets gleich unermüdlich mit tränennassen Wangen einen Bissen erbettelt: Unter meinem eigenen Tisch habe ich mir selbst ein Bein gestellt. Oder: über dem ganzen Land fällt der Schnee, der heute Morgen in mir war. Letzte Möglichkeit: Eine färöische Tracht haben sie, aber kein Dach überm Kopf.

Wir wollen unsere Sprache nicht. Der Widerspruch ist nun mal kein friedloser Tischtennisball. Aber eine Fähre ist eine Fähre, auch wenn sie nicht fährt.

Der Reim bringt einen dazu, etwas zu sagen, das man nicht meint. Verdammt noch mal, es wird nicht die Sprache zertrümmert, ihr Schlägertypen, sondern die Bilder.

Es wird dunkel, obwohl die Abfertigung klar ist und der Exporteur sich in eine andere Welt expediert hat. Wozu noch Einheit, wenn dem Leben der Zusammenhang fehlt. Um die Einheit zu wahren, verbieten sie den Verkauf von losen Zigaretten. Was für ein bedeutsames Thema. Ist der Alb eine Sprache, die ihre Schuldigkeit tut, und die Sprachlehre ein Traum. Das sind die Fragen, die Antwortbeben verursachen. Deshalb musst du die Sprache ablecken, damit sie nicht zu steif wird: die Seeschlachtenschläger zu Pferd reiten in die Soße. *Skál, mál:* Prost, Sprache: Möge alles untergehn oder wir gemalt die Zukunft sehn. Und jemand meint, dichten heiße, Sterne zu zählen – wie Geld oder Stiche beim Kartenspiel.

Ein ungeliebtes Seetangblatt / mir guten Tag geboten hat / bist du so hungrig, sag / wie der lange Tag / willst beißen mich / als wüsste ich / den Weg für dich.

Ein ungeliebtes Seetangblatt – mich wieder weggetragen hat. Möglicherweise könnten wir sagen, dass die Sehnsucht verboten ist wie rote dänische Würstchen. National gesehen.

Ach, wie hochfliegend die Wirklichkeit heute ist. Und warum war sie gestern in Wirklichkeit so erdverbunden?

Kussfisch mit Atemnot. Warum werfen die Leute Fische ins Wasser?

Der Kinderglaube spielt wieder in dir. Damals dachtest du, Tórshavn sei die ganze Welt. Und nun ist die ganze Welt Tórshavn. Und Tórshavn verabscheut dieselben Dinge wie ich. Die Karte, die alle gesperrten Fahrtrouten verzeichnet. Das Buch, das sich erst öffnen lässt, nachdem es zugeklappt wurde. Die Frage, warum alles zu Bild und zu Sprache werden soll. Dieses Lied über die Wolken ist auch nicht überraschender als deine Kacke damals auf dem Fieberthermometer, als dir sowieso nichts fehlte.

Das ist kein Grund, für die zu schreiben, die von sich behaupten, dass sie lesen könnten.

Ihr müsst euren eigenen Code knacken, wenn ihr aus dem

Computer gelöscht werden wollt. Wenn du alles loslassen willst, darfst du nicht träumen.

Gans. Reden kann ich auch nicht. Merke mir keine Absprachen wie der Pastor Grabreden. Ich wohne in einem Land aus Seehundgrotten. Vermag nicht seinen Namen zu nennen. Ich gehe hinaus in den Sturm und erflüstere mir Windstille. Und die Dunkelheit gähnt und wird Licht. Und ich reibe mir die Augen. Du sollst die Sprache vergessen und Bilder sehen.

Der Hund steht in Verhandlung mit dem Schatten der obersten Wolke.

Besteht die dünne Eisschicht aus unseren Sünden und ist es Gottes Wille, dass wir weinen, damit sie durch unsere Tränen schmilzt und man zu Fuß besser vorwärts kommt.

Ist der Sturm Gott und sind die Bäume das Schweigen, das wir nicht aussprechen können. Auch dann nicht, wenn sie am Boden liegen.

Die Hände in die Seite. Als das Unglück geschah. Der Färinger. Sein eigener Sprachfeind. Furchtlos wie ein Glasfaserflaggenmast bei Windstärke 41. Robust wie eine Hausfrau mit dem ewigen Wischtuch, das an ihrer Hand festgenäht ist. Sie sahen eine Flotte vor sich, die reiche Brüder geladen hatte.

Topplicht. An der Wahrheit hängt Reif. Mein Haar, mein Haar, warum hast du mich verlassen.

Da hast du am meisten gelogen. Was die harten Schläge der Wirklichkeit angeht. Ich bahne einen leichten Weg, den du nicht gehen magst.

Verklarung. Er geriet ins Schwitzen, als er in Unterhosen voller Schusslöcher mit denen um die Wette lief, die sich mit den Millionen ins Ausland absetzen wollten.

Meine Pisse und mein Verstand liegen außerhalb von Recht und Gesetz. Erstere riecht, wie sie will. Sinn und Verstand. Sinntonband. Buchstabenbillig.

Mir schien, ihm schien, aber in Wahrheit kaute er an meinem dichterischen Programm, das er für Lakritz hielt.

Wer sagt was über wen. Alles setzt sich aus Bildern zusammen, deshalb gehe ich ganz entzwei, sagte Sagte. Und steckt etwas in die unsichtbare Steckdose, sodass der gefütterte Parka wie Rauch in die Luft steigt. Diesem entsteigt ein Geist: des Dichters Los: nicht schweigen bloß; des Reimes Band: halt den Rand! des Dichters Acht: Wort der Macht?

Das hier ist keine Geschichte.

Wir Erwachsenen sind alle ins Gerede gekommen. Denn Umkehr-Raketen landen nicht auf weichen Beeten.

Und es wurde Frühling und Sommer. Das Wetter war gut, als ich den Hang hinaufging. Auf den Straßen waren viele Ausländer unterwegs. Und ein Tórshavn hassender Nachtmensch, den ich zuvor dabei beobachtet hatte, wie er eines unserer vornehmsten Originale beschimpfte, er stand da und unterhielt sich mit einem Engländer auf Färodänisch. Baptisten gingen in ihr Gemeindehaus, um zu heiraten. Der Tourist erdichtete Sightseeing: Ach das arme Volk, das sich dringend übergeben will, aber nicht weiß, wo. Irgendein Mistkerl hatte zwei Fahrräder in den Havnará geworfen. Die Alte hatte Rotbarsch für mich. Dann machte ich mich ans Staubsaugen. Bevor ich unter die Dusche und dann wieder hinaus ging, um Würmer für die Schildkröte zu suchen.

Natürlich schreibe ich für Menschen. Soviel ich weiß, können Tiere nicht lesen.

Schlafwillen. Betrug am Tag. Sitze im Gerichtssaal mit dem Schlips in der Hand und offenem Mund. Tierarzt und Rotzbremse. Ohrring und Fischzüchter mit oder ohne Mehrwert. Der Schmied schlägt das Hufeisen, damit das Pferd glücklich ist. Nicht aber der, der seinem geliebten Vieh eine Grube gräbt. Milch wird Wunsch. Traum wird Gras, in das die Tränen der Tochter fallen. Sie schüttet Luft aus dem Futtertrog, als der Vater auf das Bild ihres ersten Kalbes deutet, das »Auge« hieß. Denn das hatte seine Mutter als Erstes abgeleckt.

Kleine Augen öffnen die Dunkelheit einen Spalt weit. Große

Augen schlafen. Am häufigsten träumst du Kindheitserinnerungen. Das Blut auf der Schürze, als er das Bild meiner Geburt aufschnitt. Das Wasser, das dich taufte, lässt die Tasche auf deinem jungen Rücken schwer werden. Mein erster abgekauter Bleistift wies die Einsamkeit zum Fenster hinaus, das weiße Farbe blind gemacht hat. Der Ball im Hof des Teufels, wo sich keiner hintraut, liegt und wartet, als sei die Luft aus ihm raus. Einmal gab ihm der Herzensgute, der immer die rote Karte bekommt, einen Tritt. Denn er weiß nichts von den Sternen.

Als Exportgut ist das Böse nicht konkurrenzfähig. Das Böse hat keine bestimmte Augenfarbe. Und die Einsamkeit ist international.

Hätte der Tod das Land verlassen, müsste man keine Grabsteine importieren.

Ja: das Leben hängt nicht zusammen. Frag nur den Traum. Es erwachen genauso viele Leute am Morgen wie am Abend. Und einer schläft rückwärts. Nie im Jetzt ist er. Nur zu hören im rauschenden Meer.

Ich fasste mir mit meiner vergessenen Hand an die Brust und entdeckte mein Vaterland in heißem Tanz, voll Verwunderung: Seltsam, dass du dich nicht traust, dort zu wohnen, wo du geboren bist. Zu hassen und zu vergeben, wo sie doch jetzt in der Stadt deiner Gedanken begonnen haben, Kohle anzubauen, und zwar außerhalb der Öffnungszeiten der Banken.

Habe ich vergessen, dass jetzt wieder Tag ist und die Färinger, die hier zusammenkommen, mit einem alten schwedischen Volkslied über den nahenden Frühling patriotisieren.

Die Fischer haben heute eine neue Pumpe bekommen. Die alte war abgenutzt. So ist es immer gewesen: das Wasser verstummte: die Pumpe gab den Geist auf.

Soll der Geist was fassen, müssen wir es lassen.

***

– Wo ist er?

– Weg ins Ausland.

– Wo ist sie?

– Weg ins Ausland.

– Wo sind sie?

– Weg!

Land, wir lieben dich. Es liegt nicht an dir, es liegt am Geld, das kam und wieder ging. Aber sei du, was du bist. Gib mir ein Vaterland, und ich sage dir, wer ich bin. Gib mir mich, und ich sage dir, welches Vaterland ich habe.

Sie beißt in ein Bounty.

Hat aber Lust auf ein Mars.

Denn bei ihrer Mutter gibt es zu Mittag.

Ein halbes Pfund Fischfrikadellen.

Ahnungssprachlich ist das Gesicht eine Schmiede. Ich zeichne mit den Augen einen Fernsehapparat. Er fragt, wie lang das Bruchstück einer Einheit ist. Deroffenemund antwortet mit der Gegenfrage, wie kurz ein Gedanke sei. Ich liebe das Bier. Das Bier liebt mich. Doch das Bewusstsein will nichts von mir wissen. Deshalb bin ich außer Atem. Hallo, Fischfrikadellenhintern. Von der Größe der Gnade. Er schaut auf das Fünförestück, als sei es eine Uhr. Der Mann von der Insel Vágar steht an seinem Heulsusentisch. Er kriegt keinen Tunnel. Ha ha ha. Was ist mit uns, die wir nicht sicher sind, ob Vögel fliegen können. Er war einer der klügsten Idioten. Der Kurs zur Impfung von Rennrädern hat Schiffbruch erlitten, da der Lehrer seekrank wurde und umkehren musste. Wir stehen alle auf derselben Modebahn und warten darauf, dass der Wörterer schweigt und wieder zum eitlen Dichter wird. Was denken Schafe. Wo ist das Recht. Wie es läuft, gefällt mir nicht. Die Bruchstücke sind wie der Tag. Die Geburt dauert und dauert die ganze Zeit. Der Zufall ist schöpferisch. Was denkt ein Gedicht. Was denkt der Teufel. Wenn er ein Haus kauft. Von seinem Schwager. Und es verschandelt. Als ob es sich um den Weltfrieden handelt. Ihre Hoheit das Tiefdruckgebiet mit Krauskönigsgedanken sagt, dass *smjørkin murtil* nicht *sjølkin myrkil* ist. Werfe Reis über Sonne und Mond. Erwerbsperspektive des Gedankens. Buche diese Zeilen für mich. Komm, lass mich deine Kleider ordnen. Er stieg in den Fahrstuhl. Hinauf in die oberste Etage. Reue Reue Reue. Kreischte er aus einem selbst gemachten Himmel. Meine letzte Dionysau, von Worten abgestochen. Wer soll nun meinen Regenschauer spuren. Er war ein Ehrenhund. Sagte, zuerst war die Wirklichkeit, dann die Wahrheit: Die Lüge aber hat es schon immer gegeben. Und irgendeiner musste Totenhemden verkaufen. Die Rotzbremse unter der Knollennase, die nicht mehr lenken konnte. Und er ahmte sich selbst nach. Wiederkunft. Es ist Colgate im Kohlgarten höchstpersönlich, der sich auf dem Augentäuschungsweg verirrte. Frag mich, wo das Missverhältnis der Danismünder haust. Ich weiß es nicht. Sein Vater war einer der größten Klopapierrollendiebe. Familienernährer. Und querulierte mit fremden Federn. War wie all die anderen gegen alles. Eine ganz gewöhnliche küchentischschnippische runde kleine Null.

Ein Künstler in Gummistiefeln kann genauso höflich sein wie ein Mann mit Hut, wenn er seinem Schatten begegnet, den er nie besungen hat, da seine Mutter meinte, er solle seine Stimme schonen, denn ihr könnte es schlecht bekommen, wenn die Füße feucht würden und die Augen vor Vertrautheit schwer.

So zu sein, wie man ist, ohne vom Gerede eingelullt zu werden. So zu sein wie damals, als du deine eigenen Entscheidungen trafst auf Erden.

Nichts ist so klein, dass man es nicht noch kleiner machen könnte. Postumes Dichten bedeutet, in Schattengestalt wieder jung zu werden. Nichts ist so groß, dass man es nicht buchstabieren könnte.

Ich wollte heute Morgen den Giebel streichen, aber der Wind war sehr stark. Frag mich nicht, warum ich so tief schwebe. Ich habe den Himmel nicht gekrümmt. Und Krise ist ein Wort, das seinen Krankenkassenbeitrag nicht bezahlt hat. Frag nicht mich, warum ich nicht Auto fahre. Ich habe diesen Unterschied nicht gemacht. Kündigungszeit. Jahreswechsel. Die regierenden Pinkel stimmen nicht zu. Braune Soße bestens passt, wenn du den Weg verloren hast. Du bist nicht fähig, deinen Harn zu regieren. Pinkelst immer auf den Boden. Hau ab, du alter Kartoffelsack. An Leute, die trinken, schenken wir nichts aus. Deine Gedanken sind trocken wie Kartoffelchips. Und kein Lebenswasser hier im Lebensbrennpunkt, der »wer wollte es mit alten Huren versuchen« singt. In Wunderhosen. Hör, eine lahme Orgel. Was soll ich mit der Ästhetik und sie mit mir. Bin doch kein Küster, sondern Glöckner. Die große Mehrheit wünscht sich Reime. Doch Austernfischer haben Schnupfenkeime. You know. Öl. Der Genitiv im Merlinschwarm ist fort. Wer weiß, ob ein helllichter Tag je meine Sprache kennt. Wundert sich der Freiluftweise. Und die Nacht versteht überhaupt nichts. Erinnerungen sind das Zeichen. Nimm dir einige modische Metafährn. Und segle. Der Mond ist der Erde am nächsten. Mein Nächster hat nächstens kein Papier mehr. Wie willst du da nach Hause kommen. Hier liegt die Sprache. Wenn du selbst stehst. So wie ein Stein.

PS: So kann ich mir nicht vorstellen, künftig geschrieben zu haben.

*(1993)*

*Rakel Helmsdal*

# Der Schmetterlingsverkäufer

Aus meinem Dachzimmer schaue ich durch die Eisblumen an der Fensterscheibe auf das gemütliche kleine Café hinunter, das auf der anderen Straßenseite liegt. Der Schein der Kerzen in seinen Fenstern wärmt mich hier oben an diesem kalten Wintertag, und ich spüre, wie die heimelige Wärme mich anzieht. Aus den Wolken, die tief und schwer über Port Janua hängen, fallen große weiche Schneeflocken. Sie schweben langsam auf die Straße hinunter und decken die wenigen Fußspuren zu, die heute Morgen schon in den frischen Schnee getreten worden sind. Vielleicht sollte ich mal eben in das Café gehen und eine Tasse Tee trinken, um wieder Wärme in den Körper zu kriegen, denn hier in meinem Dachzimmer ist es so kalt, dass man unter der Bettdecke bleiben muss, wenn man nicht völlig erfrieren will.

Ziehe mir die Stiefel an, den langen Wintermantel, den Schal und die Fäustlinge, sodass ich aussehe wie eine Polarreisende, steige die Treppe hinunter und singe dabei *Lullaby of Birdland,* gehe an der Tür von Søren und seiner Familie vorbei und der Tür von Herrn Pascal. Bei der Witwe hat das Kleinste angefangen zu weinen, und die Katzen der alten Frau Elvira Anatol miauen und wollen raus – sie wissen wohl nicht, wie kalt es heute Morgen ist. In der Haustür rennt mich fast der Laufbursche Tino über den Haufen, der mit der Morgenzeitung für Herrn Pascal kommt.

»Du musst doch nicht das ganze Leben an einem einzigen Tag schaffen, Tino!«, rufe ich ihm hinterher, als er mit großen, schneebedeckten Stiefeln die Treppe hinaufpoltert.

»Nein, aber in einer Woche, Elanor!«, brüllt er nach unten; es hallt im grünen Treppenhaus.

Draußen ist es beißend kalt und fantastisch frisch und schön, und ich bleibe eine Weile stehen und lasse mich vom Wind und der Kälte wachblasen, während sich Schneeflocken auf meine Haare legen und auf die Hände, die ich gegen die Wolken hochhalte. Den Schneeflocken entgegenzuschauen ist, als sähe man in die Stacheln eines riesengroßen Igels hinein.

Das Licht aus dem Café lockt mich freundlich an, und ich gehe über die Straße und in die Wärme. Noch ist es leer hier, und ich kann mir den besten Platz aussuchen. Der ist dort drüben in der Ecke; dort kann ich in Ruhe sitzen und alles sehen, was passiert, hier drinnen und auch draußen auf der Straße – oder ich könnte, denn heute Morgen gibt es nichts Besonderes zu sehen, nur den Winter.

Die Frauen vom Café lächeln mir mütterlich zu und fragen, ob es wie immer am Morgen eine Kanne Tee sein dürfe, und es sei in Ordnung, wenn ich erst in ein paar Tagen zahle, wenn ich wieder Geld habe. Der Tee wärmt mich, während ich durch die Fensterscheibe den ersten verfrorenen Menschen zusehe, die vorübergehen. Halte die Tasse mit beiden Händen, sodass ich mich beinahe verbrenne, als wäre sie ein kleines warmes Kätzchen, das um sich beißt, um zu entkommen.

Aber was für ein seltsamer Anblick bietet sich mir plötzlich?

Die Straße entlang kommt ein unglaublich dünner, langer Mensch in seltsamen Kleidern und mit einem großen schmalen Kasten unter jedem Arm. Er geht direkt auf das Café zu, und als ich denke, nun greift er nach der Türklinke, hält er inne und setzt die Kästen ab. Er öffnet sie und stellt sie vor sich hin, als würde er etwas zum Verkauf anbieten.

Ich sitze so, dass ich nicht sehen kann, was in den Kästen ist. Wundere mich, was ein Straßenverkäufer hier mitten im Winter will. Normalerweise ist die Fußgängerzone den ganzen Sommer über voller Händler, aber nur im Sommer, und selbst dann machen sie kaum je vor diesem kleinen Café Halt.

Ich bin fast fertig mit meiner Tasse Tee und so neugierig darauf, herauszufinden, was dieser seltsame Straßenverkäufer anzubieten hat, dass ich mich an der heißen Flüssigkeit fast verbrühe. Vielleicht selbst gemachter Schmuck, selbst gemalte Bilder oder ungewöhnliche Instrumente? Ich werfe mir schnell die Polarfahrerkleider über, winke den Frauen vom Café zum Abschied und eile zur Tür.

*Schmetterlinge!* Er bietet richtige Schmetterlinge zum Verkauf an. In kleinen, sorgsam angefertigten Holzkästchen mit Glasdeckeln liegen die schönsten Schmetterlinge, die man sich vorstellen kann, jeder mit einer Nadel durch den Leib. Mitten in dem kreideweißen Schnee wirkt das wie eine Farbexplosion. Ich kann mich an dieser Schönheit gar nicht satt sehen und gucke nur weg, weil ich mich plötzlich darüber wundere, dass dieser »Schmetterlingsverkäufer« nichts sagt, wie andere Straßenverkäufer es tun, sobald man nur das geringste Interesse für ihre Waren zeigt.

Ich blicke ihn an: Er hat die klarsten und lebendigsten Augen, die ich jemals gesehen habe. Doch nicht mich schaut er an, sondern die Schmetterlinge, und zwar so zärtlich, dass viele Menschen ihr halbes Leben für einen solchen Blick hergeben würden. Wie verzaubert starre ich ihn an, bis er es merkt und mich fragend mit diesen klaren Augen mustert. Ich weiß nicht, was ich sagen soll, und erkundige mich deshalb, was die Schmetterlinge kosten, obwohl ich völlig blank bin. Da bedeutet er mir mit Zeichen, dass er weder hören noch sprechen kann.

Erst jetzt, da ich auf die Bewegungen seiner Hände achte, komme ich von seinen Augen los, und mir fällt auf, wie dünn und gebrechlich er ist. Seine Haut sieht aus, als sei sie über das nackte Skelett gespannt, und seine Kleidung ist völlig verschlissen und überall gestopft. Er trägt einen weiten schwarzgrauen

Mantel, der ihm bis auf die Füße fällt, die Hose ist viel zu weit und zu kurz, sodass sie nur gerade bis zu den abgetretenen Stiefeln reicht. Auf dem Kopf, über dem langen schwarzen Haar, trägt er einen großen Hut. Alles, was er anhat, scheint für jemanden gemacht, der doppelt so breit ist wie er, und dadurch sieht er aus wie eine Vogelscheuche. Doch aus allem heraus leuchten seine Augen so klar wie Sterne.

So gut ich kann, versuche ich ihm zu erklären, dass es egal ist, weil ich sowieso kein Geld habe, und dann fällt mir kein Grund mehr ein, noch stehen zu bleiben, und ich gehe über die Straße, die Treppe hoch und hinauf in mein kaltes Zimmer.

Ich lege Holz nach und setze mich an den Tisch beim Fenster, gut in eine Decke eingewickelt, und will ein bisschen lesen, doch es gelingt nicht recht; ich muss immer wieder an den seltsamen, taubstummen Schmetterlingsverkäufer denken, der im Lichtschein des Cafés da unten auf der Straße steht, mitten im Schnee, mit seinen farbenprächtigen Schmetterlingen.

Lange beobachtete ich den Schmetterlingsverkäufer. Und immer wenn ich Zeit hatte, und das war oft, saß ich im Café an meinem Fenster und schaute ihm zu. Fast jeden Tag in diesem kalten Winter stand er dort draußen mit seinen Schmetterlingen. Die Leute gingen vorbei und schauten sie sich an, doch nur wenige kauften. Ich dachte viel darüber nach, wie er es wohl schaffte, nicht zu verhungern, und ab und zu, wenn ich ein bisschen was übrig hatte, gab ich ihm ein paar Kronen, mehr wollte er nicht annehmen. Irgendwie konnte ich mich aber nicht überwinden, ihm Schmetterlinge abzukaufen, weil ich gesehen hatte, wie sehr es ihn quälte, wenn er sie den Händen Fremder überlassen musste.

Ich wünschte sehnlich, mit ihm sprechen zu können, doch das einzige Gespräch, das wir führten, waren die freundlichen Blicke, wenn ich das Café betrat oder verließ. Aber ich war begierig, mehr über den märchenhaften Schmetterlingsverkäufer zu erfahren, und eines Abends, als er mit einem Kasten unter jedem Arm aufbrach, folgte ich ihm.

Er durchquerte die ganze dämmergraue Stadt, und dabei war sein Gang so leicht und schwebend, als sei er selbst ein Schmetterling. Ich weiß nicht, ob er mich bemerkte, wie ich nur fünfzehn oder zwanzig Meter hinter ihm herging oder, besser gesagt, lief, denn es ist nicht leicht, einem Schmetterling zu folgen.

Als wir die Stadt hinter uns gelassen hatten und bei der großen Wiese ankamen, die im Sommer so schön ist, ging er zu einem Bauwagen, der an einen alten Zigeunerwagen erinnerte. Er betrat ihn, und eine Weile später sah ich gelbes Licht durch die gesprungene, blinde Scheibe dringen. Über der Heide glitzerten der Große Wagen und Andromeda, und auch die Venus war zu sehen.

Nun vergingen ein paar Tage, an denen das Wetter so schlecht war, dass der Schmetterlingsverkäufer nicht in die Stadt kam. Ich saß in meinem Dachzimmer und versuchte, mich meinem Studium zu widmen. Die alte Frau Elvira Anatol, die sich immer solche Sorgen um meine Gesundheit macht – Liebste Elanor, erkälte dich nur nicht … –, brachte mir eine zusätzliche Decke und bat, ich möchte doch auf jeden Fall zu ihr herunterkommen, wenn es zu kalt würde, und die Witwe fragte, ob ich einen Vormittag lang die Kinder hüten könnte. Ansonsten geschah nichts an diesen Tagen. Port Janua lag öde da, und sogar das Café war fast leer.

Nur die Schneeelfen wirbelten die Straßen auf und ab und machten sich einen Spaß daraus, auf sämtliche Treppen Schneewehen zu legen, sodass jeden Morgen verschlafene und unwillige kleine Jungen aus dem Haus geschickt wurden, um Schnee zu schippen. Und der Wind heulte um die Ecken, als würde ein ganzes Sinfonieorchester seine Instrumente stimmen.

Erst an dem Tag, an dem der Sturm sich legte und der Schmetterlingsverkäufer wieder auf seinem Platz vor dem Café stand, geschah etwas.

Irgendwann am Spätnachmittag kam ein Mann daher und sah sich die Schmetterlinge an. Es war offensichtlich, dass er kaufen wollte, und als ihm klar wurde, dass der Schmetterlingsverkäufer nicht hörte, was er sagte, drückte er ihm einfach ein Bündel Geldscheine in die Hand, klappte die Deckel der beiden Kästen zu und ging mit ihnen davon. Mit festen Schritten stapfte er durch den Schnee die Straße hinunter und verschwand um eine Hausecke.

Der Schmetterlingsverkäufer blieb zurück mit den Geldscheinen in der Hand, und der Wind riss an seinem Hut und Mantel. Doch er stand regungslos im Lichtschein des Cafés, wie ein versteinerter Zauberer aus einem Märchen, ein Zauberer, der seine Kraft verloren hatte.

Ich hatte das Geschehen beobachtet und ging zu ihm hinüber, und als ich seine Augen sah, schnitt es mir ins Herz. Er stand einfach nur da mit dem Geldschein in der Hand, und Tränen liefen aus seinen Augen. Es war, als sei die Glut darin erloschen.

Er stand lange so. Auf einmal bemerkte er mich. Er stopfte das Geld in seine Tasche und nahm ein kleines Kästchen hervor, in dem ein einziger Schmetterling war. Er reichte es mir mit einem traurigen Lächeln und ging davon. Ich blieb im Schnee zurück mit dieser letzten roten Hoffnung in der Hand.

Der Schmetterlingsverkäufer kam nicht wieder, weder am nächsten Tag noch am Tag darauf, obwohl das Wetter einigermaßen gut war, und so beschloss ich, zu ihm zu gehen.

Es war ein ungewöhnlich grauer Nachmittag, und der Schnee hatte zu schmelzen begonnen. Mir war kalt, und ich hatte nasse Füße, als ich bei der Wiese ankam. Als ich mich dem Bauwagen näherte, sah ich, dass ein großer Kasten davorstand. Ich wagte kaum, zu ihm hinzugehen, er wirkte fast unheimlich, und erinnerte mich an etwas. Mir wurde klar, dass er den Kästen ähnelte, in denen die Schmetterlinge gewesen waren, nur war dieser hier um vieles größer. Überall um ihn herum lagen Papierschnitzel, und als ich erkannte, dass es zerrissene Geldscheine waren, erschauderte ich. Ich zwang mich dennoch, zu dem Kasten hinzugehen. Den Anblick, der sich mir bot, werde ich mein Lebtag nicht vergessen.

In dem Kasten, der einen gläsernen Deckel hatte, lag der Schmetterlingsverkäufer mit einer riesigen Nadel durch die Brust. Es war offensichtlich, dass er sich selbst aufgespießt und es irgendwie so eingerichtet hatte, dass sich der Glasdeckel danach auf den Kasten senkte. Ich wischte den Schnee weg, der über seinem Gesicht auf dem Deckel lag, und sah direkt in seine gebrochenen Augen.

Jetzt ist es Frühling geworden und in meiner Dachkammer ist es wärmer. Ich sitze am Fenster und starre vor mich hin, so wie ich es seit jenem grauenvollen Wintertag oft tue. Versuche zu studieren, doch es klappt nicht. Elvira Anatol kommt bisweilen zu mir herauf, schüttelt den Kopf und versteht nichts. Tino, der Laufbursche, war heute Morgen auch hier oben bei mir. Er wundert sich, warum ich nicht mehr in dem Café sitze und ihm durchs Fenster zuwinke, wenn er auf der Straße vorbeigeht.

Auf dem Fensterbrett steht das Kästchen mit dem letzten Schmetterling.

Die Sonne scheint heute Morgen so herrlich, und ich mache das Fenster auf. Eine frische, warme Brise strömt ins Zimmer, und siehe da … ein Schmetterling! Genau vor meinem Fenster mitten in der Stadt flattert ein froher, lebendiger Frühlingsschmetterling. Er kommt näher und fliegt zum Fenster herein, fliegt ins Zimmer, und es ist, als käme ein Stückchen Freude hereingeflattert, und zum ersten Mal seit langer Zeit lächle ich.

*(1996)*

*Elias Askham*

# Placebo

Es gibt Tage, da möchte man einfach im Haus bleiben, sich aufs Bett werfen und an die Zimmerdecke starren; denn Zeuge der Sünde zu sein, die begangen wird, aber nicht Widerstand zu leisten und ein Leben als untätiger Zuschauer von Missetaten zu führen, das ist Müßiggang.

Ja, und Müßiggang ist des Teufels Ruhekissen.

Aber heute Nacht stelle ich den Prinzen der Finsternis.

Ich setze mich ans Fenster, und von meinem Zimmer im zweiten Stock spähe ich zwischen den Zweigen hindurch, die vom Wind hin und her geschlagen werden und wie scharfe Peitschen auf die kalte Haut klatschen, in das abendliche Dunkel hinaus und über den Hof hinter dem Haus, wo der Apfelbaum steht.

Heute habe ich vom Baum der Erkenntnis gegessen.

Der Wintersturm heult wie ein Rudel liebeskranker Hyänen, und ich horche auf das Geräusch vom Fluss jenseits des Apfelbaums, aber der Donner rüttelt und schüttelt am Fenster, dass das Glas vor Schreck erzittert und das Rauschen des Wassers übertönt.

Vor mir sehe ich rätselhafte Geister mit Feuerschwertern den Weg am Haus entlangschleichen, im Nebel verschwinden und eins werden mit der Winternacht; sie vernebeln die Wahrheit und vertuschen Lügen, sodass man nirgends sicher ist vor übelster Unterdrückung in unserer Gesellschaft.

Aber heute soll alles aufgedeckt werden.

Richtig ist es nicht, in Geheimnissen zu wühlen, aber die

Wahrheit muss ans Licht. Man muss sie mit eiskalten Händen aus der Erde graben, denn die Welt hat ein Recht, sie zu kennen. Also nehme ich es auf mich, zu meinen bösen Taten zu stehen, denn meine Sünde ist groß. Aber vielleicht ist es meine schrecklichste Tat, euch alles zu berichten – euch, die ihr meine Worte lest und meine Beschreibung des Bösen, das ganz in unserer Nähe sichtbar wird.

Herr, vergib mir! Sei gnädig und verschone mein Leben, denn mein Schicksal ist schon lange bestimmt, und ich kann nicht anders, ich muss meiner Überzeugung folgen.

Ich gehe vom Fenster zur Zimmertür und schließe sie ab, aber in dem Augenblick, als ich die Hand ausstrecke, um die »Quelle«, den christlichen Radiosender, einzuschalten, höre ich Knarren und Rascheln im Zimmer meiner Zwillingsschwester. Sie sucht nach ihrem Tagebuch. Ich habe es ihr weggenommen. Es enthält den Schlüssel – zu dem verborgenen Rätsel, nach dem ich suche. Darum lege ich mich aufs Bett, und aus den Buchseiten hervor höre ich meine Schwester flüstern:

*… Mein Gesicht gehört mir, und niemand soll es berühren. Ich bin ein schwarzes Schaf … eines von vielen … bin von der Schafherde weg in die Irre gegangen und streife nun einsam in weglosen, neongrünen Weiten umher, renne über Weiden, springe über Bäche, wate im reißenden Strom und verirre mich in der unbekannten Ebene.*

*Ach, hätte ich doch tanzen dürfen …*

*Ich bin ein fremder Gast und kenne mich nicht aus in meiner Welt, diesem unsichtbaren Land, wo Unfreundlichkeit herrscht und selbst Ungeheuer vor Furcht zittern. Ja, ich bin so weit von allen geflohen, fort in das ferne Land, wo die Ungeheuer kurz Rast machen und verbissen die Erde aufscharren, Gräber entweihen und Särge öffnen, um die Toten zu holen … muss die Welt retten … weil ein Verbrechen begangen wurde.*

*Liebes Tagebuch, verstehst du mich?*

*Hier lebe ich. Und da, wo ich wohne, weht der Wind über der*

*Tiefe. Ein Abgrund tut sich auf, enthüllt Höllendunkel, aber dann lodert in der Tiefe ein riesengroßes Hexenfeuer auf, und ich stürze dort hinein. Ich winde mich, drehe mich, schwebe und sinke, rolle im Kreis herum und werde langsam verbrannt. Die Flammen setzen Funken in meine Kleider, kleine Feuertropfen verteilen sich auf meinem Körper, und kurz bevor mein Lebensgeist in den Flammen erstickt, brennen die Kleider von mir ab, und ich liege nackt in der Asche.*

Ich höre, wie unten die Haustür geht, sie wird zugeschlagen, und ich weiß, dass Sólbjartur, unser Pflegevater, nach Hause gekommen ist. Meine Schwester geht ins Badezimmer, schließt die Tür zu, und ich höre, wie sie an der Klinke hantiert, um sich zu vergewissern, dass wirklich abgeschlossen ist. Ich habe Mitleid mit ihr und kann mir vorstellen, wie ihr Tränen über die Wangen laufen. Ihre blutunterlaufenen Augen zeigen ihr eine junge Frau in tiefem Gram, denn heute Abend ist sie ganz allein mit ihrem Kummer.

Vater, vergib mir. Ich bin es nicht wert zu leben, außer ich nehme es auf mich, der Mitwelt ihre Geschichte zu berichten, so gut ich es jetzt kann, mit dem Wissen, das ich mir verschafft habe.

Ein strahlendes Licht zuckt plötzlich über die Wände, ich hole tief Luft, einen Augenblick später entlädt sich der Donner, und Lucifer, unser schwarzer Rottweiler, beginnt draußen im Hof zu bellen.

Dann wird das Gebell allmählich leiser, bis es ganz verstummt und ich nichts mehr höre. Nur den Regen noch gegen die Fensterscheiben und den Wind in den Bäumen. Ich schiebe das Tagebuch unter das Kopfkissen und gehe zum Fenster, um nach dem Hund zu sehen und zu wissen, dass alles ist, wie es sein soll.

Er läuft ängstlich und ziellos unten in seinem Zwinger herum, bewegt sich innerhalb der Einzäunung vorwärts und rückwärts im Kreis, wie die Bestie, die er in Wirklichkeit ist. Ich habe den Verdacht, dass es nicht nur das Gewitter ist, das ihn so ruhelos macht. Vielleicht ist er krank.

Aber dann schaue ich zum Himmel hinauf und sehe den Blitz. Ja, das ist die Waffe der Götter. Er schießt mit feuerroten Krakenarmen mitten aus der Wolke über unserem Haus, und eine Sekunde später dröhnt ein dumpfer Zornesruf durch das Himmelsgewölbe. Und Lucifer bellt so inbrünstig und hasserfüllt, als er das laute Getöse aus den Wolken hört, dass es wie ein ganzer Domchor kranker Hunde klingt.

Immer weniger Sekunden liegen zwischen den Donnerschlägen, und ich erschrecke, ziehe mir einen warmen Pullover an und gehe hinunter, aber gerade als ich die Haustüre anfasse, spüre ich eine große Hand, die sich auf meine Schulter legt.

»Wohin willst du denn, mein Kleiner?«, fragt Sólbjartur und greift mir in die Nackenhaare. Manchmal erinnert er mich an einen Vulkan.

»Raus, um die Kellertür für Lucifer aufzumachen«, antworte ich und sehe zu Boden. »Das Gewitter kommt näher.«

»Lucifer ist mein Hund, hast du verstanden? Bleib du von ihm weg«, sagt er und pikt mit seinem Zeigefinger gegen mein Schlüsselbein. »Und dass das nicht noch einmal vorkommt, was letzte Woche passiert ist.« Er packt mich an beiden Ohren. »Sind wir uns einig, Kleiner?«, fragt er, und ich hebe den Kopf, und der Blitz spiegelt sich in seinen Augen, während er in meine hineinstarrt. »*Ich* gehe raus, um die Kellertür für ihn aufzumachen«, sagt er und lässt mich los.

Er zieht den schwarzen Mantel an, läuft in die gifterfüllte Finsternis hinaus und wirft die Türe so heftig hinter sich zu, dass das Kreuz über dem Türrahmen vor mir auf den Boden fällt.

Ich hänge es wieder auf und gehe ins Wohnzimmer.

Alle Regale sind vollgestopft mit billigen christlichen Büchern über Engel und Teufel und mit den Bekenntnissen von Erlösten. Ein dickes Buch liegt aufgeschlagen auf dem Couchtisch, ich setze mich hin, um es anzuschauen. Sólbjartur liest eine der weniger bekannten Legenden vom Fall Luzifers, des ersten Engels, den Gott erschuf und am meisten liebte.

Darin steht, dass Luzifer aus dem Himmel vertrieben wurde. Er war von Gott ins Paradies geschickt worden, um auf Seine ersten Kinder aufzupassen, beging aber hinter verschlossenen Türen an Eva so abscheuliche Sünden, dass der Erzengel Michael eingriff und die Sünden mit dem Feuerschwert rächte.

Und es kam im Himmel zu einem Kampf, und Luzifer fiel wie ein Blitz auf die Erde.

Sólbjarturs alter Revolver aus seinen Tagen beim Militär hängt an der Wand über dem Bücherregal. Ich stehe mitten im Zimmer und schaue ihn mit Ekel an. Sein Stahl glänzt wie die Sonne, denn er wird jeden Morgen geputzt. Ich weiß, wo die Patronen liegen, und heute habe ich das zwanghafte Gefühl, ihn in die Hände nehmen zu müssen – und ihn gegen Lucifer zu gebrauchen, denn ich hasse dieses Schwein.

Ein Feuerschwert wird nicht nur gebraucht, um sich zu wehren.

Lucifer hat mich letzte Woche gebissen. Unten im Hof stieß ich ihn zufällig an und weckte ihn aus dem Schlaf, und er griff mich an und schlug seine Zähne so heftig in mein Handgelenk, dass ich in die Notaufnahme musste, damit die Wunde genäht werden konnte, und ich bekam eine Impfung gegen Tollwut. Der Hund war noch nie besonders rücksichtsvoll, aber ich habe schon immer den Verdacht gehabt, dass er die blanke Bosheit in sich trägt.

Sólbjartur wurde gebeten, die Bestie zu töten, aber er weigerte sich, denn er besitzt Lucifer seit vielen Jahren und liebt ihn wie sich selbst. Lucifer sollte die Konsequenzen seiner Taten auf sich nehmen müssen, aber nein, ich werde gezwungen sein, es stattdessen zu tun.

O Gott, meine Kopfschmerzen! Jetzt spüre ich sie wieder. Plötzlich fängt es an, hinter der Stirn zu hämmern, sodass ich mich wieder auf das Sofa setze, um den Schmerz niederzukämpfen, aber ich kann nicht ruhig sitzen bleiben, denn meine Beine zittern und zappeln auf und nieder, und das Schlucken macht mir Mühe. Es ist, als ob mich eine Biene in die Zunge gestochen hätte. Jetzt schmerzt und brennt auch die Wunde unter dem Verband. Ich kratze mich am Handgelenk, um den Schmerz zu lindern, aber das macht ihn nur noch schlimmer.

»Adam, hast du mein Tagebuch gesehen?«, fragt Eva, die plötzlich wie aus dem Nichts aufgetaucht ist und direkt hinter mir steht. »Es ist verschwunden. Es lag auf meinem Bett, und jetzt ist es verschwunden.«

»Nein. Wie sieht es denn aus?«, frage ich, und als ich sie anschaue, sehe ich, dass ihre Augen rot sind, als ob sie geweint hätte.

»Du weißt *genau,* wie es aussieht. Es ist dunkelbraun, und es steht ›Eva‹ drauf. Sag mir die Wahrheit! Hast du es genommen?«, fragt sie und schlägt mit der flachen Hand auf den Sofarücken.

»Nein, natürlich nicht«, sage ich mit einem Achselzucken.

»Gib es mir, wenn du es findest. Es steht ganz viel Persönliches drin.«

»Ja, klar. Ich gebe es dir, wenn ich es finde.«

Sólbjartur kommt polternd ins Haus zurück, und Blut läuft ihm am Handgelenk hinunter. »Ich weiß nicht, was *zum Teufel* mit diesem Hund los ist«, sagt er und flucht und schimpft, bevor er im Badezimmer verschwindet. Ich stehe auf und meine, auf Evas Lippen die Andeutung eines Lächelns zu sehen, als ich an ihr vorbei in den Flur gehe und dann in mein Zimmer hinauf.

Die schweren Schritte des früheren Soldaten kommen die Treppe herauf, deshalb verberge ich das Tagebuch unter dem Kopfkissen, nehme ein Buch über Religionsunterricht vom Regal und tue, als ob ich läse, als Sólbjartur an die Tür klopft und die Klinke drückt. Aber die Tür ist abgeschlossen. Er wartet einen kurzen Augenblick, bevor er etwas sagt.

»Adam, bist du fertig zum Fahren?«, fragt er schließlich.

»Ja.«

»Gut. Wir fahren in zehn Minuten. EVA! Bist du bereit?«

»Ja …«, antwortet eine dünne Stimme aus dem Badezimmer.

Ich stehe auf und suche nach dem Anzug und dem Schlips. In diesem Augenblick steht Eva bestimmt vor dem Spiegel, starrt auf ihr Abbild und betrachtet das Monster, das vor ihr steht. Aber ich weiß nicht, was sie denkt.

Ich stelle mir vor, wie sie auf dem kalten Fußboden steht. Ihre bloßen Füße würden die Eiseskälte der Fliesen nicht spüren, denn wenn das Gemüt verdunkelt ist, wird der Körper taub. Vielleicht glänzen ihre Lippen von den Tränen, flüstern geheime Worte aus einem Wald, den es nicht mehr gibt, Worte, die den Weg zu ihren verschlossenen Ohren suchen, den Eingang finden und sich ins Bewusstsein einprägen … steigen sie aus ihrem Unterbewusstsein empor wie Meeresdrachen? Spiegeln sich vielleicht Trauer und Verwirrung in ihren Augen und tanzen in den verengten Pupillen, weil sie sich verirrt hat in dem Wald, der keine Schatten wirft?

Mein Gesicht ist genau wie ihres.

Aber nicht wie das von denen.

Und keiner ist so kalt wie ich.

Ich ziehe mich an und lege mich hin, um noch einen Moment lang in Evas Geheimnissen zu wühlen, bevor wir fahren:

*Die Engel tanzen, singen Lobgesänge und preisen den Herrn, aber ich höre ihre Stimmen nicht. Nicht mehr. Denn der Herr verschwand, und an Seiner statt kam der Teufel. Ist das so schwer zu verstehen? Gott, hörst Du mich? Wenn Du da bist … Amen. Das ist alles, was ich Dir noch zu sagen habe. Von jetzt an haben wir nichts mehr zu bereden.*

*Letzte Nacht träumte ich von einer leeren Wiege. O Gott! Alles voll Blut! Von der Zimmerdecke fielen scharlachrote Bluttropfen auf die weiße Wiege. O Kain, mein Liebling. Das wäre dein Name gewesen, das weißt du. Aber ich verstehe nicht, dass alles so ..., ja so schrecklich sein muss! Warum musste ich dir so Abscheuliches antun? Gab es keine andere Möglichkeit? Ich konnte doch nichts anderes tun. Es war notwendig. Aber ich fühle mich innerlich so leer. So leer ... Was ist los mit mir? Es war doch richtig, dass ich es tat. Ich hatte keine Wahl. Warum ist das Leben so ungerecht?*

*Wäre Adam nicht mein Bruder, dann hätte ich ihm Liebe erwiesen. Und wenn er der Vater gewesen wäre und nicht jener, dann wäre Kain heute noch am Leben.*

*Liebes Tagebuch. Heute geht es besser. Ich habe einen ganzen Teller voll zu Mittag gegessen, aber ich muss noch im Bett liegen. Ich schaffe nichts anderes. Deshalb habe ich jetzt reichlich Zeit, dir zu schreiben, liebes Tagebuch. Freust du dich darüber? Warum musste das geschehen? O dieses elende Leben! Wer hat mir ein so trauriges Schicksal beschert?*

Ich höre Eva aus dem Badezimmer kommen. Sie versucht, leise zu sein, aber ich höre sie. Sie schleicht durch den Flur, dann enden die Schritte vor meiner Tür.

»Adam?«, flüstert ihre Stimme hinter der Tür. »Kann ich reinkommen?«

»Ja, komm nur«, sage ich, verstecke das Tagebuch und schließe die Tür auf. Sie schlüpft herein und schließt hinter sich wieder ab. Sie ist nur im Nachthemd und in Strümpfen, aber auf dem Fußboden liegt ein Teppich. Mir fällt auf, dass sie in den letzten Tagen dünner geworden ist.

»Was ist los?«

Sie geht zum Regal, schaltet das Radio ein und dreht es so laut auf, dass keiner draußen vor dem Zimmer sie sprechen hören kann. Es wird eine christliche Melodie gespielt.

»Adam?«, sagt sie und setzt sich auf die Bettkante. Sie ist blass und grau im Gesicht, hat Ringe unter den Augen, und ihre Haare sind strähnig. Ihre Bewegungen sind kraftlos.

»Ja?«

»Kannst du mir einen Gefallen tun? Morgen?«

»Ja«, antworte ich achselzuckend. »Was denn?«

»Ich bin krank«, sagt sie und lässt den Kopf hängen. Sie presst die Hände zusammen und verbirgt sie in ihrem Schoss. »Kannst du für mich auf die Bank gehen, um Geld abzuheben? Mein Geld?«

»Alles?«, frage ich und sehe den leeren Ausdruck in ihren Augen. Sie lässt mich die Hand an ihre Stirn legen, aber sie hat kein Fieber.

»Ja. Kannst du das für mich tun?«

»Natürlich. Aber warum?«

»Weil ich krank bin.«

»Nein, ich meine …«

»Ich weiß, was du meinst. Aber … aber das kann ich dir nicht sagen. Entschuldige.«

»Ist schon in Ordnung. Ich verstehe.«

»Du bist mir doch nicht böse?«

»Nein, ich bin dir nicht böse«, sage ich und lege die Hand jetzt auf ihre Schulter, aber sie macht sich steif und entzieht sich mir.

»Was fehlt dir eigentlich?«, frage ich, denn so ist sie sonst nie.

»Nichts.«

»Doch, irgendwas ist los. Aber was?«

»Ich habe Muskelkrämpfe. Es tut mir weh, wenn du mich anfasst.«

Ich schaue sie fragend an, aber sie nickt bloß, steht auf und geht aus dem Zimmer. Ich bleibe mit dem bedrückenden Gefühl sitzen, dass sie mir nicht die Wahrheit sagt, aber ich nehme das Tagebuch hervor, lege mich auf den Bauch und lese weiter. Auf einmal geht die Tür wieder auf, und ehe ich Zeit finde, das Buch unter das Kopfkissen zu schieben, wirft Eva mir das Sparbuch zu.

»Hier ist es. Heb das ganze Geld ab und löse das Konto auf. Es müssten an die zwanzigtausend Kronen drauf sein.«

»Das werde ich tun«, sage ich verdattert und lege mich auf das Tagebuch, aber Eva ist schon wieder aus dem Zimmer gegangen. Der Schreck ist mir in die Glieder gefahren, und ich will das Buch eigentlich so bald wie möglich an seinen Platz zurücklegen. Aber irgendetwas stimmt da nicht, und ich weiß noch nicht, was es ist. Eva ist in letzter Zeit so still und abwesend, und mir scheint, dass es immer schlimmer wird. Weder mir noch Sólbjartur gegenüber hat sie darüber auch nur ein Wort verloren.

Einige Nächte lang legte ich das Ohr an die Wand und hörte, wie sie leise weinte.

»ADAM! EVA! WIR FAHREN JETZT!«, ruft Sólbjartur von unten.

»Ich bin heute krank. Ich kann nicht mitkommen«, sagt Eva aus ihrem Zimmer.

»Du musst mitkommen!«

»Aber wenn ich krank bin!«

»Dem Herrn ist es egal, ob du krank bist. Du bist verpflichtet, jeden Sonntag in Seinem Haus zu erscheinen. Eva, du weißt, dass der Ruhetag heilig ist und der wichtigste Tag in der Woche! Wenn heute Montag wäre, dann wäre es in Ordnung, dass du zu Hause bleibst, aber es ist *Sonntag*. Nun komm schon! Komm zum Auto runter und setz deinen Spatzenhintern hinein.«

»Warte einen Moment.«

»Beeil dich!«

Einen Augenblick später gehen wir beide in den Flur hinunter und stellen uns vor Sólbjartur auf wie Soldaten vor ihrem Offizier. Ich bin in Anzug und Schlips, und Sólbjartur lächelt und nickt mir zu, als er die Uniform gemustert hat. Er ist mit der Erscheinung zufrieden.

Eva hat zwar ein schönes weißes Kleid angezogen, das ihr jetzt wieder passt, aber keine Schminke aufgelegt. Sie hat noch eine unheimliche, leichenhafte Blässe, als ob sie zu viel Blut gespendet hätte. Sie schaut Sólbjartur nicht an, als er sie fragt: »Eva, was bildest du dir eigentlich ein?«

»Nichts. Ich kann heute einfach nicht.«

»Gott will, dass du schön sein sollst vor Ihm. Mach dich also fertig.« Und sie geht ins Badezimmer hinauf.

Das Wasser läuft eine ganze Weile, und als Sólbjartur zum Auto geht, schaue ich zum oberen Stock hinauf und meine zu hören, dass sich im Badezimmer heftiges Weinen mit dem Plätschern mischt.

Die Autofahrt von der Versammlung nach Hause ist … ja, ich weiß auch nicht. Sólbjartur versucht mit Eva und mir, die wir beide auf dem Rücksitz sitzen, eine Unterhaltung anzufangen, aber wir wollen ihm nicht antworten. Wir sagen nur ab und zu an den richtigen Stellen »Ja« und »Nein« und nicken, wenn er uns im Rückspiegel ansieht, starren sonst aber nur in den Regen hinaus und über die stockfinstere Stadt. Vor kurzem ist der elektrische Strom ausgefallen. Nirgends ist Licht zu sehen.

Im Auto ist ein leichter Geruch nach Frau, als ob Eva sich mehrere Tage nicht gewaschen hätte.

»Eva, warum hast du dich nicht gewaschen?«, fragt Sólbjartur und dreht sich um, aber sie senkt den Kopf, starrt ihn nur anklagend an und schweigt trotzig. Ich fürchte, dass er die Kontrolle über das Auto verliert. Er sagt: »Die Bibel lehrt uns, dass wir rein sein sollen. Meinst du nicht, dass wir ihre Vorschriften beachten sollten?«

Ich nehme vorsichtig Evas Hand und spüre, wie ein erschrockenes Beben durch ihren Körper geht. Meine Kopfschmerzen sind wieder da, aber ich presse die Hand gegen die Stirn, denke gute Gedanken und zwinge die Schmerzen aus dem Schädel heraus. Es ist seltsam, aber von der Wunde merke ich nichts.

Zunächst jedenfalls nicht.

»Nun denn …«, sagt Sólbjartur. »Wir müssen irgendetwas unternehmen, Eva. Das geht so nicht weiter. In den letzten Tagen bist du so … du weißt schon … so gewesen, dass ich mir das nicht mehr bieten lasse. Ich bin gezwungen, dich zu strafen, damit du lernst, dich an Gottes Gaben zu erfreuen. Von jetzt an darfst du nicht mehr aus dem Haus, es sei denn, du musst.«

Eva beißt die Zähne zusammen und seufzt schwer, während sie mir in die Augen schaut und um mein Mitgefühl bettelt. Aber ich kann nichts tun, als nur behutsam ihre Hand zu drücken und ihre Fingerknöchel mit dem Daumen zu streicheln. Sie lächelt mir flüchtig zu und fasst mit ihrer anderen Hand mein Handgelenk an; sie berührt dabei die Wunde, und ich bin drauf und dran zu schreien, so weh tut es. Eine Flamme fährt mir durch den Arm.

»Was ist los?«, flüstert sie mir ins Ohr.

»Nichts. Mach dir keine Gedanken«, sage ich und presse die Hand auf die Wunde, um den Schmerz zu betäuben.

Als wir zum Haus zurückkommen, gehe ich mit Sólbjartur in den Keller hinunter, aber Lucifer, der wie ein verrückter Prediger auf dem kalten Betonboden hin und her läuft, greift uns an. Wir machen nur die Türe auf, und schon kommt er mit wütendem Gebell vom Ende des Raums auf uns zu, sodass wir die Türe wieder zuknallen.

»Ich gehe alleine zu ihm hinein und will sehen, ob ich ihn zum Schweigen bringen kann«, sagt Sólbjartur.

»Und ich lege mich ins Bett«, sage ich und gehe ins Haus hinauf, das ganz dunkel ist, und ich sehe Eva gerade die Treppe hinaufrennen. Ihr Haar ist wirr. Ich gehe langsam in mein Zimmer, schließe die Tür ab und zünde eine Kerze an. Ich lege mich aufs Bett, schlage das Tagebuch auf und lese. Die nächste Seite hat das Datum von gestern.

*Warum ist das Leben so ungerecht? Was habe ich denn getan? Liebes Tagebuch, kannst du mir sagen, warum Gott so böse auf mich ist? Ich will nicht mehr leben.*

An dem Tag, als ich von Lucifer gebissen wurde und in die Notaufnahme musste, geschah etwas … etwas Seltsames, das ich bis heute nicht verstehe. Ich sah Eva durch eine andere Tür des Krankenhauses herauskommen. Aber sie war zu schnell für mich und stieg sofort in ein Taxi ein, bevor ich sie rufen konnte. Ich bin sicher, dass seither der traurige Schatten auf ihrem Gesicht liegt. Ich blättere zum Eintrag von jenem Tag und merke, dass ich ihn schon einmal gelesen habe.

*Letzte Nacht träumte ich von einer leeren Wiege. O Gott! Alles voll Blut! Von der Zimmerdecke fielen scharlachrote Bluttropfen auf die weiße Wiege. O Kain, mein Liebling. Das wäre dein Name gewesen, das weißt du. Aber ich verstehe nicht, dass alles so …, ja so schrecklich sein muss! Warum musste ich dir so Abscheuliches antun? Gab es keine andere Möglichkeit? Ich konnte doch nichts anderes tun. Es war notwendig. Aber ich fühle mich innerlich so leer. So leer … Was ist los mit mir? Es war doch richtig, dass ich es tat. Ich hatte keine Wahl. Warum ist das Leben so ungerecht?*

*Wäre Adam nicht mein Bruder, dann hätte ich ihm Liebe erwiesen. Und wenn er der Vater gewesen wäre und nicht jener, dann wäre Kain heute noch am Leben.*

Auf der Treppe sind leise Schritte zu hören, und eine Tür geht auf. Ich höre Sólbjarturs Stimme in Evas Zimmer, aber es gelingt mir nicht, seine Worte zu verstehen, bis er mit lauterer Stimme sagt: »Du gehst nirgendwo hin! Hast du mich verstanden?!«

Lügen und Wahrheiten werden in diesem Haus verborgen, aber heute soll alles aufgedeckt werden. Ich ziehe meine Kleider aus, werfe sie aufs Bett und trete nackt in den dunklen Flur hinaus. Die Tür zu Evas Zimmer ist zu. Abgeschlossen.

Ich gehe ins Wohnzimmer hinunter und warte. Ich nehme den Revolver vom Regal, hole die Patronen aus dem Schrank und setze mich aufs Sofa, das Feuerschwert im Schoß. Lucifer bellt unten im Keller. Er will nicht aufhören, aber seinetwegen gehe ich nicht in den Regen hinaus.

Die Kopfschmerzen sind wieder da, und in der Wunde am

Handgelenk juckt und brennt es. Dann höre ich, dass Eva ins Badezimmer geht und die Badewanne volllaufen lässt. Sólbjartur kommt die Treppe herunter, aber im Halbdunkel bemerkt er mich nicht. Er zieht sich den Mantel an und geht zu Lucifer in den Keller hinunter.

Einen Augenblick später hört das Wasser zu laufen auf, die Badezimmertür wird abgeschlossen, und ich bleibe lange Zeit still auf dem Sofa sitzen. Es kommt mir vor wie eine Ewigkeit. Ich halte den Revolver gegen die Zimmerdecke, schaue ihn an und fülle ihn dann mit Patronen. Er ist an meiner Seite, als ich langsam die Treppe hinaufgehe. Ein Blitz schlägt in der Nähe des Hauses ein, sein Licht legt sich auf das ganze Haus, und der Donner rollt so laut, dass alle Fensterscheiben zittern.

Ich klopfe an die Badezimmertür und rufe: »Eva!« Aber sie antwortet nicht. Wieder schlägt der Blitz draußen ein, und aus dem Hof hinter dem Haus kommt ein lautes Krachen, wie wenn ein Baum umfällt. Lucifer hat aufgehört zu bellen, ich höre ihn unten im Keller jetzt winseln. Deshalb stemme ich mich gegen die Türe, drücke mit aller Macht, und sie geht auf.

Überall im Raum stehen brennende Kerzen. Eva liegt in der blutgefüllten Badewanne. Sie ist nackt, und aus ihrem Handgelenk, das an der Seite der Badewanne herunterhängt, tropft Blut auf den Fußboden. Ihre Augen sind leer und leblos, und sie ist leichenblass.

Das Ultraschallfoto eines ungeborenen Kindes ist ihr aus der Hand gefallen und liegt auf dem Boden in einer Blutlache.

Ich weiß nicht, wie lange ich dastehe und sie betrachte.

Als ich wieder nach unten in das halbdunkle Wohnzimmer komme, mit dem Revolver in meiner rechten Hand, sehe ich Sólbjartur mit breitem Grinsen auf dem Sofa sitzen.

»Ich habe Lucifer getötet«, sagt er, bevor ihm bewusst wird, dass ich splitternackt vor ihm stehe und mit leerem Blick in seine Augen sehe. »Adam, warum bist du nackt? Und warum hast du meinen Revolver in der Hand?«

Plötzlich spüre ich die Kopfschmerzen wieder, und ich lege die linke Hand gegen die Stirn.

»Nein – Adam? Ich versteh nicht! Nicht, mein Lieber! Du richtest dich selbst zugrunde. Du wirst von Gott bestraft werden. Leg den Revolver weg. Ich flehe dich an … tu das nicht!«

Ein rätselhafter Geist tritt aus dem Nebel hervor und sieht das Feuerschwert lodern im Dunkel hinter der Fensterscheibe. Aus der Wolke über dem Haus schießt gleißendes Licht aus den Waffen der Götter und breitet sich mit feuerroten Krakenarmen aus, und eine Sekunde später dröhnt ein Zornesruf durch das Himmelsgewölbe.

Hinter dem Haus liegt der entwurzelte Apfelbaum auf der Erde wie ein totes Kind.

Ja, ich sage die Wahrheit – heute habe ich vom Baum der Erkenntnis gegessen.

*(2001)*

*Marjun Kjelnæs*

# Die Kette

Es war einmal ein Land im Meer, weit weg von allen anderen Ländern. Das Land war außerdem grün und schwarz und verteilte sich auf kleine Inselperlen, wie ein Armband, dessen Verschluss aufgegangen war.

Es wird erzählt, dass in einem anderen Land in einer fernen Galaxie ein Kaiser einst mit seiner Kaiserin eine Ausfahrt mit dem Pferdewagen gemacht hat. Und weiter heißt es, dass man heute noch, wenn die Nächte sternenklar sind und dichter Pulverschnee liegt, ihr gefrorenes Lachen unter den Füßen knistern hört.

Sie war sehr schön, die Kaiserin, obschon sie mehrere Kinder geboren hatte. Doch nach der letzten Geburt wurde sie blass und bleich. Hatte ihr schwarzes Haar, das ihr bis an die Fesseln reichte, früher im Sonnenlicht gefunkelt, wenn sie im Garten vor der Burg spazieren ging, sodass ihre Dienerinnen darum gewetteifert hatten, ihr Blumen hineinzuflechten, so hing es ihr jetzt wie ein Trauerschleier um die Füße. Es war, als fürchtete sie, sich jeden Augenblick darin zu verfangen.

Der Kaiser war mit seinen Gedanken unablässig bei seiner Frau und deshalb nicht bei der Sache, was seine kaiserliche Arbeit betraf. Das war auch der Grund, warum er meistens Ja sagte, wenn er Nein hätte sagen sollen, und Nein, wenn er Ja hätte sagen sollen. In seinem Reich stand es daher nicht zum Besten. Es wurden Stollen in die falschen Berge getrieben. Ziegen und Kühe streunten in den Gärten herum und fraßen die Rosen auf.

Kinder sollten nur im Sommer in die Schule gehen, und eine der Prinzessinnen durfte den Helden nicht heiraten, der sie vor einem schrecklichen Drachen gerettet hatte (doch das ist eine ganz andere Geschichte).

Die Bewohner des Landes gerieten darob zunehmend in Verwirrung, und im Nachbarland auf der anderen Seite der Schneeflockenberge beratschlagten die Heerführer über einen Angriff, solange sich der Kaiser in diesem Zustand befand.

Es sei doch unerhört, dass die Macht in den Händen eines solchen Wirrkopfs liege – diese schreckliche Gedankenlosigkeitskrankheit würde schnell um sich greifen! So stachelten sie ihr Volk auf.

Und dies führte dazu, dass die kleine, dicke Königin im Land auf der anderen Seite der Schneeflockenberge, die für allzu große Geschäftigkeit sonst nichts übrig hatte – besonders dann nicht, wenn sie dabei war, einen Pullover mit einem komplizierten Zopfmuster zu stricken –, überlegen musste, ob sie den jungen, tatendurstigen Heerführern erlauben sollte, ihre Aufrüstungspläne weiterzuverfolgen.

Dieses Land wurde Hochland genannt, und seine Bewohner waren im Großen und Ganzen durchaus zufriedene Leute. In technischer Hinsicht waren sie vielleicht ein wenig zurückgeblieben, doch im Allgemeinen waren sie ausdauernd und fleißig. Es war schon lange her, dass ihr König Stóri gestorben war, aber sie betrauerten ihn immer noch.

»Ihr bleibt ewig unzufrieden und werdet nie weiterkommen, wenn ihr euch nicht einen gemeinsamen Feind sucht«, stand auf kleinen Papierschnipseln, die von Hand zu Hand gingen.

»Meine Kusine, die hochnäsige Kaiserin, hätte sich ja auch einfach zusammenreißen können«, dachte die Strickkönigin beleidigt.

Sie strickte eine Weile weiter und war beim letzten Zopf angelangt, als sie sah, dass sie zwei Maschen verloren hatte.

»Alles nur wegen dieser Menschenmenge draußen im Burghof und ihrem Geschrei: Nieder mit der Gedankenlosigkeit, nieder mit der Gedankenlosigkeit!«

»Bitte den Kriegsminister, zu mir zu kommen!«, sagte sie zu ihrem Kammerdiener, während sie ärgerlich alles wieder aufräufelte.

Der Kriegsminister war alt, hatte O-Beine und nur noch um die Ohren herum ein kleines Büschel rötlicher Haare. Er hatte Erde unter den Fingernägeln und dreckige Knie, denn die ganzen letzten Jahre war er mit dem Anbau von Kartoffeln beschäftigt gewesen. Es hatte ja niemanden gegeben, gegen den man hätte Krieg führen können, abgesehen von Unkraut und Ampfer natürlich, die alljährlich im Frühling keck zum Angriff übergingen.

»Ja, Eure Hoheit«, sagte er höflich und verneigte sich so tief, dass seine Knollennase fast den blanken Fußboden berührte.

»Könnten Sie bitte meine Untertanen veranlassen, sich ruhig zu verhalten, damit ich diesen Pullover fertig bekomme!«

Der vor Schmutz starrende Kriegsminister blickte seine Königin verwundert an, nachdem er sich mühsam wieder aufgerichtet hatte. Sein Rücken war nach einem langen Leben auf dem Feld auch nicht mehr das, was er einmal gewesen war. In Gedanken versunken, stand er da und dachte an die goldenen, wohlschmeckenden Knollen, die in der fruchtbaren Erde lagen und gediehen. Dieses Jahr probierte er außerdem eine neue, rotblaue und längliche Kartoffelsorte aus, die einen ganz besonderen Geschmack haben sollte. Er freute sich darauf, sie im Herbst mit etwas Leckerem zu kosten, das seine Frau zubereiten würde. Dieser Schatz; er lächelte beim Gedanken an seine rundliche Frau daheim.

»Ja, nun steh nicht herum und halte Maulaffen feil, Mensch, unternimm etwas!«

Der ungeduldige Ausruf der Königin brachte ihn wieder zu sich.

»Bring sie zum Schweigen!«

»Ich?«, fragte er entsetzt und trat ans Fenster, um einen Blick auf die Leute zu werfen, die sich draußen die Köpfe heiß schrien.

»Ja, geh auf den Balkon und frag sie, was sie wollen!« Sie ließ eine Stricknadel fallen und winkte ihn hinaus.

Der Kriegsminister stolperte auf seinen wackligen Beinen hinaus auf den Balkon. Als er die Glastür öffnete, standen zwei der jungen Heerführer vor ihm. Sie trugen eine moderne lederne Soldatentracht mit vielen Eisenspitzen und Bändern. Er merkte ihnen die Siegesfreude an, als sie ihn erblickten.

»Ja, sind das nicht der kleine Kaspur und Putli-Per?«, fragte er und dachte an die kleinen Jungen, die sie einmal gewesen waren.

Der eine hatte einen ziemlichen Bauch bekommen, der andere war noch dünner geworden. Beide ließen sich aber nichts anmerken.

»Wart ihr zwei das nicht, die mir immer geholfen habt beim …?«

»Schluss mit dem Gerede, alter Freund, frag die Leute, was sie wollen!«

Er spürte zwei Hände im Rücken, die ihn unsanft nach vorne gegen das Balkongitter schoben.

Die Leute unten wurden still.

»Ihre Hoheit, die Königin, bittet euch, Ruhe zu bewahren. Was wollt ihr überhaupt?«, brachte er stotternd heraus.

Die Heerführer reckten, ohne ein Wort zu sprechen, die Fäuste in die Luft.

»Krieg!«, hörte man eine einzelne Stimme aus der Menschenmenge.

»Krieg!«, schrien ihr andere nach.

»Krieg gegen Tiefland! Krieg gegen Tiefland!«, brüllten nun alle gen Himmel.

Oben auf dem Balkon stand der alte Kriegsminister mit gesenktem Kopf und pulte die Erde unter seinen Fingernägeln hervor.

So bekamen Klein-Kaspur und Putli-Per ihren Willen, und die Bewohner von Hochland hinter den Schneeflockenbergen begannen, sich auf den Angriff vorzubereiten. Und die Königin machte sich in aller Seelenruhe (denn niemand hatte jetzt noch Grund zu schreien) an den einen Ärmel des Zopfmusterpullovers.

Tiefland jedoch lag nicht so tief unten, wie sie meinten. Das Land hatte diesen Namen nur deshalb bekommen, weil man über die Berggipfel klettern musste, um ins erste Tal zu gelangen. Doch dann kam nur noch eine kleine Erhebung, und um die anderen Berge konnte man herumgehen (oder durch sie hindurch, denn die Tiefländer waren Meister auf dem Gebiet der Bohrkunst), weiter ging es über Heideflächen und durch ausgedehnte Wälder, bis die kaiserliche Hauptstadt am Horizont auftauchte: ein trauriger Anblick in jenen Tagen, denn überall trampelten Lasttiere auf den Blumenbeeten herum.

Was den Kaiser betraf, so ging er in diesem Augenblick, tief in Gedanken versunken, auf dem Marmorboden seines Schlafgemachs auf und ab. Er wusste ehrlich gesagt weder aus noch ein. Die Kaiserin lag in einem Nachthemd aus goldener Seide in dem riesigen rosafarbenen Himmelbett und blickte stumm vor sich hin. Mehrmals versuchte der Kaiser, etwas zu sagen, hielt inne, holte Atem, nahm dann aber seine Wanderung wieder auf. Und obschon ihm deutlich anzusehen war, dass er vor Wut kochte, fragte er schließlich so sanft wie möglich:

»Allerliebste Kaiserin, was soll ich denn tun, willst du, dass ich dich umarme, oder soll ich dich in Ruhe lassen?«

Die bleiche, schöne Kaiserin schob die Unterlippe vor und zuckte mit den Achseln. Sie wusste es selbst nicht, sie wusste überhaupt nichts mehr. Dieses weiche Bett mit den großen, glänzenden Seidenkissen und den flatternden Chiffonvorhängen, das ein ums andere Mal die Stätte ihrer wonniglichen Vereinigungen gewesen war, erschien ihr nun wie eine monströse Sahnetorte. Ihr wurde schlecht beim Gedanken an all das Süße.

Ihre Dienerinnen taten, was sie nur konnten, um die Sinne der Kaiserin wieder zu beleben. Sie streuten Rosenblätter rund um das Himmelbett, die von den am stärksten duftenden Rosen des kaiserlichen Gewächshauses stammten. Doch in ihren Augen erschienen sie ihr wie überdimensionale Schokoladenstreusel und machten alles nur noch schlimmer.

Es war ja nicht so, dass sie einen anderen Mann wollte oder den stattlichen Kaiser nicht mehr liebte, der mit bloßem Oberkörper und krausem dunklem Kinnbart dastand. Sie wusste einfach nicht mehr, was sie überhaupt noch wollte. Zum Beispiel konnte sie sich am Morgen nicht entscheiden, was sie anziehen sollte, die Kristallschuhe oder die Goldschuhe, das Kleid mit den Volants oder das Samtkleid, die Seidenstola oder den Wollmantel. Und sobald sie sich für etwas entschieden hatte, bereute sie es sofort, doch jede andere Entscheidung hätte sie ebenso sehr bereut. Beschämt schloss sie dann die Augen, und ihre Dienerinnen mussten sie ankleiden.

So streifte die Kaiserin ruhelos durch die langen Gänge der Burg und grübelte darüber nach, was wohl die Ursache sei für ihre unerträgliche Unentschlossenheit. Sie versuchte auch wirklich, sich zusammenzunehmen, wie ihre königliche Strickkusine sie in einem Brief gebeten hatte. Und in diesem Brief hatte sie sie auch vor den Folgen dieser ihrer Gedankenlosigkeit gewarnt.

»Natürlich kann ich – natürlich kann ich eine Entscheidung treffen«, sagte sie zum Spiegel an der Wand.

»Was wünschen Eure Hoheit zum Frühstück?«

Die Kaiserin wandte sich um und sah voller Verzweiflung auf den kaiserlichen Oberkoch, der sich tief vor ihr verneigte. Als er sich wieder aufgerichtet hatte, gab ihm ihr flehender Blick einen Stich ins Herz. Das war nicht mehr die herzensgute Frau, die vor über zwanzig Jahren in die Burg eingezogen war. Er erinnerte sich, wie sie eines Tages hinunter in die Küche gekommen war, um ihm zu zeigen, wie man Hochlandkräutersuppe machte. Einen ganzen Tag lang hatten sie zusammen im Essensdunst zugebracht, geredet und gearbeitet; seither waren sie Freunde gewesen. Nun aber waren ihre Augen ausdruckslos, und sie schüttelte den Kopf.

»Ich weiß es nicht«, flüsterte sie matt. »Ich weiß es nicht.«

Die Kaiserin musste untersucht werden.

Der Kaiser ließ die besten Forscher, Spezialisten und Professoren in ganz Tiefland rufen. Sie sahen sich die Kaiserin an und nahmen Proben. Sie schlossen verschiedene Apparate an die Kaiserin an, die auf großen Bildschirmen zittrige Ausschläge zeigten. Der ganze Boden war mit Spinnweben aus Kabeln bedeckt, und mittendrin ging der Kaiser, stellte Fragen und seufzte. Die Spezialisten betrachteten die Untersuchungsergebnisse und zuckten mit den Achseln.

Unter ihnen befand sich auch einer, welcher der Kaiserin bloß verschiedene Fragen stellen sollte, doch auch er fand nichts heraus, denn Ihre Hoheit beantwortete all seine Fragen nur mit Ja und Nein oder Nein und Ja, sodass er am Ende das kaiserliche Besuchsprotokoll vergaß, seine Notizen zerriss und verärgert die Burg verließ. Wäre die mit Schnitzereien verzierte Tür nicht so schwer gewesen, hätte er sie zugeknallt.

Gegen Abend gingen sie alle davon. Einer hatte die Brille auf der Stirn, einer die Hände in den Hosentaschen vergraben, und alle standen sie ohne Ergebnis da. Draußen im Burghof steckten sie die Köpfe zusammen. Während sie miteinander sprachen, warfen sie ab und zu einen Blick auf die weißen Burgmauern:

»Höchstwahrscheinlich kommt es daher, dass sie aus Hochland stammt, die Leute dort waren immer schon unberechenbar.«

Oben stand der Kaiser an einem Fenster hinter den Gardinen und blickte sorgenvoll auf sie hinab, als wüsste er, was sie sprachen. Im kaiserlichen Springbrunnen stand ein Esel und stillte seinen Durst.

Am folgenden Tag, nachdem das Kaiserpaar eine weitere Nacht jeweils am äußersten Rand der Sahnetorte zugebracht hatte, beschloss der Kaiser, eine hohe Belohnung für denjenigen auszusetzen, der das Problem der Kaiserin lösen konnte.

Drei Tage später legten der Kaiser und die Kaiserin die prunkvollsten Gewänder an, die ihre Kleiderkammer zu bieten hatte. Dann nahmen sie auf dem prächtigsten Thron Platz, den sie besaßen.

Draußen hatten sich bereits viele Leute versammelt.

Als Erste wurde eine alte, zahnlose und blinde Hexe eingelassen. Sie hatte eine große Tonschüssel dabei, die sie wortlos in die Höhe hielt.

In der Schüssel, sagte sie dann mit kreischender Stimme, seien Kräuter von Hochlands sieben Ebenen und seltene Beeren von den Bäumen aus Hochlands sieben Wäldern, und das Ganze habe sie mit Wasser aus Hochlands sieben Bächen zu einer blubbernden Zaubersuppe verkocht.

»Hast aus der Schüssel gegessen du,
liegst heute Nacht in besserer Ruh,
morgen ein neuer Tag dann ist,
nie wieder du im Zweifel bist.«

Sie stellte die Schüssel auf den Boden und streckte die schmutzige Hand aus, um zum Dank die Belohnung zu empfangen.

»Sachte, sachte, nicht so hastig«, sagte der Kaiser und lächelte. Er kannte die Hexe nämlich gut, sie stammte von einer langen Reihe von Hexen ab, die einen guten Leumund hatten. Wenn er sich recht entsann, so war es eine von ihnen gewesen, die man gerufen hatte, als er selbst im Mutterleib feststeckte.

Nun würden in der kaiserlichen Burg bald wieder hellere Tage einziehen, dachte der Kaiser, besser aber, man war vorsichtig. Er klatschte zweimal in die Hände, und ein klein gewachsener, fülliger Knappe, der an der kaiserlichen Tafel aufwartete, kam hereingetrippelt.

Zunächst betrachtete der kleine dicke Mann mit seinen forschenden Fischaugen lange die Flüssigkeit und rührte sie vorsichtig mit einem Stab um. Dann schnupperte er mit seiner erfahrenen Stupsnase an dem stinkenden Gebräu.

Schließlich nahm er einen winzigen Silberlöffel und probierte vorsichtig. Und mit einem Mal wurde sein Gesicht ganz merkwürdig grünlich, er ächzte und stöhnte – und fiel wie vom Blitz getroffen zu Boden.

Augenblicklich ergriffen zwei kraftstrotzende Leibwächter des Kaisers, die gelbe Turbane und rote Seidenhosen trugen, die Hexe; sie hatte sich langsam rückwärts zum Ausgang hinbewegt.

»Werft sie in das finsterste Verlies!«, rief der Kaiser außer sich.

Die Kaiserin hockte auf dem Fußboden und streichelte die Haare des klein gewachsenen Knappen, der, seit sie ganz klein gewesen war, stets dasselbe gegessen hatte wie sie.

»Mein kleiner Freund«, flüsterte sie und schloss ihm die Fischaugen.

Sie bat ihre Dienerinnen, ihn in einen Sarg zu legen, der mit der weichsten Lammwolle ausgelegt war, die sie finden konnten, und dafür Sorge zu tragen, dass er von kaiserlichen Wachen geleitet nach Hause in den nördlichsten Teil von Hochland gebracht wurde, wo er geboren worden war.

Die Kaiserin wusste nun nicht, ob es noch ratsam war, mit der Suche nach einer Lösung ihres Problems fortzufahren.

»Natürlich suchen wir weiter!«, sagte der Kaiser, der alles für seine geliebte Kaiserin tun wollte.

Der Nächste, der eintrat, war ein junger Mann, der so spindeldürr war, dass seine Rippen und Schulterblätter deutlich zu sehen waren. Die blau-schwarze Tracht, die er trug, erkannte die Kaiserin sogleich wieder.

»Seid willkommen, mein Verwandter aus Hochland«, sagte sie und bedeutete ihm mit der Hand, näher zu treten. »Was macht Ihr so fern der Heimat?«

Er wohnte seit sieben langen Jahren in Tiefland und erlernte bei den Meistern die Bohrkunst. Er hatte einen kleinen Lederbeutel mit einem glitzernden Pulver bei sich.

»War in tiefsten Klüften und Spalten,
um Rettung für Sie zu erhalten,
streue dies nur auf dein Haar,
dann wird das Denken fortan klar.«

Dem Kaiser missfiel, dass der Jüngling zum Schluss das Sie vergessen hatte. Sein Gesicht strahlte außerdem so etwas Tatendurstiges aus. Er verneigte sich auch nur halb so tief, wie es sich gehörte.

Gespannt nahm die Kaiserin den Lederbeutel entgegen, doch bevor sie ihn öffnen konnte, entriss ihr Mann ihn ihr hastig.

»Sie sind voreilig, liebe Frau«, sagte er gekränkt und klatschte wieder zweimal in die Hände. Da erschien mit steifen Schritten der treueste Musketier des Kaisers, er trug ein goldenes Schwert an der Seite und eine blutrote Uniform. Er war fast zwei Meter groß und hatte ein würdiges Auftreten, man sagte, er sei ein tüchtiger Jäger, der mehr Vergnügen an der Jagd selbst als an der Jagdbeute hatte.

»Zu Euren Diensten«, sagte er und verneigte sich vor ihnen. Der Kaiser gab ihm den Beutel mit dem Staub.

»Ich übertrage dir die Beantwortung der Frage, ob dieser Staub für meine Gattin von Nutzen oder von Schaden sein kann.«

Der Musketier war ein stolzer Mann, und diese Aufgabe schien ihm seiner nicht würdig. Er nahm nur eine Hand voll von dem Pulver, betrachtete es einen Moment und warf es dann in die Luft.

»Staub ist Staub«, sagte er verächtlich und blickte auf den schmächtigen Überbringer. »Sicher will er nur die Belohnung haben«, fügte er hinzu.

»Ich habe um nichts gebeten«, erwiderte der Jüngling scharf.

Als der Staub träge zwischen ihnen zu Boden rieselte, atmeten sie ihn ein. Der junge Mann aus Hochland wurde auf einmal rosig im Gesicht und füllig. Auch der Musketier wurde rot, sein Körper schwoll an und schien zu kochen. Er ächzte und stöhnte und zerlief schließlich zu einer brodelnden Pfütze auf dem Fußboden. Da bekam es der Kaiser mit der Angst zu tun, und er zog die Kaiserin hinter die Thronsessel. Dort hielt er ihr und sich selbst den Mund zu, damit sie nichts einatmeten.

Als er aber begriff, welches Schicksal den Musketier ereilt hatte, geriet er außer sich vor Wut. Brüllend sprang er auf, schwang sein mit Edelsteinen besetztes Schwert und wollte diesem Lumpenjüngling auf der Stelle den Garaus machen. Sein Kopf sollte fallen! Doch da stellte sich ihm die Kaiserin in den Weg und bat für ihren Landsmann um Gnade. »Werft ihn in den tiefsten Bergstollen und lasst ihn dort in schweren Ketten für den Rest seines Lebens arbeiten!«, brüllte der Kaiser seinen gut gewachsenen Dienern in Turban und Seidenhosen zu. Der junge Mann lächelte matt, als sie ihn aus dem Saal schleppten.

Jetzt war es der Kaiser, der nicht wusste, ob es ratsam war, noch weiter nach einer Lösung zu suchen. Und die Kaiserin wusste es natürlich auch nicht.

Erschöpft und verängstigt setzten sie sich wieder auf ihren Thron, um sich zu sammeln. Die Kaiserin blickte mitfühlend auf ihren Mann, der so bleich und mit zitternden Händen neben ihr saß. Vielleicht hätte sie ihn nicht daran hindern sollen, dem Jüngling, der seinen getreusten Musketier zum Schmelzen gebracht hatte, den Kopf abzuschlagen. Aber warum war er auf die Hexe, die doch ihren Knappen auf dem Gewissen hatte, nicht genauso wütend gewesen?

Während sie so dasaß und nachdachte und ihre Dienerinnen kniend die rote Musketierpfütze auf dem weißen Marmorboden aufwischten, war ein kleines Mädchen hereingekommen und hatte sich an die Tür des prächtigen Thronsaales gestellt.

Sie fuhren zusammen, als sie sie bemerkten, doch das Mädchen schaute sie aus großen sanften Augen an, die grau und ruhig waren wie zwei Bergseen. Sie war höchstens einen Meter groß und hatte ihr aschblondes Haar zu zwei Knoten über den Ohren zusammengewunden. In ihrem Arm lag ein flauschiges schwarzes Kätzchen und schlief. Mit einer Melodie, die sie nie zuvor gehört hatten, sang sie es in den Schlaf.

Der Kaiser und die Kaiserin warfen einander einen zweifelnden Blick zu, dann aber wischten sie sich den Staub von den feinen Kleidern und richteten sich in ihren Thronsesseln auf.

»Tritt nur näher, meine Kleine«, sagte der Kaiser freundlich zu dem Kind.

»Woher kommst du, und was singst du da für eine Melodie?«

»Ich stamme vom siebten Schneeflockengipfel, und diese Melodie singt mein Großvater immer, wenn er mich zu Bett bringt.« Das kaiserliche Ehepaar sah sich an. Doch dieses Mal waren beide guten Mutes, denn der siebte Schneeflockengipfel war in den Geschichtsbüchern (der Schulkinder sowohl in Tiefland als auch in Hochland) nämlich als Geburtsort der großen Stammmutter bekannt.

»Wer und wo ist dein Großvater?«, fragten sie beide wie aus einem Mund.

»Mein Großvater ist Goldschmied.«

Sie bemerkten, dass das Mädchen eine selten schöne Kette um den weißen rundlichen Hals trug. Sie bestand aus hellblauen und dunkelroten Perlen, die alle unterschiedlich geformt waren und aussahen wie kleine runde Steine vom Strand. Der Glanz der blanken Perlen ließ das Gesicht des Mädchens leuchten.

Während das Kaiserpaar fasziniert das Farbenspiel des Schmuckstücks betrachtete, erzählte sie ihnen von ihrem Großvater, der so alt war, dass er den Berggipfel nicht mehr verlassen konnte. Er hatte vor langer Zeit einmal von einem jungen Mädchen aus Hochland gehört, das in Tiefland Kaiserin geworden war, und große Hoffnungen in sie gesetzt. Nun war ihm zu Ohren gekommen, dass sie von schwerer Zweifelsucht geplagt werde, einer altbekannten Krankheit, der, wie er wusste, nicht leicht beizukommen war.

»Darum hat er mich mit dem Panterjungen geschickt, um der Kaiserin zu helfen.«

»Mit dem Panterjungen?«

Sie erschraken und sahen, dass das kleine Tier auf dem Boden stand, fauchte und seine kleinen, scharfen Zähne sehen ließ.

»Keine Angst«, kicherte das Mädchen und kniete nieder, um etwas vom Halsband des Panters loszumachen.

Dann stand sie wieder auf und ging zum Thron. In der Hand hielt sie ein Armband, das sie der Kaiserin reichen wollte. Da stellten sich jedoch die kaiserlichen Leibwächter mit den gelben Turbanen und den roten Seidenhosen dazwischen und richteten die Spitzen ihrer Speere auf die Brust des Kindes.

»Lasst sie durch!«, sagte die Kaiserin und bedeutete ihnen mit der Hand, zur Seite zu treten.

»Frei dich diese Kette macht,
ehrst du sie denn mit Bedacht.«

Mit zwei Fingern nahm die Kaiserin das Armband vorsichtig entgegen und blickte den Kaiser fragend an. Der nickte beifällig.

Das Armband bestand aus sieben großen Steinen, sechs kleineren und fünf ganz kleinen. Die Kaiserin zählte die Zahlen im Kopf zusammen und verzog ein wenig den Mund, denn achtzehn war ja keine kaiserliche Zahl.

Achtzehn!, dachte sie – und was waren denn das für Steine? Sie waren nicht poliert und glatt wie die Perlen der Halskette, sondern grünlich und hatten unbearbeitete schwarze, fast scharfe Kanten.

»Warum …?« Sie hatte etwas fragen wollen, bereute es aber,

als sie in das helle Antlitz des Mädchens blickte. Die Kleine antwortete trotzdem.

»Der Großvater meinte, die Steine seien zu schön, um geschliffen zu werden, und dass sie vielleicht auch ihre Kraft verlieren würden, wenn er es täte.«

Er wird wohl einfach nicht mehr die Kraft dazu gehabt haben, dachte die Kaiserin bei sich, aber sie lächelte doch und nickte.

Der Kaiser wollte wieder in die Hände klatschen, aber dieses Mal unterbrach ihn seine Frau.

»Ich muss es selbst probieren«, meinte sie, und während der Kaiser besorgt zusah, öffnete sie vorsichtig den Verschluss des Armbandes, legte es um ihren Arm und schloss es.

»Man rufe den kaiserlichen Oberkoch«, befahl sie, und binnen kurzem stand der Mann mit dem mächtigen Brustkasten, der großen weißen Kochmütze und den Soßen- und Fruchtsaftflecken auf der Schürze vor ihr.

»Frag mich!«, sagte die Kaiserin würdevoll.

Der Koch blickte unglücklich zu ihr auf und dachte daran, wie traurig sie gewesen war, als er sie das letzte Mal gefragt hatte.

»Guter Mann, frag mich doch einfach«, wiederholte die Kaiserin und hielt die Spannung kaum noch aus.

Er atmete tief ein und fragte dann, den Blick auf den Boden gerichtet: »Was wünschen Sie heute zu Mittag, Eure Hoheit?«

Die Kaiserin wickelte eine pechschwarze Haarsträhne um ihren milchweißen Zeigefinger und sagte langsam, während der Kaiser den Atem anhielt und es ihn kaum auf seinem Sessel hielt:

»Ich glaube, iiich wiiill …«

Und auf einmal begannen ihre Augen zu leuchten, und die Worte sprudelten nur so aus ihr heraus (auf eine besonders majestätische Weise natürlich): »Gebratene Rentierbrust mit Orangensoße, neue gekochte Hochlandkartoffeln mit Petersilie und gehackten Mandeln und dazu Dörrpflaumen in Nougatcreme.«

Sprachlos stand der kaiserliche Oberkoch da und starrte das Kaiserpaar an, das aufgesprungen war, sich umarmte, tanzte und schrie.

»Und morgen will ich gratinierten Seeteufel mit süßen Karotten in Pfefferminzsoße«, rief die Kaiserin, und der Kaiser krümmte sich vor Lachen und schlug sich auf die Schenkel.

Und sie beschlossen, ein gewaltiges kaiserliches Fest abzuhalten, das neun Tage und neun Nächte währen sollte, doch zuallererst musste der Kaiser dafür Sorge tragen, dass im Kaiserreich alles wieder seinen geordneten Gang ging …

»Und dass die Nachbarn besänftigt werden«, fügte die Kaiserin hinzu.

»Lass uns das doch gleich erledigen, liebe Frau«, sagte der Kaiser eifrig, »denn heute Abend wird für so etwas keine Zeit sein.« Die letzten Worte flüsterte er der Kaiserin leidenschaftlich ins Ohr, die daraufhin ganz reizend errötete. Ihre Augen leuchteten schon wieder wie warmer Honig, und ihr Haar hatte wieder den metallenen Glanz.

»Spannt meine schnellsten Rösser vor den Wagen!«, befahl der Kaiser. »Nun ist keine Zeit mehr zu verlieren.«

Und sogleich machten sich beide an ihre Arbeit.

Auf dem Marmorfußboden blieb das kleine Mädchen mit dem schwarzen Panterjungen zurück.

»Und geht die Kette wieder auf,
folgen tausend Jahre Zweifel drauf.«

Sie murmelte den Schluss der Zauberworte vor sich hin. Nach der langen Reise vom Berggipfel herunter überkam sie die Müdigkeit. Sie rieb sich mit ihren kleinen Händen die Augen, gähnte herzhaft und rollte sich auf dem weichen blauen Teppich, der auf der untersten Stufe des Thrones lag, zusammen. Im Traum sah sie ihren Großvater.

Großvater war nun uralt und gebrechlich, vor vielen Jahren

aber war er ein schöner, kräftiger Mann gewesen, hatte Großmutter gesagt.

Sie hatten sie zu sich genommen, sie aufgezogen und geliebt wie ihr eigenes Kind. Ihre wirklichen Eltern kannte sie nicht, vielleicht hatte sich einer von ihnen davongemacht, und der andere war aus Trauer darüber gestorben.

Der Großvater hatte die Gewohnheit, ihr auf dem langen beschwerlichen Weg auf den siebten Schneeflockengipfel Geschichten aus der Zeit zu erzählen, als er noch jung war. Er war mit einem Schoner über brausende Meere gefahren, hatte in steilen Felswänden gehangen und unwirtliche Ebenen durchwandert. Er war auf Seeungeheuern geritten, hatte Trolle gezähmt und mit Furcht erregenden Riesen gekämpft, bis er schließlich vor sich die sieben Schneeflockengipfel am dunstigen Horizont erblickte.

Und entlang steiler Berghänge und über eisblaue Gletscher führte ihn sein Weg in ein Dorf, das so schön und friedvoll war, dass er wusste, dass er da hingehörte.

Er suchte sich eine junge Frau, die kurz zuvor ihren zwei älteren Brüdern Lebewohl gesagt hatte und allein im Elternhaus zurückgeblieben war. Ihre Brüder hatten den Schneeflockengipfel auf getrennten Wegen verlassen. Denn in diesem Bergdorf war es Brauch, dass zwei Brüder, die kurz nacheinander geboren wurden, ihr Glück in entgegengesetzter Richtung suchen mussten, wenn sie herangewachsen waren. Ihre Mutter stieg dann zum höchstgelegenen Felsplateau hinauf, weinte und sah ihnen nach, bis sie sie aus den Augen verlor. Es gibt nichts Herzzerreißenderes, als eine Mutter um ihre Kinder weinen zu hören.

In einer ganzen Generation waren die Jungen in rascher Abfolge geboren worden, deshalb war das Dorf fast ausgestorben, als der Großvater hierher kam.

Sie war so schön und so traurig, pflegte der Großvater über die Großmutter zu sagen, so bezaubernd schön und so zum Erbarmen traurig. Vielleicht weil ihre Mutter vor Kummer fast gestorben wäre oder weil sie in ihrem Inneren wusste, dass sie das gleiche Schicksal erwartete.

Auf dem höchstgelegenen Felsplateau errichteten die letzten Einwohner des Bergdorfes ein großes Standbild. Es stellte eine Frau dar, die ihre Arme nach beiden Seiten ausstreckt. »Die große Stammmutter« nannten sie es. Ihre Hoffnung war, dass einmal eine Frau käme, die die verlorenen Söhne wieder zusammenführte.

Und am Fuße dieses Standbildes hatte der alte einsame Goldschmied die grünen und schwarzen Steine später aus dem Fels gehauen.

Der Wagen war mit funkelnden Edelsteinen geschmückt, die Pferde waren silbern und hatten Flügel. Sie schlugen mit den Schweifen, und ihre Hufe scharrten in dem weißen Kies vor dem Burgtor. Der Kaiser wollte selbst die Zügel halten und spornte hoch aufgerichtet die Pferde an. Sie fuhren mit so großer Geschwindigkeit in die Höhe, dass die Schöße ihrer goldenen Mäntel hinter ihnen im Wind flatterten.

»Lass uns den Weg nehmen, den wir beim ersten Mal gefahren sind!«, rief die Kaiserin gegen den Wind. Ihre neu gewonnene Kraft gab ihr ein Gefühl von Freiheit.

Der Kaiser lächelte ihr glücklich zu. Er dachte zurück an ihre wilden Ausfahrten zwischen den Planeten, an die Zeit, wo sie jung und kühn und frisch verliebt waren, und nun gab es kein Halten mehr.

Der blaue Planet war der schönste von allen, und nun sausten sie ihm wieder entgegen. Über Nebelbänke und durch strömenden Regen ging es, immer im Kreis. Mit der einen Hand hielt der Kaiser die Zügel, mit der anderen umfasste er die Kaiserin, die im Freudentaumel die Arme weit geöffnet hatte.

Und sie lebten glücklich alle Tage … oder hätten glücklich leben können … doch mit einem Mal verließ die Kaiserin, die neben dem Kaiser stand, die Kraft, und auf der Wasseroberfläche tief unter ihnen machte es achtzehn Mal platsch. Und im selben Augenblick war am Himmel ein Sternbild zu sehen: ein glänzender, goldener, im Fahren festgehaltener Wagen.

Und auf der untersten Stufe des Thrones erwachte das kleine Mädchen traumtrunken aus dem Schlaf, und in der Ferne hörte sie vielstimmig die Melodie ihres Großvaters.

Und noch heute fassen die Menschen einander unter und tanzen und singen in einer Kette, zur Erinnerung an … zur Erinnerung an.

*(2004)*

# Nachwort

»Ich war dreizehn, als ich beschloss, einen Roman über Liebeskummer zu schreiben«, heißt es zu Beginn der Erzählung von Gunnar Hoydal:

> *Er sollte so ergreifend und großartig werden, dass ich dachte, ich müsse ihn in einer Fremdsprache schreiben, damit er weit genug in die Welt hinausreiche. Außerdem gab es, soviel ich wusste, für einen Roman dieses Kalibers auf den Färöern viel zu wenig Liebeskummer.*

Das witzige Bekenntnis des jugendlichen Erzählers enthält eine bittere Wahrheit: Wer färöisch schreibt, reicht nämlich tatsächlich nicht »weit in die Welt hinaus«. Die Färöer sind eine kleine Nation, nur rund 48 000 Menschen bevölkern die achtzehn Inseln, die zwischen Norwegen, Schottland und Island im Nordatlantik liegen, und die färöische Literatur ist darüber hinaus eine junge Literatur: Der erste färöische Roman wurde 1909 veröffentlicht, der erste Erzählband 1912 und die erste Lyriksammlung 1914. Davor gab es jedoch jahrhundertelang eine sehr lebendige mündliche Tradition mit Balladen, Sagen und Märchen. Schreiben und Lesen waren auf den Färöern nicht sehr populär – im Gegensatz zu Island etwa –, und dies liegt vor allem an der Tatsache, dass bis weit ins 20. Jahrhundert hinein Dänisch die offizielle Kirchen-, Amts- und Unterrichtssprache war. Die Färöer fielen bereits im Jahre 1380 (zusammen mit Norwegen) an die dänische Krone, gehören seither politisch zu Dänemark und wurden vom »Mutterland« lange Zeit sehr straff geführt, um nicht zu sagen ausgebeutet – erst 1856 fiel das dänische Handelsmonopol. 1948 erstritten sich die Färinger die politische Selbstverwaltung in allen inneren Angelegenheiten, Dänemark ist jedoch bis heute zuständig für Verteidigung und Außenpolitik, Rechts- und Verfassungsfragen sowie für die Geldpolitik, und das Königreich finanziert den Inselstaat mit einer großzügigen Pauschalsubvention.

Diese historisch bedingte Bindung an Dänemark hatte auch für die färöische Literaturgeschichte entscheidende Konsequenzen. Es gibt zwar aus der Zeit vor der Reformation einzelne färöischsprachige Dokumente – den berühmten »Schafsbrief« *(seyðabrævið)* aus dem Jahre 1298 etwa, ein juristisches Dokument, das die Schafhaltung regelt und darüber hinaus weitere Gesetze enthält, etwa zum Grindwalfang oder zum Umgang mit Treibgut –, mit Beginn der Reformationszeit jedoch verdrängte das Dänische die färöische Sprache vollständig als Schriftsprache. Rund vierhundert Jahre lang, von der Mitte des 16. bis zur Mitte des 20. Jahrhunderts, war Dänisch die Sprache der Kirche und der Verwaltung. Die fast ausschließlich mündlich tradierte weltliche Dichtung war hingegen auf Färöisch. Sie umfasst neben Sprichwörtern, Rätseln, Sagen, Märchen und Spottliedern vor allem die bedeutenden färöischen Balladen, von denen die ältesten mittelalterlichen Ursprungs sind. Sie greifen Themen aus der färöischen und skandinavischen Geschichte auf, Ritter- und Liebesgeschichten, Zauber, Legenden usw. Die meisten Balladen sind jedoch Heldenlieder, ihre Sujets entstammen häufig den altnordischen Sagas und den kontinentaleuropäischen Heldenepen des Mittelalters, beispielsweise erzählen sie von Karl dem Großen *(Karlamagnusar kvæði)* oder von der Schlacht von Roncesvalles, von der auch das altfranzösische *Rolandslied* berichtet.

Ende des 18. Jahrhunderts, im Zuge der *Ossian*-Begeisterung der europäischen Vorromantik, erwachte auch das Interesse an färöischen Balladen und färöischer Geschichte. Der in Kopenhagen ausgebildete Färinger Jens Christian Svabo (1746–1824), der im Auftrag des dänischen Königs 1781/1782 eine Forschungsreise in seine Heimat unternahm, begann als einer der Ersten, die färöische Sprache zu erforschen und Balladen aufzuzeichnen. Dazu entwickelte er eine eigene Schriftnorm, denn eine verbindliche färöische Schriftsprache gab es zu jener Zeit noch nicht. Seine handschriftlichen Aufzeichnungen blieben jedoch unveröffentlicht, und erst im 20. Jahrhundert wurde seine Balladensammlung gedruckt. Hans Christian Lyngbye (1782–1837), dänischer Botaniker und Pfarrer, setzte Svabos philologische und literarische Arbeiten fort; er besorgte 1822 die Ausgabe des ersten färöischen Buches: die *Færøiske Qvæder om Sigurd Fofnersbane og hans Æt,* die den färöischen Balladenzyklus über Sigurd (Siegfried) behandeln, der mit dem Nibelungenlied verwandt ist. Ein Indiz für die große Bedeutung der Ballade für die färöische kulturelle Identität ist, dass das erste färöische Buch eine Balladensammlung war – erst 1823 wurde das Matthäusevangelium auf Färöisch gedruckt.

Neben der Veröffentlichung weiterer Sammlungen überlieferter Balladen entstanden im 19. Jahrhundert auch neue Lieder: Jens Christian Djurhuus (1773–1853) und der Nólsoyar Páll genannte färöische Volksheld und Freiheitskämpfer Poul Nolsøe (1766–1809) dichteten Balladen, welche im Geiste der Romantik gerne Themen der eigenen Vorzeit behandeln oder in der Tradition der Spottlieder stehen (so zum Beispiel Nolsøes *Fuglakvæði,* eine Satire auf die dänischen Beamten, die in Gestalt von Raubvögeln auftreten). Die färöische Ballade wird bis heute gepflegt und ist aufgrund ihrer ununterbrochenen Überlieferung vom Mittelalter bis heute ein einzigartiges Phänomen: ein performatives Genre, ein Tanzlied, in dem Text, Musik und (Ring-)Tanz in der Aufführung zu einer Einheit werden.

Das große Interesse der europäischen Romantik an Volkskultur und Volksliteratur und das damit einhergehende Sammeln von Märchen und Sagen wirkten sich auch auf den Färöern aus: Der Theologe Venceslaus Ulricus

Hammershaimb (1819–1909) gab von 1851 bis 1855 eine eigene Balladensammlung heraus, vor allem aber wurde er als »Vater« der heute gebräuchlichen Schriftnorm berühmt: 1846 setzte er eine einheitliche Norm für die färöische Sprache fest, die sich weniger an den färöischen Dialekten orientiert, sondern auf die etymologischen Wurzeln des Färöischen zurückgreift. Formal vergleichbar mit dem Altnordischen und dem Isländischen, gilt diese Schriftnorm im Wesentlichen noch heute. Wegen ihres etymologischen Ansatzes unterscheidet sie sich allerdings teilweise stark von den gesprochenen Dialekten.

Mit dieser neuen Schriftsprache und Hand in Hand mit der nationalen Bewegung, die sich in den 1870er-Jahren unter den national gesinnten und politisch engagierten färöischen Studenten in Kopenhagen herausbildete, entwickelte sich in der zweiten Hälfte des 19. Jahrhunderts eine eigentliche färöische Literatur, die in ihren Anfängen stark nationalromantisch geprägt war. Es entstanden Naturlyrik und patriotische Lieder, welche 1892 unter dem Titel *Føriska vysur* (»Färöische Lieder«) erschienen und größtenteils auch heute noch populär sind. Zu den bekanntesten Liedern gehört Fríðrikur Petersens »färöisches Nationallied« *Eg oyggjar veit, sum hava fjøll og grøna líð … (»Von Inseln weiß ich, mit Bergen und grünen Klippen …«)*, das der vorliegenden Anthologie den Titel gegeben hat. 1899 wurde in der färöischen Hauptstadt Tórshavn eine färöischsprachige Volkshochschule gegründet, doch erst 1937 wurde das Färöische offiziell zur Unterrichtssprache und 1948 zur Amtssprache erklärt. Dies bewirkte einen Quantensprung in der Literaturproduktion, wie die färöische Literaturwissenschaftlerin Malan Marnersdóttir an den Publikationszahlen gezeigt hat: Während von den 47 Romanen, die zwischen 1909 und 1969 von Färingern verfasst wurden, zwei Drittel dänisch und ein Drittel färöisch geschrieben waren, kehrte sich dieses Verhältnis in den Folgejahren um: Unter den 49 Romanen, die zwischen 1970 und 1998 erschienen, sind nur noch sechs dänischsprachige.

Lange waren neben der Natur – Geografie, Klima, Flora und Fauna – das Volksleben sowie die nationale Geschichte wesentliche Themen der färöischen Literatur. Bis weit ins 20. Jahrhundert blieb diese außerdem romantischen und nationalen beziehungsweise sozialrealistischen Tendenzen verpflichtet, wodurch sich der Anschluss an die internationale literarische Entwicklung deutlich verspätete – was freilich durchaus nachvollziehbar ist, wenn man sich bewusst macht, dass die färöische Literatur in ihren Anfängen hauptsächlich zur Herausbildung einer eigenen kulturellen Identität beitrug. Mit diesem Anspruch sind auch die heutigen Schreibenden noch konfrontiert – und manche der gelegentlich heftigen Debatten auf den »Schafsinseln« drehen sich um diesen Punkt. Es werden Fragen diskutiert wie: Was kann und soll eine kleine Literatur leisten? Wie traditionsbewusst muss sie sein, und wie international und innovativ darf sie sein? Es sind Fragen, die sich Kunstschaffende in größeren und in politisch souveränen Gesellschaften nicht zu stellen brauchen – die Schriftstellerinnen und Schriftsteller auf den Färöern jedoch können sie nicht umgehen. Jeder einzelne von ihnen trägt eine ungleich größere Verantwortung dafür, dass ihre Literatur überhaupt existiert und weiterlebt.

Betrachtet man die färöische Literatur des 20. Jahrhunderts im Überblick, so lassen sich deutliche literarische Phasen erkennen. Die vorliegende Auswahl versucht diese Entwicklung nachzuzeichnen, indem sie die Autoren-»Generationen« in einigermaßen chronologischer Reihenfolge präsentiert.

Die erste Generation ist die der »Pioniere«, hier vertreten durch Regin í Líð, den Verfasser des ersten färöischen Romans *Bábelstornið* (»Der Turm zu Babel«), Sverre Patursson, Andrea Reinert und Petra Djurhuus; ihnen fiel die Aufgabe zu, eine färöische Literatursprache und -tradition überhaupt erst zu begründen. Sie bezogen sich dabei – mit einer gewissen zeitlichen Verspätung – auf die skandinavischen Traditionen der (National-)Romantik und des Modernen Durchbruchs, schöpften jedoch, was Themen und Motive betraf, ganz bewusst aus dem eigenen Fundus und siedelten ihre Geschichten auf den Inseln an. Deutlich werden bereits das auch später noch häufige Motiv des gesellschaftlichen Außenseiters sowie der freie Umgang mit Märchen- und Sagenstoffen.

Danach betritt die Generation der »großen Alten« die literarische Szene: Autoren, die um 1900 geboren wurden, sehr lange aktiv waren und das literarische Leben auf den Inseln dominierten. Zu ihnen gehören neben William Heinesen und Jørgen-Frantz Jacobsen, die dänisch schrieben, auch Martin Joensen, Heðin Brú und der Lyriker Christian Matras. Sie bescherten der färöischen Literatur eine Blütezeit in den 1930er- und 1940er-Jahren. Ihre Texte »appellieren an den nationalen Stolz« (Malan Marnersdóttir); sie haben einen klar markierten Erzählerstandpunkt, die Sprache hat häufig mündliche Züge, es gibt ausgiebige Natur- und Stimmungsschilderungen, männliche und weibliche Erfahrungswelt sind meist deutlich unterschieden, und Darstellungen von Kinderperspektiven beziehungsweise -erlebnissen sind häufig. Der gewichtigste und eigenständigste Vertreter dieser Generation ist William Heinesen (1900–1991), der auch im deutschen Sprachraum bekannt wurde durch Übersetzungen seiner Romane und Erzählungen. Seine frühen Romane behandeln oft historische Stoffe und sind dem sozialrealistischen und -kritischen Impetus der Zwischenkriegszeit verpflichtet, doch gewinnt in seinen späteren Werken eine mythische Komponente an Bedeutung. Heinesen schafft einen Erzählkosmos, der fantastische und metafiktionale Elemente einschließt und sich an die Tradition des Magischen Realismus anlehnt, indem etwa mythische Erzählmuster in eine augenscheinlich realistische Erzählung integriert sind und damit verschiedene Ebenen von »Wirklichkeit« kreieren. Heinesen, der auch als Zeichner, Illustrator, Musiker und Mäzen tätig war, ist eine zentrale Figur in der färöischen Kultur, und obwohl die Färinger selbst ihn lange Zeit nicht besonders schätzten, weil er dänisch schrieb, wurde er doch unbestritten zum künstlerischen Botschafter seiner Heimat.

William Heinesen war auch entscheidend beteiligt am Ruhm von Jørgen-Frantz Jacobsen, seinem Freund, der als zweiter färöischer Autor eine internationale Leserschaft gefunden hat – er hat nämlich dessen einzigen, unvollendeten Roman *Barbara* zum Druck ergänzt, der 1939 postum erschien. Ebenfalls zur »Generation um 1900« gehört Heðin Brú (1901–1987), dessen Texte sich auf den Färöern bis heute großer Beliebtheit erfreuen; er ist der »große Realist« der 1930er-Jahre. Sein Hauptwerk, der Roman *Feðgar á ferð (Des armen Mannes Ehre)* von 1940 beschreibt, ähnlich wie der allererste färöische Roman *Bábelstornið,* den Übergang der Färöer von der Agrargesellschaft zur Fischereination. Von Heðin Brú werden hier zwei Erzählungen vorgestellt, die den genauen Blick auf den Lebensalltag der kleinen Leute mit psychologischem Feinsinn ergänzen – ähnlich, wie es in Martin Joensens *Ein Mann kommt nach Hause* geschieht. Auch Martin Joensen (1902–1966) gehört zur Generation der »großen Alten«, und auch er ist ein (Sozial-) Realist; am bekanntesten wurden seine beiden Romane *Fiskimenn* (»Fischer«, 1946) und *Tað lýsir á landi* (»Es wird hell über dem Land«, 1952), die von der Auflösung traditioneller Strukturen in einer Zeit des gesellschaftlichen Umbruchs erzählen.

Diese Generation, zu denen vom Alter her auch die Lyriker Karsten Hoydal (1912–1990) – der in unserer Anthologie durch eine Erzählung vertreten ist – und Regin Dahl (geboren 1918) gerechnet werden müssten, war bis in die 1980er-Jahre hinein literarisch aktiv. Karsten Hoydal und Regin Dahl gehören von ihrer Schreibweise her jedoch schon zur »Zwischengeneration« der »sanften Erneuerer«, die in der vorliegenden Auswahl vor allem repräsentiert wird von Jens Pauli Heinesen (geboren 1932), einem der bedeutendsten zeitgenössischen färöischen Prosaautoren, in dessen Frühwerk die Rezeption von James Joyce und des Nouveau Roman deutliche Spuren hinterlassen hat. In seiner Heimat weitaus beliebter sind jedoch seine späteren, eher traditionell erzählten realistisch-psychologischen Studien, wobei viele seiner Romane und Erzählungen, gerade auch die autobiografischen, das Verhältnis des Künstlers zur Gesellschaft thematisieren. Die Künstlerproblematik stellt überhaupt ein häufiges Motiv dar in der färöischen Literatur und ist hier wohl am prominentesten durch Heðin Brús Erzählung *Allein auf Lítla Dímun* vertreten.

Mit formalen Innovationen setzt sich in der färöischen Literatur der 60er-

und 70er-Jahre der Aufbruch in den internationalen Modernismus, später in den Postmodernismus fort, wobei jedoch »der färöische Modernismus nie besonders radikal war«, wie Malan Marnersdóttir bemerkt. Deutlich ist dennoch das Aufkommen nicht nur neuer Schreibweisen, sondern auch neuer Motive und Themen, insbesondere werden verstärkt aktuelle politische und soziale Fragen aufgegriffen und das »spezifisch Färöische«, die Beschreibung von Natur und bäuerlichem Leben, ist weit weniger dominant als zuvor. Diese Entwicklung lässt sich vor allem in der Lyrik feststellen, findet jedoch auch in der Prosa ihren Niederschlag. Die wichtigsten Postmodernisten sind der Dichter und Konzeptkünstler Tóroddur Poulsen (geboren 1958) sowie Carl Jóhan Jensen (geboren 1957), der im färöischen Kulturleben außerdem auch als Essayist und unerbittlicher Rezensent unüberhörbar ist – zwei Autoren, die die färöische Literatursprache bis zum Rand ausreizen und dehnen.

An Erzählern aus dem letzten Drittel des 20. Jahrhunderts sind hier die wesentlichen Stimmen versammelt. Steinbjørn B. Jacobsen (geboren 1937) gehört zu den Bahnbrechern. Er ist ein sehr produktiver und vielseitiger Autor, der auch der färöischen Kinderliteratur eine Erneuerung und einen Aufbruch bescherte, und zwar mit großem Erfolg. Hanus Andreassen (geboren 1942), der sich inzwischen seinen färingischen Familiennamen mütterlicherseits, Kamban, zugelegt hat, ist als Erzähler, Publizist und Übersetzer, unter anderem von James Joyce und Friedrich Dürrenmatt, eine Art färingischer Homme de Lettres. Zu den wichtigsten heutigen Autoren zählt vor allem auch Gunnar Hoydal (geboren 1941) mit seinem schmalen, aber hochkarätigen Werk, dessen Roman *Undir suðurstjørnum* (»Unter dem Kreuz des Südens«, 1992) inzwischen in Großbritannien erfolgreich ist. Hoydal geht dabei oft von autobiografischen Motiven aus, die er in dichte Bildfolgen verwebt, dabei mit den Mitteln des Zitierens, Rückbeziehens, Variierens, mit Intertextualität arbeitet, mit Humor und einer letztlich moralisch-politischen Grundierung. Diese politische Wachheit und Schreibintention verbindet ihn mit dem gut zehn Jahre jüngeren Jóanes Nielsen (geboren 1953), einem engagierten Gesellschaftskritiker; seine deftig-komischen, gelegentlich drastischen und fantastischen Texte sind dabei recht skurrile Wirklichkeitsbesichtigungen.

Seit Mitte der 1980er-Jahre treten vermehrt auch Autorinnen an die Öffentlichkeit. Es gab selbstverständlich schreibende Vorgängerinnen und eigentliche Pionierinnen – so hat Súsanna Helena Patursson (1864–1916), die Schwester von Sverre Patursson und wie er aufgewachsen auf dem geschichtsträchtigen »Königshof« von Kirkjubøur, das erste färöische Theaterstück geschrieben, *Veðurføst* (»Vom Wetter festgehalten«), das 1889 uraufgeführt wurde; bekannt ist auch die modernistische Lyrikerin Guðrið Helmsdal Nielsen (geboren 1941). Die neue Frauenbewegung manifestierte sich literarisch zunächst in Oddvør Johansens (geboren 1941) Roman *Lívsins summar* (»Sommer des Lebens«) von 1982; er erzählt von der zehnjährigen Nora und ihrer Kindheit in den Fünfzigerjahren in Tórshavn und zeigt geduldig und gleichsam bedauernd an verschiedenen Frauen in Noras Umgebung deren Schwierigkeiten, die Rollen von Ehefrau und Mutter mit einer künstlerischen Berufung zu vereinen. Ein deutliches Signal setzte 1986 der Kurzgeschichtenwettbewerb der Zeitschrift *Kvinnutíðindi,* der über dreißig Texte einbrachte. Gewinnerin war Lydia Didriksen (geboren 1957), eine Autorin, die seither mit weiteren Erzählungen und einem Jugendroman an die Öffentlichkeit getreten ist. Sie schreibt dichte psychologisch-symbolische Texte mit einem Hang zum Surrealismus.

Überhaupt sind Anthologien oder Literaturwettbewerbe auf den Färöern ein beliebtes und recht häufiges Mittel, die Leute zum Schreiben zu motivieren und neue Autorinnen und Autoren zu entdecken. Die jüngste Generation jedenfalls ist zunächst auf diesem Wege hervorgetreten, so zum Beispiel die hier präsentierten Schriftsteller Elias Askham (geboren 1977) und Marjun Kjelnæs (geboren 1974). Elias Askham leuchtet grell ein Sektierer-Umfeld aus, was William Heinesen in seinen Romanen noch ironischer und humorvoller tat; die erleidende Kinderperspektive andererseits erinnert an Hanus Kambans Erzählung *Unter Deinen Fittichen.* Marjun Kjelnæs dagegen greift in *Die Kette* (2004) auf die traditionelle Erzählform des Märchens zurück, und da ihr Text am Ende dieses Bandes steht, schließt sich damit gleichsam ein Kreis beziehungsweise eine Kette – denn am Anfang der Anthologie steht mit der *Sage von Beinta und Peder Arrheboe* eine überlieferte Volkssage. Diese Kette hat viele Glieder, denn mehrere der hier vorgestellten Texte verarbeiten Sagen- und Märchenstoffe: neben Jørgen-Frantz Jacobsens *Barbara* auch Andrea Reinerts *Der Traum,* Heðin Brús Erzählung *Allein auf Lítla Dímun,* die auf eine Volkssage zurückgreift, die den gleichen Titel trägt, dabei allerdings noch ohne die Künstlerproblematik auskommt, oder seine Erzählung *Purkhús,* in der die »Purkhús«-Sage um eine psychologische Tiefenschicht und eine dramatische Vorgeschichte bereichert wird.

Damit ist freilich auch eine Problematik der Auswahl in dieser Anthologie angesprochen: die der Repräsentativität des von uns gewählten Textes in Bezug auf ein Werk, eine konkrete Verfasserschaft. Da zum einen möglichst nur Erzählungen in ihrer originalen Länge in die Anthologie aufgenommen werden sollten und nicht Auszüge aus Romanen (eine Regel, die bis auf zwei Ausnahmen auch eingehalten werden konnte), sind nicht alle Autoren mit ihren geläufigsten oder gewichtigsten Texten vertreten – umso mehr, als bis heute gerade die Lyrik als färöische Königsdisziplin zu bezeichnen wäre: Sie ist die häufigste und beliebteste Gattung und hat die stärksten traditionellen Wurzeln. Ein zweites Kriterium, nach der literarischen Qualität der einzelnen Texte, war, dass sich durch die Zusammenstellung insgesamt ein sinnvolles Geflecht ergeben sollte. Die älteren und die neueren Texte sollten sich aufeinander beziehen, um dem Leser einen Einblick zu vermitteln in den literarischen Diskurs und in die intertextuellen Bezüge innerhalb der färöischen Literatur, und sie sollten einen Eindruck davon geben, wie Themen, Motive, Plots durch die Jahrzehnte weitergegeben und weitergeschrieben wurden. Sehen kann man das etwa an der Neuschreibung von Sagen- und Märchenstoffen von Jørgen-Frantz Jacobsen bis Marjun Kjelnæs; zu verfolgen ist es aber auch thematisch: Legt man beispielweise Hanus Kambans und Elias Askhams religionskritische Texte nebeneinander, oder die Kindheitsberichte von Hanus Kamban und Ebba Hentze, oder die Thematisierungen von Schreiben und Schrift von Regin í Líðs *Eyðun,* William Heinesens *Don Juan vom Tranhaus,* Heðin Brús *Allein auf Lítla Dímun,* Gunnar Hoydals *Liebeskummer* bis hin zu den Texten von Oddvør Johansen und Tóroddur Poulsen, dann werden solche Verbindungen und Linien deutlich. Anzufügen ist schließlich, dass die vorliegende Auswahl den repräsentativen Überblick über Namen, Stoffe und Schreibweisen auch für den sachkundigen Leser noch mit Solitären und eigentlichen Fundstücken anreichert: Kristian Osvald Viderøs Auszug aus seinem skurrilen autobiografischen Roman ist nämlich ebenso wenig bekannt wie Eilif Mortanssons *Fliegender Glöckner,* der sich wunderbar mit William Heinesens Figuren in Verbindung bringen lässt.

So viel zur Auswahl der Texte und zum historischen und literarischen Hintergrund. Wie steht es nun aber um den literarischen Markt auf den Färöern? Dafür zunächst einen Blick auf die geografischen und ökonomischen Gegebenheiten.

Die Färöer sind ein kleines Land. Die achtzehn baumlosen Inseln mit einer Gesamtfläche von 1400 Quadratkilometern bestehen aus hohen, unwegsamen Bergen und tief eingeschnittenen Tälern; zwischen ihnen liegen Sunde und Fjorde, die inzwischen nicht nur von Fähren befahren werden, sondern zunehmend auch von Brücken überspannt und von Tunnels unterführt sind. Vor allem im Westen des Landes gibt es steile Klippen, in denen im Sommer viele Vögel nisten; der höchste Berg, der Slættaratindur, ist 882 Meter hoch. Das Klima ist ozeanisch kühl und wird durch den Golfstrom beeinflusst – die durchschnittlichen Monatstemperaturen bewegen sich zwischen 3 und 11 Grad Celsius, es ist windig und es regnet viel. Zu vergleichen sind die Färöer klimatisch also durchaus mit Island, allerdings gibt es hier weder Gletscher noch Erdwärme und Vulkane, was die »Schafsinseln« auch touristisch weniger attraktiv macht als die viel größere Nachbarinsel.

Die Färinger leben in insgesamt etwa hundert Orten, die alle am Wasser liegen. Da aus dem kargen Boden unter den gegebenen klimatischen Verhältnissen nie viel herauszuholen war – die Grasnarbe eignet sich höchstens als Weide für Schafe –, haben sich die Inselbewohner zunehmend der Fischerei zugewandt. Heute wird die nationale Wirtschaft vor allem durch die Fischerei und die Fisch verarbeitende Industrie geprägt, wobei es seit den 1980er-Jahren zunehmend auch Fischzuchtanlagen gibt. Jedenfalls machen Fisch und Fischprodukte über 96 Prozent der Exporteinnahmen aus – unter anderem wird Stockfisch in die Mittelmeerländer exportiert. Walfleisch und -fett dagegen werden ausschließlich im Land selbst konsumiert; sie haben neben Schaffleisch und frischem Fisch noch immer ihren Platz auf dem färöischen Speisezettel.

Die Hauptstadt der Färöer ist Tórshavn auf der Insel Streymoy mit rund 18 000 Einwohnern. Von hier aus wird das Land regiert und verwaltet, hier sind auch die Zentrumsinstitutionen angesiedelt; der nationale Flugplatz allerdings liegt auf der Nachbarinsel Vágar und das inzwischen in halb Europa berüchtigte Fußballstadion der färöischen Nationalmannschaft in Toftir auf der Insel Eysturoy. Tórshavn ist unbestritten auch das Zentrum der färöischen Literaturwelt: Hier sind Verlage und Berufsverbände zu finden, und hier gibt es auch die lebhafteste Szene mit dem »Buchtag« jeweils am 30. November. Aber »Alles ist noch im Werden« (»Alt er endnu i vorden«), wie es auf William Heinesens Grabstein heißt: Zwar gibt es seit einem halben Jahrhundert einen Schriftstellerverband, haben sich die Publikationszahlen im 20. Jahrhundert vervielfacht – von 62 färöischen Büchern um 1900 auf inzwischen jährlich fast 200; auch ist die Verlags- und Vertriebssituation markant verbessert worden, und es werden große Anstrengungen unternommen, die Schriftstellerinnen und Schriftsteller in ihrer Arbeit zu unterstützen und ihre Werke auch über die Sprachgrenze hinaus bekannt zu machen. Unüberwindbar bleibt jedoch die Tatsache, dass sie sich in einem äußerst »beschränkten Markt« befinden.

Bis in die 1980er-Jahre hinein gab es keine kommerziellen Verlage für färöische Gegenwartsliteratur; der weitaus größte Verlag – so ein färöischer Witz – war deshalb »Egið forlag«, was auf Deutsch Selbstverlag heißt. Heute gibt es mehrere professionelle, zum Teil staatlich subventionierte literarische Verlage, die aber, abgesehen von einem einzigen, alle Ein-Mann-Unternehmen sind. Gefördert werden zunehmend auch die Autorinnen und Autoren selbst mittels Arbeitsstipendien, Literaturpreisen, Publikationszuschüssen und Übersetzungsförderungen – wobei Steinbjørn B. Jacobsen festgehalten haben möchte, dass »alles, was in den letzten Jahrzehnten an Verbesserungen erreicht werden konnte, ausschließlich das Verdienst des Färöischen Schriftstellerverbandes ist« (in dessen Vorstand er auch eine Weile war).

Aber natürlich bleiben noch viele Wünsche offen. Einer der wichtigsten betrifft den professionellen Diskurs. Es gibt nämlich kaum Lektorate, und die Debatten über Texte, Schreibweisen und -bedingungen, die immer wieder aufflammen, können sich jeweils nur schwer vom Verdacht der persönlichen Fehde frei machen – davon zeugt unter anderem auch der hier enthaltene Text von Oddvør Johansen. Nicht ganz zufällig wird in ihrer Erzählung der Dichter, Essayist und Publizist Carl Jóhan Jensen explizit genannt, der seiner Heimat in den letzten Jahren heftige kultur- und literaturpolitische Debatten beschert hat, damit jedoch auch dazu beitrug, dass die sehr kleine Kunstszene etwas aus ihrer Selbstgenügsamkeit und Harmonie gerissen wurde. Einer Harmonie allerdings, die nicht nur freiwillig ist: »Wir können es uns nicht leisten, auszusuchen, wen wir mögen und wen nicht«, betont Gunnar Hoydal. Die Autorinnen und Autoren kennen sich persönlich, begegnen einander im Alltag, und ihre Bücher werden in den Zeitungen meist eher vorgestellt als kritisiert, denn die Kritiker sind häufig selbst Autoren, oder sie sind Verleger oder Bibliothekare, Buchhändler, und manche sind alles gleichzeitig, denn jeder hat mehrere Funktionen in so einem kleinen Land. Und alle sind aufeinander angewiesen in dem »beschränkten Markt«.

Man kann sich also gut vorstellen, dass es nicht besonders attraktiv ist, ein färöischer Schriftsteller, eine färöische Schriftstellerin zu sein. Nicht nur, dass man mit seiner Kunst nicht »weit genug in die Welt hinausreicht« – jeder einzelne hat auch deutlich weniger Möglichkeiten als etwa ein bildender Künstler oder ein Musiker, sich im Spannungsfeld einer innovativen und internationalen Szene zu entwickeln. Und der Eindruck ist nicht von der Hand zu weisen, dass die ganz jungen Färinger sich statt der Literatur lieber der Musik zuwenden, die keine so engen nationalsprachlichen Grenzen kennt. Es gibt auf den Färöern inzwischen eine außerordentlich lebendige Musikszene, und es gibt junge Musikerinnen und Musiker, die in letzter Zeit auch im Ausland Erfolge feierten: der sensible Liedermacher Høgni Lisberg etwa oder die Folk- und Jazzsängerin Eivør Pálsdóttir, die in Island lebt und nicht nur dort bereits Kultstatus hat.

*Verena Stössinger und Anna Katharina Dömling*
*Basel/Zürich, Februar 2006*

# Anlässlich der dritten Auflage

In den zehn Jahren, die seit dem Erscheinen dieser Anthologie vergangen sind, hat sich »auf den Inseln« auch literarisch einiges getan. Viel Neues wurde geschrieben und publiziert, und auch die Verlagssituation hat sich weiter professionalisiert. Hervorzuheben ist vor allem der in Vestmanna an der Westküste der Insel Streymoy ansässige Verlag Sprótin, der sich im letzten Jahrzehnt auch für Belletristik zu einem ehrgeizigen und attraktiven Verlag entwickelt hat. Die Zahlen, die die Färöische Nationalbibliothek erhoben hat, sprechen für sich: 2015 wurden insgesamt 123 färöische Original-Titel publiziert, davon 29 literarische Bücher, 72 Sachbücher, 7 Lehrbücher, 15 Kinderbücher und zusätzlich 15 E-Books. Eine beeindruckend große Produktion für eine Bevölkerung von knapp 50 000 Menschen.

Immer wieder melden sich auch neue Autorinnen und Autoren zu Wort, so etwa Durita Holm und Páll Nolsøe. Katrin Ottarsdóttir, die 1989 mit *Atlantic Rhapsody* den ersten färöischen Film gedreht hat, publiziert Lyrik und dunkle Erzählungen. Sólrún Michelsen hat sich in der literarischen Szene inzwischen fest etabliert. Sie hat nach Kinderbüchern und Erzählungen 2007 einen ersten Roman für Erwachsene veröffentlicht, der 2015 unter dem Titel *Tanz auf den Klippen* im Unionsverlag erschienen ist. Jóanes Nielsens großer Roman *Brahmadellarnir* wurde 2016 unter dem Titel *Die Erinnerungen* ins Deutsche übersetzt, ebenso wie – endlich neu – der Klassiker *Feðgar á ferð* (1940) von Heðin Brú, den die Färinger zu ihrem »Roman des 20. Jahrhunderts« gewählt haben. Dieser heißt nun nicht mehr, wie in der ersten deutschen Übersetzung von 1966, *Des armen Mannes Ehre,* sondern treffender *Vater und Sohn unterwegs.*

Sichtbarer geworden ist auch die reiche und vielfältige Kinder- und Jugendliteraturproduktion. Die Jugendromane von Marjun Syderbø Kjelnæs haben nicht nur im Norden Preise bekommen, und auch die skurrilen, wortkargen Bilderbücher von Barður Oskarsson sind auf dem europäischen Markt angekommen. Sie wurden unter anderem mehrfach für den Münchner White-Raven-Preis nominiert und einmal auch ausgezeichnet. Die auch in dieser Anthologie vertretene, erfolgreiche und produktive Autorin Rakel Helmsdal hat 2016 mit ihrem Jugendroman *Hon, sum róði eftir ælaboganum* (»Sie, die nach den Sternen griff«) den Kinder- und Jugendliteraturpreis des Westnordischen Rates erhalten. Ihre *Skrímslini*-Bücher der Kult-Serie vom Großen und Kleinen Monster, die sie seit zehn Jahren zusammen mit der isländischen Künstlerin Áslaug Jónsdóttir und dem schwedischen Autor Kalle

Güettler schreibt, sind in Island, Schweden und auf den Färöern jeweils gleichzeitig erschienen. Zwar liegen sie noch nicht auf Deutsch vor, wurden aber bereits in die anderen nordischen Sprachen sowie u. a. ins Französische, Spanische, Galizische, Baskische, Chinesische und Arabische übersetzt.

In den letzten Jahren ist es attraktiver geworden, ein färöischer Schriftsteller, eine färöische Schriftstellerin zu sein, man kommt damit inzwischen ein wenig weiter »in die Welt hinaus«. Das ist kein Zufall, sondern die Folge von neuem Selbstbewusstsein, viel Arbeit, einer klugen Initiative und etwas Glück.

Das Jahr 2011 markiert dabei die Schwelle. In jenem Herbst hat Island als Gastland der Frankfurter Buchmesse den Färingern innerhalb seines Auftritts ein spezielles »Fenster« zur Verfügung gestellt, in dem sie sich und ihre Literatur präsentieren konnten. Eine namhafte dreiköpfige Jury stellte eine Auswahlliste von zehn Titeln zusammen, welche auch mit kurzen deutschen Auszügen in Frankfurt beworben wurden. Die Auswahl umfasste fünf Romane, einen Erzählband, einen Lyrikband, einen Krimi, ein Kinderbuch und ein Sachbuch. Schon diese erste Präsentation war erfolgreich, mehrere Optionen und Lizenzen wurden vergeben und Einladungen an Autoren ausgesprochen. Es scheint deshalb nur folgerichtig, dass der auch kulturpolitisch umtriebige Lyriker Oddfríður Marni Rasmussen in seiner Evaluation im November 2011 forderte, diese Vermittlungsarbeit künftig nicht nur professionell fortzusetzen, sondern auch einen Koordinator anzustellen. Dieser solle die nächsten Einsätze an Buchmessen organisieren, die Homepage pflegen und ausbauen, Informationsmaterialien über die färöische Literatur herstellen sowie Vereinbarungen mit Verlagen treffen. Er solle ein Agent sein und, kurz gesagt, das »Praxisschwein« für eine färöische Literatur-Offensive.

Diese neue Plattform für Literaturvermittlung wurde im Mai 2012 gegründet und erhielt den Namen FarLit, was für Faroese Literature steht. FarLit wird unterstützt von den färöischen Verlagen, der Universität, dem Nordischen Haus, dem Künstlerverband und der nationalen Kulturbehörde. In anderen skandinavischen Ländern existieren mit NORLA (Norwegian Literature Abroad), dem Danish Literature Centre oder dem Icelandic Literature Center schon lange ähnliche Institutionen. Für die Färöer bedeutet dies nicht zuletzt auch einen wichtigen Schritt zur Gleichstellung und Anerkennung ihrer literarischen Produktion im Vergleich mit den anderen nordischen Ländern.

Und insbesondere in den letzten Jahren, seit die im Kulturmanagement erfahrene Urd Johannesen FarLit als Koordinatorin vorsteht, beinahe monatlich Newsletter verschickt und medial präsent ist, hat die Initiative einiges bewirken können. FarLit verfügt über eine äußerst informative Website auf Englisch, die beispielsweise Neuerscheinungen und Autorinnen und Autoren vorstellt und über Fördermaßnahmen und Literaturpreise informiert. Nicht nur nach außen, wie die Zunahme der Übersetzungen färöischer Literatur beweist, und nicht nur anlässlich der Buchmessen in Frankfurt und Göteborg bedeutet und bewirkt FarLit viel. Auch die färöischen Autorinnen und Autoren selbst werden damit in ihrem Schaffen bestätigt und offenbar auch angeregt – die Zahl der literarischen Neuerscheinungen auf Färöisch hat sich von 10 bis 20 Titeln in den Jahren 2004 bis 2010 inzwischen auf knapp 30 Titel jährlich erhöht. Färöische Werke werden durch die literarische Plattform für Leser, Vermittler, Übersetzer und Verleger außerhalb der achtzehn Inseln jetzt überhaupt erst sichtbar. Und dass für die lebendige und vielseitige färöische Literatur auch bei uns ein großes Interesse besteht, zeigt nicht zuletzt der anhaltende Erfolg, den die vorliegende Anthologie bei den Leserinnen und Lesern findet.

*Dezember 2016*
*Verena Stössinger und Anna Katharina Dömling*

# Dank

Unsere Arbeit wurde von Fachleuten und Stiftungen hilfreich begleitet und großzügig unterstützt – zu danken ist auf den Färöern selbst vor allem Malan Marnersdóttir (Färöische Universität Tórshavn), Durita Joensen (Färöische Landesbibliothek) sowie Gunnar Hoydal, von 1998 bis 2004 Leiter des Färöischen Schriftstellerverbandes. Danken möchten wir auch jenen Institutionen, die diese Anthologie finanziell gefördert und damit erst möglich gemacht haben: dem Fonds zur Förderung von Lehre und Forschung (Basel), der Leonardo-Stiftung (Basel) sowie dem Jubiläumsfonds der Universität Tórshavn, der einen einmonatigen Forschungsaufenthalt in der färöischen Hauptstadt mitfinanzierte. Dieser erleichterte einen verlässlichen Überblick über die literarische Produktion und ermöglichte auch einen vertieften Einblick in das literarische Leben auf den Färöern.

Ergiebig und aufschlussreich war schließlich die Zusammenarbeit mit einzelnen Autorinnen und Autoren bei der Suche nach für die Anthologie geeigneten Texten; hier geht unser Dank vor allem an Hanus Kamban, Oddvør Johansen und Carl Jóhan Jensen. Bei Übersetzungsfragen halfen Zakaris Svabo Hansen, Marjun Kjelnæs, André Niclasen, Jóanes Nielsen, Turið Sigurdardóttir, Marius Staksberg und Eivind Weyhe.

*Verena Stössinger und Anna Katharina Dömling*

# Die Autorinnen und Autoren

*Jakob Jakobsen*
1864–1918. Sprachforscher, der die färöische Schriftsprache zu erneuern versuchte. Er erforschte die Sprachsituation der Shetland- und Orkney-Inseln und veröffentlichte historische und sprachgeschichtliche Werke. Auf seinen vielen Reisen sammelte er färöische Sagen und Märchen, die zwischen 1898 und 1901 in Buchform erschienen *(Færøske Folkesagn og Eventyr)* und die er ausführlich in einer »Geschichte der färöischen Sagen« kommentierte. Die *Sage von Beinta und Peder Arrheboe (Sagnet om Beinta og Peder Arrheboe),* die auf einem historischen Kern beruht, ist eine der bekanntesten.
Aus dem Färöischen von Detlef Wildraut.

*Regin í Líð*
1871–1962; eig. Rasmus Rasmussen. Engagierter Pädagoge und Wissenschaftler sowie Gründer der färöischen Volkshochschule, der außer literarischen Werken auch botanische und historische Fachbücher veröffentlichte sowie Beiträge über Physik, Chemie und Geologie. In der färöischen Literaturgeschichte hat er einen festen Platz als Pionier: Sein Roman *Bábelstornið* (»Der Turm zu Babel«) von 1909 ist der erste färöischsprachige Roman überhaupt. Der Erzählband *Glámly'si* (»Blendendes Licht«), dem die Geschichte von *Eyðun* entnommen ist, erschien 1912.
Aus dem Färöischen von Inga Meincke.

*Andrea Reinert*
1894–1941. Von der Autorin, die eigentlich Andrea í Norðradali hieß, sind nur einzelne Gedichte bekannt, die in Zeitschriften abgedruckt wurden, sowie die Erzählung *Der Traum (Dreymurin),* die die überlieferte Sage von Kálvur lítli aus der Perspektive der weiblichen Figur erzählt. Sie erschien postum in der Anthologie *Søgubókin* (»Geschichtenbuch«, 1949).
Aus dem Färöischen von Renke Borchert.

*Sverre Patursson*
1871–1960. Er stammt aus Kirkjubøur und nahm – wie sein berühmter Bruder Jóannes – teil an den gesellschaftlichen und politischen Debatten der Umbruchzeit, dabei setzte er sich vor allem für den Naturschutz ein. Sein schmales Werk enthält kulturhistorische Essays, Novellen und Skizzen; die Geschichte von *Abal* (1934) ist bis heute beliebte Schullektüre.
Aus dem Färöischen von Ernst Krenn.

*Petra Djurhuus*
1892–1975. Die Autorin, ausgebildete Kustodin, die unter dem Namen »Elsa við Á« zwei Theaterstücke schrieb und einige Erzählungen publizierte, ist vor allem als Übersetzerin aus dem Isländischen bekannt. Die Geschichte von *Bekka,* der Melkerin, die bei der Arbeit stirbt, nachdem sie fast sechzig Jahre lang auf demselben Hof gedient hat, wurde erstmals 1944 in der Zeitschrift *Varðin* veröffentlicht; sie zeigt ein nicht ungewöhnliches Frauenschicksal aus der Zeit, als die Färöer noch stark durch die Landwirtschaft geprägt waren.
Aus dem Färöischen von Inga Meincke.

*Martin Joensen*
1902–1966. Lehrer aus Sandvík, er ist neben Heðin Brú der wichtigste färöisch schreibende Prosaautor der ersten Hälfte des zwanzigsten Jahrhunderts. Thema seiner einfühlsamen und sehr detailreichen sozialrealistischen Romane und Erzählungen ist der Übergang der färöischen Agrargesellschaft zur Moderne. Die Erzählung *Ein Mann kommt nach Hause (Maður kemur aftur at húsum)* erschien 1950 in *Útiseti,* Band V.
Aus dem Färöischen von Inga Meincke.

*Jørgen-Frantz Jacobsen*
1900–1938. Der Historiker und Journalist schrieb dänisch und hinterließ den beinahe abgeschlossenen Roman *Barbara,* der die *Sage von Beinta und Peder Arrheboe* neu erzählt. William Heinesen, mit Jacobsen befreundet, vervollständigte den Text und gab ihn 1939 heraus. Der Roman war sehr erfolgreich, wurde in viele Sprachen übersetzt – 1961 auch ins Deutsche – und zweimal verfilmt, zuletzt 1997 von Nils Malmros. Bei dem hier abgedruckten Auszug handelt es sich um das neu übersetzte zweite Kapitel.
Aus dem Dänischen von Gisela Perlet.

*William Heinesen*
1900–1991. Er schrieb auf Dänisch und wurde deshalb auf den Färöern beargwöhnt, gilt aber inzwischen auch in seiner Heimat als der wichtigste färöische Autor des zwanzigsten Jahrhunderts. Sein umfangreiches Werk besticht durch Detailfülle, gesellschaftliches Engagement, Fantasie, Humor und erzählerische Raffinesse; es umfasst alle Gattungen und ist in viele Sprachen übersetzt worden, u.a. auch ins Deutsche. Daneben war Heinesen als Zeichner, Illustrator und Musiker tätig. *Don Juan vom Tranhaus (Don Juan fra Tranhuset)* stammt aus dem Erzählband *Det fortryllede lys (Das verzauberte Licht, 1957)* und ist 1966 schon einmal ins Deutsche übersetzt worden; *Nasse Heimat (Våd hjemstavn)* ist im Erzählband *Fortællinger fra Thorshavn* (»Erzählungen aus Tórshavn«, 1970) enthalten.
Aus dem Dänischen von Gisela Perlet.

*Kristian Osvald Viderø*
1906–1988. Er wirkte als Pastor in verschiedenen Gegenden des Landes und bereiste danach den Nahen Osten und Indien. Während seine Reisebeschreibungen noch zu Lebzeiten erschienen, wurden seine großen kulturhistorischen Werke über die färöischen Inseln erst postum veröffentlicht. Seinen Erinnerungen *Das erste Mal fern von der Heimat (Frá landi á fyrsti sinni,* 1991), einer poetischen Lebensbeschreibung in recht eigenwilligem Färöisch, ist das hier abgedruckte Kapitel entnommen.
Aus dem Färöischen von Inga Meincke.
Literarische Bearbeitung: Verena Stössinger.

*Eilif Mortansson*
1916–1989; eig. Mortensen. Förster und Schriftsteller. Er schrieb auf Dänisch und publizierte Romane, Erzählungen, Skizzen und Kinderbücher (teilweise unter Pseudonym). Die Erzählung Der fliegende Glöckner (Den flyvende klokker) ist im Band Sælsomme historier (»Eigenartige Geschichten«) enthalten, der 1968 in Kopenhagen erschien.
Aus dem Dänischen von Gisela Perlet.

*Heðin Brú*
1901–1987; eig. Hans Jacob Jacobsen. In seiner beruflichen Funktion als Landwirtschaftsberater kam Heðin Brú viel im Land herum und begegnete dabei den unterschiedlichsten Menschen und hörte ihre Geschichten. Seine Romane und Erzählungen, die die Zeit des Umbruchs von der Bauern- zur Fischereination eindringlich nachzeichnen, sind sehr populär; sein Roman *Feðgar á ferð (Des armen Mannes Ehre)* ist der meistgelesene färöischsprachige Roman. Die Erzählungen *Purkhús* und *Allein auf Lítla Dímun (Einsamallur í Lítlu Dímun)* stammen beide aus der 1966 erschienenen Sammlung *Purkhús.*
*Purkhús:* aus dem Färöischen von Inga Meincke und Verena Stössinger.
*Allein auf Lítla Dímun:* aus dem Färöischen von Inga Meincke.

*Jens Pauli Heinesen*
Geboren 1932. Produktiver und populärer Schriftsteller, ein Vertreter jener Generation von Autoren, die als »sanfte Erneuerer« der färöischen Literatur in den Fünfzigerjahren den Weg in die Moderne wiesen. In seinen frühen Werken gibt es deutliche Spuren der Anregung durch James Joyce und den Nouveau Roman, die späteren Werke wenden sich wieder traditionelleren Schreibweisen zu. Seit den Siebzigerjahren ist er freier Schriftsteller und hat zahlreiche Romane, Erzählungen und Theaterstücke veröffentlicht. Die barsche Erzählung *Gestur* stammt aus dem Jahr 1967.
Aus dem Färöischen von Inga Meincke und Verena Stössinger.

*Steinbjørn B. Jacobsen*
Geboren 1937. Lehrer, daneben Autor, Herausgeber und Rezensent; 1967 Mitbegründer des färöischen Schriftstellerverbands, in dessen Vorstand er lange aktiv war. Er hat Gedichte, Theaterstücke und vor allem viele Kinderbücher veröffentlicht, die zum Teil hohe Auflagen erreichten und einen neuen, zeitgemäßen, nüchtern-realistischen Ton in die färöische Kinderliteratur einbrachten. Die Erzählung *Das Kind (Barnið)* stammt aus dem Jahr 1975.
Aus dem Färöischen von Inga Meincke.

*Karsten Hoydal*
1912–1990. Der Dichter, der der färöischen Lyrik neue Räume geöffnet hat, war ein Bewunderer und Freund von Pablo Neruda und sein Übersetzer ins Färöische. Als Landwirtschafts- und Fischereifachmann verbrachte er einige Jahre mit seiner Familie in Südamerika, wo er im Auftrag der Vereinten Nationen für den Aufbau Fisch verarbeitender Betriebe zuständig war. Die Erzählung *Der Wachmann (Vaktarmaðurin),* die in Ecuador spielt, erschien erstmals 1971 im Erzählband *Leikapettið* (»Die Tonscherbe«).
Aus dem Färöischen von Inga Meincke.

*Gunnar Hoydal*
Geboren 1941. Der Sohn von Karsten Hoydal geht in seinen Texten häufig von autobiografischen Gegebenheiten aus. Die Erzählung *Weit weg und blass (Fjarur og følin)* (aus: *Av longum leiðum,* »Von weit her«, 1982) greift zurück auf die Gymnasiumszeit in Dänemark, und die im selben Band enthaltene Erzählung *Liebeskummer (Hjartasorg)* variiert das dramatische Geschehen aus Karsten Hoydals *Wachmann,* welches auch in seinem Roman *Undir suðurstjørnum* (»Unter dem Kreuz des Südens«, 1992) bearbeitet wird und in der Zeit spielt, die die Familie in Südamerika verbrachte. Gunnar Hoydal, der Stadtarchitekt von Tórshavn war und dabei u. a. den historischen Stadtkern vor dem Abriss bewahrte, ist einer der geachtetsten heutigen Prosaautoren.
Aus dem Färöischen von Inga Meincke.

*Oddvør Johansen*
Geboren 1941. Die Autorin, Organistin an der Domkirche in Tórshavn, debütierte 1982 mit *Lívsins summar* (»Sommer des Lebens«), einem der ersten färöischen Frauenromane; er spielt in den Fünfzigerjahren und fragt nach weiblichen Rollen und Entwicklungsmöglichkeiten. Sie hat inzwischen weitere Romane und Erzählungen veröffentlicht; ihr Stil ist realistisch, engagiert, humorvoll, und sie behandelt nicht selten auch ihren Alltag als Schriftstellerin. Die Erzählung *Es ist gut, stark zu sein, Maria! (Gott er at vera sterkur, Maria!)* erschien 2001 in der Anthologie *Mjørki í heilum* (»Nebel im Hirn«).
Aus dem Färöischen von Inga Meincke.

*Hanus Kamban*
Geboren 1942 (hieß bis 2000 Hanus Andreassen). Studierte Englisch und Deutsch in Bournemouth und Kopenhagen und arbeitete als Redakteur bei der Zeitschrift *Fjølnir.* Er lebt seit dreißig Jahren in Tórshavn als freier Schriftsteller, Publizist, Verleger und Übersetzer von u.a. Graham Greene, James Joyce und Shakespeare. Mit *Unter Deinen Fittichen (Undir tínum veingjabreiði,* 1976) trat er erstmals an die Öffentlichkeit; seither sind zahlreiche Erzählungen, Essays sowie eine zweibändige Monografie über den bekannten färöischen Lyriker J. H. O. Djurhuus (1881–1948) erschienen, die auch ins Dänische übersetzt wurde.
Aus dem Färöischen von Birgit Remmel.

*Ebba Hentze*
Geboren 1929. Ihre erste Erzählung erschien in der renommierten dänischen Literaturzeitschrift *Hvedekorn,* es folgten Kinderbücher, Kurzgeschichten, Monologe und Essays. Auf den Färöern wie in Dänemark kennt man vor allem ihre poetischen Geschichten über das Mädchen Antonia. Ebba Hentze schreibt sowohl föröisch wie dänisch, übersetzt auch in beide Sprachen und ist eine engagierte Vermittlerin, Übersetzerin und Lektorin. Die Erzählung *Juli* entstand 1978.
Aus dem Färöischen von Renke Borchert.

*Lydia Didriksen*
Geboren 1957. Autorin und Lehrerin, lebt in Tórshavn. Sie debütierte 1986 mit der Erzählung *Die Eisblume (Frostrósan),* mit der sie den Kurzgeschichtenwettbewerb der Frauenzeitschrift *Kvinnutíðindi* gewann. 1990 veröffentlichte sie den Jugendroman *Skuggar* (»Schatten«) und 1993 Erzählungen unter dem Titel *Gráglómur* (»Graue Augen«), von denen einige in weitere skandinavische Sprachen und ins Englische übersetzt worden sind.
Aus dem Färöischen von Kirsten Brix und Inga Meincke.

*Jóanes Nielsen*
Geboren 1953. Der scharfe Beobachter und Kritiker der färöischen Gegenwart hat mit seinen engagierten Texten gelegentlich heftige Debatten ausgelöst, weil er auch Tabus nicht scheut; in der Erzählung *Der Proviantmeister (Hovmeistarin),* erschienen im Prosaband *Á Landamørkunum vaksa blomstur* (»An den Landesgrenzen wachsen Blumen«, 1986), beispielsweise die Diffamierung Homosexueller.
Aus dem Färöischen von Inga Meincke.

*Carl Jóhan Jensen*
Geboren 1957. Dichter, Literaturkritiker, Übersetzer und Publizist. Der sprach-

bewusste Intellektuelle ist eine profilierte und streitbare Figur in der färöischen Literaturszene – so tritt er zum Beispiel in der in der vorliegenden Anthologie enthaltenen Erzählung *Es ist gut, stark zu sein, Maria!* von Oddvør Johansen als »Literaturpapst« auf. Seit 1977 hat er fünf Lyriksammlungen, zwei Romane sowie die Essaysammlung *Mentir og mentaskapur* (»Kultur und Bildung«, 2000) veröffentlicht, der der hier übersetzte, ursprünglich fürs Radio geschriebene Text *Moriæ Encomium* entnommen ist.
Aus dem Färöischen von Inga Meincke.

*Tóroddur Poulsen*
Geboren 1957. Er ist über die Färöer hinaus bekannt als Dichter und Konzeptkünstler. Der Sprach-, Zitat- und Formenspieler hat bisher 18 Lyriksammlungen publiziert sowie die beiden Prosabände *Sót og Søgn* (»Ruß und Sage«, 1997) und *Reglur* (»Regelwerk«, 1994), dessen Untertitel *Eitt brotsverk* sowohl »Ein Fragment« als auch »Ein Verbrechen« bedeutet. Das hier erstmals übersetzte Prosastück ist 1993 in der Zeitschrift *Brá* erschienen; es versammelt Bruchstücke des später in Buchform veröffentlichten gleichen Textes, der unterschiedlich-widersprüchliche Erzählperspektiven und Textgenres in ironischem Wechselspiel ineinanderschachtelt.
Aus dem Färöischen von Inga Meincke.

*Rakel Helmsdal*
Geboren 1966. Sie wuchs in Dänemark und auf den Färöern auf und lebte fünf Jahre in Frankreich. Sie hat in Bibliotheken, Archiven und in einer Gärtnerei gearbeitet und veröffentlicht Prosa und Theatertexte für Kinder und Erwachsene. Die Erzählung *Der Schmetterlingsverkäufer (Firvaldaseljarin),* 1989 zunächst in der Zeitschrift *Brá* publiziert, ist eine der Binnengeschichten aus dem Roman *Søgur úr Port Janua* (»Geschichten aus Port Janua«, 1996).
Aus dem Färöischen von Birgit Remmel.

*Elias Askham*
Geboren 1977; eig. Petur Elias Askham Guttesen. Freier Schriftsteller. Er schreibt Gedichte und Kurzgeschichten, seit er sechzehn Jahre alt ist. Gleich nach dem Abitur begann er an einem Romanprojekt zu arbeiten, das 2005 unter dem Titel *Messias II – synd drepur gud* (»Messias II – Sünde stürzt Gott«) erschien. Die Erzählung *Placebo* ist in der Anthologie *Mjørki í heilum* enthalten.
Aus dem Färöischen von Detlef Wildraut.

*Marjun Kjelnæs*
Geboren 1974. Autorin und Krankenschwester, gewann seit 2000 zweimal

nationale Kurzgeschichtenwettbewerbe sowie einen Hörspielpreis. Nach Veröffentlichungen in Anthologien und Zeitschriften erschien im Frühjahr 2004 ihr erster Erzählband *Ein farri av kolvetni* (»Eine Spur Kohlenwasserstoff«), dem der vorliegende Text *Die Kette (Leinkjan)* entnommen ist.
Aus dem Färöischen von Inga Meincke.

# Die Herausgeberinnen

*Verena Stössinger,* geboren 1951 in Luzern, ist Autorin, Lektorin und Kulturjournalistin. Sie studierte Nordistik in Basel und Århus und schreibt über skandinavische Literatur, u.a. in der *NZZ am Sonntag.* Letzte Publikationen: *Bäume fliehen nicht* (Roman, 2012), *Die Gespenstersammlerin* (Roman, 2017).

*Anna Katharina Dömling (heute Anna Katharina Richter),* geboren 1972 in Hamburg, studierte Nordistik in Kiel und Uppsala. Sie ist Oberassistentin an der Abteilung für Nordische Philologie der Universität Zürich und hat über schwedische und dänische Erzählprosa der frühen Neuzeit promoviert.

# Die Übersetzer

*Renke Borchert,* geboren 1936 bei Hamburg. Nach dem Latein- und Germanistikstudium unterrichtete er sieben Jahre lang Deutsch an Schulen in Norwegen. Bis 2000 war er Gymnasiallehrer für Deutsch und Latein in Uetersen bei Hamburg.

*Kirsten Brix,* geboren 1947 in Give, Dänemark. Lehrerin für Deutsch, Dänisch und Färöisch am Gymnasium in Tórshavn, Übersetzerin, Autorin und Herausgeberin literaturwissenschaftlicher Texte. 2002 Promotion mit einer Arbeit zu Regin í Líð *(Dialog i Babelstårnet/Dialog im Turm zu Babel).*

*Ernst Krenn* (1897–1954) war hauptberuflich Lehrer und promovierte 1934 über den färöischen Freiheitskämpfer Páll Nólsoy und dessen berühmteste Ballade, das »Vogellied«. Von 1950 bis zu seinem Tod hielt er an der Universität Wien Vorlesungen zur färöischen Literatur und zum Altnordischen und Isländischen.

*Inga Meincke,* geboren 1963 in Hamburg. Studium der Nordistik, Philosophie und Romanistik. Promotion über die »Wahre Aufklärung« des dänischen Dichters und Philosophen N.F.S. Grundtvig. Von 1999 bis 2003 war sie Lehrbeauftragte am Institut für Nordische Philologie München. Sie lebt als freie Lektorin und Übersetzerin in München.

*Gisela Perlet,* geboren 1942. Nach dem Studium der Germanistik und Nordistik war sie 1966–1979 Lektorin, seither freiberufliche Übersetzerin, Herausgeberin und Autorin. Sie hat u. a. Werke von Hans Christian Andersen, Søren Kierkegaard, Herman Bang, Selma Lagerlöf und Tania Blixen übersetzt. Auszeichnungen: Johann-Heinrich-Voß-Preis (2002), Dänischer Übersetzerpreis (2004).

*Birgit Ernstsdóttir Remmel,* geboren 1955 in Köln, lebt seit 1982 auf den Färöern. M.A. im Färöischen. Sie unterrichtet Latein, Spanisch und Färöisch am Gymnasium in Tórshavn und ist freiberuflich tätig als Konferenzdolmetscherin und Übersetzerin.

*Detlef Wildraut,* geboren 1937, studierte evangelische Theologie und war von 1967 bis 1999 Religionslehrer in Witten. Seit 1988 beschäftigt er sich mit Sprache und Kultur der Färöer und übersetzt aus dem Färöischen. Er war mehrere Jahre Vorsitzender im Deutsch-Färöischen Freundeskreis.

Sólrún Michelsen *Tanz auf den Klippen*
Zwei Mädchen in einem Dorf auf einer abgelegenen Insel. Sie wachsen auf in einer archaisch wirkenden Welt, in zwei Familien, die unterschiedlicher nicht sein könnten. Jahre später treffen sie sich als junge Frauen wieder: Die eine als Studentin auf der Suche nach ihrem Weg ins Leben, die andere als rätselhafte, mit den Männern spielende Schönheit.

Joan Clark *Der Triumph der Geraldine Gull*
Am Rande der Hudson Bay, zwischen der Baumgrenze und dem ewigen Eis, liegt verloren und vergessen das Indianerdorf Niska. Hier soll Willa Coyle, die junge Kunstlehrerin, den Kindern in den Sommermonaten Zeichenunterricht geben. Ein Fluch scheint über dem Dorf zu liegen.

Jørn Riel *Zu viel Glück auf einmal*
Kälte und Einsamkeit im Polarwinter sind nicht leicht auszuhalten. Aber die Jäger und Fänger finden schon einen Zeitvertreib. Sie erteilen einem Leutnant eine Lektion fürs Leben, feiern ein würdiges Totenmahl, bei dem beinahe der Falsche die letzte Reise antritt, und erfahren am eigenen Leib, wann die Liebe einer Schlange ein Ende hat.

Jørn Riel *Vor dem Morgen*
Einen glücklichen Sommer verbringen die Inuit-Großmutter und ihr Lieblingsenkel auf einer unbewohnten Insel vor der Küste Grönlands. Aber dann, im Herbst, bleiben die Boote, die sie zurückholen sollen, aus. Was wäre, wenn sie den unbarmherzigen arktischen Winter alleine überstehen müssten? Wenn sie gar die letzten Menschen auf dieser Welt wären?

Finnland fürs Handgepäck *Geschichten und Berichte*
Elias Lönnrot feiert Mittsommer · Robert Crottet lässt sich von einem geheimnisvollen See verzaubern · Arto Paasilinna kennt des Finnen Schwermut · Olaf Kanter wagt den Sprung ins Eisloch · Kirsti Paltto erzählt von alten samischen Traditionen · Dies und vieles mehr über Finnland …

Reise nach Island *Kulturkompass fürs Handgepäck*
Urte Undine Frömming begibt sich auf Spuren von Hexen und Elfen · Ina von Grumbkow reitet durch die »Missetäterwüste« · Jules Vernes Romanfiguren steigen ins Innere der Erde · Klaus Böldl wandert auf Landstrichen, die jünger sind als er selbst · Dies und vieles mehr über Island …

Schweden fürs Handgepäck *Geschichten und Berichte*
Lars Gustafsson fischt einen Mann aus dem See · Selma Lagerlöf begegnet Nils Holgersson und den Wildgänsen · Astrid Lindgren schwelgt in Erinnerungen · Johan Turi erzählt von hungrigen Wölfen · Willy Brandt schreibt über seine Zeit im Exil · Dies und vieles mehr über Schweden …

Kanada fürs Handgepäck *Geschichten und Berichte*
Alice Munro erinnert sich an ihre Kindheit auf einer Fuchsfarm · Joan Clark begleitet eine weiße Lehrerin zu den Swampy Cree · Elizabeth Hay lässt vier Abenteuerlustige durch die Wildnis paddeln · Alistair MacLeods Schlittenfahrt übers Eis nimmt kein gutes Ende · Anne Cameron erzählt von der Entstehung der Menschheit · Dies und vieles mehr über Kanada …